작가로 읽는
고전시가

작가로 읽는
고전시가

권오경·최은숙·박지애

보고사
BOGOSA

하늘에 천문이 있듯이 사람이 사는 이 땅에는 인문이 있다. 그리고 사람이 살아가는 모양, 그 모습이 어떠해야 하는지를 알려주는 예전의 문학작품이 고전 인문학이다. 고전시가문학을 감상하고 이해하는 방법 중의 하나는 불꽃처럼 살다간 위대한 작가들의 눈을 통해 그들이 남긴 작품에 접근하면서 당시의 시대를 조망하는 것이다.

우리는 왜 문학작품을 읽는가? 우리는 왜 옛 시대의 시와 노래문학에 집중하고자 하는가? 그리고 우리는 왜 작가를 탐색하는가? 이런 물음은 궁극적으로는 '산다는 것은 무엇인가'라는 물음에 다다른다. 사실 '산다는 것은 무엇인가'라는 질문은 피 끓는 청춘기에는 어울리지 않는다. 청춘은 무한한 꿈이 있고, 도전과 응전 그 자체가 즐거움이기 때문이다. 또 그래야 한다. 그럼에도 불구하고 '산다는 것이 무엇인가'라는 물음을 포함한 '인생론'은 청춘기에 꼭 필요하다. 그래야 성공적인 삶을 즐겁고 행복하게 준비하고 성취할 수 있기 때문이다.

인생을 논하는 방법은 많다. 심오한 사상을 바탕으로 할 수도 있고, 문학을 바탕으로 할 수도 있다. 혹은 죽음조차 극복하는 신앙(종교)일 수도 있다. 더 좋은 것은 이 셋을 한 덩어리로 받아들이는 것이다. 그러나 청춘기에는 매우 어려운 일이다.

삶은 어두운 산속을 헤매는 것과 같다. 길을 헤치고 나갈 한 줄기 빛도 바람도 없다. 칠흑 같은 어둠을 걷는 것이 인생이다. 한 발 잘못 디디면 천 길 낭떠러지로 굴러떨어질 수 있다. 이때 우리 앞에 빛이 있으면 얼마나 좋을까. 이것이 문학이나 철학, 종교가 필요한 이유이다. 이들은 바로 한 줄기 빛과 같은 존재이다. 그러나 문학이나 사상, 종교의 사명은 여기서 그치지 않는다. 예를 들어 어두운 산속이나 바닷가에서 성냥불을 가졌다고 예상해보자. 어둠을 물리칠 수 있는 불빛을 지니면 무서운 짐승의 습격도 물리칠 수 있고, 방향을 가늠할 수도 있다. 그런데 성냥불을 밝히는 순간, 우리는 또 다른 두려움을 만난다. 그것은 바로 층층이 우리를 둘러싼 무한한 어둠의 두께이다. 그 두께는 성냥불로는 도저히 극복할 수 없는 억겁의 무게를 지니고 있다. 주위만 밝혀준 성냥불이 존재하는 순간, 우리는 비로소 우리 스스로는 도저히 어찌할 수 없는 어둠의 실체를 확인하게 된다. 빛이 있음으로 해서 어둠을 알게 되는 것이다. 그리고 두려움에 떨면서 신(神)을 찾게 된다. 종교는 이렇게 다가온다. 문학과 사상도 마찬가지다.

우리의 삶은 문학과 철학, 종교의 세 발로 서 있다. 삼발이[삼각가(三脚架)] 화로와 같다. 그 위에 그릇이 있고 그릇 속에는 다양한 음식이 요리된다. 그릇은 과학일 수 있고 요리는 당대의 문화이다. 결국 문학과 사상, 종교는 문화를 양산하는 토대가 된다. 우리가 추구하는 삶은 다양한 문화를 누리고 즐겁게 사는 것이다.

문학과 사상, 종교를 한곳에 모아 이야기할 수 있는 좋은 방법은 우리 시대에 더욱 빛나는 고전 작가를 만나는 것이다. 그들은 한결같이 불꽃 같은 삶을 치열하게 살다간 사람들이다. 그들의 문학은 작품으로 남아있고, 그들의 사상은 작품에 용해되어 있으며, 그들의 신앙은 삶의 자취마다 남아 있다.

이 책은 국문학을 전공하는 학부생 및 대학원생들을 대상으로 한다. 그래서 삶의 지침이 될 만한 작가를 선정하고 그들의 작품과 사상, 종교를 다루고자 노력하였다. 통일신라시대부터 조선조 후기까지 선택된 작가는 최치원, 일연, 정지상, 이색, 이현보, 황진이, 정철, 윤선도, 박인로, 허난설헌, 권섭, 김천택, 김우락 등이다. 이들은 모두 난세를 지혜롭게 혹은 처절하게 살다간 사람들이다. 그리고 주옥같은 작품을 우리에게 남겼다. 그 작품은 독자마다 다양한 깊이와 무게의 파장으로 감동의 물결을 이룬다. 제도권 안에서 제도를 수호하기 위하여 노력한 작가가 있는가 하면, 제도권에서 밀려나거나 이탈하여 세상을 풍자하고 희롱하다 한 세상을 마무리한 작가도 있다. 혹은 제도권 내에서 비뚤

어진 사회를 강렬하게 질타한 작가도 있고, 제도권의 희생양으로 쓰러져 간 작가도 있다. 제도권 밖에서 개인의 피나는 노력으로 제도권 내로 진입하는 데 성공한 작가도 있다.

　이 책은 기존의 『우리시대의 고전작가』(권오경, 2007)를 바탕으로 하면서, 고전시가 작가에 집중하여 작가수를 확대하고 내용도 대폭 수정, 보완하였다. 이 작업을 위해 필자 외에 경북대학교 최은숙 교수, 창원대학교 박지애 교수가 함께 수고를 아끼지 않았다. 고전시가 작품을 남긴 작가 중에서 시대적으로, 그리고 한국고전문학사에서 제 자리를 굳건히 지키고 있는 작가들을 엄선하고 그들의 생애와 연보, 문학사상과 문학관, 주요 작품 해제와 문학사적 의의들을 다루었다. 이런 작업을 통하여 미시적으로는 인물과 작품을 탐색하고, 거시적 으로는 시대적 배경과 고전시가사의 흐름을 이해하도록 하였다. 그리고 집필 하는 과정에서 기왕의 다른 연구자들의 연구 성과물을 최대한 반영하고자 노 력하였다. 즉, 이 책은 오롯이 기존 학자들의 연구 토대 위에서 이루어진 것이 라 할 수 있다. 그러나 내용 중에는 기존 성과물을 충분히 반영하지 못한 경우 가 있을 수 있다. 연구자의 하해와 같은 혜량을 바라는 바이다.

　어려운 상황에서 책의 출판을 승낙해준 보고사 김흥국 사장님께 감사드리 며, 편집을 담당한 이소희 선생님께도 깊은 감사의 뜻을 전한다.

　우리는 지금 어느 위치에 서 있는가. 그리고 무엇을 향하여 나아가고 있는 가. 혹은 나아갈 방향을 설정이라도 하였는가. 고전시가 작가와 산책하며 깊고 넓게 새겨볼 일이다. 그리고 작가를 통해 작품을 만나고 시대를 읽는 것이 마 치 조용한 강가를 거니는 인생의 산책과도 같은 기쁨이기를 바란다.

2021년 6월에
저자를 대표하여 권오경 씀

목차

보각국사 일연
민족의 잠재력을 갈무리하다

목은 이색
구 역사와 새 시대 사이의 방랑객

농암 이현보
지족(知足)의 혜안을 갖춘 충만한 풍류가

황진이

세상을 사랑으로 털어내다

송강 정철

천하의 풍류남아, 혹은 야심가

노계 박인로

새로운 문학의 방향을 이끌다

난설헌 허초희
규방에서 신선의 세계로 날아오르다

고산 윤선도
치열한 현실에 꼿꼿이 맞선 강호가도의 계승자

옥소 권섭
천분(天分)에 충실했던 자유로운 예술가

남파 김천택

노래 가사집을 엮어내다

김우락

만주 망명의 삶을 가사로 기록하다

1부

작가, 고전 그리고 작가정신

작가는 누구인가

작가는 누구인가? 작가는 무엇을 만들어내는 사람이다. 무엇을 만들어내는 가? 사용하는 매체에 따라 음악이나 미술, 문학 작품 등을 만든다. 그래서 작가는 음악가, 미술가, 문학가 등으로 구분된다.

그러면 만들어 낸다는 것은 무엇을 뜻하는가. 만들어낸다는 것은 만드는 사람의 의중에 따라 새로운 어떤 것을 매체를 빌어 형상화한다는 것이다. 이때, 의중은 작가정신이며, 작가정신은 독창성을 지니게 된다. 그리고 형상화한다는 것은 익숙한 표현이 아닌, 낯설게 하거나 비틀어 보이기, 견주어 보이기 등의 방식으로 예술화한다는 말이다. 그래서 예술은 일상에서 생기지만 일상을 뛰어넘는 심미적 영역과 표현의 아름다움을 지닌다.

작가 중에서 음성언어인 '말'이나 문자언어인 '글'을 이용하여 무엇을 만들어 내는 사람을 우리는 문학 작가 혹은 작가라고 한다. 따라서 작가는 우선 말이나 글을 잘 부릴 줄 알아야 하는 기본적 능력이나 기술을 필요로 한다. 그런데 이러한 능력이나 기술은 예외는 있지만 타고난 천부적 재능보다는 배워서 얻는 경우가 더 많다. 그래서 우리는 문학 작가 수업을 받는다. 그리고 우리는 개인의 노력으로 성공하는 작가를 더 위대하게 바라본다.

그런데 이러한 수업은 글을 쓰거나 말을 하는 기술이나 능력의 습득에 그치면 곤란하다. 왜냐하면 작가는 말이나 글을 부리는 기술(Skill, Technique) 이외에 작가로서 가져야 하는 자세가 훨씬 더 중요하기 때문이다. 그러면 작가는 어떤 자세를 가져야 하는가. 그리고 무엇을 만들어 내고자 하는가. 먼저 작가는 자기 수양을 필요로 한다. 마음을 정갈히 하는 데서부터 시작하여 마음을 비우고 타인에게 마음을 주는 데까지 나아가야 한다. 이타(利他)정신이 작가가 갖추어야 할 기본자세이다. 그런데 이타정신은 그냥 얻어지는 것이 아니다. 세상의 이치를 알고 그 이치에 순응하여 사는 지혜를 얻어야 인간이 지닌 본능적 욕망의 굴레를 벗어나 지고지순한 이타의 세계로 향할 수 있다.

동양철학의 기본은 자기 수양이다. 수신은 제 몸과 마음을 가지런히 한다는 뜻이다. 그러자면 먼저 수행해야 하는 것이 격물치지(格物致知)이다. '格物致知 修身 齊家 治國 平天下'라고 했다. 나라를 다스리고 천하를 이롭게 평정하고자 하는 대업도 결국은 격물치지하고 수신하는 데서부터 출발한다. 격물치지는 사물의 이치를 궁구히 한다는 뜻이다. 달리 말하자면 사물의 이치를 하나하나 관찰하고 생각하여 존재의 이치와 의미, 존재와 존재 간의 관계를 파악한다는 것이다. 작은 사물에도 그 속에는 우주의 이치와 진리가 담겨있기 때문이다. 세상의 이치와 가치를 알고 나면 자신의 몸과 마음을 가지런히 해야 하는 이유와 방법에 대하여 비로소 생각할 수 있다. 그래서 수신을 위한 공부를 시작한다.

작가의 길은 이처럼 격물치지와 수신으로부터 시작된다고 할 수 있다. 특히 작가는 사물에 대한 치밀한 관찰과, 각 사물에 대한 나름의 가치와 감정을 지니고 있어야 한다. 각 사물에 대한 작가의 개인적 상징세계와, 그 상징을 표출하는 형상화 노력을 지속적으로 해야 한다. 그래야 작가 나름의 고유한 세계를 지닐 수 있다.

부지런히 수신하고 또 수신한 작가는 인간관계에 대한 공부를 해야 한다. 인간관계의 출발점이자 가장 작은 구심체는 가족이다. 그래서 제가(齊家)가 필요하다. 제가는 집안을 가지런히 한다는 것인데, 가족 간의 애정과 가족을 중심으로 사회관계에 대한 진실과 의무, 그리고 권한을 아는 것을 뜻한다. 그래서 작가에게는 가족이 갖는 개인적, 혹은 사회적 존재의 의미와 가치, 혹은 관계에 대하여 깊이 있는 철학을 지니고 있어야 한다. 가족에 대한 사랑은 사회에까지 확대된다. 그래서 훌륭한 작가는 사회를 바라보는 시선이 우선 부드럽고 따뜻해야 한다. 사회의 어둡고 소외된 곳을 구석구석 어루만져 줄 수 있어야 한다. 부드러운 붓끝으로 고통 받고 외로워하는 존재를 애정 어린 시각으로 위무하고 달래주어야 한다. 이것이 작가의 일차적인 대(對)사회적 책무이다.

그리고 작가에게는 사회의 발전을 저해하는 불선(不善)한 존재에 대한 강한 도전정신이 요구된다. 사회는 고통 받고 소외된 자만이 존재하는 세계가 아니며, 오히려 그러한 사람을 양산하고 그들을 이용하는 사악한 존재가 더 많은 세계일 수 있다. 작가가 수신하고 제가하는 이유는 사악하고 불의한 존재를 거두고, 선하고 의로운 사람이 사는 세계로 부단히 개선하기 위함이다. 그래서 작가는 불선, 불의한 권력과 타협하지 않는 세계를 지향한다.

아름다운 세상을 아름답게, 불의한 세상은 의로운 세상으로 바꾸는 마법사 같은 역할을 작가가 담당해야 한다. 목숨을 내어 놓고서라도 그렇게 해야 하는 것이 작가의 사회적 권한이자 책무이다. 그래서 작가가 만들어 내고자 하는 것 중에는 '있는 현실'의 '있어야 할 현실'로의 전환적 세계이다. '있는 현실'은 가변적인 현실이며, 존재 그 자체로서의 현실이다. 물리적 세계에서 작가가 물리적으로 몸담고 있는 불완전한 세계이다. 반면에 '있어야 할 현실'은 작가가 작가정신으로 추구하고자 하는 가상의 세계, 그러나 실현 가능한 세계이다. 있는 현실에서 있어야하는 현실로 끊임없이 나아 가는 것이 작가정신이며, 진보적 정신이다.

또한 작가가 지녀야 할 자세 중에는 전문가로서의 해박한 지식을 바탕으로 하는 창조적 삶의 철학이 있다. 획일화되는 현대 사회일수록 이 작가정신은 더욱 필요해진다. 작가가 일반인과 다른 이유는 나름의 독자적 세계관을 확보하고 있기 때문이다. 마치 하나의 사과나무에서 비슷한 크기와 향과 맛의 사과가 열리는 것은 그 사과나무가 지닌 본질성에 기인하는 것과 같다. 마찬가지로 동일 시대에 사는 사람은 유사한 삶의 법칙과 사고를 하며 산다. 그러나 비슷한 사과가 열린다 하여 사과가 모두 똑같은 것이라 볼 수 없듯이, 당대인 중에도 그 시대를 대표하는 사람이 있기 마련이다. 작가는 이러한 대표성을 지니거나 최소한 대표적으로 독자적 세계를 지니고 새로운 방향을 제시해주는 사람이다.

작가의 탄생은 당대 사회의 일반적 삶의 토대에서 비롯된다. 그 시대의 이념과 가치관, 삶의 방향과 제도, 관습과 일반화된 문화 등이 작가에게 영향을 준다. 나무에 열매가 열리는 것은 토양 속의 물과 대지의 공기, 그리고 심지대사를 위한 태양이 필수적으로 존재하는 것과 같이, 작가에게도 당대의 토양 이외에 개인적 교육의 정도와 가정의 분위기, 혹은 교우나 스승과의 만남과 관계 등이 필수적으로 요구된다. 이러한 요구사항이 작가를 작가답게 만든다. 따라서 작가가 된다는 것은 당대의 토양을 최대한 인지하고 있어야 한다. 그리고 그 토양 위에서 많은 이들과의 교류를 시도해야 한다. 그리고 스스로 격물치지하고 수신하는 노력을 게을리해서는 안 된다. 그리고 무엇보다 중요한 것은 그러한 노력의 결과가 다수의 사람들에게 피와 소금과 같은 존재로 남아야 한다는 것이다. 단지 스스로 즐기는 자위적 차원에 그친다거나 혹은 다수의 사람을 현혹하는 결과를 초래해서는 안 된다. 그래서 작가는 힘들지만 마치 성인처럼 살아야 할 의무와 자세를 갖추고 있어야 한다.

　무엇보다 작가에게 요구되는 것은 '세계인식'이다. 이는 달리 말하면 '문제의식'이다. 세계인식은 자신만의 신념과 사상, 가치관을 가지고 당대 사회를 직시하는, 살아있는 지식인으로서의 핵심적 자세이다. 수많은 위대한 작가는 세계인식이 누구보다 뚜렷하고 강하였으며, 그 세계인식을 작품에 오롯이 담아내었다. 흔히 말하는 작가정신이라는 것은 작가의 시대적 상황과 사상 등을 통해 작가가 세상에 가지는 문제의식과, 궁극적인 이상향을 작품으로 드러냄으로써 나타나는 작가의 정신적 소산이다. 우리가 작가를 공부하는 것은 이러한 세계인식, 문제의식을 확인하고 작가정신을 배우고자 하는 데 있다. 작가정신을 배운다는 것은 작가가 지닌 관찰정신과 독자적 사고, 그리고 불굴의 의지로 새로움을 추구하는 실험정신과 미의식을 추구하는 장인정신을 배운다는 것과 상통한다. 물론 문제의식은 격물치지와 수신, 제가를 통해 드러나는 개인적 차원의 문제의식과 사회적 차원의 문제의식이 장인정신과 함께 늘 공존한다.

　발은 땅에 있지만 눈은 늘 푸른 하늘을 향해 있는 사람이 작가이다. 그리고 현재의 이 세상은 그러한 작가들의 피와 소금의 결과로 이룩된 결과물이라 해도 과언이 아니다. 그래서 우리는 옛 시대의 작가들을 먼저 주목한다. 그들은 우리 시대에 새로운 시대를 건설하기 위한 징검다리 역할을 해주었으며, 기꺼이 등불과 거울의 삶을 살다간 사람들이다. 그들의 삶은 창작의 고통 속에서도 의연한 모습을 잃지 않았으며, 그 고통의 질과 양만큼 자신들이 살았던 시대와 사회를 사랑한 사람들이다. 애정이 강할수록 작가 정신은 강해지며, 작가 정신이 강할수록 작품은 구체적으로 지금 우리의 삶에 깊이 와닿는다. 치열하게 살다간 작가일수록 우리의 손에 잡힌 작품의 세계는 떨림으로 다가오며, 우리에게 무한한 희열의 세계와 새로운 세계로 안내한다.

작품을 통한 작가의 이해를 넘어 작가를 통하여 작가를 이해하는 길이 더 옳다. 그래서 작가의 생애와 성장 환경, 당대의 이념과 신앙, 당대인의 평가와 작품을 종합적으로 이해하는 작가 공부가 우선되어야 한다. 우리가 그러한 사람을 닮아가고자 할 때, 우리는 또 한 사람의 작가로 거듭날 수 있다. 특히 작가의 개성적 표현이 가득한 작품이라면 우리는 작가가 남긴 작품이라는 열매를 아주 맛있게 음미할 수 있다. 이것이 우리가 옛 시대의 작가를 배우고, 우리 시대를 우리 식으로 유쾌하고 보람되게 살아가기 위한 이유이자 기쁨이다.

고전문학의 빛과 향기

　고전문학은 어려워할 것이 아니다. 존재의 가벼움을 진지하게 해주는 맛이 그 속에 있다. 또는 가보지 못한 길을 기쁜 마음으로, 깨달음의 마음으로 산책할 수 있는 길이 그 속에 있다.

　현대의 물질문명 속에서 허덕이다 죽을 사람들에게 고전은 생명수와 같은 기능을 한다. 세속의 온갖 부귀영화를 누린 고려시대의 김부식의 시 〈제송도감로(題松都甘露)〉는 우리에게 고전문학의 진수를 알게 함과 동시에 삶의 방향을 제시한다. 헛된 부귀공명에 허덕이다가 귀중한 삶을 다 허비했다는 그의 넋두리는 삶을 어떻게 살아야 하는가를 우리들에게 제시하고 있다. 달팽이 뿔 위에서 잘났다고 으스대어 보아야 별것 없다는 그의 시는 고전문학이 우리에게 왜 필요한가를 간명하게 제시한다고 하겠다.

　　　속세의 나그네 이르지 못하는 곳
　　　올라 바라보니 마음 맑구나
　　　산의 모습은 가을이어서 더욱 좋고
　　　강빛은 밤인데도 오히려 맑구나
　　　흰새는 높이 날아 사라지고
　　　외로운 돛단배 홀로 가벼이 가는구나
　　　스스로 달팽이 뿔 위에서
　　　반평생 공명을 찾아 헤메인 것이 부끄럽구나

　고전작가 중에는 시대를 초월하여 밤하늘의 별처럼 빛나는 이들이 많다.

그들은 그들의 시대를 치열하게 살다갔지만 그들의 삶의 흔적은 우리에게 고스란히 남아 빛이 되고 소금이 되고 있다. 그들은 작가정신, 즉 문제의식을 지니고 있었으며, 개성적 삶을 살거나 체제 수호의 사명감을 가지고 한 시대를 살다 갔다.

작가 중에는 제도권 안의 작가와 제도권 밖의 작가, 그리고 그 언저리에 놓여 있는 자, 그리고 제도권 안에서 바깥으로의 탈출을 시도하는 자, 제도권 밖에서 안으로 진입하려는 자들이 있다.

최치원, 일연, 이색, 정철, 박인로와 같은 사람들은 체제 안에서 체제를 수호하고자 했으며, 정지상은 체제 안에서 체제를 변화시키고자 했다. 황진이, 허초희, 김천택, 김우락과 같은 이들은 사회 중하층과 여성의 신분으로 가장 쉽고도 어려운 노래문학을 통해 그들의 한 많은 인생을 드러내고자 하였다. 이현보나 윤선도, 권섭 같은 이들은 양반의 신분으로 권력을 추구하는 것보다 풍류의 삶을 선택하였고, 그렇게 함으로써 풍요로운 자득의 세계를 얻었다. 이처럼 작가의 삶의 흔적을 따져보면 대개 고전작가의 위치를 구도화할 수 있다.

그런가하면 작가는 세상에서 일어나는 일에 대한, 즉물(卽物)의 상황에서 감정의 여과를 거친 진주 같은 시어를 품어내며 스스로를 위로한다. 우주에서 가장 위대한 자는 자기 자신이며 가장 슬픈 자는 스스로에게 패배한 자이다.

정지상의 〈송인(送人)〉은 이별의 시를 대표한다.

비 개인 강둑에는 풀빛 짙어 가는데
남포에서 님 보내니 슬픈 노래 못 참겠네
대동강 저 물은 어느 때나 마르려나
이별 눈물 해마다 물결 위에 더해지니

비가 내리는 날은 이별하기에 제격이다. 그러나 위 시는 비 개인 후의 이별에 대한 아픈 가슴을 다루고 있다. 님을 보내는 마음은 풀빛 짙은 자연과 대조적으로 비극적이다. 그러나 작가는 거기서 좌절하지 않고 님을 그리워하는 쪽으로 시선을 돌린다. 정지상의 이 시에서의 '님'은 실상 서경(평양)에서 동문수학한 친구들이다. 모두 다 개성으로 유학을 떠나는데 자기는 모친을 돌보아야 하는 처지이기에 함께 개경으로 갈 수 없었던 것이다. 해마다 친구를 이별하는 남포에서 정지상은 평양의 몰락과 개성의 부흥을 지켜보아야만 했다. 결국, 정지상은 후에 서경천도의 꿈을 시도하게 되고, 이로 인하여 김부식의 손에 죽음을 맞이한다.

시는 작가의 생각과 정서의 반영물이다. 한편의 작품 속에는 수많은 배경과 역사와 사상과 욕망, 좌절이 담겨있다. 역(逆)으로 말하면 수많은 사연들이 모여 하나의 시로 응결되는 것이다. 작가의 일이란 결국 '응결의 과정과 결과 만들기'이다.

작가는 신분과 남녀의 구별이 있을 수 없다. 조선시대의 수많은 기녀들도 작가적 정신으로 그들의 섬세한 정서를 촘촘히 엮어내었다. 기녀 계랑의 경우를 보자.

이화우 흩뿌릴 제 울며 잡고 이별한 님
추풍낙엽에 저도 날 생각는가
천 리에 외로운 꿈만 오락가락 하노매

이 작품은 한번 떠난 후 소식이 없는 님 유희경을 그리워하며 지은 작품이다. 볼 수 없는 거리인 '천 리'에 떨어져 있는 님을 그리워하는 마음은 '천 리'만큼의 무게로 아프게 다가온다. 이 작품은 임에 대한 그리움과, 기녀로서의 신분적 한계에 부딪힌 여성으로서의 인고의 세월을 잘 나타내었다. 결국, 그리움으로 점철된 삶을 살았던 작가 계랑은 한자리에 뿌리를 내리고 평생을 살아야 하는 나무의 삶을 선택한 것이다. 낙엽은 작가의 분신이며, 그 나무는 이화(梨花)를 닮았다 하겠다.

사임당 신씨의 〈유대관령망친정(踰大關嶺望親庭)〉이라는 작품은 시집으로 떠나는 딸이 친정어머니를 그리워하는 장면을 선명하게 묘사하고 있다. 사랑하는 어머니를 두고 떠나는 작가의 마음과, 무심히 하늘에 떠 있는 구름과 지는 해의 대조는 시적 화자의 안타까움을 고조시키기에 충분하다. 작품을 보자.

늙으신 어머니를 강릉에 두고 이 몸 혼자 서울로 떠나는 마음
　　돌아보니 고향은 아득도 한데 흰구름 날고 산은 저무네

　문학의 기능 중에는 거울과 등불의 기능이 있다. 아래의 유방선(1388~ 1443)
의 시〈유감(有感)〉은 낙오된 자의 슬픈 마음을 노래하고 있다.

　　하늘과 땅에 온통 봄기운이 가득하여
　　온갖 꽃들이 자주빛 붉은빛으로 피었네
　　슬프도다, 그늘진 언덕에 봄은 얼마 남지 않았건만
　　여윈 나무 한 가지는 아직도 꽃을 피우지 못하네

　조선을 건국한 직후의 시기인지라 시대가 태평함을 온갖 꽃이 피어나는 것
으로 표현하였다. 그러나 자신만은 불우한 처지에 있음을 한탄한 이 노래는
현대 사회에서 소외되고 낙오된 독자로 하여금 동병상련의 감정을 체득하게
함은 물론 힘을 내게 하는 효과까지 준다.
　지금까지 예를 든 작품들 이외에도 많은 작가들이 남긴 작품을 읽다 보면
때로는 웃고 때로는 울고 분노한다. 그리고 스스로에게 부끄러워진다.
　이제 논의의 방향을 제자리로 돌려놓자. 우선 왜 '고전'인가에 대하여 주목
해보자. 고전은 현대에 대해서 타자(他者)이다. 고전과 현대의 시대적 단절을
극복하는 노력이 필요하다. 맹자는 '천하의 어진 이를 아는 것도 모자라 옛날
의 사람을 사귄다.'고 했다.
　또한 왜 '작가'인가. 천문(天文)을 읽어야 우주의 방편을 설계하듯, 인문을
알아야 인간세계를 이해할 수 있다. 인간의 무늬를 파악하는 것이 인문학이다.
작가는 작품으로 승부한다. 작가와 작품의 유기적 관계 파악이 중요하다. 문학
을 보다 심도있고 체계적으로 이해하려는 노력의 일단으로 작가론이 제기된
다. 그리고 이를 위해서는 선별된 작가를 다루어야 한다. 지고무사(至高無邪)의
경지, 시련과 역경의 갈등, 타고난 천재적 기질 등, 민족과 시대를 위해 살아간
사람들이 우리의 삶에 거울과 등불이 될 수 있다.
　궁극적으로 이 책에서는 한국 고전시가 작가를 통하여 문학의 진정한 의미

와 기능을 회복하고자 한다. 이는 인문학의 위기 및 인간 삶의 위기를 극복하는 계기와 열쇠가 될 수 있다. 인간의 인간다운 삶을 위하여, 문학이 우리에게 주는 교훈을 우리는 작가를 통하여 보다 명시적으로 살필 수 있기 때문이다.

특히 고전시가로서 작가를 만날 때는 개인의 감흥과 공동체의 조화, 하늘에 닿는 매개물로서의 시와 노래를 우선 생각한다. 물론 조선시대 유학자들의 입장에서는 거문고[琴] 연주도 자기 수양으로서의 금(禁)으로 여겼지만 근본적으로 악기로서의 거문고는 감흥이고 서로를 알아보는 소통의 매개체이다. 시가는 시와 노래인데 현대 이전에는 한 덩어리로 존재했다. 시와 음악이 구분은 되지만 분리되지 않았던 것이다. '시언지 가영언'(詩言志 歌詠言)이라고 했다. 이 말의 기본적인 뜻은 '시는 뜻을 말한 것이고 노래는 말을 길게 읊는 것'이다. 노랫말 속에 시가 있고 시로서 부족하면 길게 노래하게 된다. 그래서 노래는 천지귀신도 감동시키는 힘이 있다고 했다. 시와 노래를 공부하는 것은 곧 사람과 천지우주의 속뜻을 헤아린다는 것과도 같다. 인생 공부가 이만한 것이 어디에 있겠는가.

이제 우리 시대에 빛나는 옛 시대의 고전시가 작가와 그들의 작품을 하나씩 만나보도록 하자.

2부

우리시대에 빛나는
고전시가 작가들

고운 **최치원**

(857~?)

경계인(境界人)으로서의 삶과 문학

○
│
│
│
│
○

거세게 흐르는 물 돌부리에 부딪쳐 겹겹 봉우리 울리니
사람소리 지척간인데도 알아듣기 어려워라
언제나 시비성(是非聲)이 귀에 들릴까 두려워
흐르는 물로 온 산을 감싸게 했도다

ㅡ〈제가야산독서당(題伽倻山讀書堂)〉 중에서 ㅡ

작가로서의 최치원

고운 최지원 영정

'인백지기천지(人百之己千之)', 이는 고운(孤雲) 최치원(崔致遠)이 남긴 말이다. 남이 백(百)을 노력할 때, 자신은 천(千)을 노력한다는 뜻이다. 시대와 환경의 불리함을 그가 어떤 자세로 극복하려 했는지 단적으로 드러낸 말이다.

동방 한문학의 비조(鼻祖)로 잘 알려진 최치원, 그는 정치가이자 사상가이며 작가이다. 그는 어린 나이에 당나라로 건너가 중국에서 관료 생활을 하였다. 신라 말의 혼란한 정치적 소용돌이 속에서도 당대의 대표적 지식인으로서 비판적 시각으로 시대를 통찰하였고, 작가로서 사장(詞章) 위주의 화려한 문장과 개성적 문체를 담은 작품을 다수 창작하였다. 뿐만 아니라 그가 남긴 수많은 자취는 오늘날에도 여전히 소중한 문화유산으로 남아 우리 곁에 생생히 살아 있다.

특히 최치원은 신분(육두품 출신)과 사상, 국적 등 여러 면에서 경계인(境界人)으로서의 삶을 살았다. 이 때문에 그는 당대 그 누구보다 더 삶을 진지하고 치열하게 성찰하며 살았고, 그 결과물을 많은 글을 통해 남겼다.

'도불원인 인무이국(道不遠人 人無異國)'[1]을 주체적으로 자각한 인물, 한국고전작가의 탐색은 모름지기 해운(海雲) 최치원으로부터 시작해야 한다.

1. 생애와 연보

최치원[2]은 신라 헌안왕 1년(857)에 경주의 사량부에서 견일(肩逸)의 아들로 출생했다. 어려서부터 학문을 좋아하였고 12세 때 당나라로 유학을 갔다. 이때 그의 부친이 이르기를 '10년 안에 등과하지 못하면 내 아들이 아니다. 가서 부지런히 힘을 다하라'고 하였다.[3] 이 말을 마음속에 새긴 그는 열심히 수학하여 18세 때(874) 빈공과에 급제하였다. 고운이 지극히 험난한 입당 유학의 길을 택한 것은 육두품[4]이라는 신분상의 열세를 학문의 힘과 당에서의 등과를 통해 만회하고자 한 데에 있었다.

당시 신라 말은 신분제가 엄격한 골품제 사회였기 때문에 육두품 출신들은 아찬의 벼슬까지만 오를 수 있었다. 이에 육두품 지식인들은 불만의 탈출구로 빈공과에 합격하여 그들의 능력을 발휘하였다. 빈공과는 외국인들을 위해 당나라에서 실시하였던 과거시험으로 유학생들은 이 시험에 합격함으로써 당시

---

1 '도불원인(道不遠人)'은 『중용』 13장의 "도는 사람에게서 멀리 있지 않으니, 사람이 도를 하면서 사람을 멀리한다면 도라 할 수 없다."라 한 데서 나온 말이다. '인무이국(人無異國)'은 중국 진(秦)나라 승상(丞相) 이사(李斯)의 〈상진황축객서(上秦皇逐客書)〉에서 나온 말로, 원래는 "온 천하가 왕의 나라이니 백성들에게 이국이 따로 없다"는 뜻으로 쓰였다. 고운은 이 말을 "사람에게는 나라의 차별이 없다." 혹은 "진리에는 국경이 없다"는 뜻으로 사용했다. 최영성, 『최치원의 철학사상』, 아세아문화사, 2001, 297~299쪽.

2 최치원의 생애와 연보는 『孤雲集』의 〈고운선생사적(孤雲先生事績)〉을 참고할 수 있다. 여기에는 〈삼국사본전(三國史本傳)〉 등 선생의 생애를 확인할 수 있는 여러 자료와 〈가승(家乘)〉이 실려 있다.

3 '十年不第進士 則勿謂吾兒 吾亦不謂有兒' 최치원 지음, 이상현 옮김, 『孤雲集』, 한국고전번역원, 2009, 63쪽.

4 신라의 신분제인 골품제의 등급. 법제적으로 신라 17관등 중 제6관등인 아찬까지는 올라갈 수 있었으나 제5관등인 대아찬 이상의 직위에는 취임할 수 없었다. 의복, 그릇, 수레, 가옥 등의 모든 면에서 진골보다 많은 제약을 받았다. 신라 하대 진골 귀족간의 왕위쟁탈전이 치열해지고 중앙과 지방의 정치적 혼란이 극심해지자 그 활동기반이 더욱 위축되었다. 이에 육두품 출신들은 신라 골품제의 무순점을 비판하거나 세속을 피해 은둔하는 경우가 많았다.

동양문화의 중심인 당에서 관직을 얻거나, 귀국해서도 일정 수준의 관직을 보장받을 수 있었다.[5] 그러나 과거에 합격했다 하더라도 최치원은 외국인이라는 이유로 고위 관직에 오를 수 없었고, 경제적으로도 어려운 삶을 살 수밖에 없었다. 이후 그는 당시의 회남절도사 고변(高駢)과 인연을 맺어 중요한 문서 작성의 역할을 맡았다. 이때에 고변의 종사관으로서 황소(黃巢)의 반란을 제압하는 〈격황소서(檄黃巢書)〉(879)를 지어 문명을 떨쳤다. 그의 저서인 『계원필경(桂苑筆耕)』에 전하는 글들 또한 대부분 이때에 기록된 것이다.

이후 헌강왕 11년(885) 당에서 돌아온 최치원은 한림학사를 지냈다. 그러나 조정의 기강이 어지럽고 국정이 문란하여, 태산(전북 태인)·부성(충남 서산) 태수 등 외직을 자청하여 지냈다.

진성여왕 8년(894)에 나라가 혼란하고 백성들이 도탄에 허덕이므로 시무십여조(시정의 수습책)[6]를 상소하여 아찬[7]의 벼슬을 받았다. 그러나 진골 귀족들은 이를 수용하지 않았으며, 국정은 날로 기울어 갔다. 이에 당나라에 가서 익힌 학문과 도학을 마음껏 펼쳐 보지 못한 최치원은 벼슬을 사양하고, 각지를 유랑하다가 진성여왕 10년(896) 가야산 해인사에 들어가 여생을 마쳤다.

최치원에 대한 후대인의 평가는 동방의 횃불, 조선 한문학의 비조 등으로 표현된다. 이인로(李仁老)는 『파한집(破閑集)』에서 다음과 같이 말하고 있다.

우리 태조가 등극하실 것을 미리 알고 글을 올려 몸소 전달했으나[8] 벼슬에 뜻이 없어 가야산에 은거하다가 어느 날 아침 일찍 일어나 문을 나간 뒤 간 곳 없이 사라졌다. 갓과 신을 남겨 놓았으므로 아마도 신선이 되어 올라간 것 같다.[9]

---

5 빈공과가 외국인들만을 대상으로 한 시험이라기보다는 신라와 같이 다른 나라에서 온 선비들을 가리키는 '빈공진사'라는 말에서 비롯되었다는 주장도 있다(곽승훈, 「최치원의 저술과 고뇌, 그리고 역사 탐구」, 최치원 지음, 이상현 옮김, 앞의 책, 2009, 16쪽).

6 시무십여조의 내용은 현재 알려지지 않고 있지만 조세제도의 개혁, 인재등용법 개혁, 불교폐단의 개혁 등이 포함되었을 것으로 짐작한다. 고려조의 최승로가 바친 〈시무28조〉는 아마도 최치원의 시무10여조를 계승한 것으로 보인다.

7 신라 17관등 중 여섯 번째 관직.

8 고려 태조가 개국할 것을 예보한 것은 '계림황엽 곡령청송(桂林黃葉 鵠嶺靑松)'을 말한다.

9 이인로, 『파한집』 中.

이규보(李奎報)도 문예열전(文藝列傳)에 최치원의 전(傳)을 수록하지 않았음을 개탄하고 "어찌해서 문예열전에 유독 최치원의 전을 세우지 않았는가? 나의 사의(私意)로는 옛 사람들은 문장에 있어서 서로 시기함이 없지 않기 때문이었으리라. 하물며 최치원은 외국의 외로운 몸으로 중국에 들어가서 당시의 명사를 압도했음에랴! 만일, 전(傳)을 설치하여 바른대로 사적을 쓴다면 그들의 시기(猜忌)에 저촉이 될까 염려했기 때문에 이를 생략했을 것이다. 이는 내가 아직 이해하지 못할 일이다."라고 하였다.[10] 이로 보아 최치원은 당나라 시인들도 시기 질투할 정도로, 당대 최고의 문인이었음을 알 수 있다. 최치원에 대한 이와 같은 높은 평가는 조선시대에도 이어졌다. 성현은 최치원을 긍정과 부정을 섞어 평가하였다.

> 우리나라 문장은 최치원에서부터 비롯되었다. 최치원이 당나라에 들어가 과거에 급제를 하여 문명을 크게 떨쳤다. 지금은 문묘에 배향되어 있다. 그의 저서를 살펴보면, 시구에는 능하지만 뜻이 정밀하지 못하고 사륙문(四六文)에는 재주가 있었을지라도 어휘를 씀에 있어서는 정확하지 못하다.[11]

신재(愼齋) 주세붕(周世鵬, 1495~1554)은 최치원을 탁월한 문장가로 높이 평가하고 있다.

> 최치원 선생의 문조(文藻)는 신이(神異)하고 그 견문과 실천은 진실로 백세의 스승이라 일컬을 만하다. 성정(誠正)의 설에 이르러서는 아직 듣지 못했다고 하나 한 모퉁이에서 태어나 문학을 창성하게 한 공은 이보다 더 큰 것이 없다. 선성(先聖)에 배향하기를 이 사람이 아니라면 누구를 하겠는가?[12]

이외에 정극후(鄭克後, 1577~1658)는 다음과 같이 평하였다.

---

10 이규보, 『동국이상국집』, 권22 잡문, 〈당서불입최치원열전의(唐書不入崔致遠列傳議)〉.
11 성현, 『용재총화』 中.
12 주세붕, 〈유청량산록(遊淸凉山錄)〉 『상이회재서(上李晦齋書)』 中.

동국에서 태어나 문장과 사업으로 중원(中原)에까지 이름이 알려지고 후세에
빛을 낸 사람은 천고에 고운 한 사람뿐이다. 이것이 성묘(聖廟)에 종사(從祀)될
수 있었던 까닭이다. (중략) 고운은 고답(高踏)하여 마침내 자취를 감추고 여대(麗
代)의 세상에 물들지 않았으니, 그가 당시에 홀로 의리를 행하는 모범을 세운 것은
백세의 스승이라 할 만하다.[13]

마지막으로 휴정대사(休靜大師, 1520~1604)의 글을 참고해보기로 한다.

우리나라 최고운과 진감선사[14]가 바로 유·불의 간격을 두지 않은 사람이다.
고운은 유(儒)요, 진감은 석(釋)이다. 진감은 절을 세워서 비로소 사람과 하늘의
문을 열었고, 고운은 비를 세워 유석의 골수를 드러냈다. 아! 두 사람의 마음은
하나의 줄이 없는 거문고이다. 그 가락은 봄바람에 제비가 춤추는 것 같고, 그
리듬은 풀 버들에 꾀꼬리가 노래하는 것 같아서 한 사람이 날(經)이면 한 사람은
씨(緯)요, 한 사람이 겉이면 한 사람은 속으로서 서로 의지할 따름이다.[15]

이처럼 휴정대사는 최치원과 진감대사를 나란히 할 정도로 최치원을 불가
의 대가로 평가하였다. 이상으로 살핀 최치원의 생애를 연보(年譜)로 정리하면
다음과 같다.[16]

857년(출생)	경주 사량부(沙梁部)에서 출생. 부친은 견일(肩逸), 자는 孤雲, 海雲.
868년(12세)	당으로 유학을 가다.
874년(18세)	당 희종(僖宗) 건부(乾符) 1년, 대과에 급제하다.
876년(20세)	율수현위(溧水縣尉)에 임명되다.

---

13 정극후, 『서악지(西岳志)』, 서울대 규장각소장목판본.
14 신라 후기의 스님(774~850). 속성은 최(崔). 법명은 혜소(慧昭). 자는 영을(永乙). 자호는 무의자
(無衣者)이다. 그는 중국 당나라에 가서 범패(梵唄)를 배우고 돌아와, 이 땅에 범패를 전파하였
다. 저서에 ≪어산구감(魚山九鑑)≫이 있다. '어산'은 범패의 다른 이름이다.
15 휴정(休靜), 〈지리산쌍계사중창기〉, 『청허당집(淸虛堂集)』 권3.
16 〈고운선생사석〉. 최치원 시음, 이상현 옮김, 앞의 책, 2009, 81~89쪽 참조.

877년(21세)	율수현위 사직, 終南山에서 학업을 닦다.
879년(23세)	고변(高騈)의 종사관이 됨, 다음해 〈檄黃巢書〉 작성하다.
882년(26세)	당 희종에게 자금어대(紫金魚袋) 하사 받다.
883년(27세)	『계원필경(桂苑筆耕)』 20권 편찬하다.
884년(28세)	귀국.
885년(29세)	시독겸한림학사수병부시랑지서서감(侍讀兼翰林學士守兵部侍郞知瑞書監)이 되다.
887년(31세)	〈진감선사대공탑비명〉 짓다.
888년(32세)	〈초월산대승사비명〉 짓다.
890년(34세)	〈낭혜화상백월보광탑비명〉 짓다.
891년(35세)	대산군(大山郡, 전북 태인) 태수가 되다.
892년(36세)	천령군(天嶺郡, 경남 함양) 태수가 되다.
893년(37세)	부성군(富城郡, 충남서산) 태수가 되다.
894년(38세)	진성여왕에게 시무책(時務策)을 올림, 아찬의 벼슬 받다.
895년(39세)	〈해인사묘길상탑기(海印寺妙吉祥塔記)〉 짓다.
896년(40세)	가야산 입산.
898년(42세)	〈신라해인사결계장기(新羅海印寺結界場記)〉 짓다.
924년(67세)	〈희양산봉암사지증대사적조탑비명(曦陽山鳳巖寺智證大師寂照塔碑銘)〉 짓다.

2. 시대적 배경

　최치원이 생존했던 시기는 신라의 국운이 기울던 시기였다. 신라 중대의 전제왕권이 무너지고 빈번한 왕위쟁탈로 인한 혼란과 지방 호족의 대두, 농민의 봉기가 그치지 않았다. 특히 최치원이 당나라에서 돌아온 직후, 헌강왕에 이어 정강왕이 즉위하였으나 1년 만에 죽고 진성여왕이 왕위를 계승하였다. 이후 경문왕, 헌강왕 대에 왕권 강화 작업으로 실시되었던 여러 정책들은 더 이상 실효를 거둘 수 없었다. 이미 와해의 조짐을 보이던 신라 왕정은 진성여왕을 고비로 해서 더욱 쇠망의 길로 들어섰다 이러한 혼란기를 틈타 지방 곳

곳에서 반란이 일어나고 도적이 무리를 이루어 신라의 군, 읍 등을 휩쓸었다. 그리고 유랑하는 백성들의 숫자가 점점 늘어나고, 이에 따라 국가의 피해도 커지게 되었다. 우선 군사력을 상실하고 행정력이 마비되었으며 수륙 양편이 막힘으로써 조세징수나 대당 외교의 길이 어려워졌다. 그리하여 결국 신라는 국가의 전 영토를 지배하는 국가보다는 경주 중심의 일부 지역만을 다스리는 미약한 나라로 전락하고 말았다.

또한 지방의 성주, 장군 등이 대거 반(反)신라 독립 세력으로 등장하거나 후삼국의 건국세력들과 결탁한 것도 신라 하대의 상황이었다. 신라 중대에 친(親)신라 성향의 육두품이 하대에서 반(反)신라인으로 돌아서서 지방의 호족과 손을 맞잡은 것도 신라 하대 시대상황을 부정적으로 만든 원인이었다.

이와 같이 혼란이 극도에 도달하였음에도 불구하고 골품귀족의 지배체제는 극복되지 못한 채 귀족 간의 권력 투쟁은 끊임없이 지속되었다. 대외적으로 만당(晩唐)문화의 대량유입과 신라왕실의 전통적 권위에 도전한 선종(禪宗)이 호족 또는 낙향한 귀족세력과 결합함으로써 신라하대의 사회 혼란은 더욱 가중되었다. 그렇다면 최치원이 유학했던 당나라의 당시 문화와 시대상황은 어떠했는가?

최치원이 도당 유학의 길을 떠났던 시기는 경문왕 8년(868)이었다. 그때 당나라는 만당(晩唐)의 시기였다. 한때 세계제국으로 군림했던 당은 안사(安史)의 난(755~763)이후 그 권위가 상실되었고 번영은 쇠퇴의 길을 걷게 되었다. 현종(712~756)이후부터 중앙에서는 환관의 전횡과 관료들의 당쟁으로 쇠망의 길로 접어들고 있었다. 관료와 군대의 수는 늘고 국가 재원은 위기에 빠졌으며 무거운 조세 부담에 견디지 못한 농민들은 도망하여 호족의 소작인이 되거나 산림에 숨어 도적으로 변하였다. 따라서 중앙의 통치력이 미치지 못한 지방에서 대규모의 도둑 무리를 조직화한 농민폭동이 일어나게 되었다. 고운이 격문을 지어 당대에 명성을 떨치게 된 황소의 반란도 이 때 일어난 것이다. 문화적으로는 선종의 시대에 돌입한 중당(中唐)으로부터 이때에 이르면 더욱 성황을 이루게 되고, 유학은 유가경전의 훈고(訓詁)에 치중하고 있었으며 관학으로서의 기반도 서서히 다져지고 있었다. 도교는 노자의 성이 당 황실과 동성이라는 이유로 황실의 비호를 받아 성황을 이루고 큰 세력을 가질 수 있었다. 결국 당말의 사상체계는 유, 불, 도의 삼교가 종합적으로 혼재하고 있었으므로 최치원의 사상에도 크게 영향을 끼쳤을 것으로 짐작된다.

3. 경계인(境界人)으로서의 최치원

최치원의 출신 신분은 육두품이다. 신라 후기는 잦은 왕권 교체와 불어난 왕족, 귀족의 수 때문에 중앙 벼슬자리가 턱없이 모자랐다. 이에 왕족이나 귀족들은 육두품이 가졌던 벼슬을 빼앗기 시작하였으며, 육두품은 오두품, 사두품의 자리로 밀려나게 되었다. 최치원은 육두품의 신분이었지만 시대적 상황으로 보면 육두품으로서의 대접조차 받을 수 없었다. 따라서 신분상승의 욕망이 강했던 최치원의 아버지와 최치원으로서는 신분적 한계를 극복하기 위해 당나라 유학을 결심하게 된다.

그러나 당나라로 건너간 최치원에게는 유학을 온 외국인이 겪어야 했던 여러 가지 난관이 기다리고 있었다. 신라인과 중국인의 사이에서 경계인으로서의 삶이 그를 기다리고 있었다. 과거에 급제한 후 그는 더 높은 꿈을 향해 다시 공부를 결심한다. 그러나 경제적인 어려움으로 그 꿈을 접고 고변의 막사에 들어가 잡무를 보게 된다. 이에 중국 당에서 지은 최치원의 많은 시에는 신라인도 중국인도 아닌 경계인으로서의 인간적 고뇌가 많이 담겨 있다.

한편 신라로 금의환향한 최치원에게도 여전히 경계인으로서의 삶이 기다리고 있었다. 다음은 귀국하면서 자신의 능력을 알아주기를 바라는 시이다.

두견(杜鵑)
돌틈에 뿌리 박혀 잎 마르기 쉬워라
바람서리에 자칫 꺾이고 상하네
가을 자태를 자랑하는 들국화는 두고라도
강추위에도 끄떡없는 소나무가 부러워라

가여워라, 고운 빛깔로 바닷가에 섰건만
뉘라서 좋은 집 난간에다 옮겨 심을까
여느 초목과는 다른 품격을 지녔건만
나무꾼이 아무렇게나 보아줄까 두렵네[17]

　귀국 후 그에게는 늘 당에서 벼슬한 유학파이자 왕당파라는 색깔이 따라다
녔다. 그러나 최치원은 부패한 왕권을 거부하여 혁명적 정치를 펼칠 자세가
되어 있지 않았다. 국가와 군왕에 대한 절대 충성을 사명처럼 여긴 최치원으로
서는 자연히 지방 호족들과의 타협을 거부하는 노선을 걷게 되었다. 이에 최치
원은 결국 전국을 유랑하는 삶을 살 수 밖에 없었다.
　또한 최치원은 유, 불, 도교에서의 경계인으로 살았다. 즉, 속계(俗界)와 선계
(仙界)에서의 갈등이 끝없이 이어졌으며, 이 과정에서 그는 속계에서도 벗어나
지 못하고 선계에 안주하지도 못하였다. 그의 아래 작품 〈제가야산독서당〉은
이러한 사정을 잘 말해준다. 속계를 완전히 벗어났다면 '흐르는 물로 온 산을
감싸게'할 필요가 없기 때문이다.

　　제가야산독서당(題伽倻山讀書堂)
　　거세게 흐르는 물 돌부리에 부딪쳐 겹겹 봉우리 울리니
　　사람소리 지척간인데도 알아듣기 어려워라
　　언제나 시시비비 따지는 소리 귀에 들릴까 봐
　　흐르는 물로 온 산을 감싸게 했도다[18]

　최치원은 유학자로서는 '화가위국(化家爲國)'의 사상을 견지하였으며 신라
문화의 우수성을 인정하고자 하였다. 그러면서도 그의 불교 관념은 부처는 곧
군주와 동격이라 여겨, 인간구제의 책임자로서 부처와 군왕을 동일시하였다.
이러한 그의 사상은 결국 경계인으로서의 고민과 갈등, 방황의 삶을 살게 하는

---

17 〈杜鵑〉, 『桂苑筆耕』 권20. 최영성, 『최치원의 철학사상』, 아세아문화사, 2001, 43쪽에서 재인용.
18 〈題伽倻山讀書堂〉 狂奔疊石吼重巒 人語難分咫尺間 常恐是非聲到耳 故敎流水盡籠山.

원인이 되었다.

또한 당나라는 발해를 견제하기 위하여 이이제이(以夷制夷) 정책을 폈다. 이는 남부의 신라와 북구의 발해가 서로 견제하도록 함으로써 당이 반사이익을 노리고자 한 것이다. 이러한 당의 이이제이 정책과 왕당파로서의 소신으로 인하여 최치원은 발해를 인정하지 않는 한계를 드러내었다. 이는 그가 당 유학파라는 것과, 왕족 중심의 사상가 사이에서의 경계인 성향 때문으로 풀이된다.

4. 사상과 문학관

최치원의 사상은 복합적이고 수준이 매우 높다. 유교, 불교, 도교 등 당시의 사상 전반에 대하여 능통하였을 뿐만 아니라, 각 종파의 이질적인 교리와 논리를 종합하여 독보적 사상을 드러내었다. 또한 그는 시문과 글씨에도 뛰어난 경지에 이르렀다.

1) 사상

(1) 유교사상

유교사상에 대한 최치원의 견해 중에는 정치사상인 '치국(治國)'에 관한 내용이 가장 주목할 만하다. 최치원은 도의(道義)가 구현되는 유교적 이상 정치를 강렬하게 희구했다. 유교적 이상 정치란 바로 '요순정치'를 의미한다. 당시의 극도로 혼란한 당(唐)과 나말(羅末)의 정치 현실을 극복하기 위해 그는 요순시대의 건전한 정치를 희망했다. 최치원의 사상에 위국애민(爲國愛民)의 유교 사상이 바탕에 깔려 있음을 뜻한다. 그의 이러한 사상은 도(道)의 실현은 곧 정치를 통해 실현됨을 보여주는 대목에서 확인된다.

위로 격언(格言)을 살피고, 좌우로 성행(性行)을 엿보건대, 사람이 능히 도를 넓히는 것이므로, 현명한 신하는 그 임금이 요순(堯舜)처럼 되는 것을 우선으로 삼고, 세상에서는 어진 인재를 필요로 하므로, 준사(俊士)는 소부(巢父)나 허유(許

由)가 되기를 부끄러워합니다. (중략) 그러므로 요순의 대유(大猷)를 이루기 위해 소부, 허유의 소절(小節)을 본받는 것을 마음에 두지 않아야 할 것입니다.[19]

(2) 불교사상

최치원은 유교 못지않게 불교 이론에도 해박한 지식과 이론을 갖고 있었다. '유이불자(儒而佛者)'라 할 만하였다. 불교사상에 대한 최치원의 입장은 비교적 뚜렷한 편이었다. 이는 그의 형 현준이 신라 말의 유명한 화엄승이라는 사실과, 최치원이 그와 함께 해인사에 머물렀다는 사실과 관련이 깊다. 그는 시기에 따라 각각 선과 화엄(華嚴)에 빠졌던 적이 있긴 하지만, 특별한 종파의식을 가지고 다른 종파에 대해 비판적이거나 배척적인 태도는 보이지 않았다.

불교에 대한 심취는 그가 해인사에 은거할 때 가장 왕성했었다. 평소 유자를 자처했었던 그가 본격적으로 불교에 몰두한 이유는 무엇일까. 불교가 신라 말 중생을 보필하고 국가를 유지하기 위한 방편이었다는 사실과 관련이 깊다. 부처의 가르침은 위로는 진리를 탐구하고 아래로는 중생을 구제하는 것인데, 최치원은 불교에서 가장 중요한 것이 '대중교화', 즉 군생을 미혹으로부터 벗어나 선에 들도록 하는 것이라 생각한 것으로 보인다.[20] '대중교화'를 강조하는 다음과 같은 표현에서 이를 확인할 수 있다.

> 상고하건대, 무릇 교(敎)가 셋이로되 그 가운데 불교가 하나이다. 그것의 묘지(妙旨)는 가만히 현화(玄化)를 보비(補裨)하고 은미한 말은 널리 범속(凡俗)을 깨우쳐서 선을 권하는 문을 개장(開張)하고 미혹에 집착하는 그물을 해적(解摘)한다. 그런즉 뭇사람의 마음을 귀경(歸敬)하고 모름지기 상설(像設)이 장엄토록 하니, 느끼면 반드시 통함이 있고 구하면 응하지 않음이 없다. 정전(情田)을 일구어 복을 심고 법해(法海)에 헤엄쳐 재앙을 씻어내니 불가사의함이 여기에 있다.[21]

---

19 〈與金部郎中別紙 第二〉, 『桂苑筆耕』 권19.
20 최영성, 앞의 책, 2001, 209~213쪽.
21 〈求化修大雲寺疏〉, 『桂苑筆耕』 권16.

최치원은 신라말기 소외 받는 자들이 없도록 하고, 미혹한 무리를 깨우쳐서 감화하기 위해 불교를 이용한 것으로 보인다. 최치원의 불교 정치 수단의 일단을 엿볼 수 있는 대목이다.

(3) 도선사상

도선은 무위자연을 통해 인간주체를 확립하고, 인간의 작위적인 행동을 끊어 버리는 상태에서 근본적인 사회개혁을 이루고자 노력하는 종파이다. 도가에서는 인간의 세속적인 가치판단은 모두 상대적인 것이고 자연의 상도는 아니라고 본다.

최치원은 도선 사상에 대해 종교적으로 상당한 이해가 있었던 것으로 보인다. 그가 당에 있을 때 지은 〈유별여도사(留別女道士)〉라는 작품에서 그는 마고선녀를 알고서 수년 간 기뻐했다는 내용을 담았다. 당시 당나라에서도 도교를 매우 숭상하였다. 도교의 무위자연, 인위가 없음을 그 중심으로 삼아, 무위자연의 도를 따라 타고난 본성을 지키고 말단 지엽적인 것과 인위적인 것을 배격해야 한다고 보았다. 하지만 최치원은 형식이나 의식에만 집착하는 도교가 아닌, 마음으로부터 성실성이 우러나야 함을 강조하였다. 즉 최치원의 도교관은 외면적인 의식보다는 내면적인 성실성과 경건함을 더욱 중시하는 것이 하나의 큰 특징이라고 할 수 있다. 특히 내면적 수양을 개인적 차원에 그치는 것으로 보지 않고, 범국가적인 차원으로까지 승화시킨 것은 도교가 현실을 긍정하고 보다 적극적으로 대처하려 한다는 인식에 기초하고 있다.

그는 도선 사상을 '구세제민'과 결부시켜 적극적으로 해석하였다. 여기서 우리는 유교 사상과 도선 사상이 서로 통하고 있음을 짐작할 수 있다. 그러나 그의 전 생애를 통해서 볼 때 도교에 대한 그의 인식 태도는 대체로 사상적 이해의 차원에서 크게 벗어나지 못한 듯하고, 종교적 차원에서도 그다지 높이 승화되지 못한 것 같다. 오히려 유교와 불교가 그 위치를 대신하였기 때문이다.

(4) 풍류도

최치원은 유교와 불교, 도교의 삼교사상에 대한 해박한 지식을 기반으로 국가를 재건하고 민생을 도탄에서 구할 방법을 찾는 데 노력하였다. 그 결과, 최치원은 유·불·도 삼교가 궁극적으로 하나로 만날 수 있다는 '삼교회극(三教會極)'을 주장하였을 뿐만 아니라, 삼교사상과 우리나라 전통 사상을 접목하여 풍류도라는 사상을 확립했다. 최치원이 생각하는 풍류도의 매력은 '원융성(圓融性)'에 있었다. 풍류도에 대한 설명은 〈난랑비서(鸞郞碑序)〉에 잘 나타나 있다.

> 나라에는 현묘한 도가 있으니 '풍류'라 한다. 이 가르침은 실로 삼교를 포함하고 있어서, 모든 생명과 접촉하여 교화시킨다. 또 이들은 집에 들어가서는 효도하고 나아가서는 나라에 충성하니 이는 유교의 가르침이며, 모든 일을 억지로 처리하지 않고 말을 하지 않고 일을 실행함은 도교의 가르침이며, 악한 일을 하지 않고 착한 행실만 행함은 불교의 가르침이다.[22]

그가 '현묘지도(玄妙之道)'라고 했던 '풍류'는 그 어떤 사상이나 종교보다도 독특한 성격을 지닌, 이상적인 모델이다. 최치원은 〈대숭복사비명〉에서 "뭇 미묘한 것 가운데 미묘한 것을 무슨 말로써 이름할 수 있으랴"고 했는데 이는 '풍류'에 대한 설명을 대변한 것이다.

최치원은 우리 고유사상과 삼교사상 사이의 공통적 성격을 찾아내는 데 힘썼다. 그는 삼교사상에 대한 연구의 기반 위에서, 삼교사상의 기본 틀을 가지고 우리 고유사상인 풍류도를 해석했던 것이다.

최치원은 고유사상의 정립과 외래사상의 수용을 함수 관계처럼 생각하고, 함께 다루어 자연스럽게 해결하고자 했다. 그는 우리 고유사상의 원형을 탐구하면서 풍류도의 핵심적 요소가 삼교사상과 부합하는 것으로 해석하였다. 그러면서 그 이면에는 외래사상을 수용할 수 있는 가능성을 남겨 두었다. 뒷날

---

22 『삼국사기』 권4, 〈신라본기〉 진흥왕 37년 조.

우리가 외래사상을 수용하고 섭취함에 있어서 이 풍류도가 그 정신적 바탕을 이루어 왔던 사실에 비추어 볼 때, 풍류도에 대한 최치원의 포용적이고 원융적인 해석은 지대한 영향을 끼쳤다고 할 것이다.

(5) 동인사상(東人思想)

동인의식은 한마디로 우리나라 사람으로서의 '주체의식' 또는 '자기의식'을 말하는데, 주체의식이란 원래 자기와 자기 아닌 대상, 즉 남과의 차이를 인식하는데서 비롯된다.[23] 이 동인의식을 집대성한 학자가 바로 최치원이다. 최치원이 동인의식을 고양시키려 했던 목적은 여러 가지를 들 수 있겠으나, 무엇보다도 중국에 대하여 열등감에 사로잡혀 있던 당시의 일반적인 인식에서 탈피하여 민족 주체의식을 고취하는 데 있었다고 본다. 하지만 최치원의 동인의식과 동방 사상은 자기 우월적이고 배타적인 선민의식을 고취시키는 데에만 그 목적을 두지 않았다. 그의 동인의식은 중국인들의 독존적인 선민의식에 맞서 동인의 평화를 애호하는 성품과 우수한 문화역량을 강조하려는 것에서 나온 것이었다. 당시 지식층에서 사대 모화적 성향이 거의 일반적인 것이었기 때문에 이러한 움직임은 신라후기 사상사에 있어서 특이할 만한 사실이 아닐 수 없다.

최치원의 동인의식은 신라에 대한 강한 애정관에서 출발하였다고 볼 수 있다. 신라는 살기 좋은 곳, 군자의 나라임을 강조한 것을 보아 이를 짐작할 수 있다. 그의 동인의식은 『제왕연대력』에서도 파악할 수 있다. 즉, 신라 역대왕의 역사를 고증하여 기록함으로써 국가적 체계를 확립하려 한 것이다. 비록, 신라 고유의 왕명을 '왕(王)'이라는 이름으로 고쳤지만 이도 또한 당시의 국제문화의 중심지였던 중국 당의 문화에 맞추려 한 때문이었다.

---

23 최영성, 앞의 책, 2001.

2) 문학관

최치원의 문학관을 단적으로 살필 수 있는 자료로는 〈낭혜화상비명〉이 있다.

> 다시 생각해보니, 중국에 들어가 배운 것은 대사나 나나 다름없건만, 스승으로 추앙 받을 이는 누구이며 일꾼 노릇할 사람은 누구인가. 어찌하여 심학자(心學者)는 높고 구학자(口學者)는 수고롭단 말인가. 그러므로 옛날의 군자는 배우는 것을 신중히 하였다. 그러나 심학자가 덕(德)을 세웠다면 구학자는 말을 남겼을 것이니, 저 덕이란 것은 혹 말의 힘을 빌어야 일컬어질 수 있고, 이 말이란 것도 혹 덕에 기대어야 썩지 않고 오래도록 전할 것이다. 일컬어질 수 있다면 심(心)을 능히 면 후래자(後來者)에게 보여줄 수 있을 것이요, 썩지 않는다면 말 또한 옛 사람들에게 부끄러움이 없을 것이다.[24]

이 글에서 심학자는 불교에 기의하여 수양한 승려 낭혜화상을 말하고 구학자는 문학공부를 한 최치원 자신을 일컫는다. 그래서 심학자는 덕을 닦고 문학자는 말(언어)을 부리는 법을 중시한다는 것이다. 배움의 본질이 각각 심학은 '덕'에 있고 구학은 '언(言)' 즉, 말에 있다면 덕과 말은 대응한 관계에 놓인다. 이는 최치원의 문학관이다. 문학은 심학의 덕에 비길만하다는 것이다.

그리고 기본적으로 최치원은 조선시대의 소위 재도론(載道論)적 문학관과는 다른 도기론(道器論)을 지니고 있었음을 알 수 있다. 덕이 말을 통해야 후세에 전달되듯이 말도 덕을 바탕으로 이루어진다는 것이다. 이는 문학은 도를 싣는 그릇과 같은 존재라는 재도론과는 차이가 있다. 즉, 道(德)과 器(言)는 대등한 관계에 놓여 있다는 것이다. 이와 같은 문학관은 내용과 형식의 균형을 피력하는 것이며, 자족의 문학행위와 생존으로서의 문학행위를 대등하게 취급한다는 것이다. 그래서 최치원은 문장을 통하여 벼슬을 구하는 한편, 문학을 통해 그의 사상과 삶의 고뇌를 표출하였던 것이다.

---

24 復惟之 西學也彼此俱爲之 而爲師者何人 而爲役者何人 磯心學者高 口學者勞也 故古之君子愼所學 抑心學者立德 口學者立言 則彼德也或憑言而可稱 是言也或倚德而不朽 可稱則心能遠示乎來者 不朽則니亦無憖乎昔人-〈郎慧和尙碑銘〉.

이러한 최치원의 문학관은 불교와 유학을 대등한 위치로 놓으려는 시도로 이어진다. 조선시대 유학자의 입장에서 수양의 목적은 道의 실현에 있었고, 그 도의 실현을 위한 수단으로 문학을 생각했다. 문학은 사상의 시녀라는 뜻이다. 그러나 최치원은 유불대등의 사상을 지녔으며, 이를 통해 유불도를 통합하는 현묘지도(玄妙之道)를 개척하기에 이르렀다.

5. 작품 세계

최치원 시에는 그의 한 평생의 중요한 일화들이 차례대로 나타나 있어서, 그의 시는 그의 사상이나 행적, 정서 등을 이해하는데 중요한 자료가 된다. 특히 그의 시에 나타난 이별의 정한(情恨)이나 인생의 비애(悲哀)는 곧 우리 문학의 주된 정서로 발전하였다. 뿐만 아니라, 향악잡영 5수를 남김으로써 신라 말기의 극문화(劇文化)의 일단을 보여주었다.

1) 이방인으로서의 현실과 자탄

촉규화[25](蜀葵花)
쓸쓸하고 적막한 밭가에
만발한 꽃 가냘픈 가지 눌렀네
장맛비 그치니 꽃향기 가볍고
보리바람에 그림자 나부끼네
수레와 말 탄 자들 그 누가 보아주랴
벌과 나비만 부질없이 엿보네
천한 땅에 태어난 것 스스로 부끄러워
사람들에게 버림받고도 참고 견디네[26]

---

25 접시꽃을 말한다.
26 〈蜀葵花〉寂寞荒田側 繁花壓柔枝 香輕梅雨歇 影帶麥風欹 車馬誰見賞 蜂蝶徒相窺 自慚生地賤

어린 나이에 당나라로 유학을 떠나 '인백지기천지(人百之己千之)'의 노력으로 과거에 급제하였으나, 이국인(異國人)이라는 한계는 그가 가진 이상을 펼치는 데에는 현실적 걸림돌로 작용했다. 과거에 급제한 이후 받은 율수현위의 벼슬은 그가 가진 포부를 펼치기엔 너무 부족했다. 이에 벼슬을 그만두면서까지 대과를 위한 공부에 매진하였으나 여러 가지 어려움으로 결국 고변에게 스스로를 추천하여 그의 종사관으로 들어갔다. 훗날 〈격황소서〉를 통해 이름을 떨칠 기회를 얻기는 하였으나, 종사관 노릇은 그의 재능과 포부에는 맞지 않는 일이었다. 장맛비를 이겨내고 만발한 꽃은 최치원 스스로의 재능과 포부를, 수레와 말 탄 자들이 보아주지 않음은 자신을 알아주지 않는 현실을 나타내고 있다. 이러한 이방인으로서 자신의 처지는 다음 시에서 '나그네'로 표현된다.

가을날에 우이현을 다시 지나면서 이 장관에게 부치다(秋日再經旴縣寄李長官)
나그네길 다시 들어 은택을 입으니
가을 바람에 읊으며 어그러진 신세 한하노라
문 앞의 버드나무 금년의 잎도 시들었는데
나그네는 여전히 작년 옷을 입고 (후략)[27]

가을바람은 겨울로 이어지는 계절적 전환을 나타내며 늙음과 죽음으로 이어지는 인생의 전환을 나타낸다. 이러한 시점에서 그는 스스로를 나그네라고 말하며 자신의 신세를 어그러졌다라고 한탄한다. 문 앞의 버드나무는 피었다 시들었다 하지만 자신의 처지는 변함없는 나그네 신세에 머물러 있음을 말하고 있다.

堪恨人棄遺.

27 〈秋日再經旴眙縣寄李長官〉孤蓬再此接恩輝 吟對秋風恨有違 門柳己凋新歲葉 旅人猶着去年〈後略〉.

당성(唐城)에 나그네로 놀러 갔더니 선왕 때 악관(樂官)이 서쪽으로 돌아려 하면서, 밤에 두어 곡(曲)을 불며 선왕의 은혜를 그리워하여 슬피울기에, 시를 주며 (庸旅遊唐城 有先王樂官將西歸 夜吹數曲 戀恩悲泣以詩贈之)

사람일이란 차면 다시 기우는 법
정처없는 인생 참으로 서럽구나
그 누가 알았으리
하늘의 노래를 해변에서 부를 줄을
물가 전각에선 꽃을 보며 불었지
바람부는 창가에선 달을 보며 불었었지
선왕은 이미 가셨으니
그대와 더불어 마주 눈물 흘리네[28]

이 시는 '당성(唐城)에 놀러갔다가 선왕 때 악관(樂官)이 서쪽으로 돌아간다며 밤에 두어 곡을 불고 선왕의 은혜를 그리며 슬피 울기에 시를 주었다'라는 긴 제목을 지니고 있다. 지난날의 영화는 오히려 인생무상을 더욱 실감하게 한다. 선왕과 더불어 화려한 날 또한 부질없이 가버리니 할 수 있는 일이란 서러운 눈물을 흘리는 일뿐이다.

추야우중(秋夜雨中)

가을바람에 홀로 쓰라린 시 읊조리니
인생 길에 내 노래 알아주는 이 없네
창밖에는 한밤중 비만 내리는데
등불 앞의 내 마음은 어느덧 만리 밖을 가네[29]

결국 당나라에서의 최치원의 모습은 이방인으로서 삶 그 자체이다. 자신의 존재를 알아주기를 바라지만 현실은 녹록치 않았다. 이러한 현실을 가을바람,

---

28 〈旅遊唐城 有先王樂官將西歸 夜吹數曲 戀恩悲泣以詩贈之〉
  人事盛還衰 浮生實可悲 誰知天上曲 來向海邊吹 水殿看花處 風欞對月時 攀髯今已矣 與爾淚雙垂.

29 〈秋夜雨中〉秋風唯苦吟 細路少知音 窓外三更雨 燈前萬里心

한밤중에 내리는 비로 표현하였으며, 자신의 신세를 홀로 등불 앞에서 만리 밖의 고향을 그리워하는 존재라 표현하였다.[30]

2) 귀국에의 열망, 귀국 후의 고뇌와 은둔

고국에서의 신분적 한계를 극복하고자 12살의 어린 나이로 당으로 건너온 최치원에게 삶은 한 순간도 평안의 곁을 내주지 않았다. 다음 시에서 그는 스스로 당에서의 삶을 갈림길의 연속이며 쓰라림의 여정이라 표현한다.

> **중도작(途中作)**
> 갈림길 먼지 덮어쓰며 동서로 헤매느라
> 홀로 여윈 말 몰고 다니니 얼마나 쓰라리랴
> 돌아가는 것이 좋은 줄 모르는 것 아니지만
> 돌아가 보았자 내 집은 여전히 가난하리니[31]

갈림길을 뜻하는 '岐'는 그의 다른 시에서도 거듭 사용되는 글자이다. 당에서뿐만 아니라 귀국 후에도 갈림길[岐]은 최치원의 중요한 화두가 된다.[32]

> **서경 소윤 김준을 남겨두고(留別西京金少尹峻)**
> 서로 만나 며칠 만에 또 헤어지려 하니
> 갈림길에 또 갈림길 보는 것이 시름겹다
> 손안에 계수 향은 다 녹으려 하는데
> 이제 그대 보내면 얘기할 지기(知己) 없다[33]

---

30 이 시의 창작 시기를 귀국 후로 보는 시각도 있다. 큰 포부를 가지고 돌아 온 고국에서도 육두품의 한계와 주변의 시기로 자신의 재능과 뜻을 펼치지 못한 상황에서 오히려 당나라에서 학문에 힘쓰던 시절을 새삼 그리워하며 창작한 시라고 보는 시각이다.

31 〈途中作〉東飄西轉路岐塵 獨策羸驂幾苦辛 不是不知歸去好 只緣歸去又家貧.

32 곽승훈, 「최치원의 저술과 고뇌, 그리고 역사 탐구」, 이상현 옮김, 『고운집』, 한국고전번역원, 2009, 36쪽 참조.

33 〈留別西京金少尹峻〉相逢信宿又分離 愁見岐中更有岐 手裏桂香銷欲盡 別君無處話心期.

이 시는 신라로 돌아와 지방 관리로 나가 있을 때 지은 시이다. 신라 말의 혼란한 시대적 상황 속에서 평탄하지 않은 삶은 계속된 것으로 보인다. '갈림 길에 또 갈림길을 보는 것이 시름겹다(愁見岐中更有岐)'라는 구절은 이러한 상황을 단적으로 드러낸다. 그러한 상황일수록 자신을 알아주는 존재에 대한 갈망은 더욱 커질 수밖에 없다. 그러나 끝내 그의 포부와 갈망은 이루어지지 못했다. 이에 그는 은둔의 길을 선택할 수밖에 없다.

> **제가야산독서당(題伽倻山讀書堂)**
> 거세게 흐르는 물 돌부리에 부딪쳐 겹겹 봉우리 울리니
> 사람소리 지척간인데도 알아듣기 어려워라
> 언제나 是非聲이 귀에 들릴까 두려워
> 흐르는 물로 온 산을 감싸게 했도다[34]

가야산 홍류동을 배경으로 한 최치원의 대표적인 시이다. 세상 사람들의 시비하는 소리가 들려올까 두려워 홍류동의 계곡 물로 자신이 있는 곳을 감싸게 했다는 표현이다. 현실적 상황으로 인한 외로움과 비애의 감정으로 충만했던 앞의 시들과 달리 현실에서 벗어나고자 하는 은둔의 강한 의지를 엿볼 수 있다.

3) 현실 비판과 풍속에의 관심

> **강남녀(江南女)**
> 강남땅 풍속이 방탕하여
> 딸들을 교태롭고 예쁘게만 기르는구나
> 바느질하기 싫어하여
> 몸단장하고 관현(管絃)만을 다루자 하네
> 배운 것도 점잖은 음악이 아니며

---

34 〈題伽倻山讀書堂〉 狂奔疊石吼重巒 人語難分咫尺間 常恐是非聲到耳 故敎流水盡籠山.

으레 춘심에 이끌리네
스스로 생각하기를 이 꽃다운 얼굴로
길이 청춘을 누리리라 하여
문득 이웃집 처녀들을 비웃나니
하루 내내 베를 짜도
베틀 일에 네 몸만 수고롭게 만들지
비단옷 네게 돌아가지 않는다고[35]

이 작품에서 지칭하는 강남은 양쯔강 이남의 비옥한 지역을 말한다. 그러나 여기에도 명암이 존재한다. 화려한 강남녀의 사치와 하루 종일 베를 짜도 몸만 수고로운 이웃집 처녀의 대비가 그것이다. 현실의 모순을 강남녀의 언술을 통해 드러내는 방식이 현실 비판의 효과를 더 크게 한다.

우흥(寓興)

바라노니 이 욕의 문에 빗장 걸고
부모님 주신 몸 다치지 말게 하소서
구슬을 찾는 사람들 어찌 말리랴
무모하게 바다 밑에 드는 것을
한 몸의 영화도 티끌에 쉽게 물들고
마음의 때는 물로도 씻기 어렵네
마음의 단백함을 누구와 이야기할까
험한 세상살이 달디단 술만 즐긴다네[36]

신라말의 정치상을 신랄하게 비판한 시이다. 권력의 탐욕적 상황을 '욕의 문', '구슬을 찾기 위해 무모하게 뛰어든다'라고 표현하였다. 한번 물들면 걷잡을 수 없이 빠져드니 빗장을 걸어서라도 자신을 지켜야 한다고 다짐하고 있다.

---

35 〈江南女〉江南蕩風俗 養女嬌且憐 性冶恥針線 粧成調管絃 所學非雅音 多被春心牽 自謂芳華色 長占豔陽年 却笑隣舍女 終朝弄機杼 機杼縱勞身 羅衣不到汝.

36 〈寓興〉願言局利門 不使捐遺體 爭奈探珠者 輕生入海底 身榮塵易染 心垢水難洗 澹泊與誰論 世路嗜甘醴.

4) 〈향악잡영(鄕樂雜詠)〉

최치원의 현실에 대한 관심은 민간의 풍속을 관찰하여 시로 남긴 〈향악잡영〉을 통해서 확인할 수 있다. 〈향악잡영〉은 신라오기(新羅五伎)를 다룬 다섯 편의 연작시이다. 『삼국사기』 권32 악지(樂誌)의 신라악 부분에 실려 있으며, 조선시대 학자 이익의 『성호사설(星湖僿說)』 등에 언급되고 있다. 신라 시대 악무를 확인할 수 있는 중요한 자료로서 한국 민속극의 원형으로서 연구의 가치를 지닌다.

> 신라 향악에 다섯 가지가 있는데, 금환, 월전, 대면, 속독, 산예가 그것이다. 금환은 저 옛날 능의료의 농환이니 지금 사람들이 혹 4, 5개의 구슬을 잇달아 공중으로 날리되, 한 개는 항상 손에 있고 나머지는 공중에 있는 것이다. 월전은 아마 옛날 광대놀음인 듯하니 가면의 이마가 달처럼 둥글다는 뜻이며, 대면은 불상과 같은 황금 가면이요, 속독은 귀신의 모양과 같은 가면이고, 산예는 이사천의 목 사자로부터 시작된 듯한데, 지금 중국 사신을 맞이할 때 아직 그 놀음이 있다.[37]

금환(金丸)[38]
온몸을 휘두르고 두 팔을 내저어
금환(金丸)을 떼굴떼굴 힘차게 굴리니
명월(明月)이 굴러가고 별들도 반짝반짝
고요한 바닷물결엔 고래도 춤을 춘다

월전(月顚)[39]
올라간 두 어깨에 목조차 들어가고
머리 위에 상투는 뾰족하게 나왔어라
노랫소리 들리자 웃음소리 요란하며
저녁엔 단 깃발 밤새도록 휘날린다

---

37 이익, 『성호사설(星湖僿說)』.

38 〈金丸〉 迴身掉臂弄金丸 月轉星浮滿眼看 縱有宜僚那勝此 定知鯨海息波瀾.

39 〈月顚〉 肩高項縮髮崔嵬 攘臂羣儒鬪酒盃 聽得歌聲人盡笑 夜頭旗幟曉頭催.

대면(大面)⁴⁰

황금색 탈 쓴 사람 누구인지 모를세라
구슬 채찍 휘두르며 귀신을 쫓아낸다
달아나며 춤추다가 으쓱으쓱 늦은 걸음
너울너울 춤을 추는 봉황새와 같아라

속독(束毒)⁴¹

곱슬머리 감빛 얼굴 못 보던 사람들이
떼를 지어 뜰에 와서 난새같이 춤을 춘다
북소리 동당동당 바람소리 살랑살랑
남북으로 뛰어다니며 끝없이도 춤을 추네

산예(狻猊)⁴²

서역(西域)에서 유사(流砂)건너 만리길을 오느라고
털이 모두 떨어지고 먼지까지 묻었구나
머리를 흔들면서 꼬리마저 휘두르니
웅장한 기운이 온갖 짐승의 재주와 같구나

6. 문학사적 의의

최치원의 한문학은 중국문학의 차용(借用)을 통해서 형성되었는데, 신라의 문화적 전통 속에서 성립된 향가문학(鄉歌文學)과 대립되는 새로운 문학 장르를 개척한 것이었다. 이에 그를 한국한문학의 비조라고 칭하기도 한다. 이를 통해 동아시아의 보편적 문화 향유를 위한 핵심적 역할을 수행했다는 의의를 지닌다.

---

40 〈大面〉黃金面色是其人 手抱珠鞭役鬼神 疾步徐趨呈雅舞 宛如丹鳳舞堯春.
41 〈束毒〉蓬頭藍面異人間 押隊來庭學舞鸞 打鼓冬冬風瑟瑟 南奔北躍也無端.
42 〈狻猊〉遠涉流沙萬里來 毛衣破盡着塵埃 搖頭掉尾馴仁德 雄氣寧同百獸才.

그의 문장은 문사를 아름답게 다듬고 형식미가 정제된 변려문체(騈儷文體)였다. 『동문선』과 『계원필경』에 상당수의 시문이 수록되어 전하고 있는데, 평이근아(平易近雅)하여 당시 유행하던 만당시풍(晩唐詩風)과 구별되었다. 특히 삶 속에서 느끼는 진솔한 고민과 감정을 시를 통해 드러낸 점은 삶과 밀착된 문학 창작의 사례를 보여준다.

이상의 내용을 통해 볼 때, 최치원은 우리나라의 문학을 세계적인 수준으로 끌어 올렸고 그 결과 초기 우리 문학 발전의 전기를 마련했다는 점에서 높이 평가할 수 있다.

농산정 풍경

남호 정지상

(?~1136)

이상 세계, 강남을 꿈꾸다

비 갠 뒤 긴 언덕에 풀빛이 짙어 오네
남포에서 그대를 보내니 슬픈 노래 나오네
대동강 물은 언제나 마르려나
해마다 이별 눈물 보태는 것을

- 〈送人〉 -

작가로서의 정지상

정치 패배자로서 역적의 반열에 올랐던 이유 때문에 정지상의 작품은 곳곳에 흩어져 있다. 이에 파편을 모아 모자이크 하는 심정으로 그의 생애와 삶의 흔적을 추적한다. 그리고 그 속에서 작가로서의 정지상의 문제의식과 사상, 작품 세계의 특징을 살핀다.

남호(南湖) 정지상(鄭知常), 그는 고려 중기 서경 출신의 시인이자 정치가이다. 김부식으로 대표되는 개경파 정권과 정치적 대립을 펼치다 패배하였다. 그러나 그의 시인으로서의 재능과 면모는 정치적 라이벌이었던 김부식의 부러움을 샀다. 그는 다정다감한 감정의 소유자로서 만당풍(晩唐風)의 낭만적이고 화려한 색채의 시를 주로 창작하였으며, 여성적인 섬세한 문체를 보여주었다. 그러면서도 그의 시 속에는 고구려를 잇고 서경(평양)을 문화도시로 부흥하고자 하는 욕망이 강열하게 녹아있다.

월영대를 노래한 정지상의 시비

1. 정지상 연보

(출생 연대 미상) 서경에서 출생, 초명은 지원(之元), 아버지는 알려지지 않 았다. 어머니 노씨(盧氏)에 의해 양육되다.

(청년기) 서경 학상(學庠)에서 수학, 〈송인(送人)〉 등을 짓다.

1112년(예종 7년) 진사과 을과에 장원급제하다. [지공거: 평장사 오연총(平章 事 吳延寵), 시랑 임언(侍郎 林彦)]

1113년(예종 8년) 벼슬을 하사받다.

1114년(예종 9년) 개경에서 벼슬할 것을 허가받다.[1]

1127년(인종 5년) 좌정언(左正言)의 신분으로 권신(權臣) 척준경(拓俊京)을 탄핵하여 제거하다. 왕은 척준경 등을 암타도(나주)에 유배 시키고, 기린각에 거동하여 정지상에게 명하여 서경의 무일 (無逸)편을 강의하도록 했으며, 종신 및 서경 유신 25일을 불러 시를 짓게 하고, 주식(酒食)을 하사하였다.[2]

1129년(인종 7년) 좌사간(左司諫)으로 윤언이 등과 시정득실에 대하여 상소함. 김안과 서경천도를 주청함. 서경의 신궁을 완공하다.

1130년(인종 8년) 왕명으로 곽여(郭輿)의 산재기(山齋記) 및 묘지명을 짓다. 이때 벼슬이 지제고(知制誥)이었다.

1131년(인종 9년) 팔성당(八聖堂) 설치, 제문(祭文)을 짓다.

1133년(인종 11년) 왕 앞에서 경서를 강의하고 질의하다. (이 몇 년 사이에 충 주, 경상, 전라를 여행하였을 것으로 짐작됨)

1135년(인종 13년) 묘청의 난이 일어나고 김부식에 의해 죽음을 당하다.[3]

---

1 1114년(예종 9년) 4월 경술(庚戌)에 유사(有司)가 아뢰기를, "서경 진사(西京進士) 정지원(鄭之 元)은 임진년(壬辰年: 예종(睿宗) 7년)의 성시(省試)의 첫째로 합격하였사오니, 청하건대 옛 제 도에 따라 왕경(王京)에 머무르게 하여 서용(敍用)하소서."라고 하거늘 제(制)하여 옳다고 하였 다. 『高麗史』〈世家〉13 / 睿宗 甲午 九年 夏四月 庚戌, 有司奏, 西京進士鄭之元, 中壬辰年省試第 一名, 請依舊, 留王京敍用, 制可.

2 乙卯, 流拓俊京于嵓島, 崔湜于草島, 尙州牧副使李侯進·龜州使邵億·郎將鄭惟晃·西材場判官尹 翰等于遠地. 御麒麟閣, 命鄭知常, 講書無逸, 召從臣及西京儒臣二十五人, 賦詩, 賜酒食.

3 『高麗史』〈世家〉16 / 仁宗 乙卯 十三年 春正月 戊申, 妙淸·柳·趙匡等以西京, 反. 辛亥, 以金富 軾, 爲元帥, 討之. 壬子, 訛言, 西京兵, 至金郊驛, 西郊居民驚懼, 皆家入城. 金, 遣桂州管內觀察使 高春等, 來賀生辰. 甲寅, 斬金安·鄭知常·白壽翰.

1136년(인종 14년) 김부식이 서경을 평정. 정지상, 백수한 등의 처자(妻子)를 모두 적몰(籍沒)하여 동북제성(東北諸城)의 노비를 삼다.[4]

후대 사람들이 정지상을 평가하는 글은 다음과 같은 것이 있다.

- 정지상의 작품에는 현실 개조를 위한 저항 정신이 담겨 있다.[5]

- 정지상의 시에는 자기 고장인 서경에 대한 자부심과 서경에 사는 사람의 고통이 함께 드러나 있다. 정지상이 민중의 경험을 받아들이면서 현실을 비판한 작품도 적지 않게 내놓았으리라고 짐작하는 데 무리가 없겠다.[6]

- 정지상의 초기 시는 소년 시절의 좌절과 개인적으로 체험한 이별의 경험에서 비롯된 비장미를 담고 있고, 후기 시는 자연에의 그리움 및 그리움을 뒷받침하는 사상적 지향과 밀접한 상관관계를 지니고 있어 현실적 투쟁적 생애와는 달리 탈속적 공간을 설정해 그 개관적 풍경을 명사로 끝나는 표현 방식 등을 통하여 제시하고 있다.[7]

그가 지은 작품으로 알려진 것들을 정리하면 다음과 같다.

	작품명(初句)	주요 출전
1	大洞江(雨歇長堤草色多)	東文選(送人), 大東詩選
2	送人(庭前一葉落)	東文選, 大東詩選
3	無題(桃李無言兮蝶自徘徊)	破閑集
4	春日(物像鮮明霽色中)	三韓詩龜鑑, 東文選
5	題登高寺(石經崎嶇苔錦斑)	東文選, 箕雅, 大東詩選
6	無題(三丁燭盡天將曉)	東人詩話
7	及第詩(白日當天中)	白雲小說

---

4 『高麗史』〈列傳〉11 金富植, 知常 壽翰 等 妻子 並沒爲東北諸城奴婢.
5 박성규, 「정지상론」, 『韓國漢文學研究』3·4, 한국한문학연구회, 1979.
6 조동일, 「고려전기의 귀족문학의 결산」, 『한국문학통사』1, 지식산업사, 1982.
7 이종문, 「정지상의 시세계」, 『한문학언구』6, 계명대, 1990.

8	新雪(昨夜芬芬瑞雪新)	三韓詩龜鑑, 東文選
9	分行驛寄忠州刺史(暮經靈鵠峰前路)	東文選
10	丹月驛(飲闌欹枕畫屛低)	大東詩選, 補閑集, 東文選, 東國輿地勝覽(東覽)
11	長源亭(岧嶢雙闕枕江濱)	東文選, 補閑集
12	醉後(桃花紅雨鳥喃喃)	東文選, 三韓詩龜鑑, 箕雅, 大東詩選
13	西都(紫陌春風細雨過)	補閑集, 東文選
14	開聖寺(百步九折登歲顚)	東文選
15	邊山蘇來寺(古逕寂寞縈松根)	東文選, 補閑集
16	長源亭(玉漏丁東月掛空)	補閑集, 東文選, 東覽
17	詠竹詩(脩竹小軒東)	補閑集
18	月詠臺詩(碧波浩渺石崔嵬)	補閑集
19	靈鵠寺(千仞岩頭千古寺)	東覽
20	栢栗寺	東覽
21	謝各賜單公服表	東文選 表箋
22	謝賜物母氏表	東文選 表箋
23	册王太子御宴致語	東文選 致語

2. 상도지향(上都指向)과 서도회귀(西都回歸)의 시세계

시 비평의 안목이 뛰어났던 조선조 문인 허균(1569~1618)은 고려 전기와 중기 사이의 천재 시인이자 대동강의 서정시인인 정지상의 시에 대하여, "고려가 번성할 때에 가장 아름다웠는데 전하는 것이 매우 적으나 작품마다 절창이다"는 평을 내리고 있다.[8] 그가 이러한 평을 내리고 있는 데에는 정지상이 도학으로서의 성정(性情)이 아닌, 하늘이 품부한 순수한 성정의 세계를 잘 드러내었고, 스스로 얻어낸 표현과 수사가 뛰어났기 때문이다. 이처럼 정지상은 한국 한시사에서 무시할 수 없는 족적을 남긴 뛰어난 시인이었다. 하지만 현재 정지상의 생애나 그의 작품에 대하여 참고할 수 있는 자료는 매우 빈약하다.

....

8 許筠, 『惺叟詩話』, 鄭大諫詩 在高麗盛時最佳 流傳者絶少 篇篇皆絶唱也.

정지상의 초명은 지원이다. 어려서 총명하고 시에 능하다는 명성이 있었다. 과거에 급제하여 여러 벼슬을 거쳐 기거주에 이르렀다. 사람들이 말하기를, "김부식은 본래 정지상과 함께 문장이 서로 비등하여 불평을 품고 있었는데, 이때에 이르러 (묘청과) 결탁하였다 하고 지상을 죽였다"고 하였다. 정지상은 시를 지음에 만당의 시체를 얻었고 절구에 더욱 뛰어났다. 시어가 청화하고 운격이 호일하여 스스로 한 가법을 이루었다.[9]

위 내용은 『고려사』 〈열전〉 묘청의 말미에 첨부된, 정지상에 대한 언급의 전부이다. 다시 말해서 『고려사』는 정지상에 대한 인물전을 마련하고 있지 않다. 그가 묘청의 난에 연루되어 김부식에 의해 살해된 '역모 동조자'라는 이유와, 한미한 가문 출신이라는 것이 그 이유이다.[10] 그의 글을 정리한 『정사간집』이 있었다고 하나 역시 전해지지 않는다. 그리고 정지상의 이해는 늘 김부식과 함께 이루어졌다. 사정이 이러하기에 정지상의 정치적, 작가적 성향이나 시세계를 독자적으로 이해한다는 것은 현재로서는 어려운 일이다. 그러나 후대의 여러 문집에 산발적으로 남아있는, 그에 대한 부분적 언급이나 작품 20여 수를 중심으로 그에 대한 연구가 간간이 이루어졌다.[11]

정지상에 대한 기존의 연구는 문집에 소개된 작품과 그의 생애를 재구하여 배열하는 작가론적 이해,[12] 〈송인〉을 중심으로 정지상의 시세계를 탐구하는 작

---

9 知常 初名之元 少聰悟 有能詩聲 擢魁科 歷官至起居注 人言 富軾與知常 齊名於文字閒 積不平 至是 托以內應 殺之 知常爲詩 得晚唐體 尤工絶句 詞語淸華 韻格豪逸 自成一家法 -『高麗史』 〈列傳〉 40, 妙淸.

10 이인로의 『破閑集』에서도 정지상의 시를 평하면서 서도에 정모라는 사람이 있었는데, 지금은 그 이름을 잊었다고 했다. 반역인의 이름을 함부로 쓰지 않았기 때문이다.
"西都古高句麗所都也 控帶山河 氣像秀異 自古奇人異士多出焉 睿王時 有俊才性鄭者 忘其名...", 李仁老, 『破閑集』, 卷 下 三十.

11 정지상의 한시는 20여 수, 表箋(표전)으로 『東文選』에 〈謝各賜單公服表〉, 〈謝賜物毋氏表〉 등이 있고 〈冊王太子御宴致語〉 및 팔성사 祭文이 남아 있다.

12 박성규, 「鄭知常論」, 『韓國漢文學硏究』 3·4, 한국한문학연구회, 1979.
金承璨, 「鄭知常論」, 『國語國文學』 20, 부산대, 1983.
杜銀球, 「鄭知常의 生涯」, 『語文硏究』, 15(2), 일조각, 1987.
朴守川, 「鄭知常論」, 『韓國漢詩作家硏究1』, 한국한시학회, 태학사, 1995.
안대회, 「고려의 서정시-남호 정지상」, 『한국고전문학작가론』, 민족문학사연구소, 1998.

업,[13] 그리고 품격, 요체에 대한 논의가 주류를 이루었다.[14] 하지만 정지상 시세계를 당시의 정세와 연관하여 살피거나 작시(作詩)를 위한 예술적 기법, 그가 지향한 세계에 대한 논의 등은 미흡하였다. 따라서 지금까지의 논의만으로 정지상의 시세계를 파악하거나 그의 삶을 관통하는 작가적 정신과 추구한 세계를 온전히 파악하였다고 할 수는 없다. 이러한 이유로 우선 시 창작과 관련한 그의 정신적 토대와 시세계의 지행점을 초년기의 개경 지향의식 및 후년기의 서경회귀라는 두 축을 중심으로 정리하여 본다.

> 자연과 역사는 언제나 예술의 어머니였다. 자연은 그 민족의 예술에 취해야 할 방향을 정해주고 역사는 밟아야 할 경로를 주었다. 조선예술의 특질을 그 근저에서 포착하려면, 우리는 그 자연으로 돌아가고 그 역사에 들어가지 않으면 안 된다.[15]

한국의 미를 살피면서 일인(日人) 학자 유종렬이 전제한 것은 자연과 역사이다. 정지상에게서도 자연과 역사는 시창작의 중요한 토대이자, 삶의 획을 긋는 중요한 기준이 되었다. 그만큼 정지상의 시세계를 이해하는 일은 그가 성장했던 서경의 자연과, 그가 살았던 12세기 고려 사회를 점검하는 일부터 시작되어야 할 것이다. 실제 정지상은 서경 대동강을 배경으로 시를 지음으로써 이름을 얻은 시인이었다. 그런가 하면 서경출신과 결탁하여 서경천도를 주창하다 개

---

13 이규호, 「漢詩 次韻考」, 『한국고전산문연구』, 동화문화사, 1981.
   민병수, 「高麗時代의 漢詩 硏究」, 서울대 대학원, 1984.
   朴炳完, 「鄭知常論-送人의 作品分析을 中心으로-」, 『어문연구』 15(1), 일조각, 1987.
   杜鑽球, 「鄭知常의 漢詩考」, 『관대 논문집』 15, 1987.
   이종문, 「鄭知常의 詩世界」, 『한문학연구』 6, 계명대, 1990.
   이종묵, 「고려시대 寺刹題詠詩의 作法과 文藝美」, 『한국한시연구』 2, 1994.
   尹敬洙, 「鄭知常의 詩人意識과 詩境地 硏究」, 『부산외대논문집』 11, 1995.
14 卞鐘鉉, 『高麗朝漢詩研究』, 太學社, 1994.
   朴守川, 「鄭知常 漢詩의 文學性에 관한 硏究-拗句의 分析을 中心으로-」, 『한국한시연구』 2, 1994.
   卞鐘鉉, 「鄭知常 漢詩의 風格 硏究」, 『人文論叢』 8, 경남대, 1996.
15 야나기 무네요시 지음, 이길진 옮김, 「조선의 미술」, 『조선과 그 예술』, 신구문화사, 2006, 85쪽.

경파의 거두인 김부식에 의해 죽임을 당한 정치가이기도 하였다. 다정다감한 서정 시인으로서 눈물을 흘리며 이별을 노래한 시인인 그가 혁명의 대열에 가담했던 이유와 그 가능성을 어디에서 찾아야 할 것인가 하는 문제는 시인이자 정치가인 정지상을 이해하는 지름길이다. 이 문제는 곧 정지상이 취했던 예술의 방향과, 밟아야 했던 인생 경로를 살피는 작업과도 긴밀히 연계된다. 정지상의 인생에서 서경은 출세를 위해 떠나야 하는 곳임과 동시에 반드시 돌아와야 할 고향이었기에, 서경을 제외하고서는 정지상을 논할 수 없다. 즉 정치 경제의 중심이었던 개경에서의 출세를 위해서는 서경을 떠나야했고 또한 서경회귀의 이면에는 귀거래로서의 청풍고취(靑風高趣)보다는 출세의 자긍심과 서경의 전통성의 회복이라는 현실적·역사적 욕구가 강하게 작용하였음을 짐작할 수 있다. 이제 그 구체적 실상과 작품과의 연관성에 대하여 살펴보기로 한다.

1) 출세의욕과 탈(脫)서경의 장애

고려 전기와 중기의 전환기를 살다간 정지상은 서도 출신이다. 서경은 대동강, 부벽루 등으로 유명할 뿐만 아니라, 고구려의 고도(古都)로서 정치적 긍지와 예술적 전통이 대단하였다. 정지상 시절에도 서경은 시인묵객이 드나들고 기예를 갖춘 명인과, 이들을 맞이하는 명기(名妓)들로 가득 찬 예술의 고향이었다. 그런가 하면 역대 고려왕이 수시로 신하들을 대동하여 대동강을 찾아 수연을 즐기곤 하였던 곳이다.

> 정사(丁巳)에 대동강에 이르러 용선(龍船)에 타고 태자와 호종신료(扈從臣僚) 및 서경(西京)의 문무 양반(兩班)을 향연하며 수희(水戲)와 잡기(雜技)를 관람하고 저녁때에 이르러 파(罷)하여 장락전(長樂殿)에 입어(入御)하였다.[16]

---

16 丁巳, 至大同江, 御龍船, 宴太子·扈從臣僚及西京文武兩班, 觀水戲雜技, 至而罷, 入御長樂.-『高麗史』〈世家〉11, 肅宗 壬午 七年 八月.

갑자(甲子) 삭(朔)에 서경(西京)에 이르러 대동강(大同江)의 선상(船上)에 주연(酒宴)을 베푸니 호종(扈從)한 제왕(諸王)·재추(宰樞)·시신(侍臣)·서경 유수(西京留守)·분사(分司) 3품(品) 이상이 시연(侍宴)하였는데, 바람이 맑고 일기(日氣)가 화창(和暢)한지라 왕이 즐겨하여 시신(侍臣)들과 시(詩)를 창화(唱和)하였다.[17]

예문에서 보듯이 왕은 신료들과 함께 수희와 잡기를 관람하며 즐겼다. 그런가 하면 시를 창화하며 주연을 베풀기도 하였다.[18] 이와 같이 대동강은 왕과 백관 신료, 그리고 수많은 평민들이 유흥을 즐기던 장소였다. 그만큼 다양한 예술이 집합하며 문화가 창대한 곳이었다. 아래의 정지상 시도 이러한 사정을 잘 보여주고 있다.

> 번화한 거리 봄바람에 보슬비 지내간 뒤
> 가벼운 티끌조차 일지 않고 버들가지 늘어졌네
> 푸른 창 붉은 문에 들려오는 노래연주
> 이 모두가 이원제자[19]의 집이라네[20]

정지상 자신이 〈서도(西都)〉라는 제하의 시를 지었는데, 여기에서도 서경은 울긋불긋한 꽃대궐 같은 집이 즐비하고 노랫소리가 흘러나오는 곳으로 묘사되고 있다. 그리고 기생집이 즐비하게 서 있다고 하였다. 하지만 한편으로는 화려한 이면에 도사리고 있는 어두움이 감지된다. "생황소리에 묻혀 들려오는 노래가락이 목메이듯 들린다(생가인-笙歌咽)"라고 했으며, 그 많은 이원제자의 집에서 기거하는 기녀, 무녀와 기예인들은 개경 귀족들을 맞이하기 위해 준비된 서경사람들이 대부분이었기 때문이다. 개경 사람들을 위해 수고로움을 마

---

17 甲子朔, 至西京, 置酒大同江船上, 扈駕諸王·宰樞·侍臣·西京留守分司三品以上, 侍宴, 風日清和, 王, 悅, 與侍臣唱和. -『高麗史』〈世家〉14, 睿宗 丙申 十一年(1116년) 夏四月-

18 예종의 서경 유희가 심하자, 최약 같은 이는 이를 말리는 상소문을 내었다가 충주 부사로 좌천되기도 하였다. 『補閑集』上, 17 참조.

19 당나라 현종이 梨園에 악부를 설치하고 남녀를 모아 음악을 가르쳤다.

20 紫陌春風細雨過 輕塵不動柳絲斜 綠窓朱戶笙歌咽 盡是梨圓弟子家

다하지 않아야 했던 서경인, 그러면서도 개경인에게 멸시 당해야 했던 서경인의 당시 모습이 오버랩되어 있다.[21]

문화 도시인 서경에서 태어나 자란 정지상은 어릴 때부터 그 예술적 바탕을 자연스럽게 익힐 수 있었다. 고려속요 〈서경별곡〉을 거론하지 않더라도 서경 대동강은 서경인들의 이별과 회한의 장소였으며,[22] 이런 곳에서 어렵게 자란 정지상은 서경의 민중적 취향의 선율에 익숙하였고 이를 바탕으로 천하의 절창인 〈송인〉과 같은, 고려인의 보편적 정서를 고스란히 담은 시를 지었다.

또한 편모슬하와 한미한 집안의 출신인 그로서는 서경의 예술적 감흥에 마음껏 취해보기 위해서라도 부귀영화를 강렬하게 꿈꾸었을 것이다. 이러한 그의 출세지향적 야망은 아래의 글에서 잘 드러나고 있다.

> 신은 어려서부터 어머니의 교훈을 받고 학상(學床)에서 공부하였는데, 마치 사마상여가 승선교에 글을 쓰듯 강개한 마음으로 서울에 놀았고, 주매신이 비단옷을 입고 부귀로 고향에 돌아갔음을 흠모하였나이다. (하략)[23]

위 인용문은 사마상여가 촉(蜀)을 떠나 장안(長安)으로 가면서 승선교(昇仙橋)를 지나다가 다리 기둥에 "높은 수레와 가마를 타지 않고는 이 다리를 다시 지나지 않으리"라고 썼는데, 과연 귀하게 되었다는 고사와, 한나라 회계의 주매신이 나이 50이 되도록 곤궁하였는데, 후에 결국 회계 태수가 되어 돌아왔다는 고사를 인용하고 있다. 정지상은 이 두 고사를 빌어 금의환향하기를 간절히 바랐던 자신의 마음을 술회하였다. 이처럼 정지상은 개경에서 공부하여 출세하고 싶은 욕망을 어릴 때부터 강하게 품고 있었다.

그러나 그의 욕망은 뜻대로 실현되지 않았다. 우선 그는 서경을 임의로 벗

---

21 그러나 어린 시절의 정지상에게서 서경 중심의 역사관은 개인 출세라는 욕망에 가려 그 빛을 내지 못하였고 그가 출세한 이후에 비로소 전면에 대두하게 되었다.

22 崔滋의 『補閑集』에서는 정지상의 〈송인〉을 소개하기 전에 "大洞江是西都人送別之渡, 江山形勝 天下絶景"이라 하였다.

23 (上略) 臣幼被母敎 來投學床 有女司馬之題橋 慷慨而遊上國 所慕買臣之衣錦 富貴而歸故鄕(下 略)-『東文選』 34卷 表箋 〈謝賜物母氏表〉.

어날 수 없었다. 어머니와 대동강이 그를 가로막고 있었기 때문이다. 개경에서
공부하고 싶은 정지상의 욕심은 어머니를 모셔야 하는 집안 사정으로 인하여
쉽게 달성되지 못하였다. 그래서 정지상은 서경의 학상에서 공부를 하였다.[24]

> 부모께서 계시면 멀리 놀지 못하거니
> 가고파도 갈 수 없어 마음만 쓸쓸하다
> 처마 앞에 둥지 튼 제비는 암수가 있고
> 연못 위의 원앙새도 쌍을 이뤄 떠 있다
> 어느 누가 이 새들을 몰아내어
> 나에게 이별 수심 풀어줄거나[25]

이인로는 『파한집(破閑集)』에서 이 작품을 소개한 다음, 정지상이 후에 개경
으로 가 과거에 급제하여 대궐을 출입하였다고 하였다.[26] 따라서 이 작품은
정지상이 서경에 살 때 지은 작품임을 알 수 있다. 이 시에서 특히 "가고파도
갈 수 없어 마음만 쓸쓸하다(욕종부득심유유:欲從不得心悠悠)"라는 대목은 어머
님을 봉양해야 하는 자신의 처지 때문에 서경에 공부하러 갈 수 없는 안타까운
마음을 잘 드러내었다. 출세의 욕심이 가득한데 상황이 그러하지 못한 것이
소년 정지상으로서는 못내 안타까운 일이었다. 고려조 최고의 이별시로 평가
받는 아래의 작품 또한 같은 차원에서 이해할 수 있다.

> 비 갠 뒤 긴 언덕에 풀빛이 짙어오네
> 남포에서 그대를 보내니 슬픈 노래 나오네
> 대동강 물은 언제나 마르려나

---

24 박수천은 "기존의 번역서에서는 학상을 太學으로 풀었는데, 태학은 고려 시대 국립교육기관인
   국자감의 한 분과로 설치연대가 인종대이기 때문에 예종대에 급제한 정지상과는 연관이 없다고
   볼 수 있다"고 하면서 학상을 '서경지방의 초급학교 정도로 이해해야 올바르다'고 했다. 박수천,
   〈정지상론〉, 앞의 책, 52쪽.
25 〈無題〉-(前略)
   父母在兮不遠遊 欲從不得心悠悠 詹前巢燕有雌雄 池上鴛鴦成雙浮 何人驅此鳥 使我解離愁.
26 其後赴上都 擢高第 出入省閩 (李仁老, 『破閑集』 下 三十).

해마다 이별 눈물 보태는 것을[27]

서정적 격조를 매우 잘 살린 민요풍의 이별가로 해석된다. 하지만 님과의 이별로 포장된 이 시를 개경으로 상경하는 서경 고향 친구들을 떠나보내며 지은 시라고 생각하면 상황은 달라진다.

추운 겨울 한해를 보내고 다시 희망 넘치는 새봄이 되었지만 여전히 상황은 바뀌지 않은 채, 친구를 이별해야 하는 계절이 다가왔다. 이때의 님은 연인으로 보아도 좋지만 정지상의 생애에 초점을 맞추면 서경의 친구들, 특히 서경 학상에서 같이 공부한 친구들이라 볼 수 있다. 『파한집』에서도 이 시를 소개하면서 "…수초시송우인시운(垂髫時送友人詩云)…"이라 하였다.[28] 다박머리 드리운 시절이라 했으니 총각시절이다. 그리고 그 때 우인(友人)을 보내는 시라고 소개하였다.

해마다 이별눈물 보태는 것은 자신만이 아니라 이별하는 모든 이들의 슬픔이다. 그러나 시적 자아는 타인의 이별까지 자아의 이별로 감싸 안아 그것을 보편화하였다. 정지상은 해마다 개경 상경의 꿈이 남포에서 좌절되는 것을 안타깝게 여기며 이와 같은 시를 지었다고 할 수 있다. 서경을 떠나지 못하는 정지상의 마음을 표현한 시를 하나 더 살펴보기로 하자.

> 뜰 앞에 한 잎 떨어지고
> 마루 밑 온갖 벌레 슬프구나
> 홀연히 떠남을 말릴 수 없지만
> 유유히 어디로 가는가
> 한 조각 마음은 산 다한 곳에
> 외로운 꿈, 달은 밝고
> 남포에 봄 물결 푸를 때
> 그대여 훗날 기약을 잊지나 말게[29]

---

27 雨歇長堤草色多 送君南浦動悲歌 大洞江水何時盡 別淚年年添綠波.
28 『破閑集』 下卷, 30.

계절은 가을이라 외로운 마음이 더할 나위 없이 격하다. 남포에서 이별한 님은 훗날을 기약하는 약속을 하고 떠났다. 서경 대동강이 지니고 있는 이별의 이미지는 또한 반드시 재회할 것을 기약하는 이미지를 수반한다.[30] 그래서 위 시에서도 약속을 잊지 말라는 독백을 하면서 시적 자아는 그 때를 회상한다. 모두 다 유유히 떠나가는 상황에서 작자는 이별을 주제로 한 시를 쓰면서 훗날을 다짐하고 있는 것이다. 그 '훗날'이란 '외로운 꿈'을 실현하는 날을 말한다. 급제하여 출세하는 꿈, 떠난 서경의 친구들을 다시 만나는 꿈, 그래서 서경에서 영화롭고 행복하게 사는 꿈을 꾸면서 정지상은 고난의 젊은 시절을 보내고 있는 것이다.

지금까지 살펴본 것처럼 대동강으로 대표되는 서경의 자연은 번화한 거리, 꿈이 넘치는 서경의 이미지로 정지상에게 꿈을 가져 다 주었고, 한편으로는 대동강을 떠나지 못하는 가정 환경 탓에 엄청난 좌절과 이별의 아픔을 안겨 준 곳이기도 하였다. 그래서 정지상의 시에서는 서경이 꿈과 좌절이 함께 얽힌 자연의 이미지로 나타난다. 그러나 뜻을 품으면 언젠가는 그 뜻을 이루기 위하여 노력하는 법이다. 정지상이 젊은 시절에 품었던 포부를 잘 드러내는 시가 〈제등고사〉이다.

> 돌길은 험난하고 이끼마저 끼었는데
> 비단같은 이끼 길 다하니 선사로 들어가네
> 대장부에겐 본래부터 사방의 뜻이 있거늘
> 내 어찌 포과처럼 이 사이에 끼여 살리[31]

---

29 庭前一葉落 床下白蟲悲 忽忽不可止 悠悠何所之 片心山盡處 孤夢月明時 南浦春波綠 君休負後期.

30 정지상의 이와 같은 대동강에서의 이별과 재회의 희구는 특별한 개인의 정서가 아니라 보편적 정한인 것이다. 후대의 인물 김시습의 〈醉遊浮碧亭記〉에서도 이 같은 이미지의 재현을 확인할 수 있다. 雲雨陽臺一夢間 何年重見玉蕭還 江波縱是無情物 嗚咽哀鳴下別灣.

31 〈題登高寺〉
石經崎嶇若錦班 錦苔行盡入禪關 (中略) 丈夫本有四方志 吾豈匏瓜繫此間(공자의 말에, 내가 어찌 박이나 오이처럼 덩굴에 매어서 다니지 아니하랴 하였다.)

정지상은 이 시에서 대장부가 원래 천하를 경영할 만한 큰 뜻을 가져야 한다는 '사방지(四方志)'[32]를 역설하면서 『논어』〈양화(陽貨)〉편의 "오기포과야재 언능번이불식(吾豈匏瓜也哉 焉能繫而不食)"이라는 구절을 인용하여, 박과 오이처럼 얽매여 세상을 좁게 살지 않을 것임을 천명하고 있다. 〈제등고사〉는『동국여지승람』에 의하면 평안도 강서현 소재의 절이다.[33] 서경에 머물러 있던 정지상은 이 시를 짓고 상경하기로 작심했을 것이다.

그리고 젊은 시절 10여 년 정도 방랑하면서 공부하던 시절에 지은 것으로 보이는 작품이 〈개성사팔척방(開城寺八尺房)〉과 〈제변산소래사(題邊山蘇來寺)〉[34] 이다. 이 두 작품은 세상을 등진 도가적 분위기를 띠고 있는데, 이는 정지상이 이른 시기에 도가적 세계에 발을 들여놓았음을 짐작케 한다. 그리고 도가적 색채는 서경천도론을 주장하는 시점을 계기로 더욱 구체화되었다. 이 두 시 중에서 특히 〈제변산소래사〉는 기존의 논의에서 정지상이 왕사의 자격으로 남도를 순행할 때 지었다고 보는 경향이 있다. 그러나 작품의 성격상 〈개성사팔척방〉 과 유사한 분위기와 주제를 담고 있어 같은 무렵의 작품으로 보고자 한다.

2) 득의(得意)와 이상향(理想鄕) 중심의 긍호시작(矜豪詩作)

서경을 떠난 정지상은 1112년(예종 7년) 3월에 을과 제일로 급제하여 평생의 소원을 이루게 된다. 장원급제할 것이란 사실은 미리 조짐이 있었다는 이야기와 함께 그 시구가 전해지고 있다.[35] 또한 위작설이 제기되고 있지만, 그의 급

---

32 옛 풍속에 아들을 낳으면 쑥대 활과 뽕나무 화살로 사방을 보고 쏜다. 그것은 대장부는 사방의 뜻이 있어야 한다는 뜻이다. 『東文選』上揭詩 脚注 참조. 또한 左傳, 僖公 23년조에 "謂公子日 子有四方之志 其聞之者 吾殺之矣"라는 구절이 있다.

33 『東國與地勝覽』에서는 정지상의 시를 반역인의 작이라는 이유로 기록하지 않았을 가능성이 높다.

34 〈題邊山蘇來寺〉古逕寂寞縈松根 千斤斗牛聊可捫 浮雲流水客到寺 紅葉蒼苔僧閉門 秋風微凉吹 落日 山月漸白啼淸猿 奇哉厖眉一老衲 長年不夢人間喧
이 시는 적막한 기운과 어두운 분위기가 작품 전반을 지배하는 가운데 맑은 달과 서늘한 잔나비 울음소리로 산사의 고적하면서도 깨끗한 분위기가 고조되는 가운데 노승의 탈속의 경지를 칭송하고 있다. 그래서 호탕한 가운데 긍정적 세계상, 전통적 역사상을 지니고 순행할 때의 작품과는 ㄱ 분위기가 전혀 나르다.

제시라고 하는 작품이 이규보의 『백운소설』에 전한다.[36]

급제한 이후에도 정지상은 한미한 직책에 있다가 2년 뒤에 개경으로 올라와 벼슬살이를 할 수 있었다. 지방직에 있을 때 지은 것으로 추정되는 아래의 작품 〈춘일〉을 보자.

> 비 갠 가운데 물상이 선명한데
> 즐거운 유람에 시름이 흩어지네
> 강이 지는 해를 머금으니 황금물결이요
> 버들이 꽃을 흩날리니 흰 눈 바람일세
> 고향 산천은 천리 머나먼데
> 한 동이 술로 담소하니 온갖 인연 부질없네
> 흥이 일어 마음은 시구를 짓고자 하나
> 붓 들어 무지개 토할 기상 없어 부끄럽네[37]

이 작품은 정지상이 급제하고 나서 지방에서 한미한 벼슬 직책을 맡아 있을 때 지은 것으로 추정된다. 연구자에 따라서는 이 작품을 젊은 시절 방랑할 때의 작품으로 보기도 한다. 그러나 즐거운 유람(勝遊)이라 하였기에 이것을 상황적으로 해석하면 등과 후의 관인의 신분으로 보는 것이 옳을 듯하다. 그렇다고 하여 그가 정치적으로 득의기에 있었을 때 지은 것으로 보기에는 겸손이 지나치다고 할 수 있다. 10여 년 간을 방랑하다가 장원급제하여 얻은 벼슬이 한미한 외직이었기에 그로서는 온갖 인연이 부질없다고 토로할 만 하였다. 그

---

35 俗傳 學士鄭知常嘗肄業山寺 一日夜月明 獨坐於梵閣 忽聞有詠詩聲 日 僧看疑有刹 鶴見恨無松 以爲鬼物所告 後入試院 考官以夏雲多奇峰爲題 押峰韻 知常忽憶此句 仍續成書 呈其詩 (『白雲小說』).

36 급제시는 다음과 같다. 한낮에 태양은 중천에 떠있는데 떠있는 구름 스스로 봉우리를 만드네. 스님이 보고는 절이 있나 의심하고 학이 보고는 소나무 없음을 한탄하네. 번갯불은 나무꾼의 도끼질이고 천둥소리는 숨은 절의 범종소리. 누가 산이 움직이지 않는다고 했는가 저녁바람에 날아가 버리네. 白日當天中 浮雲自作峰 僧看疑有寺 鶴見恨無松 電影樵童斧 雷聲隱士鐘 誰云山不動 飛去夕陽風 白日當天中.

37 〈春日〉物像鮮明霽色中 勝遊懷抱破忡忡 江含落日黃金水 柳放飛花白雪風 故國河山千里遠 一遵談笑萬緣空 興來意慾題詩句 下筆慙無氣吐虹.

리고 아름다운 시구를 지어낼 재주가 없다 한 것은 장원급제한 그로서는 겸손의 말이다. 그러니 오히려 이 시구의 뜻은 겸손을 넘어 재주 있는 자신이 한직에 머물고 있는 것에 대한 불만을 역설적으로 표시한 것으로 보인다.

개경에 돌아온 정지상은 바야흐로 정치적으로 황금기를 누리기 시작한다. 그리고 서경인을 아끼는 인종의 특은을 입은 정지상은 어린 시절 친구들과 대동강가에서 기약한 '훗날'의 약속을 이룰 수 있었다.

정지상이 정치적으로 입신하게 된 때는 인종에게 상소하여 권신 척준경을 유배시킨 뒤부터였다.[38] 이때에 이르러 비로소 정지상은 어린 시절 꿈꾸었던 세계, 즉 서경에서 부귀영화를 누리며 행복하게 살려고 했던 출세 욕구를 실현할 수 있는 기회를 잡게 되었다.

정지상이 인종의 특별한 은혜를 입은 것과 인종이 정지상을 신임한 것은 둘 사이의 관계가 이전부터 돈독하였기 때문이다. 그 돈독한 관계 결성의 최대의 사건은 인종이 태자로 책봉될 때 정지상이 어연에서 치어(致語)를 지어 바치면서 충성을 맹세하였던 사실이다.[39] 그리고 예종시절부터 태자, 명신현사(名臣賢士)와 함께 학문을 토론하면서 '중화지풍(中華之風)'에 버금가는 학풍을 진작하는 데 이바지하였고, 그 가운데 정지상은 그의 문학적 역량을 마음껏 발휘할 수 있었다. 이러한 배경을 바탕으로 정지상은 인종대에 이르러 생애 최고의 부귀를 누릴 수 있었다. 그의 학문적 역량이나 정치적 입지를 짐작케 하는 글

---

38 척준경은 이자겸과 더불어 난을 일으킨 자이다. 그 당시 문벌귀족들은 상호 폐쇄적인 혼인관계 및 왕실과 혼인함으로써 특권을 유지하려고 하였다. 경원 이씨의 대표주자인 이자연은 그의 맏딸을 문종비, 둘째 딸을 예종비, 셋째와 넷째 딸을 인종비로 삼음으로써 80여 년간 정권을 장악할 수 있었다. 그러나 끝내 욕심이 과하여 十八子爲王說의 참위설을 유포시켜 1126년, 왕위 찬탈을 도모하였다. 그 뒤 이자겸은 척준경에 의해 제거되어 귀양가고, 척준경 역시 정지상에 의해 유배가게 되었던 것이다. 그 결과 경원 이씨의 전횡이 몰락하고 민심이 동요하는 가운데 도참설이 유행하게 되었고 그 영향으로 묘청의 서경 천도 운동이 구체화되기에 이르렀다.

39 『東文選』권104에 실려 있는 정지상의 〈册王太子御宴致語〉의 끝부분을 소개하면 다음과 같다. "맑게 갠 날 왕세가의 책명이 새로우니, 하늘에 치솟은 금대궐에서 아름다운 손의 잔치가 벌어졌사옵니다. 구름 용을 우러러 보는 경사는 천세절날 아침이요, 비 이슬 은혜는 사해의 봄에 비기었습니다. 禮를 드리고 예를 무겁게 갚으니 복록을 한가지로 하옵고, 음악은 宮과 徵가 조화되매 신과 사람은 감동하옵니다. 일만 나라가 조정의 뜻을 알고자 할진대 만물이 생성하는 것은 人鈞에 속하는 깃이옵니다. 『(국역)동문신』, 민족문화추진회, 1989, 185쪽.

이 『역옹패설』에 실려 있다.[40]

　인종의 돈독한 사랑을 입은 정지상은 곽여의 비문과 동산재를 지음으로써 다시 한번 인종의 총애를 확인할 수 있었다. 출세가도를 달리던 시절, 정지상이 지은 〈장원정〉이라는 동제(同題)의 시 두 편을 보자.

　　　　우뚝 솟은 쌍 대궐이 강가를 베었는데
　　　　맑은 밤에 한 점의 티끌조차 전혀 없네
　　　　바람 풍긴 배 돛은 구름처럼 조각조각
　　　　이슬 엉긴 궁궐 기와 옥비늘처럼 반짝이고
　　　　푸른 버들에 문 가린 여덟 아홉 집이 있고
　　　　밝은 달에 주렴 걷은 서너 명의 사람
　　　　아득한 봉래산은 어디 쯤에 있는가
　　　　꿈 깨니 꾀꼬리가 푸른 봄을 노래하네[41]

　　　　옥루 달이 벽공에 걸렸는데
　　　　봄 하늘이 모란 바람 보내주네
　　　　작은 마루에 주렴 걷으니 봄 물결이 푸르고나
　　　　사람들은 봉래산 표묘한 가운데 있네[42]

　장원정은 고려 문종 10년(1056년 12월)에 서강병악(西江餠嶽) 남쪽에 이룩한 이궁(離宮)이다. 현 개풍군 광덕면 유정동 영좌산 남록에 유지가 있는데, 고려 역대 왕이 자주 그곳에 유행(遊幸)하였다고 한다.[43] 이러한 장원정에 임금과 동행하는 것은 정지상의 신분이 대단했음을 의미한다. 이곳 장원정에서 정지상

---

40 『櫟翁稗說』後卷 13. 靖國安和寺 有石刻睿王當律四韻詩 一篇 其後云 太子某書子 仁王諱也 是時 王與太子 皆礪精翯學 延訪儒雅 而尹瓘吳延寵李頲李預朴浩金緣金富佾富軾富儀洪灌印份權適尹彦頤李之氐崔惟淸鄭知常郭東珣林完胡宗旦名臣賢士布列朝著討論潤色疊疊有中華之風後世莫及焉.

41 〈長源亭〉岧嶢雙闕枕江濱 淸夜都無一點塵 風送客帆雲片片 露凝宮瓦玉鱗鱗 綠楊閉戶八九屋 明月捲簾三四人 縹緲蓬萊在何許 夢闌黃鳥囀靑春.

42 玉漏丁東月掛空 一春天與牧丹風 小堂捲箔春波綠 人在蓬萊縹緲中.

43 『高麗史』〈世家〉07, 文宗 丙申 十年 十二月 및 『동문선』 가주 참조.

은 봉래산을 생각한다. 봉래산은 도가세계에서의 이상향으로 해석된다. 정지상도 도가적 이상향을 꿈꾸었는지 모른다. 그는 첫 작품에서 '아득한 봉래산은 어디쯤에 있는가(표묘봉래재하허:縹緲蓬萊在何許)'라고 했다. 봉래산을 찾는 시적 자아의 모습이 드러나 있다. 그러나 정지상에게는 그 곳이 가상의 세계가 아닌, 실현 가능한 공간으로 인식된다. 특히 '인재봉래표묘중(人在蓬萊縹緲中)'이란 구절 속에는 현재 봉래산에 사람들이 있다는 것으로 해석이 가능하다. 그곳이 현재 자신이 있는 장원정이 될 수도 있겠으나, 한편으로는 "표묘봉래재하허(縹緲蓬萊在何許)'이라 했으니 아득한 그 어느 곳이 봉래산일 가능성도 있다. 그리고 정지상의 입장에서 봉래산은 서경일 가능성이 짙다. 상경(上京)인 개경에서 왕을 모시고 있는 관리이지만 그에게는 돌아가야 할 고향, 즉 서경이 있었던 것이다. 서경을 이상적 도시로 생각하고 있었던 정지상은 언제나 돌아가야 할 곳으로 서경을 묘사하고 있다.

> 복사꽃 붉은 비에 새들이 지저귀고
> 집을 두른 청산에 간간이 푸른 산아지랭이
> 이마의 오사모는 게을러 멋대로이고
> 꽃동산에 취해 자며 강남을 꿈꾸네[44]

정지상의 만당풍 시작법이 절정에 달한 듯한 작품 〈취후(醉後)〉이다. 최자의 『보한집』에서는 이 작품을 두고 '가작도화간야('可作圖畵看也)'라 했고, 김종직의 『청구풍아』에서는 '염려태심(艶麗太甚)'이라 했다. 신흠은 『청창연담(晴窓軟談)』에서 '경발조려(警拔藻麗)'하다고 하여 그 고움을 극찬하였다. 화려한 색채에 호탕하고 빼어난 서정시인의 모습이 잘 드러나 있는 작품이다. 그리고 이러한 화려한 색채를 구사하며 궁극적으로 지향하는 세계는 강남이다. 이 작품을 보면 시적 자아가 취중에 관모를 비스듬히 하고 조는 듯 깨어 있는데, 꿈을 꾸는 세계는 강남이다. 강남이 어디인가는 불확실하지만 화려한 도시, 붉은

---

44 桃花紅雨鳥喃喃 繞屋靑山間翠嵐 一頂烏紗慵不整 醉眠花塢夢江南.

꽃과 푸른 청산이 있는 곳은 역시 서경이 제격이다. 그리고 실제 서경 내에 강남이라는 지명이 있다. 강남은 서경의 일부분이지만 서도 전체를 상징한다. 또한 기구(起句)에서의 화려한 붉은 색깔의 서경과 승구(承句)에서의 몽롱한 푸른 세계는 표묘한 경지에 있는 봉래산의 모습과 흡사하다. 따라서 정지상은 현재의 부귀한 삶에도 만족하지만 그보다 강남으로 표현되는 곳에서의 부귀영화를 선호하고 있음을 알 수 있다.

3) 승유(勝遊)를 통한 역사의식 고취

우리는 흔히 정지상을 묘청의 난과 연관하여 반역을 꾀한 인물로 인식하고 있다. 그러나 정지상은 서경을 단지 돌아갈 고향으로 여기고 고향을 발전시키는 데 주력하고자 하였다. 그리고 번화한 서경에서 득의한 자신의 모습을 과시하며 살고자 하는 꿈을 지니고 있었다. 출세에 대한 자부심을 가지고 고향인 서경에서 편안한 정치생활과 문인생활을 하고 싶은 욕망은 임금이 서경에 자주 행차하여 국정을 도모하는 가운데 자연스럽게 성취될 수 있었다. 그러나 정지상이 서경천도를 처음부터 적극적으로 꾀한 인물은 아닌 듯싶다.

> 그 즈음에 어가가 서경에 행차하시어 국정을 일신하실 때, 신은 그때에 어가를 공손히 따라 특히 숙수의 봉양을 다했을 뿐만 아니라 족히 상재의 영광이 되었사오니, 그밖에 다시 무엇을 구했겠습니까? 그것이 곧 만년의 영예라 생각하였더니 (하략)[45]

서경은 고구려 고도가 있었던 곳으로, 역대 고려 왕이 수차례 순행한 곳이기도 하였다. 정지상은 이러한 서경을 왕을 모시고 순행하면서 어린 시절 품었던 출세의 꿈을 실현한 것에 대하여 대단한 자부심을 가졌음을 술회하였다.

그러나 묘청과 서경인들을 만나면서 정지상의 욕망은 갈수록 강화되어만 갔다. 인간의 삶이 욕망 실현의 연장선이라 할 때, 정지상의 욕망은 개인 출세

---

45 『東文選』 34卷 表箋〈賜物毋氏表〉.

에서 차츰 역사의 주체로서의 서경과 자신의 역할에 대하여 욕심을 가지기 시작하였다. 즉, 그는 처음 출세를 위하여 상경하였지만 급제 이후 정치적 득의기를 맞이한 후에는 정치적 입지를 강화하기 위한 '확충욕망'이 일어난 것이다. 그러나 확충욕망은 필연적으로 제도적 환경적 이데올로기의 변화를 수반하여야만 가능한 일이다. 서경천도의 꿈과 도가세계로의 사상적 경도가 여기서 발동하게 되었다.

정지상의 욕망은 탄력적으로 변화해 갔으며 그 변화 과정에서 정지상 자신의 정체성도 변하고 있었던 것이다. '욕망 충족 체계의 그러한 자기 해체적 전개에 있어서는 어떤 이념 체계도 절대적으로 고정될 수 없으며, 욕망과 충족 사이에 탄력적 매개를 통하여 부단히 조정됨으로써 언제나 충족은 전개의 도상에 있었던 것[46]이다. 정지상은 끝없는 자기 변화, 새로운 이상세계를 동경하고 실현하고자 하였다. 서경천도를 실현하기 위한 방편으로 빌려온 것이 도참사상인데, 당시 고려조의 제도와 이데올로기도 이에 편승되어야 했으나 개경파 중심의 유학사상과, 중국 당나라를 사대하는 귀족관료의 이데올로기가 여전히 강하게 살아있었기 때문에 탄력적 제도의 변화를 지원받지 못한 정지상 및 서경일파는 끝내 패배하고 말았다.

그러면 정지상이 개인출세의 욕망을 달성하고 다시 서경천도라는 거대한 꿈을 꾸게 된 이유는 무엇일까. 단지 서경이 고구려의 고도이자 자신의 고향이기에 서경천도에 가담하였던 것이라고 보기에는 부족하다. 서경을 아름다운 고향이라는 이미지에서 벗어나 자연이 아닌 역사의 눈으로 바라본 이유는 무엇이었을까? 이의 답으로 그의 승유를 통한 민족의 전통, 주체성 확인을 들 수 있다.

승유를 통한 역사-전통성의 확인은 그가 왕사(王使)의 자격으로 남도를 여행하면서 얻은 귀중한 것이었다. 비록 지금은 자료나 작품이 많이 남아 있지는 않지만 그는 이 여행을 통하여 개인 영달의 자긍심에 흠뻑 젖기도 하고, 개인적 자긍심이 허무하다는 것을 아울러 느꼈을 것이다.

---

46 우찬제, 『욕망의 시학』, 문학과지성사, 1993, 21~22쪽.

우선 개인영달에 따른 영화로운 삶에 만족하는 마음을 표현한 〈분행역기충주자사(分行驛[47]寄忠州刺史)〉와 〈단월역(丹月驛)〉을 보자.

저물녘에 영곡봉의 앞길을 지나는데
아침에 분행루에 올라 시를 읊네
꽃잎은 벌에 쏘여 붉은 빛을 반쯤 토하고
버들은 꾀꼬리 날개 감춰 푸르름이 깊어가네
한 난간 봄빛에 끝없는 흥이 일지만
천리의 황화길은 가야 하는 마음일세
머리 돌리니 중원에는 사람들 보이지 않고
흰 구름 낮은 곳에 나무만 **빽빽하네**[48]

흠뻑 취해 베개 기대 화병 아래 누웠는데
꿈 깨자 앞마을에 첫 닭이 울었네
돌이켜 간밤에 구름과 비 흩어짐을 생각하니
푸른 하늘 외로운 달이 소루 서편에 걸렸네[49]

앞의 시에서는 왕사의 자격으로 순행하는 자신의 노정이 바쁘기만 하기 때문에 아름다운 봄날의 경취를 마음껏 즐길 여유가 없음을 말하였다. 그리고 배웅 나온 사람들이 보이지 않은 데쯤에서 뒤돌아보니 그들은 보이지 않고 나무만 무성하다는 것으로 마무리하고 있다. 또한 〈단월역〉에서 정지상은 간밤에 운우지정까지 나눈 후한 대접을 받았음을 강조하며 여정에 대한 만족감을 한껏 드러내었다. 그러나 두 작품을 다시 자세히 살펴보면 드러내고자 한 내용이 만족감이 아님을 알 수 있다. 즉, 두 작품에서 공통으로 발견할 수 있는 것이 바로 '화려함 뒤의 쓸쓸함'이다. 앞의 시 〈분행역〉에서의 3~4구절의 화려

---

47 경기도 과천 양재역에 속한 역(『東國與地勝覽』).
48 〈分行驛寄忠州刺史〉暮經靈鵠峰前路 朝到分行樓上吟 花按蜂鬚紅半吐 柳藏鶯翼綠初深 一軒春色無窮興 千里皇華欲去心 回首中原人不見 白雲低地樹森森.
49 〈丹月驛〉飮闌欹枕畵屛低 夢覺前村第一鷄 却憶夜深雲雨散 碧空孤月小樓西.

함이 7~8구절에 와서 쓸쓸함으로 바뀌고, 〈단월역〉에서도 기, 전구의 화려함이 각각 승, 결구에서 쓸쓸함으로 바뀌고 있음을 알 수 있다. 이는 정지상이 승유를 통하여 개인적 영달과 부귀영화의 덧없음을 자각하고 있음을 드러내고 있다 할 수 있다. 이러한 자각의 과정을 거치면서 정지상은 웅혼하고 단아한 기상을 취하는 쪽으로 방향을 선회하게 된다. 아래의 〈영죽시(詠竹詩)〉를 보자.

> 긴 대나무가 자그만 처마 동쪽에 있어
> 호젓하게 수십 떨기 이루고 있도다
> 파란 뿌리는 용이 다니는 땅에 널려 있고
> 차가운 잎새에는 구슬처럼 우는 바람이 불도다
> 빼어난 빛깔은 온갖 풀보다 고상하고
> 깨끗한 응달은 반공을 스치도다
> 그윽하고 기이하기는 글로 나타낼 수가 없으니
> 서리 내리는 밤달 밝은 가운데 있었도다[50]

위 〈영죽시〉는 정지상의 그 어떤 시보다도 맑고 깨끗하다. 그리고 웅혼한 기상과 서릿발 같은 기개가 넘치는 작품이다. 대지의 힘찬 정기와 허공의 맑은 기운이 대나무에 다 스며 있고 그 품위는 밤에 뜬 달 같다고 하였다. 유미주의에 경도된 듯한 시작풍을 보였던 정지상의 시 중에서 이 〈영죽시〉 만큼은 다른 분위기를 자아낸다. 이는 바로 정지상이 역사적 도시를 순행하면서 느낀 이 땅의 웅혼함과 기개, 그리고 무구한 전통을 확인했기 때문이다.

〈월영대시(月詠臺詩)〉 역시 푸른 물결 속에 솟아난 봉래산 학사대를 보면서 '백년풍아, 만리강산(百年風雅, 萬里江山)'을 '신시구, 일배주(新詩句, 一杯酒)'로 비유하여 그 호방한 기상을 펼쳐 보이고 있다.

> 푸른 물결은 아득히 뻗쳐 있고 돌은 우뚝 솟아 있는데

---

50 〈詠竹詩〉 脩竹小軒東 蕭然數十叢 碧根龍走地 寒葉玉鳴風 秀色高群卉 淸陰拂半空 幽奇不可狀 霜夜月明中.

그 가운데 봉래학사의 대가 있도다

소나무 늙은 단 곁에는 푸른 이끼 돋아나 있고

구름이 하늘 끝에 드리운 곳에는 한 조각 돛단배가 오는구다

백년의 풍아 새로운 싯귀요

만리의 강산 한 개의 술잔일세

계림으로 고개 돌려보아도 사람은 보이지 않고

달빛은 부질없이 밝아 해협을 두루 돌아 비추네[51]

정지상은 월영대에서 최치원의 자취가 남아있는 봉래산 학사대를 회고하며 역사를 생각하였다. 계림을 뒤돌아보니 자취가 없다는 것은 최치원의 자취가 지금은 남아있지 않음을 말한 것이다. 역사의식과 그의 도가적 흔적을 흠모하는 정지상의 태도를 우리는 이 시를 통하여 짐작할 수 있다.

4) 서경천도와 도가에의 경도

정지상이 서경으로의 천도를 계획한 것은 정치와 경제의 갱신에 있었다고 보인다. 그가 서경천도를 주창하게 된 이유로, 1)고향인 서경의 향수, 2)승유를 통한 역사, 전통의 주체성 발견, 서경의 새로운 인식, 3)토지기반의 이유, 4)서경인 회합-묘청 중심의 도참설 수용 등을 들 수 있겠다. 1)과 2)에 대하여는 지금까지 살핀 바 있고, 3)과 4)에 대하여 간단히 살펴보기로 한다. 우선 3)을 이해하기 위하여 아래의 글을 살펴보자.

고려의 토지제도는 국유원칙으로, 그 소유형태의 중심은 전시과(田柴科)로서 주로 관인에게 직위에 따라 일정한 토지가 지급되었다. 그러나 직위에서 물러나든지 혹은 죽게 되면 그 토지는 국가에 반납되어 사유는 허락되지 않았으며, 그 토지의 지급도 토지 자체의 지급이 아니라, 거기서 나오는 세금으로써 지급하는 것이었고, 그 조율도 국가에서 공정했다. 그러므로 당시의 관인은 토지를 스스로

---

51 〈月詠臺詩〉碧波浩渺石崔嵬 中有蓬萊學士臺 松老壇邊蒼蘇合 雲低天末片帆來 百年風雅新詩句 萬里江山一杯酒 回首鷄林人不見 月華空熘海門回.

관리 경영하는 지주가 아니고 국가의 힘에 의존하여 일정한 세그을 받을 뿐이었다. (중략) 그러므로 조선의 과전제 토지소유형태가 '귀족이 자기전장에 생활근거지를 두고 직접 농민경작을 감독하는 양식의 재지성인데 반하여 고려의 전시과의 것은 소유자와 토지와의 사이에 직접적인 관련성이 없는 부재지성이라 할 수 있다, 이 부재지성은 관인의 생활을 수도 개경에 집중케 하여, 토지와는 절연된 상태에 두었다.[52]

이와 같은 이유로 '귀거래'는 조선조에 와서 성행할 수 있었고 고려시대의 경우에는 어려운 일이었다. 정지상은 토지를 소유한 재지주적 성격의 편안한 귀거래를 위하여 서경천도를 주창하기에 이르렀다고 본다. 그리고 이 문제는 비단 정지상 개인의 문제가 아닌, 서경인 전체를 위한 문제이기도 하였다.[53] 젊은 시절 대동강 가에서 이별한 친구와 훗날을 기약하던 그 맹세를 실현하는 일이 토지소유의 문제와도 긴밀히 연관되어 있기 때문이다. 서경이 수도가 되면 토지문제가 해결될 수 있고 그러면 서경인의 개경으로의 이동, 혹은 개경인으로 인한 더 이상의 고통은 없을 것이기 때문이다. 문제가 이처럼 서경천도로 귀결된다면 귀거래와 경국제민의 이상을 동시에 성취할 수 있다고 정지상은 믿었던 것이다.

그리고 토지 소유의 문제는 결국 개경파와 서경파 간의 보다 치열한 정쟁을 낳았고, 그 토지 기반을 서로 유지 혹은 변혁시키려는 사상적 토대를 확고히 하기 위한 사상적 대립까지 이끌었다. 체제의 유지 혹은 변화에는 반드시 이데올로기의 튼튼한 받침이 필요하였기 때문이다. 그래서 유학에 입각한 개경파와 새로운 신도시 건설을 위한 서경파의 풍수도참사상이 첨예하게 대립하기에 이른 것이다. 이것이 서경천도와 도가에의 경도와 관련된다.

---

52 旗田巍, 『朝鮮史』, 1954, 114쪽. 崔珍源, 『國文學과 自然(增補版)』, 成均館大學校 出版部, 1986. 19~20쪽에서 재인용.
53 이러한 사정은 아래의 글에서도 확인된다.
  "우리가 만일 주상을 받들어 서도로 옮겨 앉아 상경으로 삼는다면 마땅히 중흥공신이 될 것이니 일신만이 부귀할 뿐만 아니라 자손에게도 무궁한 복이 되리라" 乃與近臣金安謀曰 "吾等若奉主上 移西都爲上京 則當爲中興功臣 非獨富貴一身 亦爲子孫無窮之福.-『高麗史節要』卷九, 仁宗 1.

경진(庚辰)에 건원전(乾元殿)에 거동하여 조하(朝賀)를 받고 제서(制書)를 내려 이르기를, "짐(朕)은 조종(祖宗)이 쌓아온 서업(緖業)을 이어 삼한(三韓)을 보유(保有)하였으나, 사람과 신(神)의 소망(所望)에 맞지 않을까 두려워하여 자나깨나 걱정하고 노심(勞心)하여 감히 영일(寧日)을 얻지 못하였다. 이번에 일관(日官)의 소청(所請)으로 서도(西都)에 사어(徙御)하매 새로운 교령(敎令)을 반포(頒布)함으로써 장차 만물(萬物)과 더불어 갱신(更新)하고 백성으로 하여금 돌아갈 바를 알게 하여 선왕(先王)의 구업(舊業)을 흥복(興復)하고자 하노라. 또한 저 성현(聖賢)의 훈계(訓戒)와 여러 도참(圖讖)의 언(言)에 이르기를, '음양(陰陽)을 봉순(奉順)하고 불타(佛陀)를 존숭(尊崇)하며, 형벌(刑罰)을 명신(明信)히 하고, 유명(幽明)을 출척(黜陟)하며, 삼보(三寶)의 재(財)를 망녕되게 허비하지 않을 것이요. 사선(四仙)의 적(跡)은 마땅히 영광(榮光)을 더하여야 할 것이라'고 하였으니, 좇아 이를 행하여 감히 어기지 못할 것이다. (중략) 또 국가(國家)의 풍습(風習)은 그것을 검박(儉朴)하게 하고자 하나 현재의 조정(朝廷)과 사서(士庶)의 의복(衣服)이 화려(華麗)하고 사치하여 존비(尊卑)가 등분(等分)이 없으니, 마땅히 예의상정소(禮儀詳定所)로 하여금 조종(祖宗) 때의 식례(式例)와 연혁(沿革)에 의거해서 제정(制定)하여 아뢸 것이다."[54]

다소 장황한 인용이지만 위 글에서 우리는 몇 가지 사항을 지적해 낼 수 있다. 우선 서경천도는 만물갱생, 구업흥복의 국가적 사명감을 띤 대사업이었다. 이는 개경의 지기가 다하고 서경의 지기가 흥하다는 묘청, 정지상의 주장과 다를 바 없다. 인종이 서경인의 상소를 들어 이와 같이 임금이 명령한 것이다. 그리고 음양의 봉순, 불타 존중, 형벌 명신, 유명적출, 사선의 영광 등을 통하여 풍수사상 및 불교, 도교의 숭상을 알 수 있고, 옳고 그름, 밝고 어두움을 잘 가리되, 그렇지 못하면 형벌로써 다스리고자 함을 천명하였다는 것이다.

---

54 庚辰, 御乾元殿, 受朝賀, 下制曰, 朕, 承祖宗積累之緖, 保有三韓, 懼無以稱人神之望, 宵憂勞, 不敢遑寧, 今以日官所請, 徙御西都, 以頒新敎, 將以與物更始, 使民知歸, 以興先王之舊業, 且彼聖賢之訓, 及諸圖讖之言, 謂奉順陰陽, 尊崇佛釋, 明信刑罰, 黜陟幽明, 三寶之財, 不可妄費, 四仙之跡, 所宜加榮, 依而行之, 不敢失也, (中略)且國風, 欲其儉朴, 而今朝廷士庶, 衣服華侈, 尊卑無等, 宜令禮儀詳定所, 據祖宗代式例沿革, 制定以聞, 又改定中外官制 -『高麗史』〈世家〉14』, 睿宗 丙申 十一年(1116년) 夏四月-

정지상은 서경천도를 위하여 서경에 행차한 인종을 속이는 수술을 펼치다 발각되는 일도 있었지만[55] 인종은 그를 벌하지 않았다. 따라서 위 임금의 교지는 서경인의 죄를 묻고자 함에 있는 것이 아니라 개경인의 서경천도에 대한 더 이상의 반대가 없기를 바라는 마음에서 내려진 것으로 풀이된다. 그만큼 인종은 정지상과 묘청 및 서경인에게 그 마음이 기울어져 있었다는 것을 의미한다.

또한 정지상은 1131년에 서경에 팔성당을 설치하고 직접 제문을 지었다.

빠르지 않되 속하고 가지 않되 이르니 이것을 이름하여 득일(得一)의 영(靈)이라 하며 무(無)에 즉하여 유(有)가 있고 실(實)에 즉하여 허(虛)가 있으니 대개 본래의 부처를 이름함이라 오직 천명(天命)이라 가히 만물(萬物)을 재제(裁制)하고 오직 토덕(土德)이라야 사방(四方)에 왕이 될 수 있을 것이라. 이에 평양성(平壤城) 중에 대화(大華)의 형세(形勢)를 복정(卜定)하여 궁궐(宮闕)을 개창(開創)하고 삼가 음양(陰陽)에 상고하여 그 사이에 팔성(八聖)을 봉안(奉安)하니 백두 선인(白頭仙人)을 첫째로 모심이라 경광(耿光)이 있으심을 생각하오매 묘용(妙用)이 현전(現前)할 것을 바라오며 황홀(恍惚)한 지진(至眞)이 오매 비록 그 정태(靜態)를 형상하기는 어려우나 오직 실덕(實德)이 이 여래(如來)이오매 그림으로써 장엄(莊嚴)하고 현관(玄關)을 두드려 기원(祈願)하나이다.[56]

위 제문에 의하면 정지상이 민족의 정신적 지주인 팔성(八聖)을 모심으로써 자주성과 주체성을 강화하고자 노력했음을 알 수 있다. 후대의 사관에 의하여 이러한 입론이 무망한 설로 폄하되었으나 천명과 지세에 의지한 그의 정치론은 서경천도의 당위성과 칭제건원(稱帝建元)[57]의 합리성을 제시하는 사상적 바

---

55 『東史綱目』卷 八 下, 仁宗 壬子에 다음과 같은 기록이 있다. 묘청, 백수한, 정지상 등이 대동강에 참기름이 든 떡을 강 밑에 미리 두었다가 임금의 행차에 맞추어 강에 서기가 어린다고 아뢰는 등의 교술을 부리다가 들통났다는 내용이다.
知常等因說王曰 大同江有瑞氣 此神龍吐涎 天載罕逢 請上應天心 下順人望以壓金國 ..妙淸壽翰 嘗密作大餅 空其中突一孔 盛熱油 沈于大同江 油漸出浮水面 望若五色...

56 請祭八聖, 知常, 撰其文曰, 不疾而速, 不行而至, 是名得一之靈, 無而有, 實而虛, 盖謂本來之佛, 惟天命可以制萬物, 惟土德可以王四方, 肆於平壤之中, 卜此大華之勢, 創開宮闕, 祗若陰陽, 妥八仙於其間, 奉白頭而爲始, 想耿光之如在, 欲妙用之現前, 恍矣至眞, 雖不可象靜, 惟實德是如來, 命繪事以莊嚴, 叩玄闕而祈嚮, 其飾訛說, 如此(『高麗史』〈列傳〉40, 叛逆, 妙淸).

탕으로 작용하였다.

또한 정지상의 도가적 세계관은 이와 같은 역사의식과도 유관하다. 팔성신의 숭배는 곧 단군신교와 관련된다. 호국백두악 태백선인을 으뜸으로 하는 팔성신의 숭배는 민족, 민중적 차원에서 신의 계보를 분명히 함과 동시에 민중, 민족적 노선의 도가사상을 표방함으로써 서경천도의 사상적 기반으로 삼았다. 정지상의 도가는 중국에서 수입된 것이 아닌, 원래 단군시절부터 배태된 자생적 사상에서 영향을 받았다고 할 수 있다.[58] 그렇기 때문에 정지상의 사상은 유학자적 입장에서 부귀영화를 성취하고자 하다가 서경인 전체의 부귀영화를 위한 서경천도를 시도하게 되었고, 그 과정에서 서경천도를 위한 사상적 기반을 마련하는 가운데 도학자적 입장을 취하게 되었다고 할 수 있다. 또한 이의 영향으로 다시 금국(金國)을 정벌하고 칭제건원하고자 하는 자주적이고 주체적인 역사관을 지니게 된 것으로 요약할 수 있겠다. 다만 조동일의 "고대적인 사상과 그 표현 형태를 때늦게 가져와서 중세사회의 위기를 극복하려했기에 한계가 있었다"는[59] 지적처럼, 논리적으로 무장한 개경파를 대항할 사상적·정책적 기반을 확고히 하지 못한 것이 그의 몰락을 재촉한 것으로 보인다. 『고려사』 편찬위원들도 이 제문을 제시하고 끝에 평하기를 "그 허식(虛飾)하고 무망(誣妄)한 설(說)이 이와 같다."고 하였으니 유학의 정명(正明)한 논리로 볼 때, 정지상의 주장은 괴력난신으로 역사를 조장하고 혹세무민하는 자로 비칠 가능성이 매우 높았다 하겠다.

결국 급진개혁 세력인 묘청이 난을 일으킴에 따라 정지상의 계획과 목적은 일시에 좌절되었고 자신의 생명이 다함은 물론, 그 처자들까지 흩어져 관노가 되는 지경에 이르게 되었다. 또한 그의 정치적 좌절은 나아가 북방 개척 및

---

57 군주를 황제라 칭하고 자주적인 국가의 연호(年號)를 세운다는 뜻이다. 고려가 중국에 대하여 자주적 황제국임을 선포하는 것을 뜻을 지닌다. 정지상이 연루된 묘청의 난에서 묘청이 서경에서 난을 일으켜 대위국(大爲國)을 세우고 연호를 천개(天開)라 한 것과도 관련성이 있다.

58 단군신교에서 도가의 미학적 뿌리를 찾는 것은 이능화의 『韓國道敎史』나 北崖子의 『揆園史話』에서 확인된다.

59 조동일, 『한국문학통사 1』, 지식산업사, 1994(4판), 381쪽.

고려국의 자주성을 지키려는 '칭제건원'까지도 무너져 이후 김부식을 중심으로 한 개경파의 사대주의가 지속되는 결과를 초래하였다.

3. 문학사적 의의

남호 정지상은 〈送人〉으로 유명한 고려 중기의 작가이다. 이 작품은 이별의 시를 대표하는 것으로, 만당풍 시의 성격이 짙은 만큼 슬픔의 정서를 여과 없이 드러내었다. 작품에 등장하는 '남포'는 대동가 가에 있다. 지금의 평양인 서경의 대동강은 군왕을 비롯한 수많은 관료와 서민들이 즐겨 찾아 유흥을 즐기며 고도의 풍광을 감상한 곳이다. 정지상은 이러한 문화 전통의 도시에서 성장하며 자연스럽게 예술적 감각을 익혔고 부귀 영달하여 출세하고자 하는 욕망을 품었다.

예술적 감각은 정지상 시가 색채미가 화려하고 낭만적인 분위기를 만드는 쪽으로 기여하였고, 한편으로는 신라말 최치원의 만당풍 작시형태를 따르는 듯하다. 부귀영달은 가난한 집안을 일으켜 세우려는 개인적 욕심에서 출발하지만 출세의 중심에 있을 때 지은 정지상의 시에서도 만당풍 시는 여전히 존재한다. 여린 정지상의 마음을 읽을 수 있는 대목이다.

한편, 정치적 득의기를 지나면서 정지상은 역사와 전통을 생각하는 웅혼하고 단아한 자세를 가지기 시작하였다. 특히 왕사의 자격으로 남도를 승유하면서 지은 일련의 작품, 〈분행역기충주자사〉, 〈단월역〉, 〈영죽시〉, 〈월영대〉 등을 통해 볼 때 그는 개인적 부귀의 화려함 뒤에 다가오는 쓸쓸함을 자각하였고, 영사시(詠史詩) 성격의 작품들을 남겼다.

정지상의 시에서 찾을 수 있는 그의 작가적 정신은 정한적 다정함, 서경 중심의 역사와 민족 주체성 회복 등이다. 묘청의 난이 갖는 역사적 의미가 주체성 회복이라면 정지상의 작품 역시 서정성과 함께 역사성에서 그 의미를 찾을 수 있다.(『문학과 언어』 23집(문학과 언어학회, 2001) 게재글을 수정함)

보각국사 일연
(1206~1289)

민족의 잠재력을 갈무리하다

대체로 옛날 성인이 예악으로 나라를 일으키고 인의(仁義)로 가르침을 베푸는 데 있어 괴력난신(怪力亂神)에 대해서는 말하지 않았다. 그러나 제왕이 장차 일어나려 할 때에는 부명(符命)을 받고 도록(圖錄)을 받아 반드시 남과 다른 점이 있은 연후에야 능히 큰 변화를 타서 제왕의 지위를 쥐어 대업(大業)을 이룰 수 있었다. (중략) 삼국의 시조가 모두 신이(神異)한 데서 나왔다는 것이 무엇이 괴이하겠는가? 이것이 기이편을 이 책의 처음에 실은 까닭이며, 그 의도가 여기에 있다.

－『三國遺事』〈紀異〉第二 序 중에서 －

작가로서의 일연

보각국사(普覺國師) 일연(一然, 1206~1289) 스님은 13세기의 역사가 열리는 시점에 태어나 13세기가 저물어가는 시점에 입적하였다. 13세기는 고려의 국운이 쇠퇴하여 민심이 흉흉하고 백성은 삶의 궁핍함에서 벗어나질 못하는 시기였다. 이러한 때에 나라를 바로 세우고 백성의 정신적 지주가 되어야 하는 불교는 불행하게도 그 기능을 온전히 수행하지 못하였다. 일연은 출가한 몸으로 선사가 되어 정치에 깊이 관여하여 국정을 바로 잡고 대중을 구제하려는 노력을 하였지만 그 끝은 어둡기만 하였다.

경북 군위군 고로면 인각사에서 일연은 민족의 잠재력을 회복하고 이를 한데 모아 국가의 위기를 벗어나고자 하는 목적으로 민족적 정신이 살아있는 자료를 모으기 시작하였다. 그것이 소위 괴력난신(怪力亂神)에 해당하는 구비자료물이다. 불교 관련 사적과 설화, 고승에 대한 기이한 이야기와 민족의 유구한 역사, 그리고 민중의 생활 속에서 민족의 저력을 찾고자 노력한 결과, 그는 『삼국유사』를 편찬하기에 이르렀다.

신앙인으로, 그리고 작가로서의 일연은 개인의 문제를 벗어나 국가와 민족의 안위를 걱정하는 거시적 차원에서의 글쓰기 작업을 수행하였다. 일연의 궤적을 밟아봄으로써 그의 고민과 문제의식이 어디에 있었는지 확인할 수 있는데, 이는 되풀이되는 역사와, 되풀이되는 작가적 사명감을 새삼 확인하는 작업이 될 것이다. 출가한 신분의 몸이지만 인각사 지척에 어머니를 모시고 아침저녁으로 그 방향을 바라보았다는 일연의 효심도 우리가 되새길 필요가 있다.

1. 생애와 시대적 배경

일연(一然)은 고려 후기의 고승이자 『三國遺事』의 저자이다. 속성은 김씨이며, 이름은 견명(見明)이다. 자는 회연(晦然)으로, 후에 일연으로 개명하였다. 호는 목암(睦庵), 시호는 보각, 탑호는 정조(靜照)이다.

일연이 살았던 시대는 무신란 이후 대몽 항쟁기와 원 간섭기에 해당하는 시기였다. 나라 안으로는 지배체제가 붕괴되었고 대외적으로는 국가의 주체성을 상실한 채 백성들의 삶이 피폐하고 불교계마저 타락하여 정신적 지주가 없던 때였다. 이러한 때에 일연은 도탄에 빠진 민중을 구제하고 민족의 자존감을 회복하는 동시에 가지산문을 중심으로 불교의 역할을 재정립하는 일을 평생 수행하였다. 그의 삶의 흔적은 비문〈고려국 화산 조계종 인각사 가지산하 보각국존 비명(高麗國 華山 曹溪宗 麟角寺 迦智山下 普覺國尊 碑銘)〉에 기록되어 있다. 일연의 생애를 알 수 있는 가장 중요한 자료는 경북 군위군 고로면(삼국유사면) 인각사에 있는 보각국존비(普覺國尊碑)이다. 이에 의거하여 그의 생애를 살펴보기로 한다.

일연은 최충헌이 집권하고 있던 1206년 6월에 경주의 속현인 장산군(지금의 경북 경산)의 지방 향리 가문인 김언필(金彦弼)의 아들로 태어났다. 일찍이 아홉 살에 전라도 해양(광주) 무량사에 들어가 공부하다가 14세에 설악산 진전사에서 삭발하고 구족계(具足戒)를 받았다. 설악산 진전사는 신라말 도의선사가 당나라에서 공부하고 귀국하여 새로운 선법을 펼치고자 하였으나 세상에 받아들여지지 않자 은거한 절로, 고려시대에도 가지산문에 속하였다.

설악산 진전사에서 수학하던 일연은 22세에 승과 상상과(上上科)에 장원 합격하고 경주 인근의 포산(경북 현풍 비슬산) 보당암에 주석하게 되었다. 고려에서는 관리를 뽑는 과거와 마찬가지로 선교의 승과를 실시하고 그 급제자에게 승계를 내려 순차적으로 승진시키고 아울러 자기 출신 종파의 사찰들에 주지를 하게 하였다. 일연은 승과 합격 후 22년간 비슬산 인근의 절에서 수행하였을 것이나, 이 기간에 별다른 행적은 전해지고 있지 않다. 그의 화두는 "생계불멸(生界不滅) 불계불감(佛界不減)"이었다. 그러다 어느 날 "삼계(三界)가 꿈과 같음을 알았고 대지가 털끝만한 거리낌도 없음을 보았다"고 하면서 크게 깨달았다.

1231년 몽고의 침략이 시작되고 최우와 지배층은 1232년 강화도로 천도하여 대몽항쟁의 입장을 취하였다. 그러나 실제로 몽고군을 맞아 싸우는 것은 육지에 남겨진 일반민의 몫이었다. 또 몽고병사들은 대구 부인사에 소장되어 있던 대장경을 소각하고 황룡사탑도 불태워버렸다. 최우는 불교의 힘으로 몽고 침략을 물리치겠다는 기원에서 대장경판이 소실된 4년 후 강화도에 대장도감을 설치하고 다시 대장경을 간행하는 사업을 벌였다.

일연은 1246년 선사를 제수받고 3년 후에는 정안의 초청으로 남해 정림사로 옮겨 주석하게 된다. 정안은 한때 최우와도 밀착된 인물로 대장경 간행에도 직접 간여하고 수선사의 2세 혜심과도 교류하였던 인물이었다. 이를 계기로 일연은 수선사 승려들과도 교류하고 지눌 혜심의 저술도 접하게 되었을 것이다. 또한 가지산문도 최씨정권과 연결되어 대장경 간행에도 참여하게 되었던 듯하다.

54세가 되는 1259년에 대선사가 되고, 1261년에는 원종의 명에 의해 강화도에 불려가 선월사에 주석하였다. 선월사는 최우가 원당으로 건립한 사찰로 추정되며, 선월사는 수선사의 중요한 사원이었다. 이때의 사실을 기록하면서 비문에 멀리 목우화상 지눌의 법맥을 계승하였다고 한 것은, 선월사 주지가 된 사실이 수선사 계통과 무관하지 않음을 보여준다.

또한 이 시기는 고려 사회가 크게 변화하던 시기였다. 1258년 4대에 걸친 80년간의 최씨 정권이 무너지고 강화도 정부는 몽고에 항복하였다. 일연은 왕실과 깊은 관련을 맺고 이를 배경으로 가지산문의 주요 근거지인 경상도 지역의 여러 사찰에 주석하면서 가지산문의 재건에 힘썼다.

1268년 왕명으로 운해사에서 대장낙성회를 주관하고 74년에는 비슬산 인흥사에 사액이 내려지며 용천사를 중수하여 불일사로 삼기도 하였다. 그 후로도 왕실의 우대와 지원은 일연의 만년까지 계속되었다.

1277년 충렬왕의 명에 의해 운문사에 주석하게 되고 1281년 6월에는 원의 일본 정벌을 위해 징발된 동정군을 격려차 경주에 행차한 왕으로부터 부름을 받고 갔다. 이를 계기로 다음 해 일연은 개경의 광명사에 주석하게 되었고 그 이듬해 3월에 충렬왕으로부터 충조라는 호를 받고 국존에 봉해져 전 불교 교단을 대표하게 되었다. 승려로서 최고의 지위인 국사를 원지배기에는 국존이라 한 것이다.

　1284년 의흥군의 인각사를 하산소로 정하여 내려가 머물다가 입적하였다. 일연의 부도와 비석도 인각사에 세워지게 되었다. 1289년 어느 날 새벽에 제자들과 선문답을 나눈 뒤, 방으로 들어가 금강인을 맺고 열반에 들었다. 이 때 그의 나이 84세였다. 지금까지 살펴본 생애를 기준으로 연보를 작성하면 다음과 같다.

1206년 6월	경북 장산군(경산)에서 김언필(金彦弼)의 아들로 출생하다.
1214년(9세)	출가하여 해양(海陽) 무량사에서 공부를 시작하다.
1219년(14세)	설악산 진전사에서 삭발하고 장로 대웅(大雄)에게서 구족계를 받았다. 그 후 여러 선문(禪門)을 다니면서 구산문사선(九山門四選)의 으뜸으로 추대되다.
1227년(22세)	승과 선불장(選佛場)의 상상과(上上科, 장원)에 합격한 후 달성 비슬산 포산(包山) 보당암에 머무르면서 참선에 전념하다.
1236년(31세)	문수보살의 감응을 받아 보당암의 북쪽 무주암으로 옮기다.
1237년(32세)	포산(비슬산) 묘무암에 주석(主錫). 삼중대사(三重大師)가 되다.
1246년(41세)	선사(禪師)가 되다.
1249년(44세)	상국 정안(鄭晏)의 요청으로 남해 정림사(定林社)에 주석함. 이후 약 3년간 대장경 간행 사업에 참여하다.
1256년(51세)	지리산 길상암에서 『조동오의(曺洞五位)』를 중편하다.
1259년(54세)	대선사(大禪師)가 되다.
1261년(56세)	왕명으로 강화도 선월사 주지가 됨. 목우화상 지눌의 법통 계승
1264년(59세)	임금에게 간청하여 남쪽으로 돌아와 오어사를 거쳐 인흥사에 자리잡다.
1268년(63세)	개경 해운사 대장 낙성회(大藏落成會)의 주맹(主盟)이 되다.
1277년(72세)	왕명에 의해 청도 운문사(雲門寺)에 주석하면서 선풍(禪風)을 떨치다. 이 무렵부터 『삼국유사』를 집필하기 시작하다.(추정)

1278년(73세)	인흥사에서 『역대연표(歷代年表)』를 간행하다.
1281년(76세)	왕의 부름으로 경주 행재소(行在所)에 가다.
1282년(77세)	왕명으로 개경 광명사에 주석하면서 왕실의 예우를 받다.
1283년(78세)	국존으로 책봉되고 원경충조(圓經沖照)의 호를 받음. 이 해에 모친이 95세로 사망하다.
1284년(79세)	임금에게 간청, 낙향하여 인각사에 자리잡고 두 차례의 구산문 도회(九山門都會)를 개최하다.
1289년(84세)	제자들과 선문답을 나눈 후 입적(入寂)하다.
1295년	인각사에 비를 세우다.

그리고 비문에 의하면 일연이 남긴 저술 목록은 『어록(語錄)』 2권, 『게송잡저(偈頌雜著)』 3권, 『조동오위(曺洞五位)』 2권, 『조파도(祖派圖)』 2권, 『대장수지록(大藏須知錄)』 3권, 『제승법수(諸乘法數)』 7권, 『조정사원(祖庭事苑)』 30권, 『선문괄송사원(禪門括頌事苑)』 30권 등이 있다.

2. 『삼국유사』의 편찬

『삼국유사』는 고려 충렬왕 때의 고승 일연이 엮은 사서이다. 일연은 고려후기 무신의 난 이후 원나라의 억압에 의한 위기의식으로 당시의 기록과 역사의 정리를 꾀하였으며, 단군의 고조선 신화로부터 시작하는 한국고대사의 체계를 세웠다. 편찬연대는 미상이나 충렬왕 7년~9년(1281~83) 사이로 보는 것이 통설이다. 현재까지 고려시대의 각본은 발견되지 않았고 완본으로는 조선 중종 7년(1512) 경주부사 이계복에 의하여 중간된 정덕본이 최고본이며 그 이전에 판각된 듯한 영본이 전한다.

1) 『삼국유사』의 편찬 목적

『삼국유사』를 찬술한 일차적인 동기는 사가(史家)의 기록에서 빠졌거나 자세히 드러나지 않은 것을 드리내 표현하기 위함이다. 따라시 일연은 이와 같은 기존 사서에서 간과해 버린 고대사와 불교사의 많은 사료를 모아 정리하고자 했다.

일연은 특히 불교문화를 중심으로 『삼국유사』를 편찬하였다. 그러나 일연의 관심이 불교에만 국한된 것은 아니었다. 일연은 고기(古記), 사지(寺誌), 금석문(金石文), 사서, 승전(僧傳), 문집 등을 광범위하게 수집함은 물론, 자신이 직접 보고 듣고 발굴해 낸 민간전승의 수많은 설화와 전설도 주요 자료로 제시하였다. 이 때문에 『삼국유사』를 종합 사서로 보기도 한다.

그러면 일연이 『삼국유사』를 집필한 정신은 무엇인가. 그의 역사의식이 가장 잘 드러난 곳은 『삼국유사』 기이(紀異)편의 서문이다.

> 대체로 성인이 예악으로 나라를 일으키고 인의(仁義)로 가르침을 베푸는 데 있어 괴력난신(怪力亂神)은 말하지 않는 바였다. 그러나 제왕이 장차 일어나려 함은 부명(符命)을 받고 도록(圖錄)을 받아 반드시 남과 다른 점이 있은 연후에야 능히 대변(大變)을 나고 대기(大器)를 쥐어 대업(大業)을 이룰 수 있었던 것인데 삼국의 시조가 모두 신이 한 데서 나왔다는 것이 무엇이 괴이하겠는가

『삼국유사』 전편에 걸쳐 흐르는 이와 같은 신이(神異)사상은 일차적으로는 불교의 포교에 있으며, 궁극적으로는 무너지는 고려를 재건하려는 일련의 애국적 충정에서 비롯된 것이다. 즉, 일연은 고려의 멸망을 예견하면서 고려를 다시 살릴 수 있는 방법을 고민하다가 민족과 민중의 잠재된 힘을 살리고 이를 한 데 모아 강한 고려를 재건하려고 한 것이다. 그리고 민족의 잠재력은 먼 단군의 시대로부터 비롯된 도도한 것이며, 신이한 것으로 민중의 정신적 지주 역할을 할 수 있는 것이라 믿었다. 그리고 그러한 신이한 힘은 불교 차원에서도 많이 그리고 쉽게 확인할 수 있음을 보이고자 한 것이다.

2) 『삼국유사』의 구성

제1권　　　왕력(王歷) 제1 (신라, 고구려, 백제, 가락 및 후삼국의 연대표)
　　　　　　기이(紀異) 제1 (고조선 이하 삼한, 부여, 고구려, 통일삼국 이전의 신라의 유사)

제2권   기이 제2 (신라 문무왕 이후 통일 신라를 비롯하여 백제, 후백제 등
        에 관한 약간의 유사와 가락국에 관한 유사)
제3권   흥법(興法) 제3 (불교전래의 유래 및 고승의 행적)
        탑상(塔像) 제4 (사기와 탑, 불상 등에 얽힌 승전과 사탑의 유래에
        관한 기록)
제4권   의해(義解) 제5 (고승들의 행적)
제5권   신주(神呪) 제6 (이승(異僧)들의 전기)
        감통(感通) 제7 (영험. 감응의 영이한 기록)
        피은(避隱) 제8 (은둔한 일승들의 기록)
        효선(孝善) 제9 (효행. 선행. 미담의 기록)

3) 『삼국유사』로 본 일연의 문학사적 의의

일연은 작가이기 이전에 승려였고 역사 정리에 많은 관심을 가지고 있었다. 그래서 『삼국유사』를 편찬하였다. 우리는 이 책 속에서 그의 시대정신과 문제의식을 읽을 수 있다.

⑴ 그는 『삼국유사』에서 전래 시가로 구전된 많은 작품을 거두었다. 또 이에 대한 상세한 해설과 고증을 곁들이면서 이들을 사적으로 정리하여 국문학에 지대한 공헌을 하였다.

⑵ 『삼국유사』에서 일연이 수록한 고가요 중에서 특히 신라가요 14편의 향가는 향찰로 쓰인 우리 고유의 노래란 점에서 중요한 가치가 있다. 특히 그는 향가를 수록하면서 작품의 배경과 창작동기를 소상히 밝히고 있다. 이것으로 보아 그는 전래 가요의 의의와 중요성, 그 가요에 대한 깊은 이해를 가지고 있었던 것으로 보인다.

⑶ 문학적 구성과 표현

『삼국유사』에서는 많은 고승들의 전기나 사찰, 탑상 연기(緣起)를 담고 있다. 『삼국유사』〈의해〉 제5권에 주로 나타나 있는 전기문학과 〈탑상〉 제4에

주로 나타나 있는 연기 설화 등이 그것이다. 여러 잡록, 우화, 전문에 그의 상상력까지 부가하여 신비스럽고 흥미로운 일관된 이야기로 만들었다. 즉 적절한 구성, 정확한 표현, 효과적인 대화의 삽입, 사실적인 배경 등에 의하여 훌륭한 문학적 작품으로 승화하였다.

3. 문학정신

작가로서의 일연의 모습을 살필 수 있는 구체적인 작품은 『삼국유사』에 수록된 찬시 50편이다. 〈왕력〉과 〈기이〉에는 60여 편목 중에서 〈기이〉 1의 '천사옥대(天賜玉帶)'에만 찬시가 있고 〈흥법〉에는 7편목 모두 찬시가 있으며 나머지 편목은 비교적 고루 찬시가 나타난다. 〈기이〉에는 거의 붙이지 않은 찬시를 〈흥법〉에서 모두 붙이고 있는 것은 찬시의 성격을 파악하는 데 중요하다. 『삼국유사』에 있는 그의 찬시들은 모두 불교의 〈흥법〉을 위한 찬불시이다. 예외적인 것이 있다면 〈기이〉 1에 있는 '천사옥대'의 찬시뿐이다. 이것만은 사찬적인 찬시라고 할 수 있다.

일연의 찬시 50편은 고도의 상징과 세련된 비유를 구사하여 시적 성공을 무리 없이 거두고 있다. 그리고 치밀한 시적 조직과 창작적 발상도 뛰어나다. 시의 내용이 〈흥법〉을 위주로 한 다분히 예찬적인 것이면서도 대부분 서정성이 드러난다. 찬시의 대상은 사찬적인 것 한 편을 제외하고는 모두 불법찬, 불교적인 인물찬, 불국토찬에 속한다. 그리고 일연은 선승이지만 그의 찬시 50편은 선시적 특성을 가지고 있다기보다는 견실한 학승의 시에 가까워 오히려 학승의 모습을 보여 주기도 한다.[1]

찬시를 통하여 파악할 수 있는 일연의 작가적 사상과 작가 정신을 살펴보면 다음과 같다.

---

1 인기준, 「일연」, 『한국문학작가론1』, 황패강 외 공편, 집문당, 2000, 162쪽.

1) 불국토 사상

『삼국유사』기술의 세계관적 바탕은 불승으로서의 불교적 세계관이다. 『삼국유사』는 불교의 전래와 포교에 얽힌 이적들을 공들여 모아 편찬한 일종의 불교문화사 저술이다. 그는 우리의 역사전통을 불교를 중심으로 파악하여 재구하려 하였으며, 나아가 불교 정신을 통하여 당면한 문제에 대한 해법을 찾고자 하였다.

불교에는 다양한 계통과 사상이 있거니와, 이에 대한 일연의 입장은 개방적이고 포용적인 것이었다. 그 자신이 선사였지만 선종에 국한하지 않고 교학에도 많은 노력을 기울였다. 이에 대하여 비문은 그가 참선하는 여가에 불경들을 거듭 살펴 제가의 저술을 궁구하였으며 또한 유서를 섭렵하였다고 전하고 있다.[2]

일연의 『삼국유사』 편찬의 기저에는 '불국토사상'이 깔려 있다. 일연은 『삼국유사』 첫머리인 〈기이편〉 단군 왕력에 대하여 불국천의 주재자로서의 제석의 후예를 기술하는 대목이 있다. 또한 아래의 찬시에서도 불국토 사상을 엿볼수 있다.

> 티끌같은 세상 어디에도 좋은 곳 없는데
> 부처님 인연은 우리나라가 제일이네
> 육왕이 아니라면 어려운 일을
> 월성에 오니 옛 모습 그대로네[3]

신라의 월성이 예로부터 부처를 섬길 인연이 있었고, 그 인연은 지금도 계속되고 있다는 것이다. 따라서 일연의 불국토 사상은 호국불교의 관점에서 이해해야 한다. 불국토를 건설하는 일만이 위기에 처한 국가를 구할 수 있다는

---

2 신동흔, 「설화와 불심으로 민족사를 되살린 큰 작가-보각국존 일연」, 『한국고전문학작가론』, 민족문학사연구소 고전문학분과편, 소명, 1998, 114쪽.

3 塵方何處匪眞鄕 香火因緣最娥邦 不是育王難下手 月城來訪舊行藏-『三國遺事』 권3, 塔像, 皇龍寺丈六.

생각이 일연의 중심사상이다.

한편, 일연이 과연 작가인가? 하는 의문점은 여러 번 제기되었다. 특히『삼국유사』에 보이는 서술의 일관성의 결여, 개인 창작이라기보다는 자료를 수집하고 정리한 결과물이라는 것 등이 이러한 문제 제기의 핵심으로 자리한다. 그러나 이에 대하여 반대 의견도 만만찮다. 아래의 글을 보기로 한다.

> 『삼국유사』는『수이전』과 같은 지괴전기류이기도 하고,『삼국사기』같은 사서이기도 하고,『해동고승전』같은 고승전이기도 하며, 그 셋과의 친연성에 경중이 없다. 그러면서 세 가지 전통이 각기 지니고 있는 속성을 그냥 받아들이지 않고 서로 부딪치게 해서 그 어느 쪽의 논리도 그대로 관철될 수 없는 새로운 통합물을 만드는 데 이르렀다. 기이한 설화를 모으되 역사성과 사상성을 찾고, 역사 서술의 과업을 수행하되 설화가 불교와 만나는 자리에서 유가적인 사서의 한계를 극복하고, 고승전을 엮되 불교가 세간의 관심사와 깊이 연결되어 있다는 것을 알려주었다.[4]

이러한 논의는『삼국유사』의 저술 의도가 종합적인 동시에 다중성을 지니고 있음을 의미한다. 그런데 자료의 수집과 고증, 정리 작업은 객관성의 확보를 뜻하며, 이는 창의성과 거리를 두게 된다. 그렇다면 작가정신에게 있어서 객관성과 창의성은 어느 정도의 무게를 지녀야 하는가. 객관성은 과거 문화유산의 갈무리이자 역사에 대한 존중이다. 전통 유산의 온전한 갈무리는 술이부작(述而不作)의 정신과도 상통한다. 만약 있는 자료의 임의적 변형이나 개작은 필연적으로 있던 사실의 생명을 훼손함과 동시에 작품으로 거듭난다. 일연의 경우, 개작의 방향보다는 삶의 흔적의 객관적 확보 의식이 더 강하게 작용했다고 할 수 있다. 이 또한 작가정신의 하나로 인정할 필요가 있다.

나아가 일연은 수많은 불교관련 설화를 수집하여『삼국유사』에 수록하였다. 이는 허구에 가까운 자료이다. 객관성의 확보라는 측면에서 바라본 일연의 입장에 또 하나의 입장이 숨어 있음을 알 수 있다. 진실과 허구, 객관성과 창의

---

4 조동일,『삼국유사 설화의 뜻풀이』, 집문당, 1990, 226쪽.

성의 이중성을 갖고 있는 일연의 본질적 작가정신은 무엇인가. 이는 일연이 설화를 통해 보여주고자 한 민족정신이다. 즉, 설화도 사실 너머의 '진실'을 담지하고 있다는 것[5]을 전하고 있다고 할 수 있다. 허구 속에 숨어 있는 삶의 지혜나 진실을 깨닫게 하는 것, 이는 바로 문학적 장치이자 문학의 근간이다. 그리고 설화 속에 숨어 있는 민중성과 민족성은 유구한 이 땅의 힘이자 생명임을 보이고, 이 땅이 또한 바로 부처의 세계임을 드러내 보이는 것, 즉 현세 불국토 사상을 전함으로써 난세의 민중을 구원하겠다는 승려로서의 사명감이 『삼국유사』를 집필하게 한 동기라 하겠다. 종교 지도가가 역사와 문학의 힘을 빌어 민족과 민중을 구원하겠다는 정신이 곧 일연의 사상이요, 작가정신이라 하겠다.

2) 향가 작품 갈무리와 찬시(讚詩)

『삼국유사』에는 신라의 노래 향가(鄕歌)가 14수 포함되어 전해지고 있다. 그 당시 일본의 노래책 『萬葉集』에 4천 5백여 수의 고대가요가 수록되어 전하는 것과 비교하면 그야말로 부끄러운 정도이다. 그러나 그만큼 『삼국유사』 속의 신라노래 향가의 가치는 무궁하다고 할 수 있다. 향가는 신라노래의 총칭인데, 특히 향찰(鄕札)로 표기된 노래를 말한다. 이 중에서 소위 10구체 향가를 '사뇌가'라 하는데, 이는 사뇌격(詞腦格)을 가지고 있다는 뜻이다. 사뇌격은 노래 마지막 구절에 차사(嗟辭)라고 하는 감탄구를 동반하는 형태의 향가를 말한다. 『삼국유사』에 "始作兜率歌 有嗟辭詞腦格"이라는 표현이 나온다. 향가에 감탄구가 존재한다는 사실은 향가가 소원하는 바나 정서적 탄원, 찬미하는 기능의 노래일 가능성이 많다는 것을 시사한다. 특히 일연의 입장에서는 주술성과 연관된 노래로서의 향가가 때로는 천지귀신을 감동시키는 노래였다고 하였으니 이는 『삼국유사』를 편찬한 의도인 우리민족의 역사나 문화가 지니는 신성성과 이해하기 힘든 불교의 세계를 드러내고자 하는 것과 관련 있어 보인

---

5 신동흔, 잎의 책, 111쪽.

다. 일연은 향가를 두고 '其意深高'하다 하였고 또한 '世人喜樂之具'라고도 하였다.

일연이 『삼국유사』에 수록한 향가 14수는 아래와 같다. 이들 노래의 형식이나 내용은 다양하여 일정한 장르적 특징을 추출하기 힘들다. 내용을 살펴보면 불교 승려의 노래, 화랑의 풍월도 사상의 노래, 신라 토속신앙의 노래 등으로 나눌 수 있지만 일정한 기준이 없다. 대개 기원의 노래이거나 찬미 추모의 내용이 많다.

그러면 일연은 과연 어떤 이유에서 향가를 수록하였는가? 이 문제의 답을 얻기 위해서는 그가 『삼국유사』에 남긴 찬시(讚詩)를 참고하는 것도 한 방법이 될 수 있다. 물론 향가와 관련한 찬시의 숫자가 적고 일연 자신이 감동받은 사안에 대하여 찬시를 지은 것을 감안할 때 찬시만으로는 일연의 향가에 대한 시각이나 사상을 온전히 다 읽을 수는 없다. 하지만 김선기가 주장하였듯이,[6] 한시 시화 형식을 차용하여 향가기술문의 형식으로 서술했다면 일연이 향가를 한시와 대등한 위치에서 다루었다는 사실을 확인할 수 있고, 시화문의 4대 구성요소인 작가, 작품, 창작배경, 논평의 체계를 통해 한시시화 기술문과 향가 시화 구술문의 비교는 향가 이해에 유의미하기 때문이다. 또한 일연의 찬시를 살피는 작업의 의미는 『삼국유사』 소재 향가는 신라라는 과거 속에 위치하면서 철저하게 텍스트 내적 질서에 속하게 되는 반면, 찬시는 서술자 일연이 고려후기라는 현재적 위치에서 이룩한 것으로 텍스트의 외적 질서에 속하게 된다[7]는 주장을 참고할 때 일연이 신라의 노래를 어떻게 바라보는가 하는 시각을 확인할 수 있기 때문이다.

일연이 찬시를 통해 보여준 세계인식은 불교, 부처 앞에서는 만인이 평등하다는 것과, 불교적 인간관에 입각하여 생명의 존엄성을 보여준 것 등[8]을 들

---

6 김선기, 「삼국유사 향가기술문의 시화적 조명」, 『일연과 삼국유사』, 일연학연구원 편, 신서원, 2007, 328쪽.

7 박상영, 「鄕歌와 讚詩, 그 간극 속에 담긴 일연의 세계 인식」, 『한국말글학』 34, 한국말글학회, 2017, 9쪽.

8 한예원, 「삼국유사 소개 찬시를 통해본 일연의 문학에 관한 연구」, 『한국시가문화연구』 13,

수 있다. 이러한 세계인식은 향가 수록에도 적용되었을 가능성이 높다. 다양한 계층의 사람들이 짓고 노래한 향가를 수록한 사실과, 다양한 기원의 내용을 담고 있는 것, 그리고 현실과 이상 세계의 괴리 앞에서 현실은 늘 부족하고 불완전하지만 그 현실을 부정적으로 인식하지 않고 긍정적으로 조망함으로써 밝은 미래를 기원하고 지향하는 일연의 의식 등이 향가를 갈무리한 배경이 된다.

주지하듯이, 일연이 향가를 삼국유사에 수록하면서 향가를 바라본 시각은 노래는 천지 귀신도 감동시킬 수 있다는 효용성이다. 어려운 처지를 당하여 소원하는 바를 노래에 실어 부르니 그 소원이 이루어졌다는 내용의 작품이 14수 중에서 10수나 된다. 소위 소원성취담이라 할 수 있는 이러한 서사문맥 속에서 향가는 사회적 치유의 기능을 훌륭히 소화해내었던 것이다. 그리고 일연은 이러한 내용의 향가를 널리 알려서 많은 사람들의 공감을 얻어 내려고 한 의도도 지니고 있었을 가능성이 높다.[9] 그리고 이러한 인식관은 일연이 『삼

작품명	작가	창작시기	출전
서동요	서동	진평왕 579~632	『삼국유사』 권2 무왕
혜성가	융천사	진평왕 579~632	〃 권5 융천사 혜성가
풍요	미상	선덕왕 632~647	〃 권4 양지사석
원왕생가	광덕	문무왕 661~681	〃 권5 광덕엄장
모죽지랑가	득오	효소왕 692~702	〃 권2 죽지랑
헌화가	노인	성덕왕 702~737	〃 권2 수로부인
원가	신충	효성왕 737	〃 권5 신충괘관
도솔가	월명사	경덕왕 760	〃 권5 월명사 도솔가
제망매가	월명사	경덕왕 742~765	〃 권5 월명사 도솔가
찬기파랑가	충담사	경덕왕 742~765	〃 권2 경덕왕 충담사
안민가	충담사	경덕왕 742~765	〃 권2 경덕왕 충담사
도천수대비가	희명	경덕왕 742~765	〃 권3 분황사천수대비
우적가	영재	원성왕 758~798	〃 권5 영재 우적
처용가	처용	헌강왕 5년 897	〃 권2 처용랑 망해사

한국고시가문학회, 2004, 312쪽.

9 향가의 공감성에 대해서는 권오경, 「신라 향가의 공감 유형과 의미」, 『국학연구논총』 19, 택민국학연구원, 2017 참고.

국유사』서술에서 일관되게 보여준 신이사관(神異史觀)과도 연결된다.

『삼국유사』에는 총 50편의 칠언절구의 자작시가 있다. 이것은 찬(讚)이라 이름하여 매 조목의 끝에 수록되어 있는 불교적 시편이다. 찬시는 일연이 서술한 불교적 사항에 대한 그의 주관적 감흥을 시화한 것으로, 종교시라기보다는 서정시라 할만하다. 특히 그의 시인적 능력을 말해주는 작품으로는 신라 향가와 관련된 시편, 즉 〈천수대비가〉, 〈풍요〉, 〈도솔가〉, 〈제망매가〉, 〈원가〉, 〈우적가〉 등 6편의 노래가 삽입된 해당 조목의 말미에 붙어있는 찬시이다. 이들 찬시 편에는 신라 향가에 대한 감상과 비평까지 곁들어져 있기 때문이다.[10]

향가서술문에 붙은 찬시를 예로 들어 보기로 한다.

> 재가 파하여 법당 앞에 속장은 한가한데
> 향로에 손질하고 혼자 단향 피우네
> 남은 불경 다 읽자 더 할 일 없으나
> 소상 만들어 합장하고 쳐다보네[11]

이 찬시는 양지가 장육존상을 만들 때 부녀자들이 흙을 나르며 불렀다는 〈풍요〉에 대한 가사 끝에 수록된 것이다.[12] 양지스님의 예사롭지 않은 법능과 그의 예술성을 동시에 드러내고 있는 작품이다. 민요계열의 향가 작품인 만큼 〈풍요〉가 창작배경이 아닌 가창된 배경을 서술하고 양지의 공덕을 찬양한 사례이다.

> 바람은 지전을 날려 죽은 누이동생 노자에 보태고
> 피리소리 저 달을 울려 항아의 걸음 멈추었네
> 하늘 저쪽 도솔천을 멀다 이르지마오

---

10 인권환, 「일연론」, 『한국문학작가론』, 황패강 외 공편, 형설출판사, 1977, 100~101쪽.
11 齋罷堂前錫杖閑 靜裝爐鴨自梵檀 殘經讀了無餘事 聊塑圓容合掌看 -『三國遺事』 권4 良志使錫 條.
12 인권환, 앞의 책, 101쪽.

만덕의 꽃으로 맞아 한 곡조 노래하네[13]

위 찬시는 월명사의 〈제망매가〉에 붙은 일연의 찬시이다. 죽은 누이동생을 제사 지내는 것은 〈제망매가〉 서술문을 따른 것이고 피리소리는 월명사가 피리를 잘 불었다는 작가의 특장점을 가져와서 승구로 삼았다. 그리고 전구에 이르러 이상향으로서의 도솔천이 가기 어려운 곳이 아님을 보이고 이에 이르기 위한 산화공덕을 노래하는 것으로 결구로 삼았다.

아래 찬시는 〈분황사 천수대비 맹아득안〉조에 딸린 찬시이다.

죽마타고 파피리 불며 언덕에서 놀더니
하루 아침에 어여쁜 두 눈을 잃었네
부처의 자비로운 보살핌 없었다면
버들꽃 피는 좋은 봄날을 헛되이 보냈으리[14]

위 찬시는 순진무구한 아이가 졸지에 눈이 멀어진 비극적 사건에 대하여 부처의 한없는 자비로움으로 득안했다는 점을 부각시켰다. 향가의 주술적 감동이 천수대비 관음의 보살핌으로 연결된 찬시이다.

공명을 못다한 채 귀밑털이 먼저 세니
임금의 은총 많다하나 백년이 잠깐이라
저 건너 산이 꿈에 자주 보이니
가서 향 피워 임의 복을 빌리라[15]

---

13 讚曰 風送飛錢資逝妹 笛搖明月住姮娥 莫言兜率連天遠 萬德花迎一曲歌 -『三國遺事』卷5 月明師
兜率歌 條.

14 讚曰 竹馬葱笙戱陌塵 一朝雙碧失瞳人 不因大士廻慈眼 虛度楊花幾社春 -『三國遺事』卷3 芬皇寺
千手大悲盲兒得眼 條.

15 讚曰 功名未已鬢先霜 君寵雖多百歲忙 隔岸有山頻入夢 逝將香火祝吾皇 -『三國遺事』卷5, 信忠
掛冠 條.

위에서 보인 신충의 〈원가〉에 대한 일연의 찬시는 향가작품의 내적 작가인 신충의 속세에 대한 원망을 탈속세함으로써 오히려 사랑으로 바꾸어 놓았다. 이처럼 일연은 향가 작품에 대한 배경이나 작가에 대한 설명에 이어 자기 자신도 스스로 작품을 향유하는 독자의 일부로 참여함으로써 향가 작품을 수록한 이유를 보완하였다. 일연은 불편부당하고 부조리한 현실, 혹은 욕망과 미련과 원망이 난무하는 속세의 삶을 떠나 평온과 사랑, 희망과 기원의 이상세계, 즉 부처의 세상을 추구하였음을 찬시를 통해서 알 수 있다.

4. 문학사적 의의

명계환은 "일연은 중생교화를 위해서라면 죽어서 다음 생에 풀을 뜯는 마소[馬牛]가 되어서라도 주인의 은혜에 보답한다는 경초선(莖草禪)에 입각한 사상가였음을 알 수 있다."라고 하였다.[16] 이 말을 기초로 할 때, 일연에게 주인은 누구일까? 물론 일연은 스님의 삶을 살았기 때문에 부처가 주인일 수도 있다. 특히 선승의 삶을 살았기 때문에 그의 주인은 곧 일연 자신일 수도 있다. 그리고 득도를 통해 중생을 구제하는 구도자의 입장에서는 민중이 곧 주인이 될 수도 있다. 특히 일연은 그의 만년에 당한 궁핍하고 자주권이 침해당하는 현실 앞에서 현실의 문제를 고민하지 않을 수 없었을 것이다. 그렇다면 그가 『삼국유사』를 집필한 동기는 민족주의와 민중주의로 요약되는 현세 구복사상으로서의 관음사상과, 민중의 꿈을 대변하는 문학행위로 설명할 수 있다.

끝으로, 작가로서의 일연의 문학사적 의의는 다음과 같이 정리할 수 있다.

첫째, 전기나 저술 등에 나타나는 일연을 바라볼 때 선승으로서 교학에도 정진한 노력형의 인물이었으며 겸허하고 초탈한 성품의 소유자였다. 또 인간적이고 서민적인 그리고 대중적인 인물이었다.

---

16 명계환, 「보각국사(普覺國師) 일연(一然)의 사상(思想)일고(一考)」, -『淨土學硏究』 32, 2019, 216쪽.

둘째, 학술적인 측면에 있어서는 불교인의 면도 중요하지만 역사 인문학자 및 민속학자의 면이 두드러진다.

셋째, 불교인으로서의 일연은 대선사 국존에까지 오른 거승이었지만 심오한 신앙사상에만 머물지 않은 불교의 서민적이고 대중적인 면, 그리고 불교의 사회적이고 생활적인 면에 치중한 인물이었다. 특히 불교의 토착화와 한국 불교의 정리 체계에 큰 업적을 남겼다.

넷째, 일연은 자주적 역사관을 지니고 단국신화를 정점으로 하여 우리의 고대사를 체계화 하였으며 흔들리는 국가의식과 민족이념을 『삼국유사』의 저술을 통하여 확립하고자 한 인물이었다. 또한 당시 문무 귀족정권의 횡포와 독선적 지배 및 그들의 외래적이고 고답적인 문화에 반발하여 서민대중과 그들의 생활 문화를 옹호하고 이전의 전통문화를 정리체계화한 학자였다.

다섯째, 시인으로서 『삼국유사』에 찬이라 붙여진 50편의 주옥같은 서성시를 남겼으며 한역가 2편, 가사 미전 9편, 신라가요 14편을 거두어 삼국시대에 시가문학을 집대성하고 창작 동기와 배경을 서술한 문학가였다.

여섯째, 당시 누구도 거들떠보지 않은 서민적 전통문화 즉, 민족 고유의 구비전승, 신앙전승, 기예전승, 행사전승을 중요시하고 이를 정리함으로써 현대적 개념의 인류학자, 민속학자적인 모습을 보였다. 그럼으로써 그는 한국 민속학의 선구자적 역할을 함에 손색없는 인물이기도 했다.

목은 이색

(1328~1396)

구 역사와 새 시대 사이의 방랑객

백설이 자자진 골에 구름이 머흘래라
반가운 매화는 어느 곳에 피었는고
나 홀로 석양에 서서 갈 곳 몰라 하노라

작가로서의 이색

고려말 학자 목은(牧隱) 이색(李穡)의 아버지는 가정(稼亭) 이곡(李穀)이다. 이색이 비록 천재 시인이자 당대 최고의 정치가였지만, 그의 아버지의 교육과 가정환경이 없었다면 그의 학문적 성과나 정치적 업적은 어려웠을 것이다.

이색은 부유한 가문에서 태어나 당시 세계의 중심이라 할 수 있는 중국 원나라 북경에서 수학하고 관료 생활까지 하였다. 귀국하여서는 신유학을 도입하여 후학 양성에 최선의 노력을 다하였다. 이러한 그의 노력은 후일 조선 건국의 초석을 다지는 계기가 되었다.

그러나 이색은 그가 길러낸 제자들에 의하여 괴로운 말년을 보내야 했다. 그것은 기울어가는 국가를 붙잡아 한다는 사명감과, 거역할 수없는 새로운 물결 앞에서 기꺼이 새 국가 건설에 참여하지 못하는 번민이 있었기 때문이다.

그는 다작(多作)으로도 유명하다. 이는 그의 삶이 어떠했는지를 짐작하게 하는 소중한 자산들이다. 작가의 위치는 그 작가의 사상과 현실에서의 꿈의 성격에 달렸다. 현실과 이상, 도전과 응전, 철학과 삶의 현실 등이 모여 작품을 만들고, 만들어진 작품은 한 사람을 작가로서 존재하게 한다.

변화와 혁신은 어느 시대에나 있기 마련이다. 우리 시대에도 이 변혁은 도도한 파도처럼 흐르고 있으며, 그 물결 속에서 많은 사람들이 혼란스러워하거나 좌절하기도 하고 혹은 또 다른 기회를 포착하기도 한다. 이처럼 그 변혁의 정도가 감당하기 힘들 정도로 강할 때, 역설적으로 우리는 그 사람의 생각과 정서는 쉽게 포착할 수 있다. 목은 이색이 그런 대표적 작가에 해당한다.

이색은 말년에 불교에 심취하였는데, 현재 경기도 여주 신륵사[1]로 향하는 강물을 건너다가 배 위에서 운명을 달리하였다.

1. 이색의 생애와 연보

목은 이색이 살다간 14세기 후반기의 고려 사회는 공민왕에 의해 시도된 개혁정책이 중지되자 새롭게 등장한 신진 인물들에 의하여 새로운 역사가 전개되던 때였다. 『고려사(高麗史)』의 이색 열전을 보면 이색에 대하여 긍정적으로 평가한 다음, 다시 부정적 시각을 보이기도 하였다. 특히, 불교를 적극 배척하지 않고 유화적 태도를 보였다는 점에서 그의 학문마저 절하시키려는 의도를 보였다. 그러나 이색의 전제개혁법, 해적 대비책, 문무 인물 등용법 등에 대한 이색의 상소문을 상세히 전하고 있다.

이색에 대하여 『고려사』(115권, 열전 28)에서는 다음과 같이 적고 있다.

> 이색의 자는 영숙(穎叔)인데, 찬성사 이곡의 아들이다. 나서부터 남달리 총명하여 글을 읽으면 암송하였다. 나이 14세에 성균 시험에 합격하여 벌써 이름이 알려졌다. 이곡이 원나라에서 벼슬하여 중서사전부(中瑞司典簿)로 있었으므로 이색은 원나라 조정 관원의 아들로서 국자감 생원으로 뽑혀 3년간 재학하다가 이곡이 우리나라에서 죽었으므로 원나라로부터 급히 돌아와서 상주 노릇을 하였다. (중략)

이색은 천품이 명민하고 여러 가지 서적을 널리 읽어서 시와 글을 지을 때에는 붓을 들면 조금도 거침없이 즉석에서 쓰곤 하였다. 후배를 추켜세우기에 노력하였으며 유학(儒學)을 발전시키는 것을 자기의 사명으로 여겼다. 학자가 모두 그를 존경하고 또 사모하였으며 나라의 문교 사업을 수십 년간 주관하였고 누차 중국에서도 칭찬을 받았다. 평생에 황급한 말씨나 당황한 내색을 하지

---

1 신륵사에는 고려말의 고승 나옹화상의 초상화도 보관되어 있다. 한번쯤 답사할 만한 곳이다.

않았고 모나는 태도를 보이지 않았다. 가정 살림에 대한 관심이 없었고 비록 양도(糧道, 일정한 기간 동안 먹고살아 갈 양식)가 빈번히 떨어져도 그것을 개의치 않았다. 그러나 의지와 절개가 확고하지 못하여 큰 문제를 제의한 것이 없으며 학문이 순정하지 못하여 불교를 숭상함으로써 세상의 비난을 받았다. 『목은집 (牧隱集)』 55권이 있어 세상에 애독되고 있다. 아들은 이종덕, 이종학, 이종선 세 사람이 있었다. 이종덕은 벼슬이 동지밀직사사, 이종학은 첨서 밀직사사에 이르렀다.[2]

이색의 조부 이자성은 한산군리(韓山郡吏)에 불과했으나 아버지 가정(稼亭) 이곡(李穀)이 고려와 원의 과거에 합격, 중앙 정계에 진출함으로써 그의 가문 은 두각을 나타내었다. 이곡이 지방의 한미한 가문 출신이라는 신분적 열세를 극복할 수 있었던 것은 "부지런하면 군자가 되고 게으르면 소인이 되며, 부지 런하면 부귀에 이를 수 있지만, 게으르면 마침내 빈천에 이르게 된다."는 신념 의 결실이었던 것이다.

이색은 경북 영덕에서 출생했다. 소년시절은 충남 서천군 한산에서 보냈으 며, 그 곳 숭정산 산사에서 독서했다. 14세(1341)에 성균시 십운과에 합격했고, 16세에는 구재도회의 각촉부에 1등을 했으며, 20세까지 여러 산사에서 독서했 다. 21세 때 부친 이곡이 원에서 벼슬하였으므로 그 곳 국자감에 들어가 24세 때까지 공부하다가 부친상을 당해 귀국했다. 25세 때 전제, 국방, 교육, 불교 억제, 인재등용 등에 관한 정책을 상소했다.

이색의 유학 생활은 두 가지 측면에서 중요한 의의를 지닌다. 첫째는 국내 학술 사상의 발전에 영향을 끼쳤다는 점이고, 둘째는 민족적 각성을 이루는 계기가 되었다는 점이다.[3]

26세에 이제현이 지공거였던 예부시에 을과 제1인으로 합격하고, 또 정동 성 향시에 제1명(銘)으로 합격했으며, 이듬해 원의 전시에서 제2갑, 재2명 즉,

---

2 『高麗史』 列傳 28, 李穡.

3 이성호, 「중흥시도(中興詩道)'의 기치와 '부세도(扶世道)'의 이상」, 『한국고전문학작가론』, 민족 문학사 연구소, 소명, 1998, 151쪽.

3번째 장원으로 뽑혀 원의 벼슬을 받고 귀국하여 전리정랑 예문응교 겸 춘추관 편수관을 제수받았다. 28세에 서장관으로 원에 가서 한림원의 일을 보다가 이듬해 어머니가 늙었다고 귀국하여 공민왕에게 시정팔사를 상소하니 왕이 이를 가납하여 정방을 없애고 그를 이부시랑 겸 병부낭중에 임명하여 개혁에 적극적으로 참여하도록 하였다. 30세에 우간의대부에 올라 유교에 의한 삼년상 제도를 실시하게 하고, 이듬해 추밀원 우부승선이 되어 이후 7년 동안 기밀에 관여하여 신돈의 개혁에 협조하며 교육과 과거제도를 개선하였다. 공민왕이 그를 발탁한 것은 "이색은 재덕이 출중하여 다른 사람과 비교할 수 없다"는 신임과 왕의 초기 개혁 의지 때문이었다. 34세 때 홍건적의 침입으로 왕이 남쪽으로 피난하니 호종하여 일등공신이 되어 좌승선 지병부사가 되었고, 해마다 승진하여 38세에는 첨서밀직사사 보문관 대제학이 되고 또 예문관 대제학과 동지공거가 되었으며, 이듬해에는 지춘추관사가 되었다. 40세(1367)에는 판밀직사사가 되었고, 또 성균관 대사성이 되었는데, 김구용, 정몽주, 박상충, 박의중, 이숭인 등의 경술지사를 교관으로 삼아 성리학을 본격적으로 연구하고 토론하였으며 과거에도 이를 반영하게 하였다. 이로써 정주 성리지학이 비로소 일어나게 되었다. 41세 때 친시의 독권관이 되어 이첨 등 7인을 뽑았다. 이후 그는 여러 차례 지공거를 맡아 많은 후진을 뽑았다. 이 해에 왕이 노국대장공주 영전의 일로 유탁을 죽이려 하자 이색이 이를 간하다가 하옥 당했는데, 왕에 대한 지극한 충성심을 보여 풀려났다. 44세에 정당문학이 되었다.

이색이 고려의 조정에 나아간 시기는 1353년으로 공민왕이 즉위한 다음 해이며, 이후 그가 조정에서 일을 하게 된 시기는 줄곧 공민왕이 집권하던 시기이다. 그렇기에 그에게 있어 공민왕은 아주 특별한 존재였다. 그는 공민왕이 죽고 우왕이 즉위한 이후 자연에 칩거하게 되는데 그 때 그가 가장 그리워한 인물은 바로 공민왕이었다. 공민왕으로부터 지극한 총애를 받았고 공민왕과 함께 자신의 이상과 포부를 펼치기도 했던 만큼 공민왕에 대한 간절한 그리움을 항상 지니고 있었다고 한다.

즉사 (卽事)

모두들 말하길, 요사이 국사가 많아
새벽에 입궐하여 밤에 돌아온다네
서문 밖 가을 풀만 어여쁘구나
광암으로 가는 길 옛날처럼 비꼈는데[4]

　　조정의 대신들이 국사가 많아서 바쁘다는 핑계로 광암을 소홀히 하고 있음을 개탄했다. 광암은 공민왕의 능이 있는 곳이다. 공민왕에 대한 존경과 사모의 정이야 어느 누가 목은을 따르랴만, 이 시기의 시에서 목은이 그토록 자주 광암을 언급한 데에는 또 다른 이유가 있다. 그것은 공민왕릉의 비석이 완성되지 않았기 때문이다. 이러한 이유로 그는 비석을 세우지 못하고 눕혀놓고 이끼가 끼는 것을 안타까워하였다.

　　46세(1373)에 한산군에 봉해지고 이후에도 벼슬은 성균관, 예문관, 춘추관의 책임자가 되었으나 병으로 물러나서 형식적으로만 관여한 듯하고 주로 시문을 창작하였다. 48세(1375, 우왕 1)에 우왕의 청으로 다시 정당문학 등을 역임했다. 50세(1377)에 우왕의 사부가 되었고, 55세에 판삼사사가 되었으나 이인임 일파의 전횡으로 병을 칭하고 정사에 관여하지 않았으며, 57세에 한산부원군에 봉해졌다. 58세에 검교 문하시중이 되고, 다음해 지공거로 맹사성 등 13인을 뽑았다. 61세(1388) 철령위 사건에는 화평을 주장하였고, 문하시중 판전리사사로 이숭인, 이방원을 데리고 명나라에 입조했다. 62세에 이성계가 위화도에서 회군하자 이색은 조민수와 의논하여 '마땅히 전왕의 아들을 세워야 한다.'며 창왕을 옹립하여 판문하부사가 되었다. 다시 명나라에 가서 감국을 청하고 이성계 일파를 견제하려 했으나 이성계가 세력을 잡자 장단에 유배되었다. 63세 이후 함창, 청주, 여흥, 장흥 등지에 유배되었다가 석방되어 한산부원군에 책봉되었으나 다시 여흥 등지에 유배되었다가 65세 되던 태조 원년에 풀려났다. 68세에 이태조가 부르니 예만 표하고 절은 하지 않았으며 '이 늙은

---

4 『목은시고』 권8,〈즉사(卽事)〉
　共說年來國事多 五更待漏夜還家 獨憐秋草西門外 路指光岩依舊斜.

이는 자리가 없다'고 하고, 한산백을 봉했으나 받지 않았다. 69세에 여강 신륵사에 가던 중 급사하였다. 향년 69세였다.[5] 저서에『목은시고(牧隱詩藁)』『목은문고(牧隱文藁)』가 있다. 이들 책에 실린 그의 연보를 간략히 정리하면 다음과 같다.

1328년(1세)	5월 외가가 있는 영해(寧海) 괴시촌(槐市村)에서 태어나다.
1341년(14세)	가을에 송당 삼사우사 김광재이 판전 교시로서 성균시를 관장하다. 시과에 급제하다.
1344년(17세)	예부시에 응하였으나 낙방하다.
1346년(19세)	권씨를 아내로 맞다. 이 해까지 평주 모란산 등 일곱 곳에서 독서하다.
1348년(21세)	국자감 생원이 되어 연도로 가서 국학에 들어가다.
1350년(23세)	여름에 상도의 학교에 분견되었다가 겨울에 국학으로 돌아가다. 가을에 양친을 뵈러 오다.
1351년(24세)	정월에 가정 선생의 부음이 이르매 문상하다.
1353년(26세)	서장관으로 연경에 가다. 여름에 부친의 상이 끝나다. 5월에 첫 과거를 열고 익재 이제현이 지공거가 되고 양파선생 홍언박이 동지동거가 되다. 공이 을과 제1인으로 급제하여 숙옹부승에 제수되다. 가을에 정동행성 행시에 제1등으로 급제하다.
1354년(27세)	2월에 회시에 급제하고, 3월에 전시에서 제2갑 재2명으로 급제하여, 응봉한림문자(종7품) 승사랑 동지제고겸 국사원편수관을 제수받다. 3월에 고려로 돌아와서 보직을 기다리다.
1355년(28세)	서정관으로 연경에 가다. 8월에 한림원에 예임되다.
1356년(29세)	정월에 관직을 버리고 고려로 돌아오다.
1360년(33세)	3월에 정의대부 추밀원좌부승선 지예부사로 옮기다.
1361년(34세)	11월에 홍건적이 송경을 함락시키다. 현릉의 남행에 어가를 따랐으므로 1등 공신을 내리다.
1368년(41세)	조열대부 정동행중서성좌우사낭중(종5품) 제수받다. 4월에 주

---

5 이석구 역,『목은집』, 한국명저대전집 23, 대양서적, 1982. ; 여운필,『이색의 시문학 연구』, 태학사, 1995, 참조.

상이 구재에 나와서 경의를 친시하매 공을 독권관으로 명하고 이첨 등 7인을 취하여 급제를 내리다.

1369년(42세) 6월에 숭록대부 삼사우사 진현관대학사 지춘추관사 겸 성균관 대사성 제점사천관사로 옮기다. 8월에 동지공거가 되다.

1370년(43세) 8월에 이인복과 이색을 고시관으로 삼아 삼장의 문자를 통고하여 이숭인·박실·권근·김도·유백유를 취하여 공사로 충당하다.

1371년(44세) 봄에 지공거가 되다. 9월에 모친 요양현군의 상을 입다.

1381년(54세) 9월에 삼중대광 영예문춘추관사 한산군을 배수하다.

1385년(58세) 12월에 벽상삼한삼중대광 겸교 문하 시중 영예문춘추관사 상호 군 한산부원군에 봉해지다. 9월, 판삼사가 되어 명사를 맞이하 고 명 태조에게 올리는 글을 지었다. 10월에 병으로 관직을 사 퇴하다.

1386년(59세) 4월에 지공거가 되다.

1389년(62세) 12월에 장단으로 추방되다. 이색 및 아들 종학을 파직하다.

1390년(63세) 4월에 함창으로 추방되다. 5월에 청주에 잡혀갔는데 수해가 있 어 장단에 이르다. 8월에 다시 함창으로 유배되다. 12월에 개경 으로 돌아가다. 2월, 이색의 직을 깎고 조민수, 권근을 변지로 옮기다.

1391년(64세) 6월에 또 함창으로 유배되었다가 12월에 소환되어 벽상삼한삼 중대광 한산부원군에 봉해지다.

1392년(65세) 4월에 강 바깥으로 나가서 살라는 왕지가 있어 금주로 가다. 6월에 여흥으로 유배되다. 7월에 국가가 혁명되매 장흥부로 유 배되다. 10월에 한주로 돌아가다.

1393년(66세) 1월 무신, 우현보·이색 등 30인을 사유하여 서울 밖에서 편의대 로 살도록 허락받다.

1394년(67세) 8월에 부인 권씨가 졸하다.

1395년(68세) 5월에 여강에 피서하다. 가을에 관동을 유람하다. 오대산에 들 어가서 머무르다. 1396년 69세인 5월에 걸퇴하여 여강에서 피 서하다가 초 7일에 졸하다. 시호를 문정공이라 하다. 10월에 자 손들이 관을 받들어 한주로 돌아가다. 11월 갑인일에 가지원에 장사지내다.

이제 이색에 대한 평가를 통하여 그의 삶과 업적을 정리해보기로 한다.

▶ 권근(權近)

우리 동방의 목은 선생은 자질이 순수하고 기운이 맑으며 학문이 넓고 이치가 밝아서, 지닌 바가 지극히 정밀한 것에 묘하게 부합하고, 기른 바가 지극히 큰 것에 짝이 될 수 있었다. 그러므로 그것이 발현하여 문장에 다루어진 것이 넉넉하고 부드러우며, 두텁고 끝이 없다. 그 밝음은 일월보다 분명하다. 그 변화는 풍우보다 빠르다. 우뚝하여 산악처럼 높고, 세차고 넓기가 강보다 더하다. 빛남은 만물이 각각 그 자연의 묘함을 얻은 것과 같다. 그리고 예악과 형정의 큼과 인의와 도덕의 바름 또한 다 수순하게 그 지극한 데로 모여 돌아갔다. 진실로 천지의 정수와 영기를 타고나서 성현의 깊은 학문을 탐구하여 구양수와 소식의 수레를 몰고 한유하 유종원의 집에 오른 사람이 아니면 어찌 이에 이를 수 있겠는가. 우리 동방에 문학이 있은 이래로 선생보다 훌륭한 분이 있지 않으니, 참으로 지극하도다.(하략)[6]

▶ 이첨(李詹)

한산 목은 선생은 태어날 때부터 총명하였으며, 학문을 좋아하고 널리 견문하였다. 중국에 들어가서 국학에 입학하여 공부한 바가 더욱 깊어져서 넓고 깊고 높고 컸다. 과거에 우등으로 뽑혀서 한림원에서 벼슬하다가 본국으로 돌아와 벼슬하여 40여 년 동안 여러 벼슬을 지냈고 지위가 시중에 이르렀다. 사문(斯文)의 우두머리가 되어서 모든 국가의 사명과 군왕과 관련한 글은 반드시 공을 기다려서 마침내 이루어졌다. 또 사문을 일으키는 것을 자기의 책임으로 삼아 후학을 교육하여 나아가세 함에 부지런하여 조금도 게으름이 없었고, 대의를 진술하고 설명하며 은미한 말을 변별하고 분석하여 배우는 사람으로 하여금 환하게 의문이 풀리게 하였으니, 우리 동방의 성리의 학문이 이로부터 밝아졌다. 지공거를 다섯 번 맡아서 한 시절의 명사들이 모두 그 문하에서 나왔다.[7]

▶ 서거정(徐居正)

내가 일찍이 "선생은 시에 있어서 어느 한 체에 막혀 머물지 않고 여러 체를

---

6 『목은선생 문집서』, 여운필 외, 『역주 목은시고 1』, 월인, 2003, 51쪽.
7 『목은선생 문집서』, 여운필 외, 『역주 목은시고 1』, 월인, 2003, 53~54쪽

다 갖추어 웅혼한 것도 있고 麗藻한 것도 있으며, 冲澹한 것도 있고 峻潔한 것도 있으며, 豪贍한 것도 있고 嚴重한 것도 있으며, 심오한 것도 있고 典雅한 것도 있어서, 마땅히 전집을 모아서 보아야 풍부한 기상을 상상할 수 있을 것이니, 다시 무엇 때문에 精選하겠느냐?"라고 말하였다.[8]

이색의 사상과 문학관, 그리고 작품세계의 경향에 대한 논의는 다양하게, 그리고 심도 있게 진행되었다. 이는 이색이 남긴 작품의 수가 방대하고, 그의 사상적 깊이와 연륜, 그리고 고려와 조선의 교체기라는 특수한 시대적 상황에서 그가 살았기 때문이다. 이런 상황에서 목은의 시에 주목한 연구결과물로는 곽진(郭稹),[9] 유광진(柳廣眞),[10] 여운필,[11] 임형택,[12] 김시업,[13] 정재철,[14] 류호진[15] 등의 연구가 이색의 시세계를 비롯한 이색 연구에 많은 기여를 하였다. 정재철은 이색의 학문 연원과 사유 양식, 출처 의식과 농민의식, 외물인식과 문명의식, 사상적 지향과 풍격, 〈역리(易理)〉의 형상화, 시경시의 형상화, 불교성향 시의 사상적 특질 등에 대하여 논의하였다. 류호진도 이색의 사상의 기저에는 도학사상이 있음을 전제하고 생명 본질에 대한 인증과 물아일체의 흥취, 호연한 정신으로서의 상승과 그 의미, 경세 포부의 현실적 지평, 청명한 세계에 대한 희구와 그 확산에의 기획 등에 대하여 논하였다. 그 외 김재욱,[16] 박희,[17] 조병수,[18] 최일범[19] 등의 논문을 통하여 목은의 시세계를 자세히 알 수 있다.

8 徐居正, 「牧隱詩精選序」, 『牧隱藁』 附錄: 竊嘗以謂先生之於詩, 不凝滯於一, 衆體皆備, 有雄渾者, 有麗藻者, 有冲澹者, 有峻潔者, 有豪而贍者, 有嚴而重者, 有奧而深者, 有典而雅者, 當合全集而觀之, 可以想富哉之氣象, 復何事於精選哉.

9 곽진, 「목은 이색의 시에 대한 일연구-특히 풍속시를 중심으로-」, 성균관대 석사논문, 1983.

10 류광진, 「목은 이색의 시문학 연구」, 성신여대 박사논문, 1992.

11 여운필, 『이색의 시문학연구』, 태학사, 1995.

12 임형택, 「고려말 문인지식층의 동인의식과 문명의식」, 『목은 이색의 생애와 사상』, 일조각, 1996.

13 김시업, 「목은의 군자의식과 민생, 민속시」, 위의 책, 1996.

14 정재철, 『이색 시의 사상적 조명』, 집문당, 2002.

15 류호진, 『이색 시의 예술경계와 그 정신적 의미』, 경인문화사, 2004.

16 김재욱, 「牧隱 李穡의 詠物詩 硏究」, 고려대학교 대학원 박사학위논문, 2009.

17 박희, 「牧隱 李穡의 詩文學硏究」, 세종대학교 박사논문, 1993.

이제 이들의 연구 업적을 참조하면서 이색의 사상과, 그 사상에 기저한 문학 세계를 민족성과 민중성, 그리고 사상성, 자연에의 인식 등에 대하여 살펴보기로 한다.

2. 이색의 사상

목은의 사상을 한마디로 요약할 수는 없다. 그의 생각이 깊고 넓은 가운데 여러 사상과 종교의 교리가 혼용되어 나타나기 때문이다. 천인무간(天人無間) 사상, 도학사상, 신유학, 불교와 도교 등이 두루 보이는 것은 목은의 사상의 여정이 길고 투철했음을 의미한다. 본 절에서는 도학과 불교를 중심으로 목은의 사상을 간략히 살펴보기로 한다.

1) 도학(道學)에 기초한 유학사상

『고려사』에 전하는 아래의 글은 이색이 임금에게 직언을 고하는 대목이다.

제가 재삼 생각건대 융성과 쇠퇴가 상호 관계로 된다는 것은 필연한 사리입니다. 그런데 우리나라에서는 양대 임금이 연달아 나이 어렸고 그 신하가 정권을 잡은 탓으로 국가 규율과 질서가 해이하여 사람들이 좋은 세상을 그리워하고 있었습니다. 전하는 총명하며 관대하고 강의해 가히 일을 할 수 있는 자질을 가지고 극도로 문란해 수습이 요구되고 있으므로 금후 많은 일을 할 수 있는 때를 만났으니 어진 사람의 등용에 목마르듯 해야 할 것입니다. 그런데 아직 어진 사람의 고빙에 쓸 예물이 구비되었다는 말을 듣지 못하였습니다. 또한 국정(國政)을 보살피기에 바빠야 할 것인데 아직 궁전의 아침 뜰에 횃불이 밝은 것을 보지 못하였습니다. 이러하니 어진 사람과 유능한 사람이 어찌 남김없이 등용되었겠으며 간악하고 부정한 자들이 어찌 모조리 제거되었겠습니까. 그리고 아직까지 한 가지 정책

18 조병수, 「牧隱李穡天人無間思想의 美學的 研究」, 성균관대학교 박사학위논문, 2017.
19 최일범, 「목은 이색의 유불교섭사상에 관한 연구」, 『동양철학연구』 48, 동양철학연구회, 2006.

도 실시되었다는 것을 듣지 못하였으며 부질없이 백성을 실망시키고 있습니다. 이렇게 되고도 나라가 잘 다스려지기를 바란다는 것은 뒷걸음치면서 앞으로 나아 가려는 것과 같고 수레 머리를 남쪽으로 향해 놓고 북경(北京)으로 가려는 것과 같습니다. 참으로 전하를 위하여 유감스러운 바입니다. 역(易)에 쓰기를 '천체(天 體)는 한결같이 힘차게 운행한다. 군자(君子)도 이와 같이 스스로 노력해 쉬지 않는다.'라고 하였습니다. 정신 수양의 요체와 치적(治績)을 올리는 방법이 이밖에 는 없으니 전하는 이에 유의하기 바랍니다."라고 하였다.[20]

이러한 생각의 저변에는 인재등용에 대한 혁신적 사상이 깔려있다. 인재등 용은 미래 사회의 새로운 구도를 형성하는 바탕이 된다는 점에서 주목해야 할 부분이다.

우리는 이색을 기억하기를 성리학의 선봉장으로 여긴다. 조선이 개국하여 국가 정치 등 치국의 이념으로 자리하는 데 있어 성리학이 그 중심에 있었는데, 이러한 성리학은 이색으로부터 비롯되었음을 뜻한다. 조선조 성리학의 뿌리가 이색에 있다는 것은 이색의 영향력이 대단하였음을 의미한다. 그가 지공거(知貢 擧, 과거의 시험관)로 있으면서 과거시험을 통하여 선발한 관원은 모두 그의 제자 이었는데, 정도전, 정몽주와 같은 기라성 같은 인물들이 모두 그의 제자들이었 다. 특히 이색은 과거시험의 과목을 사서(四書) 중심으로 개혁하고 협책역서(挾 冊易書)를 금지하는 등, 유교의 풍토를 조성하는 데 크게 기여하였다.

이처럼 이색의 사상의 중심에는 도학사상, 신유학이 놓여 있다. 그의 유가적 문학관도 모두 여기서 비롯된다. 소위 '문장출도덕(文章出道德)', 즉 '문장은 도 덕에서 나온다'는 이 사상은 이후 조선조 사장문학의 핵심인 '재도지문(載道之 文)'으로 발전하였다.

이제 성리학의 중심에 이색이 있음을 전제하고 그의 철학적 토대를 살펴보 기로 한다. 이색은 경전 중에서 특히 『주역』과 『중용』을 중시하였다. 또한 이 색은 『중용』이 천명을 논술한 것으로 인식하고 이를 자신의 행로의 지표로

---

20 『고려사』 〈列傳〉 李穡.

삼았다. 그는 『중용』은 하늘의 도와 인간의 도를 연결한 것으로 보았고, "인간을 가르치고 기르는 것은 성인의 공이 아닌 것이 없고, 종신토록 얻은 것은 하나의 『중용』이었다"고 말할 정도였다.

이색 문학의 연원은 바로 공자에 의해 집대성된 성인의 학문 곧, 성인의 문장과 도덕을 하나로 묶어 이를 통해 세상을 요순시대로 만들려는 유가적 도덕주의를 실천하는 것이었다.

유감(有感)

하늘과 땅은 상제의 큰 화로
두드려 주조함이 얼마나 수고로운지
이(理)로써 주인을 삼고
기(氣)로써 무리를 나눈다
적은 것은 기린의 뿔과 같지만
많은 것은 어찌 소의 털뿐일까
인(仁)과 의(義)는 고기와 곡식이요
예(禮)와 법(法)은 홀(笏)과 솜옷이네
밝고 밝게 천하를 입히니
나의 삶에서 어찌 피할 수 있으리[21]

우주만물의 창조자는 '상제'이다. 이는 곧 하늘님에 해당한다. 그런데 하늘님으로서의 상제는 이와 기를 통하여 만물을 만들어 낸다. 하늘과 땅도 그렇게 해서 생긴 것이라 했다. 위 시는 우주론의 근본으로 이기론을 끌어오고 있다. 이가 주인이고 기가 형상의 구체적인 모습이라는 주리론에 가깝다. 또한 인(仁)과 의(義), 예와 법은 인간이 마땅히 지키고 따라야 할 도리라 하였다. 인의예법을 지키고 사는 것이 인간의 도리이며, 이는 곧 상제의 뜻에 따라 사는 것이라 보았다. 이것은 이색의 사상에서 본성론으로 이어진다. 그는 인간의 본성이

---

21 『목은시고』 권22, 299쪽, 「有感」
天地帝洪爐 敲鑄一何勞 理以爲之主 氣以分其曹 少或似麟角 多奚啻牛毛 仁義是膏梁 禮法爲笏袍 褧然被天下 吾生安所逃

성(性)과 심(心)에 있음을 강조하면서 기질의 성을 극복하여 본연의 성으로 돌아가는 것은 인간의 욕망을 멀리하고 하늘의 도를 회복하는 것이라 보았다. 그리고 도의 회복, 원래의 도의 지킴은 경(敬)과 의(義)로써만이 가능하다고 생각하였다.

그러나 이색의 사상이 주리론에 치우쳐 있다고 보는 것은 위험하다. 왜냐하면 이색은 자신이 살던 당대를 혼탁한 기가 가득한 세계로 규정짓고, 청명한 세계를 지향하는 의식구조를 지니고 있었기 때문이다. 즉, 이색은 기는 항상 유동하면서 서로 영향을 끼치는 구체적인 물질 요소임에 착안하여 내면에 청명한 기를 확충하면 사회를 청명하게 할 수 있고, 다시 우주를 청명하게 할 수 있다고 보았다. 이는 각기 주체적으로 노력해야 한다는 의미를 담고 있는데, 여기서 실천적 자각의식이 표명되며, 궁극적인 도달지점은 청명한 요순시대인 것이다. 따라서 이의 세계를 지향하기 위해서는 맑고 밝은 기를 통하여 우주를 개조해야 한다는 것은 결국 주기론적 세계관에 더 가깝다고 볼 수 있다.

목은이 이처럼 주기론적 세계관을 형성했던 것은 당대에 직면한 국가적 위기와 혼란을 이해하고 극복하는 데 이러한 사유체계가 유용했기 때문이라고 말할 수 있다.[22]

2) 불교성향의 사상적 특질

아래 글은 그가 배척했다는 불교 또한 이면적으로는 깊이 그의 정신계를 지배하고 있음을 보여준다.

나는 소년 시절에 산중에서 노닐기를 좋아했기 때문에 승려들과 허물없이 지내며 어울리곤 하였다. 그 때 그들이 외는 사여게(四如偈)라는 것을 들어보면 비록 그 의미를 다 이해하지는 못했다 해도 그 요점은 무위(無爲)일 뿐이다. 꿈이란 깨어나면 끝나버리고, 환상은 깨닫고 나면 공(空)으로 돌아간다. 물거품은 물로 돌아가고, 그림자는 그늘에서 없어져, 이슬은 바로 마르고 번갯불은 순식간에 없

---

22 류호진, 앞의 책, 216쪽.

어지니 모두 실재하는 것은 아니다. 실제로 존재하지 않으나 無라고 말할 수 없고 실제로 없는 것이 아닌데도 有라고 말할 수 없다. 불교의 가르침은 대체로 이와 같은 것이다.[23]

『고려사』〈열전〉에 전하는 이색의 불교에 관한 인식을 살펴보기로 하자.

불교가 중국에 전해오자 왕실, 귀족, 관료, 서민을 물론하고 모두 이를 숭배하였습니다. 그리하여 한(漢)나라 시대로부터 지금에 이르기까지 해마다 달마다 융성하였습니다. 마침내 우리 태조가 왕업을 창시하였을 때는 절과 민가가 구별 없이 삼삼오오 뒤섞여 있었으며 중세 이후 그 무리들은 더욱 번성해 오교(吳敎)와 양종(兩宗)이 모리의 소굴로 화하고 강기슭과 산모퉁이마다 절 없는 곳이 없었습니다. 그 결과 다만 중들이 타락해졌을 뿐만 아니라 일반 백성들 역시 놀고먹는 자가 허다하게 되어 식자는 누구나 가슴 아파하였습니다. 석가모니는 대 성인으로서 좋고 나쁜 것을 반드시 남과 같이 하였을 것이니 죽은 혼령인들 그 교도들의 이러한 타락을 어찌 부끄러워하지 않겠습니까. 제가 바라는 바는 엄격한 법령을 발포해 이미 중이 된 자에게는 도첩(度牒)을 발부하고 도첩이 없는 자는 곧 군대로 편입할 것이며 새로 창설된 절을 일체 철거시키고 철거하지 않는 자가 있으면 곧 그 고을 수령을 처벌해 양민이 모두 땡중이 되지 않도록 할 것입니다.

제가 들건대 전하는 부처를 숭배하여 모시는 정성이 역대 어느 임금보다 더 지극하다 하는 바 훌륭한 일입니다. 그러나 저의 어리석은 생각에는 부처는 지극히 성스럽고 지극히 공정해 아무리 극진하게 숭봉한다 하여 기뻐하거나 소홀이 대한다 하여 노하지 않을 것입니다. 하물며 그 경문(經文)에는 분명히 '공덕을 널리 베풀면 불경을 손에 쥐지 않아도 좋다'라는 말이 있습니다. 전하는 국정(國政)을 보살피는 여가와 휴식하는 틈틈이 방등(方等)에 주목하던지 혹은 돈교(頓敎)에 유의하던지 다 나쁠 것 없습니다. 다만 윗사람은 남이 잘 모방하는 법이며 낭비하면 재물이 고갈하게 되는 것이니 폐해가 커지기 전에 미리 방지하기에 주의하지 않을 수 없습니다. 공자(孔子)는 말하기를 '귀신은 공경하면서 멀리 할 것이

---

23 『牧隱文藁』卷四,「幻菴記」: 予之未冠也, 喜遊山中, 與釋氏狎聞其誦, 四如偈雖不盡解, 要其歸, 無爲而已, 夢者寤則已, 幻者法謝則空, 泡歸於水, 影息於陰, 露晞電滅, 皆非實有也. 非實有焉而不可謂之無, 非實無焉而不可謂之有, 釋氏之敎, 蓋如此

다.라고 하였습니다. 저는 부처에게도 역시 이렇게 할 것을 바랍니다. 저는 전하의 분노에 저촉되면 틀림없이 생명을 잃게 될 것을 모르는 바 아닙니다. 그러나 처음 시작할 때에는 보잘 것 없는 작은 일이라도 잘못하면 나중에는 걷잡을 수 없는 결과를 가져오게 되므로 만 번 죽어도 한 번 말하지 않을 수 없습니다.

이처럼 이색은 신유학의 선봉에 있으면서도 고려의 정신적 지주였던 불교를 강력하게 배척하지 않았다. 이것이 조선 건국의 선봉이었던 신유학자들에게는 탄핵의 구실이 되기도 하였다. 이색의 6천여 수에 이르는 시들 중에서 불교성향을 보여주고 있는 작품들도 많다.

억승방(憶僧房)
찾아가려 하여도 마땅한 길이 없어
구름 덮인 산은 만 겹이나 깊어라
향불은 녹는데 그림자만 보던 스님
꿈을 깨니 새들이 마음을 놀라게 하네
흐르는 물 바윗굴엔 바람만 생기고
맑은 서리 달빛은 숲 속에 가득한데
홍진은 흰머리에 바람으로 불어와서
창연히 바라보며 길게 한번 탄식하네[24]

즉사(卽事)
창에 가득한 햇살은 가벼운 먼지 희롱하고
생각하니 헛된 인생에 귀밑머리 희어간다
석전과 유서는 뒤섞여 정리하기 어렵고
도정과 인욕은 홀연히 서로를 시기하네
바람에 떨어지는 꽃을 보며 선탑을 그리고
빈 강에 뜬 밝은 달을 보고 조대를 꿈꾼다
동리에 핀 국화는 고요하기만

---

24 『목은시고』 권11, 〈憶僧房〉

목옹의 광경 참으로 유유하네[25]

  위 시는 새벽녘의 방안 풍경을 묘사한 시로 유불이 탈속적 정신경계에서
서로 만나고 있는 모습을 형상화하였다. 이색은 방안에 고요히 앉아 아침 햇살
이 창안으로 가득 들어와 가볍게 일렁이는 먼지를 보면서 청정했던 마음이
가볍게 흔들린다고 하였다. 귀밑머리가 흰 모습을 보며 인생의 허망함이 밀려
왔던 것이다. 3~4행에서 제시된 불경과 경서는 헛된 인생을 바로잡아 주는
인생의 지침서이자, 인간의 마음속에 자리 잡고 있는 도정과 인욕의 싸움에서
인욕을 멀리하고 도정을 보존하게 하는 길잡이이다. 그는 한편으로는 떨어지
는 꽃을 보며 인생의 허망함을 느껴 선탑을 그리워하기도 하고, 한편으로는
텅 빈 강에 떠오른 밝은 달을 보며 강호의 삶을 꿈꾸기도 하였다. 유자와 불자
의 삶은 모두 탈속의 청정한 정신을 유지할 수 있다고 보았기 때문이다.[26]
  다음 연꽃을 보고 지은 〈재부광제연지(再賦廣濟蓮池)〉에서는 유·불 일치의
탈속의 경계를 읽을 수 있다.

재부광제연지(再賦廣濟蓮池)
서로 찾다가도 혹시 멀어지면 어쩌나
연못가를 향해 오두막을 지으련다
바람에 실려오는 향기는 쇄락하고
달에 비친 그림자는 더욱 우여하다
원공 무숙이 우리 도를 밝히고
지자 선사가 불서를 펼쳤네
다행이 이 마음 속되지 않아
어찌 성색이 나의 본성에 누가 되리[27]

---

25 『목은시고』 권19, 〈即事〉
  滿牕初日弄輕埃 坐念浮生兩鬢催 釋典儒書雜難整 道情人欲忽相猜 落花風細思禪榻 明月江空夢
  釣臺 又見東籬黃菊靜 牧翁光景儘悠悠
26 정재철, 앞의 책, 218~219쪽.
27 『목은시고』 권18, 「재부광제연지(再賦廣濟蓮池)」

이색은 어제 본 연꽃을 다시 찾아갔다. 연꽃이 지닌 청정한 모습은 바로 자신의 청정한 마음의 표상이었기에 연꽃이 자신을 멀리할까 두려웠던 것이다. 그래서 그는 연못가에 오두막을 짓고 싶다고 하였다. 마음이 세속적 이욕에 의해 도정에서 멀어지는 것을 경계하려는 간절한 소망을 표출한 것이다. 그는 함련에서 바람에 은은히 실려 오는 연꽃의 쇄락(灑落)한 향기를 맡고, 밝은 달빛아래 비친 우여(紆餘)한 그림자를 바라보았다. 바로 세속적 감정의 동요나 물욕을 씻어버리고 연꽃의 청정한 모습과 합일을 이룬 것이다.[28]

이색은 신유학을 근본으로 삼는 것이 당연한 일이지만, 그렇다고 해서 불교를 온통 배격할 필요는 없으며, 사상이 어느 한 방향으로 치우치게 할 것은 아니라고 생각했던 것 같다. 그의 문집[29]의 한 부분을 보자.

불교는 외국의 종교다. 그런데도 우리나라의 종교를 제치고 이 종교만 유독 숭상을 받는 것은 어째서인가? 이는 우리나라 사람들이 그렇게 만든 것이다. 불교는 화복인과(禍福因果)의 논리에는 사람의 마음을 감동시키는 요소가 있고, 또 불교를 믿는 사람들은 거의 모두가 일상적인 삶을 싫어하고 세속적인 일에 시들하며, 인륜 법도에 구속되기를 달갑게 여기지 않는 호걸스러운 인재들이다. 불교가 이렇듯 인재를 얻었으니, 그 불교의 도(道)가 세상에서 숭상되는 현상은 이상하게 생각할 것도 없다. 나는 이런 까닭으로 해서 중들을 딱히 물리치지 않고 때로는 그들과 어울려 서로 좋게 지내기도 하니, 대개 그들에게서 취할 바가 있기 때문이다.[30]

위에서 보듯이 이색은 불교에 있어서 그리 배격하는 태도를 보이지 않는다. 이는 불교가 고려왕조를 지탱해 온 이념적 기반이었기 때문에 점진적 개혁을

相尋直恐或相疎 欲向池邊對結廬 風定聞香應灑落 月明着影更紆餘 元公茂叔明吾道 智者禪師演 佛書 幸是此心曾不俗 肯敎聲色果吾初

28 정재철, 앞의 책, 223쪽.
29 목은의 저서는 『목은시고』와 『목은문고』가 있는데, 여기서는 이병혁 역주, 『한국고전문학전집 19 - 목은집』, 고려대학교민족문화연구소, 1995를 텍스트로 사용하였다.
30 이병혁 역주, 『한국고전문학전집19 - 목은집』, 고려대학교민족문화연구소, 1995, 328쪽.

추구해 온 이색에게는 오히려 당위적인 것이었을 것이다. 그러나 물론 그 중심에는 당연히 신유학이 있었다는 것을 간과해서는 안된다. 이런 점에서 이색이 불교를 가까이 한 것은 백성교화를 통한 백성의 구제를 지향하는 목민관으로서의 의식이 깔려 있었다고 볼 수 있다.

3. 시론(詩論)과 작품 이해

1) 시론

목은 이색은 직접적으로 그의 시론에 대하여 언급한 글을 남기지는 않았지만 도처에 시에 관한 평소 그의 생각을 작품으로 남긴 사례는 많다. 아래 세 편의 시를 통해 그의 시에 대한 관점을 엿볼 수 있다.

> **고풍삼수(古風三首)**
> 말을 잘함은 몸의 꾸밈일 뿐이니
> 그것은 겉이라 숭상할 바 아니로세
> 조용히 한 방 안에 앉아 있어도
> 마음은 하늘땅과 서로 통하여라
> 옛사람은 목격을 중히 여겼기에
> 세도가 대동으로 오르게 됐는데
> 지금 사람은 말만 번드르르할 뿐
> 마음속엔 산과 바다가 막히었네
> 이렇기 때문에 목은자는
> 세상일을 보도 듣도 아니하고
> 흥겨우면 붓으로 뱉을 뿐이거니
> 감히 궁하여 공교한 시에 비기리오[31]

---

31 『牧隱詩藁』卷十五, 「古風三首」能言文身耳 外也非所崇 靜默坐一室 心與天地通 古人重目擊 世道升大同 今人口瀾翻 山海方寸中 是以牧隱子 收視仍塞聰 有興吐以筆 敢擬窮詩工.

좋은 시는 겉을 잘 꾸미는 것이 아니라 마음이 하늘에 통하는 것이라 하여 본연의 성정(性情)에 가까이 다가가야 함을 언급하였다. 그리고 목격, 즉 경험을 중시하여 세상의 도리가 하나가 되는 것이 중요하다 하였다. 그런가 하면 아래의 시에서는 뛰어난 시구는 궁한 데서 나온다는 것과, 학문 연마를 통하여 중도를 잡아야 치우치지 않는 시를 쓸 수 있다고 하였다. 이색이 글을 쓰는 방법에 대하여 문답한 글을 참고하기로 하자.

어떤 사람이 문장을 짓는 법에 대해서 묻자, 선생이 이르기를, "꼭 말해야 할 것만 꼭 말하고, 꼭 써야 할 용례(用例)만 꼭 쓰도록 하라. 그러면 된다." 하였다. 그 다음에 대해서 묻자, 선생이 이르기를, "말하는 내용이 심원(深遠)한 것일 때에는 더러 비근(卑近)한 내용으로 보충하고, 적용하는 용례가 현실과 거리가 있을 때에는 더러 정상적인 용례와 비슷하게 맞도록 하라." 하였다. 그다음에 대해서 또 묻자, 선생이 이르기를, "꼭 말해야 할 내용이 아닌데도 말을 하거나 꼭 적용할 용례가 아닌데도 적용하려 한다면, 또한 황당하게 되지 않겠는가." 하였다. 무엇을 스승으로 삼아야 하느냐고 묻자, 선생이 이르기를, "스승은 사람 속에 있지도 않고 서책 속에 있지도 않으니, 혼자서 터득할 수밖에 없다. 혼자서 터득해야 한다는 이 평범한 진리야말로 요순(堯舜) 이래로 한 번도 바뀐 적이 없었다."고 하였다.[32]

유감(有感)
시가 사람을 궁하게 하는 게 아니라
궁한 사람이라야 시가 공교해진다오
나의 도는 지금 세상과 달라서
고심하여 자연의 원기를 찾노라면
빙설이 살과 뼈를 찌르더라도
환연히 내 마음 스스로 즐거우니
비로소 믿겠네 옛사람의 말에
뛰어난 시구가 궁한 데서 나온다는 걸

---

32 『牧隱文藁』卷十二「答問」: 問爲文 先生曰 必言必言 必用必用 止矣 問其次 言遠矣 或補於近 用迂矣 或類於正 又問其次 言不必言 用不必用 不亦傎乎 又問宜何師 曰 師不在人也 不在書也 自得而已矣 自得也者 堯舜以來 未之或改也.

화평하면 밝은 태양이 빛나고

참혹하면 슬픈 바람이 생겨서

보는 데 따라 정이 절로 동하나니

노력하여 그 중도를 구할 것이요

창졸간에 중도를 잡기 어려우나니

군자는 의당 공부를 해야 하느니라[33]

기발한 말은 문장의 병통이거니와

평상한 말은 썩어 문드러진 나머지로다

성정은 도야한 뒤에 이루어지고

아속은 변천하는 처음에 달렸다오

푸른 바다엔 천둥소리 진동하고

푸른 하늘엔 햇볕이 화창하거니

회포의 산란함을 걱정하지 않고

우선 고인의 글이나 읽어야겠네[34]

　시의 기발함이나 평이한 시어의 사용은 가치가 없고 자연과 옛 사람의 글을 본받아 공부한 연후에야 좋은 글귀를 얻을 수 있음을 언급하였다. 이러한 이색의 생각은 "외면을 꾸미는 풍조가 날로 불어난 나머지 내면에 쌓인 것이 날로 깎여 나가서, 枝葉만 무성해진 채 根本이 허약해지고 말았으니, 너무나도 괴이한 일이다. 가령 근본이 실로 굳건해지기만 한다면야 지엽 따위가 성글어진다한들 또한 무슨 유감이 있다 하겠는가"[35]라는 언급에서 구체적으로 확인할 수 있다.

　그 외 목은의 시에는 자연을 노래한 경우가 큰 비중을 차지하고 있으며 하

33　『牧隱詩藁』卷八,「有感」非詩能窮人 窮者詩乃工 我道異今世 苦意搜鴻濛 氷雪砭肌骨 歡然心自融 始信古人語 秀句在羈窮 和平麗白日 慘刻生悲風 觸目情自動 庶以求厥中 厥中難造次 君子當用功.

34　『牧隱詩藁』卷八,「有感」奇語文章病 常談腐爛餘 性情陶冶後 雅俗變移初 蒼海雷聲振 靑天日色舒 莫愁心緒亂 且讀古人書.

35　『牧隱文藁』卷十,「辭辨」: 其亦可憾也已 非獨文也 凡飾於外者日增 而積於中者日削 枝葉茂而本根弱 甚可怪也 使木根苟壯而扶疏其枝葉也 亦何傷哉 亦何傷哉.

늘이 곧 사람이라는 천인무간(天人無間), 유·불·선의 삼교통합(三敎統合)의 정신이 기저에 놓여 있다. 그리고 목은의 시는 전아(典雅)함과 웅혼, 호방함이 있다는 평을 받는다.[36]

2) 작품 이해

(1) 시대적 상황과 포부

부벽루(浮碧樓)

어제는 영명사에 들려서 구경을 하고
지금은 잠깐 부벽루에 올랐네
텅 빈 성에는 한 조각달이 걸려 있고
늙어버린 바위 위에는 천년의 구름이 흐르네
기린마는 떠나가고 돌아오지 않는데
천손(天孫)은 어느 곳에서 노닐고 있는고
난간에 기대어 길게 휘파람 부니
산은 푸르고 강물 절로 흐르네[37]

이 시는 작가가 고구려의 유적지인 평양성을 지나다가, 찬연했던 고구려의 모습을 찾을 수 없게 퇴색해 버린 부벽루에서 인간 역사의 무상함과 자연의 영원함을 대비시켜 노래한 작품이다. 이 작품에서 이색은 '천손'이 상징하는 새로운 영웅의 출현을 기다리는 우국충정을 드러내고 있다. 마치 일제 강점기의 이육사 시인이 〈광야〉에서 '백마 타고 오는 초인'을 기다리는 심정과 같을 것이다.

---

36 조병수, 「牧隱李穡天人無間思想의 美學的 研究」, 성균관대학교 박사학위논문, 2017, 72쪽.
37 이색, 『국역 목은집』 1, 민족문화추진회, 94쪽.
　　昨過永明寺 暫登浮碧樓 城空月一片 石老雲千秋 麟馬去不返 天孫何處遊 長嘯依風磴 山青江自流.

정관음 유림관작(貞觀吟 榆林關作)

진양공자 이세민이 호걸들과 결탁하여

풍운의 장한 기상이 우주에 가득했네

힘차게 일어나서 천과를 휘두르니

수나라 제방의 버드나무는 빛을 잃었네

이미 은과 주를 본받아 무공을 이루었으니

마땅히 순임금의 하나라처럼 문덕을 펴야지

가득 찬 것을 지니고 이룬 것 지킴에는 안정이 제일인데

떠벌리기 좋아하고 공을 즐기면 뒤집히기 십상이지

삼한은 예부터 기자가 신하되지 않았던 땅

치지도외함이 아마도 이득이었을 것을

어찌하여 아까운 군대를 움직여서

말재갈 물려 몸소 거느리고 동쪽 땅에 왔단 말인가

맹수같이 사나운 군사들은 학야(요동)의 달밤에 몰려들고

수많은 깃발은 계림의 새벽 비에 젖었네

주머니 속에서 물건 하나 꺼내기와 같다고 일렀더니

눈알이 흰 깃 화살에 맞아 떨어질 줄 어찌 알았으리

정공이 이미 죽어 언로도 막혔고

가소롭구나, 큰 비석을 넘어뜨렸다가 다시 세웠다네

고개 돌려 '정관 시절' 세 번을 고함치니

하늘 끝에서 슬픈 바람이 와스스 불어오네[38]

이 시는 중국에서 고국으로 돌아오는 도중에 지은 작품인데, 웅혼한 기상과 자주적인 정신으로 당 태종의 무력 침략을 풍자하였다. 이 작품은 세 부분으로 나누어 볼 수 있다. 처음 여덟 줄은 당 태종 이세민이 수나라를 멸망시킨 다음에 무력만을 믿고 정복 전쟁을 벌이기 좋아했다는 내용이다. 이세민은 아버지

---

38 『목은시고』 권2, 〈貞觀吟 榆林關作〉
晋陽公子結豪客 風雲壯懷滿八極 赫然一起揮天戈 隋堤楊柳無顔色 已踵殷周成武功 宜進虞夏敷文德 持盈守成貴安靖 好大喜功多反側 三韓箕子不臣地 置之度外疑亦得 胡爲至動金玉武 喞枚自將臨東土 貔夜擁鶴野月 旌旗曉濕鷄林雨 謂是囊中一物耳 那知玄花落白羽 鄭公已死言路澁 可笑豊碑顚復立 回頭三叫貞觀年 天末悲風吹颯颯

이연을 설득하여 수 양제의 폭정에 반기를 들었고 수나라를 무너뜨리고 중국을 통일하여 당나라를 세우는 데 결정적인 역할을 하였다.[39] '천과(天戈)를 휘두르니 수나라 제방의 버드나무는 빛을 잃었네'라는 말은 하늘이 준 기회에 무력을 동원하여 수나라를 쓰러뜨렸다는 뜻인데, 수양제는 운하를 건설하여 버드나무를 심었고 또 그의 성이 양씨라서 그렇게 표현했다. 그런데 무공을 이룬 당태종이 문화 정치를 펴지 않고 다시 고구려를 침략했으니 실패할 수밖에 없었다는 것이다. 가운데 여덟 줄은 당태종이 고구려를 침공하였다가 눈알만 잃고 패퇴했다는 내용이다. 이 땅은 예부터 중국의 속국이 아닌데, 맹수 같은 군사를 이끌고 와서 주머니 속 물건 꺼내듯이 손쉽게 고구려를 정복할 줄 알았지만, 안시성 싸움에서 고구려 장군 양만춘의 화살에 눈을 잃고 퇴각했음을 들어, 아무리 중국 천하를 평정한 인물도 우리 민족을 쉽게 정복할 수 없었다고 했다. 여기에서 시인의 자주적이고 웅혼한 기상을 볼 수 있다. 끝의 넉 줄은 태종의 어리석음을 비웃고 희생된 사람들의 원한을 되새기는 내용이다. 고구려 정벌을 말린 위징이 죽고 나자 간언을 듣지 않고 출정했고, 실패하여 돌아온 후에는 쓰러트린 위징의 비석을 다시 세웠다는 태종의 욕심과 행태를 비웃고, 전쟁으로 죽어간 백성과 군사들의 원한을 상기했다.

역사적 사실을 직설적으로 나열하였지만 그 속에는 당 태종의 어리석음을 풍자하고 우리 민족의 의연한 자주 정신을 드러낸 작품이라 하겠다.

다음의 시를 보기로 하자.

신행망해(晨行望海)
하룻밤 바람 불어 빗소리 들리더니
아침에 바다 기운 온전히 맑구나
반 고리 새벽달은 산머리에 또렷하고
몇 점의 남은 별은 들 밖에 반짝이네
신기루는 걷히고 붉은 해 떠오르니

---

39 『통감절요』 권34, 수기, 보경문화사, 1983.

상어등은 꺼지고 푸른 하늘 개었네
신선은 아득하게 어디에 있는지
동으로 누선을 보며 하염없이 생각하네[40]

이색의 시에 등장하는 시어는 힘이 있다. 새벽에 바다를 본다는 것은 야망
이 있음을 뜻한다. 현실은 아직도 어둡지만 곧 아침이 오고 해가 솟아날 것을
기대한다. 세월이 더 나은 방향으로 진전될 것을 기대하는 마음이 담겨있는
시이다.

2) 학문수양의 자세

자영이수(自詠二首)
아득하기만 한 성인의 학문을 얻을 수 있을까
천리 길을 가고자 처음 문을 나섰네
비바람 몰아치는 검은 책상 위에 등불이 깜박이고
빛처럼 흐르는 세월 속에 괴시에서 글을 읽는다
처음에는 가을 하늘을 비껴 나는 새에 비겼으나
점차 대나무 잎을 물고 올라가는 메기임을 알겠네
때때로 아름다운 경치의 유혹을 물리치고
하수와 낙수의 새로운 봄에 복거하련다[41]

이 시는 이색이 국자감에 입학하여 학문에 매진할 때의 모습을 회고한 시이
다. 원나라 국자감에서 중국인, 몽골인과 더불어 외국 각지에서 선발되어 온
학자들과 함께 공부하는 일은 자긍심을 가지기에 충분하였다.

---

40 『목은시고』 권2, 〈晨行望海〉.
41 『목은시고』 권2, 〈自詠二首〉 중 2수.
   聖學茫茫可得歟 欲行千里出門初 黎床風雨燈前夢 槐市光陰案上書 始擬橫秋如鶩鳥 漸知綠竹有
   鮎魚 時時罷却紛華戰 河洛新春願卜居.

3) 농민 인식을 노래한 시

사전권경유감(賜田勸耕有感)
내가 지난번 안양 땅에 사전을 받았는데
황폐한 밭이 개간되지 못한 이유를 물으니
군역세로 거두어가는 것이 그 반을 차지하고
세리는 세금을 곱으로 가혹하게 재촉한다 하네
너희가 장차 널리 경작하여 나의 뜻과 같이하면
나는 적게 거두어 너의 어깨 쉬게 하리
마침내 배 두드리며 안락을 함께 하며
위로 성군의 천만년 장수를 빌고자 하네[42]

위 시는 구역세와 세금으로 지은 곡식을 다 빼앗기고 기근에 시달리는 농민의 삶의 고통을 그린 것이다. 당시 권문세족 토지 침탈과 수탈이 얼마나 심했는가를 단적으로 보여주고 있다.

금천(今天)
올해는 가뭄이 이미 심했으니
우리 농부들 어떻게 살 것인가
마을마다 근심하는 빛이요
고을마다 탄식하는 소리 이어지네
보리밭 둑에는 푸른 물결 일렁이고
뽕나무 숲에는 꾀꼬리가 우네
높다란 묘당 위에서는
백성의 사정 걱정하기에 급급하네
늙은 나도 함께 자리에 있지만
몸은 보잘 것 없는 처지이네

----

42 목은시고』 권28, 〈賜田勸耕有感〉.
　　老向安陽受賜田 田荒不闢問然 軍興受稅嘗居半 吏酷催科又倍前 汝且廣耕如我志 吾當薄斂息渠肩 終期鼓腹同安樂 上祝聖君千萬年.

시가 이루어지자 다시 눈물짓는데
언제 풍년이 올 것인지[43]

이 시는 가뭄에 시달리는 농부의 고통스런 삶을 제재로 삼았는데, 전반부는
백성이 겪는 가뭄의 실상이고, 후반부는 시인 자신을 포함한 위정자들의 근심
하는 모습이다. 이러한 농민에 대한 애정과 근심을 토로한 시는 이색의 작품에
서 많이 찾아볼 수 있다.

4) 풍속시

이색 시 중에는 전통문화에 악부 형태의 시가 여럿 있다. 그 중에서 〈풍속
시〉, 즉 〈영속시〉에 해당하는 작품의 예를 들어 보기로 한다.

구나행(驅儺行)
천지의 운행이 어찌 그리 은미한가
선이 있고 악이 있어 어지러이 뒤엉켰네
때로는 복이 되고 때로는 화도 되니
잡사(雜事)로 어떻게 인심을 편히 하랴
사악한 귀신 내쫓는데 고례가 있으니
영험한 십이지신(十二支神) 언제나 밝네
때문에 국가에서는 병장방을 크게 두어
해마다 나례를 맡아 궁궐을 맑게 하네
청사와 아이들 번갈아 화답하면
방상씨(方相氏) 번개처럼 불상(不祥)한 것 쓸어내고
사평수위부(司平巡衛府)가 궁궐을 지키니
수많은 병사들은 모두가 역사(力士)이네
충성스런 이들이 병장방을 대신하여

---

43 『목은시고』 권32, 〈今天〉.
　　今天旱旣甚 我農何以生 千村有愁色 百邑連嘆聲 麥壟翠浪浮 桑林黃鳥鳴 巍然廟堂上 汲汲憂民情
　　老夫同在位 身則鴻毛輕 詩成更嗚咽 何日臻豐年.

괴이한 구나 끝나면 악공들이 입장하네
오방귀(五方鬼)와 사자의 춤을 추고
불을 토하고 칼을 물고 있다
서역에서 들어온 저 오랑캐들
검은 놈 누른 놈 푸른 눈을 반짝이네
가운데 섞인 구부정한 저 노인
모두가 한결같이 그를 보고 놀란다
강남의 장사꾼은 무어라 지껄이며
반딧불처럼 재빠르게 이리저리 뛴다
칠보 두른 저 신라 처용
머리에 얹힌 꽃향기 그윽하고
긴 소매 휘저으며 태평무를 추는데
술 기운 오른 듯 발그레한 뺨 아직도 그대로다
누른 개는 방아 찧고 용은 여의주 다투며
백가지 짐승들 요정(堯庭)에서 우쭐우쭐 춤을 춘다
임금님은 단정히 팔각전에 앉아 있고
모시는 여러 신하 병풍처럼 둘러 섰네
시중이 잔을 들고 만세를 축수하니
다행히 우리들도 태평성대 만났도다
해동천자의 고악부에
이 시 한수 이어져 역사에 전했으면
병후에 힘겨워 반열에 못 들고
찢어진 창에 진종일 찬바람만 불어오네[44]

　　이는 〈구나행〉의 일부분으로 귀신을 쫓는 제의 장면을 포착해서 역동적이고 세련된 필치로 묘사했다. '구나(驅儺)'는 세모에 역신을 몰아내는 의식이고, 행은 시가의 한 양식이다. 이 시의 결말 부분에서는 "해동천자 고악부를 한 곡조 계술하여 청사에 전해지기 바란다."고 한 바, 이 시를 지은 취지가 전통문

....
44 『목은집(牧隱集)』 21권 〈驅儺行〉.

화의 계승 차원에 있음을 알 수 있다.

〈구나행〉은 모두 28구 196자로 이루어졌는데, 크게 두 부분으로 나뉜다. 1구에서 14구까지는 12지신과 진자들이 역귀를 쫓는 의식을 묘사했다. 15구에서 28구까지는 의식이 끝난 후 놀이꾼들이 입장하여 각종 잡희를 연행하는 내용인데 오방귀무(五方鬼舞), 사자무(獅子舞), 서역의 호인희(胡人戱), 처용무, 불 토해내기(吐火). 줄타기, 칼 삼키기, 인형극, 백수희 등의 놀이를 묘사한다. 이는 바로 나례희이다. 이 나희가 조선시대를 거쳐 점차 발전하여 현재 한국에 전승되고 있는 탈놀이의 모체가 되었다.

구나에 대한 내용은 그의 다른 시에서도 보인다.

제야(除夜)

해마다 제야에는 구나(驅儺)를 좋아하여
아이들과 섞여 앉아 우스개 소리 시끄러웠지
멀리 떠나 노는 게 흥미 없음을 비로소 깨닫나니
적막한 승탑(승탑)에 등불 꽃만 떨어지네[45]

단오석전(端午石戰)

해마다 단오날이면 억센 청년들이 모여서
편 갈라 돌 던지며 겨루는구나
말시장 시냇가에 아침에 모였다가
절의 북쪽에서 저물어야 돌아오네
느닷없이 쫓길 때에는 날렵하게 물러나고
버티며 맞설 때에는 태산같이 꼼짝않네
나라에서 용사(勇士) 구하려는 뜻이라지만
온 몸을 다쳤으니 적의 모습이네[46]

---

45 『목은시고』, 〈除夜〉.
46 〈端午石戰〉.

추천(鞦韆)

중원의 한식 날 봄바람 솔솔 부니
사람은 그네와 어울려 공중에 둥실 떴네
우리나라 단오 생각이 나누나
까르르 웃어대며 모시적삼 바람에 휘날렸지
아롱다롱 그넷줄 바람이 사뿐 일며
붉은 치마 곧바로 저 푸른 하늘로 사라질듯
구경꾼 흩어지고 적막할 때 보면
그네만 외로이 저녁놀에 매달렸네
높은 가래나무 바람 받고 서 있는데
붉은 그넷줄로 허공을 박차려 하네
당겨주고 밀어주는 저 소년은
무쇠 같은 사내라도 아가씨 눈길에 흔들리네[47]

두죽(豆粥)

팥을 삶아서 죽을 쑤어 놓으니
붉은빛이 표면에 짙게 뜨누나
가을은 왔으나 날은 아직 더웁고
햇볕 아래 낮에는 바람도 없는데
삼초의 열기를 깨끗이 씻어 주고
맑은 기운은 구규를 소통시키네
달콤한 맛 치아 사이에 감돌아라
황봉의 석청 맛보다도 좋고말고[48]

관격구(觀擊毬)

푸른 하늘 맑은 날 화려한 거리
평평하기 손바닥 같고 밝기는 닦아놓은 듯
끌려온 준마들 윤기 번쩍이고

....

47 〈鞦韆〉.

48 임정기 역, 『목은시고』 24권 109편, 한국고전번역원, 2003. 小豆烹爲粥 光浮赤面濃 秋回天尙暑
日照晝無風 淨掃三焦熱 淸凝九竅通 微甘生齒頰 崖蜜謝黃蜂.

금안장, 옥굴레는 다투어 뛰려 하네
각 조의 젊은이들 먼저 뛰어나가 공을 치고
임명된 높은 벼슬아치들 재질 또한 뛰어나네
주렴과 비단장막 좌우에 비치고
울긋불긋 향냄새 향긋하게 풍겨오네
중앙의 높은 무대 풍악소리 요란하고
양부(兩付)에서 자리 열어 몸소 검열하는구나
군대는 예로부터 다스려야 하는 법인데
하물며 근교에 좀도둑이 들끓음에랴
강가 푸른 풀에 핏자국이 남았으니
충간 의담(忠肝 義膽)은 찢어질 듯하구나
나라에서 내린 술 빛 빛깔도 좋으니
무용을 총애하여 각별한 사랑을 표함이네
유성처럼 번득이며 공을 날리고
번개처럼 번쩍이며 말발굽 내닫네
바람인 듯 불꽃인 듯 따라볼 수도 없는데
거리를 메운 인파 발 구르며 환호하네
늙은 이 몸도 묵은 병일랑 까마득히 잊어버리고
길거리의 누각에 올라 술잔을 기울이네
얼근해져 말을 타니 해는 서산에 뉘엿뉘엿
귀갓길 호탕한 기운에 어려운 일 무엇이랴[49]

산대잡극(山臺雜劇)

산대를 얽어 맨 것 봉래 같은데
과일 바치는 신선은 바다에서 왔구나
잡객들의 북과 징소리 천지를 진동하네
처용의 치맛자락 바람 따라 돌아가네
장대 위에 노는 재인 평지를 걷는 듯하고
폭죽소리 하늘을 찌를 듯 뇌성 같구나

---

49 〈觀擊毬〉

태평성대의 참모습을 그리려 하나
늙은 나의 붓 끝 재주 없음이 부끄럽네[50]

우리나라의 대표적 민속놀이라 할 수 있는 석전과 그네(추천), 격구, 그리고 풍속의 하나인 동지 팥죽, 산대잡희 등을 소재로 하였다. 이처럼 한국의 풍속과 문화에 대한 관심의 표명은 당시 중국 원의 정치적 간섭 이래로 자주성을 침해받았던 고려의 독자적 문화전통에 대한 자부심의 발로라 하겠다.

5) 기타

이외에 이색의 시는 호연한 기상이 있으며, '물아일체'의 경지를 노래함으로써 평담(平淡)하고 중화(中和)한 청정(淸淨)의 시풍을 지니고 있다고 한다. 전자의 예로는 〈부벽루(浮碧樓)〉가 있으며 후자의 예로는 〈영국(詠菊)〉이 있다. 〈부벽루〉는 앞서 살폈기에 생략을 하고 후자의 경우를 들어 본다.

영국(詠菊)
국화가 숨듯이 동리(東籬)에 있어
흰색으로 붉은 색으로 때에 따라 피네
천지 또한 홀로 괴로운 마음 어여삐 여겨
하늘에는 이슬이 가득하여 서리 더디 내리네
엷은 구름 비낀 햇살 성긴 울에 스며드는데
흰머리의 쇠한 노인 홀로 서 있네
정과 경이 절로 합치는 것 누가 얻었는가
예로부터 고상한 뜻은 쇠할 때 간직하였네
평택으로 돌아와 동리에서 국화 따는데
남산의 수려한 색 더욱 좋은 때이라
낙천이 오래 사는 것만은 아닌데
귀거래가 늦다 일러 평하는 것 우스워[51]

---

50 〈山臺雜劇〉.

이러한 시풍은 때로는 시경시를 수용하는 가운데 자신의 삶을 돌이켜보고 성정의 바름을 유지하고자 하는 방향으로 표출되었으며, 때로는 시적 화자를 여성으로 설정하여 시상에 변화를 주면서 의미를 확장시켰다. 특히 이색의 작품에는 여성을 대상으로 한 시가 많다. 여성의 주체는 임금에 대한 사모의 정을 노래하는 것이 있는가 하면, 천민 여성을 대상화 한 시가 있다. 유신(儒臣)의 입장에서 위로는 충의 감정을 발로하고 아래로는 애민의 정신을 보이는 가운데 시적 형상화한 것이 여성의 시적 화자의 설정이다. 이러한 기법은 조선조 〈사미인곡〉과 같은 소위 미인계열 가사의 문학적 계보로 더욱 구체화 되었다고 할 수 있다. 대표적인 작품을 들어 본다.

> 궁인(宮人)
> 임금님의 수레를 따르며 하늘의 꿈은 멀기만 한데
> 은혜를 입은 한나라 궁전의 마음이네요
> 봄이 이르러 궁전에 오래도록 스며드는데
> 변방의 구름 깊으니 슬프고 처량하네요
> 눈은 쌓여 모직 휘장을 묻는데
> 차가운 바람이 비단 이불에 스며드네요
> 이 몸이 어찌 족히 안타까워 하겠습니까
> 임금님을 기원하며 홀로 길게 읊조립니다[52]

이 작품은 '궁녀'를 시적 화자로 삼아 임금에 대한 깊은 그리움의 정서를 토로하고 있다. 그러면서 임금의 은혜를 입고 싶은 마음과 임금에 대한 걱정이 잘 드러났다. 아래의 작품 역시 임금에 대한 간절한 그리움이 묻어 있다.

---

51 『목은고』, 「시고」 권9, 〈영국(詠菊)〉
菊花避地在東籬 白白朱朱各一時 天地亦憐心獨苦 滿天風露降霜遲 薄雲斜日漏疎籬 白髮哀翁獨立時 情境自融誰領得 古來抗志在衰遲 彭澤歸來探向籬 南山秀色更佳時 樂天下是延年者 可笑評論早與籬.

52 『목은시고』 권8, 〈궁인(宮人)〉
扈駕遙天夢 承恩漢殿心 延春宮漏永 悲栗塞雲深 積雪坤氊帳 寒風透錦衾 此身何足惜 祝聖白長吟.

연궁사 (鉛宮詞)

검은 섬돌 위로 분이 쌓여 달은 물결과 같고
그림자 대하고는 향을 사르니 이슬은 이미 축축하네
기이하여 밤 깊도록 기다려 홀로 앉아서는
견우와 직녀가 은하수 건너는 것을 보려고 하네[53]

임금의 총애를 받지 못하고 있는 자신의 신세를 생각하며 밤 깊도록 잠 못
이루고 있는 궁녀의 모습이 그려져 있다. 또한 이색은 천민여성(賤民女性)을
작품으로 형상화한 경우가 비교적 많다.

찬부가 (爨婦歌)

땔나무 대신 밀랍에다 금보장 둘러치고
산호수의 높이는 그림자가 한 길이로다
주인은 밤에 돌아와 취침도 하지 않고
아주 들고 계산하다 아침 해가 돋았네
손이 뵙길 청하면 어찌 그리 머뭇거리며
보지 않고 몸 기울여 상자를 가렸던고
누가 알리오 목은 집은 가장 가난하여
때로 나물 뿌리 먹고 늘 죽만 마시면서
헝클어진 머리 맨다리로 추위를 견디며
서리 속에 낙엽 쓸고 산기슭 달리는 걸[54]

이 작품은 목은 이색의 〈찬부가(爨婦歌)〉라는 제목의 작품으로, 여성화자인
아내를 통해 자신의 집안이 매우 궁핍함을 드러내고 있다. 작품을 이해하기

---

53 『목은시고』 권9, 〈연궁사(鉛宮詞)〉
　玄墀鉛砌月如波 對影焚香露已多 怪底夜深猶獨坐 欲看牛女渡銀河
54 『목은시고』 권6, 〈찬부가(爨婦歌)〉
　蠟代薪棲錦步障 珊瑚樹高影尋丈 主人夜歸不就枕 雙手牙籌朝日上 客來上謁胡踟躕
　不見傾身時障篋 誰知牧隱家最貧 時咬菜根長啜粥 蓬頭赤脚耐寒冷 掃葉凌霜走山麓
　前代薪棲錦步障 珊瑚樹高影尋丈 主人夜歸不就枕 雙手牙籌朝日上 客來上謁胡踟躕 不見傾
　時片章篋 誰知牧隱家最貧 時咬菜根長啜粥 蓬頭赤脚耐寒冷 掃葉凌霜走山麓

위해서는 중국 고사를 이해할 필요가 있다. 금보장(錦步障)은 비단으로 만든 휘장이다. 중국 진(晉)나라 때 부호(富豪)인 석숭(石崇)이 사치하기를 좋아하여 땔나무를 밀랍으로 대신하였고, 50리 길이의 금보장을 만들었으며, 산호수(珊瑚樹)를 많이 소유했던 데서 유래한 고사를 인용하였다. 또한 아주(牙籌)는 상아(象牙)로 만든 산가지인데, 역시 진(晉)나라 때 죽림칠현(竹林七賢) 한 사람인 왕융(王戎)이 재리(財利)를 밝혀 재물을 축적 하면서 아주를 손에 쥐고 밤낮으로 돈을 계산했던 데서 유래한 고사를 가져왔다. 마지막으로 진(晉)나라 때 조약(祖約)이 재리를 밝혔는데, 한번은 어떤 손이 찾아오자 때마침 돈을 계산하고 있다가 손님이 오는 것을 보고는 그것을 병풍으로 가리고, 병풍으로 다 가려지지 않은 조그만 두 상자는 자기 등 뒤에 놓고서 몸을 기울여 가렸다는 고사를 인용[55]하여 부도덕하게 재물을 가득 쌓은 부귀한 집안을 빗대어 가난한 목은 자신의 집을 강조하였다.

4. 문학사적 의의

목은 이색은 어지러운 고려 말의 정치적 상황에서 목민관과 은둔자 사이를 오가는 목과 은의 철학을 추구한 정치인이자 시인이며 교육자의 삶을 살았다. 그 사이에 목은이 남긴 작품 세계는 깊고도 넓어서 접근하기가 쉽지 않다. 시 작품만 해도 6천수에 가깝다. 이러한 방대한 양의 작품을 남긴 목은은 시인으로서 갖추어야 할 개인적 수양, 교유관계, 융합적 사고, 그리고 나라와 백성을 생각하는 목민관, 사물을 관찰, 체험함으로써 성과 정의 이치를 터득하여 이것을 하늘의 이치와 통합하는 능력을 보여준 작가였다. 그리고 그의 시는 호방하면서도 전아하고 웅혼하면서도 고아하다는 평을 받는다.

목은의 사상은 모든 것을 포용하고 아우르는 초탈원융사상으로, 유가로서의 위치를 지키면서도 도가와 불가의 교리를 배척하지 않을 뿐만 아니라, 시인

---

55 임경기 역, 한국고전번역원, 2001 참고.

으로서 만물을 모두 아름답게 보는 미추무간적(美醜無間的) 사고를 가지고 있다.[56] 특히 목은의 시 세계는 자연을 노래하는 영물(詠物), 영경(詠景)시를 많이 남겼고, 백성의 삶, 풍속을 소재로 노래한 경우가 많다. 이러한 다양한 내용은 그의 특유의 다양한 시체(詩體) 사용을 통하여 형상화되었다.

신유학에 기반을 두면서도 불교의 이치를 멀리하지 않는 그의 사고체계는 융합의 세계를 지향하였으며, 그러한 생각은 왕조교체기에 행동으로 이어졌다. 목은은 도학으로서의 문학을 중시 여겼고, 불교를 배척하면서도 불교를 가까이 하였다. 다섯 번의 지공거를 맡으면서 선발하고 길러낸 수많은 제자들이 고려에 남거나 조선을 건국하는데 관여함으로써 목은의 정치적 중립은 쉽지 않았다. 그 가운데 목은에 대한 조선조 초기 유학자들의 시선을 곱지 않았고 그 결과는 고려사에서 그의 평가를 보면 짐작할 수 있다. 하지만 조선조 후기로 갈수록 그의 평가는 긍정적으로 바뀌었고 지금은 신유학의 조종으로 평가받고 있다. 그의 시 세계는 이러한 정치적 상황에서 빚어진 산물들이라 해도 과언이 아니다. 다작한 것 역시 목은의 천재적 작품 활동에 말미암지만 생각이 많고 고뇌의 날들이 많았음을 또한 간접적으로 증언하고 있다.

----

56 조병수, 「牧隱李穡天人無間思想의 美學的 研究」, 성균관대학교 박사학위논문, 2017, 국문초록 ; 박희, 「牧隱 李穡의 詩文學研究」, 세종대학교 박사논문, 1993, 198~199쪽 참고.

농암 이현보

(1467~1555)

지족(知足)의 혜안을 갖춘 충만한 풍류가

조그만 고을 예안 나의 고향
선조들의 積善餘慶 길이 쌓여 있네
백발 어버이 90세가 넘었고
슬하 자손들이 마루에 가득하네

어버이 늙으심에 어찌 나라를 잊을까
고인들은 임금 섬기는 날은 많다고 한다
아름다운 고향 분강 구비에
새로 바위 위에 정자를 지었네

- 〈농암애일당(聾巖愛日堂)〉 -

작가로서의 이현보

농암(聾巖) 이현보(李賢輔, 1467~1555)는 16세기 영남지역 양반사대부의 대표적 인물이다. 이황(李滉, 1502~1571), 황준량(黃俊良, 1517~1563), 주세붕(周世鵬, 1495~1554), 이언적(李彦迪, 1491~1553) 등과 교류하면서 학문과 시 창작, 국문시가 향유를 함께 하였다.

이현보는 한국시가사에서 영남지역 강호시가 창작의 대표적인 작가로 평가받고 있다.[1] 그의 문집에는 〈효빈가(孝嚬歌)〉·〈농암가(聾巖歌)〉·〈생일가(生日歌)〉 등의 시조 작품과 〈어부가(漁夫歌)〉 장가 9장, 단가 5장이 실려 있다. 그는 작품과 더불어 작품 창작의 배경과 향유 양상에 대한 자신의 의견을 함께 기록하고 있는데, 이를 통해 16세기 국문시가 향유의 양상과 작가로서의 면모를 확인할 수 있다.

이현보의 국문시가는 대부분 인생 말년 고향으로 돌아 온 뒤에 창작되고 향유된 것이다. 〈효빈가〉는 오랜 벼슬살이를 마치고 비로소 귀거래를 실현하는 기쁨을, 〈농암가〉는 고향 산천을 바라보며 느끼는 뿌듯함과 친근함을 담고 있다. 그리고 〈생일가〉는 80세의 생일을 맞는 기쁨과 흡족함을 표현하였다. 그는 이들 작품에 대한 스스로의 평가를 '옹의 나이가 지금 87세로 벼슬을 그만두고 한가롭게 지낸 지 12년이 지났는데, 그 만년의 나아감과 즐김의 행적이 다 이 세 편에 나타났기에 애오라지 써서 스스로 자랑하노라.'라고 기록하여

---

1 안동문화연구소, 『농암 이현보의 문학과 사상』, 안동대 안동문화연구소, 1992. ; 성호경, 「농암 이현보의 삶과 시가」, 『신난학보』 93, 신난학회, 2002.6, 221~255쪽 참조.

국문시가 창작과 향유의 의미를 밝혀 놓았다. 한편 그는 고향 분천(汾川)에서 지인들과 뱃놀이를 즐겨하면서 시가를 향유했다. 이때 〈어부가〉 장가와 단가를 편사하였는데, 어부가 창작의 전통이 이어지도록 하는 계기가 되었다.

작가로서 이현보의 삶은 그가 벼슬을 그만두고 고향으로 돌아온 이후로부터 본격적으로 시작된 것으로 보인다.[2] 그래서 그의 작품에는 인생을 바라보는 혜안과 행복의 비결이 담겨 있다. 현대를 살아가는 우리가 그의 삶과 작품을 주목해야 하는 이유가 여기에 있다.

1. 생애와 연보

농암(聾巖)이현보(李賢輔, 1467~ 1555)[3]는 경북 예안현 분천리(현재 안동시 도산면 분천리)에서 이흠(李欽)의 맏아들로 태어났다. 부인은 안동권씨 권효성의 따님이시고, 여섯 아들과 딸 하나를 두었다.

태어나면서부터 재주가 뛰어나고 골상이 비범하였으며 활 쏘고 사냥하기를 즐겨 하였다. 19세(1485, 성종 16년)에 향교에 입학하였고, 29세(1495, 연산군 원년)에 생원시에 합격하였다. 32세(1498, 연산군 4년)에 문과 급제하여 벼슬길에 나아가 예문관검열(겸 춘추관 기사관)이 되었다. 이후 성균관 전적(典籍) 등을 거쳐 사간원 정언이 되었으나 서연관(書筵官)의 잘못을 직언(直言)하다 안동에 유배되었다.

40세(1506, 중종1)에 중종반정으로 풀려나 복직되어 사헌부 지평, 예조좌랑 등을 지냈고, 42세에 형조정랑에 임명되었으나 외직을 청해 영천군수가 되었다. 59세까지 조정의 여러 벼슬과 충주부사, 안동부사 등 지방관을 두루 거쳤다. 59세에 부모님 봉양을 이유로 사임하기도 했으나 임금의 부름을 받아 성균

---

2 그의 문집에 근거할 때 130여 편의 한시 중 90수 이상, 국문시가 대부분이 말년의 고향에서의 삶에서 비롯되었기 때문이다.

3 이현보의 생애에 대해서는 농암 이현보 신도비(聾巖 李賢輔 神道碑)와 성호경, 「농암 이현보의 삶과 시가」, 『진단학부』 93, 진단학회, 2002.6, 221~255쪽이 내용을 정리한 것이다.

농암 이현보 영정

관 사성(司成), 병조참지, 승정원 동부승지 등을 두루 역임하였다. 63세부터 73세까지 형조참의, 홍문관 부제학, 경주부윤, 경상도 관찰사 등을 거쳐 형조참판과 호조참판 등의 벼슬을 역임하였다. 비교적 늦게 학문에 들었으나 평생 큰 부침 없이 중앙과 지방의 벼슬을 두루 거쳤다.

그의 벼슬살이는 강직하고 공명정대한 것으로 알려져 있다. 경상도관찰사로 있을 때 친척과 친구들이 사사로이 통하면 정법이 무너진다고 하면서 그 한계를 엄격히 하였다. 이에 친척과 자제라도 감히 공관에 출입하는 자가 없다는 기록이 전해진다.[4]

비교적 평탄한 삶을 살았으며 부모 봉양을 핑계로 늘 외직을 청하거나 고향 가까이 있기를 원했다. 76세 때(1542, 중종 37년)에 귀향하기도 했으나 이듬해 다시 조정에 불려갔다. 79세에 자헌대부(資憲大夫, 정2품)에 봉해졌으며, 83세에는 정헌대부(正憲大夫, 종1품)에 올랐다.

89세(1555, 명종 10년)에 병이 들어 6월 13일 향년 89세로 별세하였다. 부음이 조정에 올라가니 임금이 놀라서 슬퍼하고 비통히 여겼다. 8월 28일 안동시 도산리 운곡리의 선영에 묻혔다.

이현보는 부모에 대한 효성이 남달랐다. 그 효성에 임금도 감동하여 고향 부근 군수로 있으면서 부모를 봉양할 수 있도록 배려했다. 고향인 분천(汾川)에 살면서 그 위에 집을 지어 '애일당(愛日堂)'이라 하고, 부모를 받들었다. 자신의 부모뿐 아니라 주변 어르신들을 공경하는 데에도 소홀히 하지 않았는데,

---

4 『동하잡기(東閣雜記)』 下, 무인년(1518, 중종 13) 기록.

고향 어르신들을 모아 구로회(九老會)를 만들어 두루 공경한 일은 향촌의 모범이 되었다. 농암은 사후 효절공(효절공)의 시호를 받았는데, 시호로 효절을 받은 경우는 농암이 유일하다고 전해진다. 이와 관련하여 그는 다음과 같은 글을 남겼다.

> 기묘년 가을에 관아에서 양로연을 베풀어 여든 살 이상의 노인들을 찾아 사족에서 천민에 이르기까지 신분을 불문하고 나이만 되면 다 오게 하니 수백 명에 이르렀다. 내외 청에 자리를 마련하고 어버이를 중심으로 풍성히 음식을 대접하니 보는 사람들도 칭찬하고 나도 자랑스럽다.

그의 성품은 담백하고 욕심이 적어 명성과 이익을 따지지 않았다고 전해진다. 그는 집 주변의 바위를 농암(籠巖)이라 칭하고 자신의 호로 삼았고, 작은 당(堂)을 지어 명농(明農)이라 하고, 벽에 도연명의 귀거래도(歸去來圖)를 붙였다.

말년에 작은 배를 타고 임강사(臨江寺)를 왕래하면서 조용히 자연 속에 지냈고, 간혹 시종으로 하여금 어부사(漁父詞)를 부르게 하면서 초연히 세상일을 잊고자 했다. 그의 국문시가 창작은 이때에 많이 이루어졌다. 구전하던 〈어부가(漁夫歌)〉를 정리하여 장가 9장, 단가 5장으로 만들었고 〈효빈가(效嚬歌)〉·〈농암가(籠巖歌)〉·〈생일가(生日歌)〉 등 여러 편의 시조를 창작하였다.

임종을 맞아 그는 '내 나이 90이고 너희들이 모두 있고, 나라의 은혜를 후하게 받았으니 죽어도 유감이 없다. 초상을 검약하게 하고 장사는 시기를 넘기지 말라.'는 유언을 남겼다.

이현보에 대한 당대의 기록으로는 농암집(聾巖集) 부록 이황(李滉)의 행장(行狀), 홍섬(洪暹)의 비명(碑銘), 해동명신록(海東名臣錄), 중종실록 등의 기록이 있다. 다음은 그에 대한 당대인의 평가를 정리한 것이다.

> 현보는 광영(光榮)을 좋아하지 않고 부모를 위해 언제나 외직을 구했다. 부모가 죽은 뒤에는 직위가 2품이고 건강도 좋았지만, 오히려 조정을 떠나기를 수차례 간청하여 마침내 허락을 받았다. 식자들은 그를 '스스로 만족할 줄 아는 뜻이 있다'고 칭찬했다
> 『중종실록』 권96

현보의 고향 생활은 담박했다. 한가할 때 이웃 사람을 방문할 경우 걸어가서 만났고, 스스로 농부로 자임했다. 집 앞에 큰 강이 있어서 배를 띄울 만했다. 가끔 손님이 오면 더불어 노를 저었다. 두건을 비스듬히 쓰고 소요하니, 사람들이 바라보기에 신선과 같다고 했다.　　　　　　　　　　　　　　　　　　　　『중종실록』권98

선생은 남을 위하는 데는 부지런하고 자기를 위하여 데는 치졸하였다. 항상 몸을 깨끗이 하며 넘치는 것을 경계했다. 경사가 있으면 문득 근심하며 벼슬이 오르면 두려워하여 기뻐하지 않았다. 욕심이 없어 이익을 탐내지 않았으며, 무릇 입고 쓴 물건이 간소하여 일개 서생(書生)과 다름없었다.
　　　　　　　　　　　　　　　　　　　　　　　　　　퇴계의 〈농암선생행장〉

그의 문집으로는 1665년 외손(外孫) 김계광(金啓光)이 목판본으로 간행한 『농암집』(5권)과 원전에서 누락된 글과 관련 기록을 모아 '연보(年譜)'(2권)와 합철하여 1911년 목판으로 간행된 『농암선생문집』(2권)이 있다. 1986년에 안동 분강서원에서 (국역)『농암선생문집』2가 발간되었다.

그의 연보(年譜)를 정리하면 다음과 같다.

1467년(출생)	세조 13년. 음력 7월 29일 경상도 예안현 분천에서 아버지 이흠, 어머니 권씨 부인의 맏아들로 출생.
1488년(19세)	향교 입학.
1486년(20세)	홍귀달(洪貴達)에게 공부를 배우다.
1488년(22세)	권효성(權孝誠)의 딸 권씨와 혼인하다.
1495년(29세)	연산군 1년. 생원시(生員試)에 합격하다.
1496년(30세)	성균관 유생들의 문과 초시인 관시(館試)에서 장원을 하다.
1501년(35세)	예문관 검열 겸 춘추관 기사관에 임명되다.
1504년(38세)	사간원 정언으로서 연산군의 뜻을 거슬러 안동에 유배되다.
1506년(40세)	중종반정으로 복귀, 성균관 전적(轉籍)에 임명되다.
1507년(41세)	사헌부 지평으로 임명되다.
1508년(42세)	부모 봉양을 위해 외직 자청, 영천 군수에 부임하다.
1512년(46세)	부모님을 위해 애일당(愛日堂)을 짓다.

1513년(47세)	사간원 시간에 임명되다.
1517~1518년(48~51세)	밀양부사, 충주목사, 안동부사 등을 지냄, 유생들과 학풍을 진작하고 노인들을 위한 양로연을 개최하다.
1522년(56세)	사헌부 집의에 임명됨, 부모 봉양을 위해 외직을 청하여 성주 목사에 부임하다.
1526~1527년(60~61세)	성균관 사성, 시강원 보덕 등 역임, 병조 첨지, 승정원 동부승지 겸 경연참찬관, 춘추관 수찬관 역임하다.
1528~24년(62~63세)	대구부사, 영천(영주)군수 역임하다.
1533년(67세)	형조 참의, 홍문관 부제학 지제교 겸 경연참찬, 춘추관 수찬관 역임. 애일당구로회(九老會) 개최. 승정원 우부승지 임명되다.
1534~1536년(68~70세)	경상도 관찰사를 지내다.
1539~1544년(73~78세)	형조 참판, 호조 참판, 동지중추부사, 지충추부사 등에 임명되다.
1545년(79세)	자헌대부(資憲大夫)의 품계를 받다.
1549년(83세)	어부가를 다듬어 새 어부가를 짓다. 정헌대부(正憲大夫), 숭정대부(崇政大夫)의 품계를 받다.
1555년(89세)	6월 13일 병으로 별세.
1557년	효절공(孝節公) 시호를 받다.

2. 작품 감상

『농암집(聾巖集)』 권3의 '가사(歌詞)'편에 그의 시조가 수록되어 있다. 「가사」는 〈효빈가〉, 〈농암가〉, 〈생일가〉, 〈어부가〉 9장과 〈어부단가〉 5장, 후발(後跋)로 구성되어 있다. 문집에 남아 있는 이들 작품은 대부분 조정에서의 소임을 모두 마친 뒤 고향에 돌아온 이후 창작된 것인데, 고향과 자연 속에서 누리는 여유로운 삶의 모습이 그대로 담겨 있다.

〈효빈가(效嚬歌)〉는 그가 은퇴한 후 고향으로 돌아오면서 지은 작품이다.

歸去來 歸去來 말뿐이오 가리업싀
田園이 將蕪ᄒ니 아니가고 엇뎰고
草堂애 淸風明月이 나명들명 기드리ᄂ니

임인년 가을에 농암옹은 비로소 벼슬을 마치고 국문을 나와 돌아갈 배를 빌려
한강에서 전별의 술을 마셨다. 배 위에 취해 누웠으니 달이 동산에 떠오르고 산들
바람이 잠깐 일었다. 도연명 시의 '배는 흔들려 가볍게 날리고, 바람은 흔들려
옷깃이 나부낀다(舟搖搖以輕颺 風飄飄而吹衣)'라는 구절을 읊조리니 돌아가는 흥
겨움이 더욱 짙어져서 즐거워하였다. 스스로 웃고는 이 노래를 지었는데, 노래가
도연명의 〈귀거래사〉를 바탕으로 해서 지은 까닭으로 〈효빈가〉라 했다.[5]

〈효빈가〉의 작품 내용과 창작동기가 기록되어 있다. 작품 내용을 살피고 창
작 동기와 연결하여 화자가 말하고자 하는 바를 알아보도록 하자. 먼저 1행에
서는 늘 '귀거래'를 말하면서도 실천하기가 어려운 현실을 말하였다. 이는 귀
거래를 실천하지 않는 사람에 대한 비판이라기보다는 자신을 포함한 사대부들
이 겪는 현실과 이상의 괴리를 한탄한 것이라 볼 수 있다. 그러던 그에게도
비로소 벼슬을 마치고 고향으로 돌아갈 기회가 생겼는데 이를 2행에서 전원이
장차 무성하다고 하였다. 귀거래의 모든 조건이 갖추어졌으니 이제는 아니 갈
수 없다고 말하고 있다. 귀거래의 정당성과 정치 현실을 떠나는 홀가분함이
잘 느껴진다. 3행에서는 청풍명월로 표상되는 자연이 자신을 맞을 준비를 다
갖추고 기다리고 있다고 표현함으로써 귀거래의 삶에 대한 기대를 드러내었
다. 오랫동안 귀거래를 꿈꾸었으나 자의반 타의반 소망으로만 그쳐있던 자신
의 삶을 돌아보면서 드디어 귀거래를 실현하는 순간 느끼는 홀가분함과 기대
를 표현하였다.

이러한 정황은 작품 뒤에 기술된 작품 창작의 동기에도 잘 설명되어 있다.
특히 '돌아가는 흥겨움이 더욱 짙어져서 즐거워하였다. 스스로 웃고는 이 노래

---

5 嘉靖壬寅秋 聾巖翁始解圭組 出國門賃歸船 飮餞于漢江 醉臥舟上 月出東山 微風乍起 詠陶彭澤舟
搖搖以輕颺 風飄飄而吹衣之句 歸興益濃 怡然自笑 乃作此歌 歌本淵明歸去來辭而作 故稱效嚬.

를 지었는데'라는 구절은 작품에 나타난 상황 및 정서와 일맥상통한다.

귀거래에 대한 꿈이 실현된 후 그는 〈농암가(聾巖歌)〉를 지었다. 이 작품은
고향 산천을 바라보며 느끼는 뿌듯함과 친근함을 잘 표현한 작품이다.

> 聾巖애 올라보니 老眼이 猶明이로다
> 人事이 變ᄒᆞᆫ들 山川이ᄯᆞᆫ 가실가
> 巖前에 某水某丘이 어제 본 듯 ᄒᆞ예라

농암의 늙은이가 오래 서울에서 벼슬하다가 비로소 고향에 돌아왔다. 농암
에 올라 산천을 두루 바라보니 令威(영위, 한나라 때 사람인 정영위)[6]의 감회가
없지 않으나 오히려 옛날에 놀던 묵은 자취가 의연함을 기뻐하며 이 노래를
지었다.[7]

농암(聾巖)은 이현보의 고향에 있는 '귀먹바위'를 말한다. 농암에 올랐다는
것은 드디어 고향으로 돌아왔다는 것을 의미한다. 귀거래를 실현한 것이다.
귀거래의 기쁨으로 노안이 오히려 밝아졌다라고 표현하였다. 기쁜 마음으로
바라보는 고향 산천은 번다한 속세와 달리 옛날 그대로 자신을 반겨준다. 세월
은 변하였으나 고향의 자연은 변함이 없다. 그래서 농암에 올라 바라보는 물과
언덕은 유유자적한 자연이자 긴 세월의 거리를 잊게 하는 무념무상의 자연이
된다.

〈효빈가〉와 〈농암가〉가 벼슬을 그만 둔 이후 고향으로 돌아와 자연과 함께
하는 기쁨을 드러낸 작품이라면, 다음의 〈생일가(生日歌)〉는 87세 생일을 맞아
자신의 인생 전반을 돌아보면서 느끼는 흡족함을 표현한 작품이다.

6　일찍이 영허산에 들어가 도술을 익혀 학이 되었다는 인물이다. 훗날 요동에 돌아와 기둥에 앉았
　다가 날아갔다는 고사가 있다.
7　巖翁久仕於京 始還于鄕 登聾巖 周覽山川 不無令威之感 而猶喜其舊遊陳迹之依然 又作此歌.

功名이 그지 이실가 壽夭도 天定이라
金犀씌 구븐 허리예 八十逢春 긔몃히오
年年에 오눗나리 亦君恩이샷다

7월 29일은 옹(翁)의 생일인데 아들과 손자들이 늘 이날이면 술자리를 베풀어 옹을 위로하였다. 1551년 가을에는 따로 성대한 잔치를 베풀었는데 마을의 노인들과 이웃 고을의 수령들이 모두 모였다. 이바지할 그릇을 많이 차려서 차례로 일어나 술잔을 주고받아 마침내 취해 춤추기에 이르렀다. 각자 노래를 불렀고, 옹 역시 화답했는데 이것이 그 지은 바이다.

옹의 나이가 지금 87세로 벼슬을 그만두고 한가롭게 지낸 지 12년이 지났는데, 그 만년의 나아감과 즐김의 행적이 다 이 세 편에 나타났기에 애오라지 써서 스스로 자랑하노라.[8]

작품의 1행에서는 공명도 끝이 없고 수명도 하늘이 정한 바라는 사실을 상기하였다. 공명은 출세를 통해 세상에 이름을 떨치고자 하는 세속적 욕망을 뜻하는데, 그 욕망은 끝이 없어 이를 추구하다보면 사람은 스스로 만족함을 모르게 된다. 더욱이 인간의 수명은 정해져 있으니 공명을 따르며 세상을 살아가는 것은 일면 어리석은 일이기도 하다. 즉 무한하지 않은 인간의 인생에서 가장 중요한 덕목은 공명은 끝이 없다는 사실 그 자체를 깨닫는 것인지 모른다. 이현보는 누구보다 이것을 잘 알고 있었다. 2행은 1행의 내용에 대응하는 자신의 삶에 대한 충만감을 표현하고 있다. 공명에 해당하는 벼슬살이는 임금으로부터 하사받은 금서대를 허리가 굽을 때까지 하고 있었으니 충분히 만족할 만하고, 수명은 이미 80세를 넘어 장수를 누리고 있으니 한없이 기쁜 일이다. 해마다 이런 생일날을 맞고 있으니 그야말로 흡족한 삶이라는 것을 스스로 인식하고 있는 것이다. 3행의 '역군은이샷다'는 이러한 자신의 삶에 대한 최대의 찬사를 표현하는 말이다. 이현보는 중앙의 높은 벼슬을 몇 차례 하기도 했

---

8 七月晦日 是翁初度之辰 兒孫輩每於此日 設酌以慰翁 辛亥之秋 別設盛筵 鄕中父老 四隣邑宰俱會 大張供具 秩起酬酢 終至醉舞 各自唱歌 翁亦和答 此其所作也 翁之年今八十七歲 致仕投閒 亦過 一紀 其晩年去就 逸樂行迹 盡于此三短歌 聊書以自誇云.

고, 임금은 늘 그를 가까이 두고자 했다. 그러나 그는 늘 외직을 청했고, 늘 고향 가까이 있기를 원했다. 그럼에도 오히려 그는 벼슬살이를 지속하였으며 숭정대부와 같은 높은 품계를 받을 수 있었다. 뿐만 아니라 80이 넘어서까지 장수할 수 있었다. 그 이유는 바로 공명의 속성에 대한 깨달음과 인생에서 무엇이 중요한가를 알았기 때문이다.

이상과 같이 〈효빈가〉, 〈농암가〉, 〈생일가〉를 통해 농암의 삶에 대한 지향을 확인할 수 있으며 삶의 진정한 의미를 깨달을 수 있다.

이처럼 이현보는 국문시가 창작과 향유를 통해 삶의 충만함과 여유를 표현하고 즐겼다. 그 가운데에 특히 한국 시가사의 전통에서 더욱 중요한 의미를 지니고 있는 작품을 빼놓을 수 없다. 바로 〈어부가 구장(漁父歌 九章)〉과 〈어부단가(漁父短歌)〉이다. 이들 작품은 그 이전부터 전해오던 어부가 노래가사를 스스로 고치고 다듬은 것이다. 어부가 구장과 어부단가 뒤에 붙어 있는 글을 통해 작품 창작의 동기와 과정을 추정할 수 있다.

〈어부가〉 두 편은 누가 지은 것인지 알지 못한다. 내가 은퇴하여 자연에 머물면서 마음이 한가하고 일이 없어 옛사람들이 술 마시며 읊조리던 것 가운데에 노래할 만한 시문 약간 수를 모아 노복들을 가르쳐 때때로 들으며 세월을 보냈는데 아들 손자 무리가 이 노래를 늦게 얻어 와서 보여주었다. 내가 보니 그 가사의 말이 한적하고 뜻이 심란하여 읊조리게 되면 사람으로 하여금 공명을 벗어나 티끌 세상 밖으로 표표히 멀리 오르게 하는 뜻을 가지게 할 만했다. 이를 얻은 뒤로는 그 전에 즐기던 가사들을 모두 버리고 이에만 오로지 뜻을 두었다. 손수 책에 베껴 꽃 피는 저녁이나 달 밝은 저녁에 술을 준비하고 벗을 불러 분강의 작은 배 위에서 읊조리게 하니 흥과 맛이 더욱 참되고 오래도록 피로함을 잊었다.

다만 말에 차례가 맞지 않거나 중첩됨이 많았는데, 틀림없이 그 전사에서의 잘못일 것이다. 이는 성현의 경전에 의거한 글이 아니기에 짓고 고침을 망령되이 더하여 한 편 12장은 셋을 빼서 아홉으로 만들어 장가로 지어 읊었고, 한편 10장은 단가 5결로 줄여 짓고, '엽(葉)'을 만들어 노래 불렀다. 합쳐서 한 부의 신곡(新曲)을 이루었는데, 깎아 고쳤을 뿐 아니라 보태어 기운 곳도 또한 많다. 그러나 또한 각각 구분의 본뜻에 의지하여 더하고 줄인 것이다. 이름 하여 '농암야록(聾巖野錄)'이라 하니, 보는 이들은 행여 참람하다고 나를 책망하지 말기를 바란다.

때는 1549년 6월 유두 사흘 뒤 귀밑털에 서리 내린 늙은이의 농암주인이 분강의 고깃배 뱃전에서 쓰다.[9]

집 앞의 분강에서 뱃놀이를 할 때 노래하기에 적절한 가사를 직접 모으고 고치는 가운데에, 세상에 전하는 어부가 가사를 얻었는데 공명을 벗어나 속세를 초월한 내용에 마음이 끌려 이를 편사하였다. 편사의 과정은 중첩되는 것을 삭제하고 노래하기에 적절하도록 하는 것이었다. 그 결과 9장의 장가와 5장의 단가를 만들었는데, 9장의 장가는 읊고, 5장의 단가는 엽(葉)을 붙여 노래하도록 했다는 것이다. 작품의 내용[10]은 다음과 같다.

어부가 구장(漁父歌 九章)

雪鬢漁翁(설빈어옹)이 住浦間(주포간) 自言居水(자언거수)이 勝居山(승거산)이라 ᄒᆞᆫ놋다 빈떠라빈떠라 早潮纔落晚潮來(조조재락만조래)ᄒᆞᄂᆞ다 至匊悤至匊悤於思臥(지국총지국총어사와) 倚船漁父(의선어부)이 一肩(일견)이 高(고)로다

靑菰葉上(청고엽상)애 涼風起(량풍기) 紅蓼花邊(홍노화변) 白鷺閒(백로한)이라 달드러라달드러라 洞庭湖裏駕歸風(동정호리가귀풍)호리라 至匊悤至匊悤於思臥(지국총지국총어사와) 帆急前山忽後山(범급전산홀후산)이로다

盡日泛舟煙裏去(진일범주연리거) 有時搖棹月中還(유시요도월중환)이라 이어라이어라 我心隨處自忘機(아심수처자망기)라 至匊悤至匊悤於思臥(지국총지국총어사와) 鼓枻乘流無定期(고세승류무정기)라

---

9 漁父歌兩篇 不知爲何人所作 余自退老田間 心閒無事 裒集古人觴詠間可歌詩文若干首 敎閱婢僕 時時聽而消遣 兒孫輩晚得此歌而來示 余觀其詞語閒適 意味深遠 吟詠之餘 使人有脫略功名 飄飄遐擧塵外之意 得此之後 盡棄其前所玩悅歌詞 而專意于此 手自謄冊 花朝月夕 把酒呼朋 使詠於汾江小艇之上 興味尤眞 亹亹忘倦 第以語多不倫或重疊 必其傳寫之訛 此非聖賢經據之文 妄加撰改 一篇十二章 去三爲九 作長歌而詠焉 一篇十章 約作短歌五関 爲葉而唱之 合成一部新曲 非徒刪改 添補處亦多 然亦各因舊文本意而增損之 名曰聾巖野錄 覽者幸勿以僭越咎我也 時嘉靖己酉夏六月 流頭後三日 雪鬢翁聾巖主人 書于汾江漁艇之舷.

10 작품은 원문을 최대한 살리되, 가독성을 높이기 위해 띄어쓰기를 하고 한문은 한글을 병기하여 실었다.

〈중략〉

夜靜水寒魚不食(야정수한어불식)거늘 滿船空載月明歸(만선공재월명귀)라 달
디여라닫디여라 罷釣歸來繫短蓬(파조귀래번단봉)호리라 至匊悤至匊悤於思臥(지
국총지국총어사와) 風流未必載西施(풍류미필재서시)라

一自持竿上釣舟(일자지간 상조주) 世間名利盡悠悠(세간명리진유유)라 빅브텨
라빅브텨라 繫舟猶有去年痕(번주유유거년랑)이라 至匊悤至匊悤於思臥(지국총지
국총어사와) 款乃一聲山水綠(예내일성산수록)라

〈어부가〉 장가 9장은 각 장 6구로 되어 있으며, 1, 2, 4, 6구는 7언 한시
구절 끝에 한글을 현토한 형태이다. 각 3구에는 우리말 어구를 반복하여 2음보
리듬감을 살리고, 5구에는 노 젓는 소리를 음차한 우리말 후렴구를 넣었다.
내용은 출항에서부터 귀항까지의 과정을 노래하였다.[11]

어부단가 오장(漁父短歌 五章)
이듕에 시름업스니 漁父(어부)의 生涯(생애)이로다 一葉扁舟(일엽편주)를 萬頃
波(만경파)애 쯰워두고 人世(인세)를 다 니젯거니 날가는 주를 알랴

---

11 귀밑머리 흰 늙은 어부가 강가에 살면서 스스로 말하기를 물에서 사는 것이 산에 사는 것보다
낫다고 하네 배쯰워라 배쯰워라 아침에 밀물이 겨우 빠지면 늦은 썰물 오는구나 지국총 지국총
어사와 배에 기댄 어부의 한 쪽 어깨가 올라갔구나
푸른 대나무 잎사귀에 시원한 바람이 불고 붉은 여귀꽃 가에는 흰 해오라기 한가롭구나 닻
들어라 닻들어라 동정호 속으로 바람타고 들어가리라 지국총 지국총 어사와 돛대가 급하게
앞산을 지나니 벌써 산이 뒤에 있구나
종일 배를 쯰워 안개 속으로 들어가니 때때로 노 저어 달빛 아래 돌아오네 저어라 저어라 내
마음 가는 곳 따라 스스로 모든 일을 잊었노라 지국총 지국총 어사와 돛대를 두드리며 물결을
타고 정처없이 흘러가노라 〈중략〉
밤은 고요하고 물은 찬데 물고기가 물지 않으니 배에 실은 것은 없고 밝은 달빛만 싣고 돌아오는
구나 닻내려라 닻내려라 낚시를 마치고 돌아와 짧은 쑥에 배를 매어 두리라 지국총 지국총
어사와 바람 서시와 같은 미인은 태우지 않아도 좋아라
낚시대 하나 들고 낚시배에 오르면 세상의 명예와 이익을 생각하지 않고 유유히 앉노라 배
붙여라 배 붙여라 배를 매고 보니 지난 해의 흔적이 남았구나 지국총 지국총 어사와 탄식 소리에
산수가 푸르구나

구버는 千尋綠水(천심녹수) 도라보니 萬疊靑山(만첩청산) 十丈紅塵(천장홍진)
이 언매나 ▽롓는고 江湖(강호)애 月白(월백)ᄒ거든 더옥 無心(무심)ᄒ얘라

靑荷(청하)애 바블쁘고 綠柳(녹류)에 고기쎄여 蘆荻花叢(노적화총)에 빈미야두
고 一般淸意味(일반청의미)를 어늬 부니 아ᄅ실고

山頭(산두)에 閑雲(한운)이 起(기)ᄒ고 水中(수중)에 白鷗(백구)이 飛(비)이라
無心(무심)코 多情(다정)ᄒ니 이 두거시로다 一生(일생)애 시르믈 닛고 너를 조차
노로리라

長安(장안)을 도라보니 北闕(북궐)이 千里(천리)로다 漁舟(어주)에 누어신들 니
즌스치 이시랴 두어라 내시름 아니라 濟世賢(제세현)이 업스랴

〈어부단가〉는 강호에서의 유유자적하는 삶과 그에 대한 즐거움을 담고 있
다. 강호와 인세(人世)라는 대조적인 공간을 설정하여 강호에서의 진락(眞樂)을
강조하였다. 이러한 삶 속에서도 사대부로서 치군택민(致君澤民)[12]의 사명감은
버릴 수 없다고 생각했으나, 세상을 구제할 현명한 이가 반드시 자기 자신이어
야만 한다는 생각에서는 벗어나고자 하였다. 화자의 마음이 솔직히 표현되어
있다.

3. 시가 향유와 인식

이현보는 그의 문집 곳곳에서 국문시가 창작과 향유에 대한 기록을 남겨
두었다. 이를 통해 그의 시가 향유 양상과 시가인식을 확인할 수 있다. 아울러
이현보와 교류했던 당대 문인들의 문집이나 기록 등에도 이와 관련한 내용을

---

12 사대부는 조정에 나아가 임금을 잘 보필하고 백성을 편안하게 하는 임무를 지닌다는 의미이다.
　나정순, 「조선 전기 강호 시조의 전개 국면 –'조월경운'과 '치군택민'의 개념을 중심으로」, 『시조
　학논총』 29, 한국시조학회, 2008.7 참조.

찾아 볼 수 있다. 이들을 중심으로 이현보의 시가향유와 인식에 대해 살펴보기로 하자.

> 강호에 돌아온 뒤로는 더욱 개울과 산 사이에 노닐었으며, 흥이 나게 되면 번번이 돌아오기를 잊곤 했다. …〈중략〉… 좋은 사람과 물 하나 돌 하나라도 조금 맑고 그윽한 것을 만나게 되면, 반드시 나무덤불이라도 깔고 앉아 득의하여 기뻐하였다. 술은 두세 잔밖에 마시지 않았으나, 담소를 오래 하여 종일토록 지치지 않았다. 간간이 시문(詩文)을 지어내면 입의(立意)가 청신하여 젊은이들의 뛰어난 작품들이 미칠 수 없는 바가 있었다.
>
> 절에서 놀기를 좋아했는데, 영지·병암·월윤·임강사가 모두 그것으로, 마지막에는 늘 임강사에서 지냈다. 때때로 가벼운 배에 짧은 노로 오가며 유상(遊賞)하곤했는데, 시아(侍兒)에게 〈어부사(漁父詞)〉를 노래하게 하여 흥을 붙였고 아름다워 '견세독립(遺世獨立)'의 뜻이 있었다. 그때 사람들이 높이 우러르지 않은 이가 없었고, 지나는 이는 그 문에 나아가 뵙는 것을 행운으로 여겼다.[13]

이 글은 이현보의 삶에 대해 서술한 이황의 글이다. 이 글을 통해 이현보가 자연을 사랑하며 사람들과 함께 하기를 좋아했던 인물이었음을 알 수 있다. 이황은 이현보의 문학에 대해 '뜻이 맑고 새로워 다른 이가 쉽게 따를 수 없다'고 평하였다. 특히 〈어부가〉를 주목하면서 시가 향유와 관련한 흥과 풍류적 면모를 높이 평가하였다.

그런데 이러한 풍류는 이현보 혼자만의 유흥이 아니었다. 그는 마을의 어르신들을 받드는 기로회(耆老會)를 여러 차례 열었고, 퇴계를 비롯한 후학들과의 모임도 주도하여 열었다. 이들 모임에서는 술과 음식, 그리고 시와 노래의 향유가 함께 했다. 특히 후자의 경우는 영남지역을 중심으로 한 가단을 형성하며 후대까지 지속되었다. 이현보를 영남가단의 창시자라고 하는 평가는 이에 근거하여 나온 말이다.[14]

---

13 『退溪集』 권48, '崇政大夫行知中樞府事籠巖李'先生行狀, 성호경, 앞의 논문, 227쪽 재인용.
14 이현보에 대한 조윤제의 평가인데, 이러한 평가는 최재남, 「소학적 세계관의 시적 진술방식」, 『사림의 향촌 생활과 시가문학』, 국학자료원, 1999. ; 권두한, 「영남지역 가단의 성립과 그 계승」,

이렇게 볼 때 이현보의 풍류와 시가 향유의 맥락은 그 자신만을 위한 위안이나 개인적 취향에 머물지 않았다는 것을 알 수 있다. 앞서 살폈듯이 그는 늘 중앙의 벼슬보다는 지방관을 자청하여 고향 가까이 머물면서 지역의 어르신들에 대한 공경의 예를 몸소 실천하였으며, 향촌을 기반으로 한 선비들을 청하여 학문적 교류와 풍류의 장을 함께 하였다. 이러한 과정에서 시가 창작과 향유가 이루어졌고, 이는 멋스러운 풍류의 장으로 이어졌으며, 지역 공동체가 화합하는 계기가 되었다.

아울러 그의 국문시가는 그의 삶과 밀접히 관련되어 있다는 점도 주목할 필요가 있다. 당시 양반사대부들에게 자신의 생각과 심회를 자연스럽게 표현하는 수단은 바로 한문시였다. 이현보의 경우도 그러했을 것이다. 그러나 이현보의 국문시가와 그에 대한 글은 여느 사대부들의 경우와는 다소 차이가 있었다. 그는 그 자신의 인생관과 삶에 대한 성찰을 국문시가 창작과 향유를 통해 그대로 담아내었다. 그는 〈효빈가〉, 〈농암가〉, 〈생일가〉 등을 통해 자신의 인생관을 솔직하게 표현하였고, 〈어부가〉 개찬 과정을 통해 국문시가에 대한 진지한 고민과 애착을 드러내었다. 이현보에게 국문시가의 창작과 향유가 중요한 문학 활동이자 삶의 실천과정이었음을 알 수 있다.

4. 문학사적 의의

이현보는 130여 편의 한시와 5편의 국문시가를 남겼다. 그가 살았던 16세기 사대부들의 문학 활동은 거의 한문이 중심이 되었다는 사실을 감안할 때 그가 남긴 국문시가의 존재는 결코 간과될 수 없다. 더욱이 각 편에 대한 창작 동기나 경과 등을 병서를 통해 남겨 놓아 그 의미는 더욱 크다. 뿐만 아니라 그의 글에는 국문시가 창작과 향유에 대한 관심과 고민의 흔적이 그대로 남아 있는 것이 많다. 이를 중심으로 그의 문학사적 의의를 정리해 보기로 하자.

『국문학연구』 12, 2004, 91~117쪽에 의해 밝혀진 '분강기단'의 존재로 더욱 확실히 입증되었다.

첫째, 그의 국문시가 창작과 향유는 송순과 정철에 이르는 호남가단에 비견할 만한 영남가단의 형성과 전개에 중요한 역할을 하였다. 이현보는 안동을 중심으로 한 분강(汾江)을 삶의 터전이자 풍류의 장으로 삼아 이황, 주세붕 등과 더불어 국문시가 창작과 향유의 전통을 만들고 이어 나갔다. 이를 '분강가단(汾江歌壇)'이라 칭하기도 하는데, 이는 그의 사후에도 영남지역 사대부들에 의해 지속되었다.

둘째, 〈어부가〉 창작 및 향유와 관련한 것이다. 원래 어부가는 중국 초나라 때의 시인이자 정치가인 굴원[15]의 작품이지만, 중세 동아시아 문학 창작의 전범이 된 작품이다. 이현보가 어부가를 접한 것도 이러한 상황과 무관하지 않다. 그가 접한 어부가의 원천은 『악장가사』에 실린 것으로 추정되는데, 조선시대 양반사대부들의 출처(出處)를 위한 명분으로도 많이 인용되었고, 시 창작에도 널리 애용된 모티프이다. 원래는 한시문 형태의 현토체로 된 것을 이현보가 다시 정리하고 노래 부를 수 있게 만든 것이다. 이현보의 어부가는 이후 영남을 넘어 윤선도의 〈어부사시사〉에도 영향을 주었을 뿐 아니라 『청구영언』이나 『해동가요』에도 수록된 것으로 보아 후대 가창문화에도 영향을 미친 것으로 보인다.

셋째, 이현보의 시가 창작과 향유 양상은 16세기 시가사의 한 양상을 확인하고 연구하는 데에 중요한 자료가 된다. 그는 국문시가 창작과 향유의 동기와 작품 특성, 그에 대한 자신의 의견 및 주변인들과 주고 받은 의견 등을 작품과 함께 남겨 놓았다. 이 자료는 작품 이해에도 도움을 줄 뿐 아니라 당대 국문시가 향유의 양상 파악에도 중요한 근거가 된다.

넷째, 이현보의 삶과 시가는 현대를 살아가는 우리에게 삶과 행복의 의미를 다시 생각할 수 있게 해 준다. 그의 생애와 시가작품에서 우리는 공명에 대한 욕망은 끝이 없다는 것과 공명을 좇으며 살기에 우리의 인생은 너무도 유한하

---

15 중국 초나라 회왕 시절 한때 정치의 중심인물이었으나, 다른 이의 모함을 받아 신임을 잃고 끝내 멱라수에 투신하여 자살하였다. 그가 남긴 〈어부사〉, 〈이소〉는 중국 뿐 아니라 동아시아 문학의 전범으로 여겨진다

다는 것을 깨닫게 해 준다. 그칠 줄을 알아야 하며 타인의 기준보다 자기 스스로 자신의 삶에 만족하고 삶을 풍요롭게 가꿀 줄 알아야 함을 보여준다. 그러면서도 그는 임금을 보필하고 백성을 편안하게 하는 사대부로서의 직분에 평생 충실했고, 동학들과의 소통을 게을리 하지 않았으며 향촌 어른들을 섬기고 부모에게 효를 다했다. 이는 자신의 삶에 대한 만족과 여유로움을 잃지 않았기 때문에 오히려 가능한 것이었다. 이러한 모습은 현대를 살아가는 우리에게 이현보의 삶과 그의 시가 작품이 주는 중요한 메시지라고 할 수 있다.

농암종택

황진이

세상을 사랑으로 털어내다

冬至달 기나긴 밤 한 허리를 버혀 내어
春風 니불 아래 서리서리 너헛다가
어론님 오신 날 밤이여든 구뷔구뷔 펴리라

작가로서의 황진이

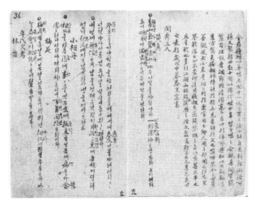

『청구영언』 동짓달

황진이는 한국 최고의 기녀로 통한다. 작가로서의 황진이는 시조를 지음에 있어 정형시의 형식을 벗어나지 않으면서도 형식에 얽매이지 않았고, 우리말을 잘 가려 썼으며, 비유와 시의 내용이 탁월하다. 그녀의 작품 〈동짓달 기나긴 밤〉은 조선조 후기에 편찬된 각종 가곡집과 시조집을 참고할 때, 그 수록 횟수가 단연 앞서는 점을 미루어, 조선조를 통틀어 최고의 히트작이라 평가할 수 있다.

그녀가 산 시대는 조선의 유학 이념이 국가의 정치 이념과 사회 규범으로 완전히 정착되던 때였다. 그러나 그녀는 권위 의식에 젖어 거들먹거리는 양반 남성들에게 유학자로서의 삶을 올곧게 살기를 충고하면서 짧은 삶을 자유와 예술로 살다 갔다.

그녀의 작가정신은 유학의 세계를 부정하는 것이 아니라, 유학의 세계를 본연적으로 잘 경영하도록 유학자들을 안내한 점에서 찾을 수 있다. 비록 비천한 신분의 기녀였지만 그녀가 지닌 예술적 자질과 작가적 능력은 타의 추종을 불허할 정도였다. 그녀의 시조 작품과 한시를 통하여 16세기를 살다간 그녀의 삶의 궤적을 추적해보자.

1. 황진이의 생애

황진이에 대한 기록에는 한음 이덕형(李德泂, 1566~1645)의 『송도기이(松都記異)』, 허균(許筠, 1569~1618)의 『성옹지소록(惺翁識小錄)』, 유몽인(柳夢寅, 1559~1623)의 『어우야담(於于野談)』, 임방(任埅, 1640~1724)의 『수촌만록(水村漫錄)』, 서유영(徐有英, 1801~1874)이 지은 『금계필담(錦溪筆談)』, 김택영(金澤榮, 1850~1927)이 지은 『소호당집-〈숭양기구전(崧陽耆舊傳)〉』, 개성유수를 지낸 김이재(金履載, 1767~1847)의 『중경지(中京誌)』, 구수훈(具樹勳, 영조 때 무신)의 『이순록(二旬錄)』, 홍중인(洪重寅, 1677~1752)의 『동국시화휘성(東國詩話彙成)』, 서경덕(徐敬德, 1489~1546)의 『화담집(花潭集)』 등이 있다. 하지만 대부분 일화이며, 그 내용의 정확성은 확인할 수 없다.

황진이의 본명은 진, 기명은 명월이다. 개성에서 출생하였고 1520년대부터 1560년대쯤 살았을 것으로 추측한다. 정확한 자료가 남아 있지 않기 때문이다. 황진이의 생몰연대는 화담 서경덕[1]과 양곡 소세양[2]과 백호 임제[3]를 통해서 추적

---

1 서경덕 : 1489(성종 20)~1546(명종 1). 한국 유학사상 본격적인 철학문제를 제기하고, 독자적인 기철학(氣哲學)의 체계를 완성했다. 당시 유명한 기생 황진이와의 일화가 전하며, 박연폭포·황진이와 더불어 송도삼절(松都三絶)로 불렸다. 본관은 당성(唐城). 자는 가구(可久), 호는 복재(復齋)·화담(花潭)이다.

2 소세양 : 1486(성종 17)~1562(명종 17).조선 전기의 문신. 본관은 진주. 자는 언겸(彦謙), 호는 양곡(陽谷)·퇴재(退齋)·퇴휴당(退休堂). 1509년(중종 4) 식년문과에 급제했다. 1514년 사가독서(賜暇讀書)했으며, 이조정랑·교리·직제학 등을 거쳐 사성이 되었다. 그 뒤 왕자의 사부(師傅)와 승지 등을 지내고, 전라도관찰사로 나갔으나 1530년 왜구에 대한 방비를 소홀히 했다 하여 파직되었다가 이듬해 다시 기용되어 형조판서에 올랐다. 1533년 지중추부사로 있으면서 진하사(進賀使)로 명나라에 다녀온 뒤, 1535년 형조판서·호조판서, 1537년 병조판서·이조판서를 거쳐 우찬성이 되었다. 율시(律詩)에 뛰어났고 송설체(松雪體)의 글씨를 잘 써서 필명이 높았다. 익산 화암서원(華巖書院)에 제향되었다. 저서로는 『양곡집』이 있으며, 시호는 문정(文靖)이다.

3 임제 : 1549(명종 4)~1587(선조 20).본관 나주. 자 자순(子順). 호 백호(白湖)·겸재(謙齋). 대곡(大谷) 성운(成運)의 문인. 1576년(선조 9) 생원시(生員試)·진사시(進士試)에 급제, 1577년 알성문과(謁聖文科)에 급제했다. 예조정랑(禮曹正郎)과 지제교(知製敎)를 지내다가 동서(東西)의 당파싸움을 개탄, 명산을 찾아다니며 여생을 보냈다. 당대 명문장가로 명성을 떨쳤으며 시풍(詩風)이 호방하고 명쾌했다. 황진이 무덤을 지나며 읊은 "청초 우거진 골에……"로 시작되는 시조와 기생 한우(寒雨)와 화답한 시조 〈한우가(寒雨歌)〉 등은 유명하다. 저서에 『화사(花史)』, 『수성지(愁城誌)』, 『임백호집(林白湖集)』, 『부벽루상영록(浮碧樓觴詠錄)』이 있다.

해보면 1510년대에 태어났다고 볼 수 있다. 그리고 비교적 단명했다고 알려져 있으므로 아마도 40년 정도 살지 않았을까 추측한다. 그의 전기에 대하여 상고할 수 있는 직접 사료는 없고 간접 사료인 야사에 의존할 수밖에 없다. 이 계통의 자료는 비교적 많은 반면에 각양각색으로 다른 이야기를 전하고 있을 뿐만 아니라, 너무나 신비화한 흔적이 많아서 그 허실을 가리기가 매우 어렵다.

1) 출생

그녀의 출생에 관하여는 중종 때 황진사의 서녀로 태어났다고도 하고, 맹인의 딸이었다고도 전하는데, 황진사의 서녀로 다룬 기록이 숫자적으로는 우세하지만 기생의 신분이라는 점에서 맹인의 딸로 태어났다는 설이 오히려 유력시되고 있다. 황진이의 출생에 대해서는 크게 두 가지 설이 있다. 황진사의 서녀, 즉 첩의 딸이었다는 것과 맹인 기생의 딸이었다는 것이다.

① 황진사의 서녀

부친인 황진사가 길을 가던 도중 병부교 아래 맑은 냇가에서 빨래하는 아름다운 처녀인 진현금(황진이의 어머니)에게 물을 청하고 서로 나누어 마실 때 마주치던 눈길이 인연이 되고 한 쪽박의 물이 합환주가 되어 당대의 절세가인 황진이를 낳았다.

② 맹인 기생의 딸

황진이의 어머니인 진현학금은 황진이와 같이 송도에서 빼어난 기생이었다. 특히 거문고를 잘 탔다. 흔히 현금이라 불리었는데 이것은 그녀가 거문고를 타면 검은 학들이 날아와 춤을 춘다 하여 지어진 이름이라고 한다. 이 당시 연산군은 생모의 죽음에 대해서 알게 되고 이에 엄청난 피의 살육극을 일으킨다. 이때 임금께 바칠 기녀를 뽑아 도성으로 보내는 업무를 위해 급조된 벼슬아치들이 있었다. 좋게 말해서 임금의 성은을 입는 것이지 사실 그 당시 연산군 여염집의 아낙은 물론이고 비구니까지 잡아다가 겁간한다는 추악한 소문이 있었다. 기생인 진현학금도 예외가 될 수 없었다. 악사 기녀로서 지켜왔던 자궁심이 무너지게 될 지경에 이르자 눈을 멀게 하는 약을 먹고 스스로 맹인이 되어 기적(妓籍)에서 빠지게 되었고 자연히 뽑혀 가지 않게 되었다. 진현학금은 눈이 멀었지만 거문고 연주는 여전히 최고였다. 당시 송도의 젊은 한량, 황진사가 진현학금을 사랑하였다. 그는 그렇게 함께 살다가 아기가 생기자 뜻을 달리하여 그녀를 떠났다. 결국 혼자서 아이를 낳게 되었고 아이는 후에 황진사 댁에서 자라게 되었다.

이 둘 중 어떤 것이 옳다고 단정 지을 수는 없지만 어찌되었든 그녀는 출생부터 평탄하지는 않았다. 황진사이든 서녀이든, 맹인 기생의 딸이든지 비록 천한신분이지만 사서삼경(四書三經)을 읽고 시(詩)·서(書)·음률(音律)에 뛰어났으며, 빼어난 외모 때문에 그녀는 송도의 명기로 남아있다.

2) 기녀가 된 사연

15세경 황진이가 기녀가 된 이유에는 구구한 전설이 많은데 홍윤보라는 청년의 죽음과 자신의 신분비관이라는 두 가지 이유가 대표적이다.

① 홍윤보 청년의 죽음

그녀의 용모가 너무나 아름답고 일거일동이 예절바름에 감탄해서 연정을 품었던 이웃에 사는 '홍윤보'라는 총각이 있었다. 가난한 살림에 보잘 것 없는 신분이었으나 어려서부터 같은 이웃에서 자라온 진이의 모습이 그의 마음속에 큰 비중으로 자리를 잡아 갔다. 커서 정을 느끼게 되었을 때 그녀는 자기가 생각할 수 없는 먼 곳으로 자꾸자꾸 멀어져 갔다. 이 총각은 매일 매일 하는 일에 기쁨이 없었고, 진이에게로 향하는 자신의 마음은 걷잡을 수 없었다. 그렇다고 그녀에게 자신의 심정을 토로할 기회도 영영 오지 않았다. 마침내 상사병으로 앓게 되고 안타까움을 하소연하지도 못한 채 아지랑이가 운무처럼 내리는 이른 봄 어느 날 눈을 감고 말았다. 그 후 사체를 장례 지내러 가는 도중 진이의 문 앞에 이르러서는 상여가 움직이지 않아 진이가 평소에 즐겨 입던 속적삼과 꽃신을 주어 운구를 덮게 하니 비로소 상여가 움직였다고 한다. 이러한 계기로 진이는 항상 마음이 괴로웠고, 날이면 날마다 자기를 그토록 애절하게 그리다가 죽어간 넋을 생각한 나머지 자기 때문에 또 다른 총각이 죽을까 염려하여 호화롭고 귀염 받는 생활의 행복을 버리고 스스로 명월이라 하며 기생이 되었다는 설이 있다.

② 자신의 신분비관

황진이는 황진사의 서녀로 자라고 있었다. 첩의 딸이지만 시, 서, 음악 등에 아주 뛰어났으며 마음 씀씀이가 고와서 하인들마저도 황진이를 잘 따랐다. 하지만 후에 자신이 기생의 딸이라는 것을 알고 스스로 기생이 되었다는 설이 있다.

3) 황진이의 연인들

① 홍윤보

황진이를 일방적으로 짝사랑 하다가 상사병으로 죽었다.

② 개성 유수 송공

대부인 연회석에 황진이를 초대 하였는데 그때 여러 사람들이 황진이의 빼어난 모습을 보고 반했다고 한다. 그때부터 황진이가 유명하게 된다. 황진이는 송공과 그전부터 함께 지낸 사이라고 한다.

유수(留守) 송공(宋公)을 두고 송염(宋磏)이라 하는 이도 있고, 송순(宋純)이라 하는 이도 있는데 어느 것이 옳은지 알 수 없다. 송공에 대한 자료의 내용은 다음과 같다.

송공이 처음 부임했을 적에 마침 명절을 맞이했다. 낭료(郎僚)들이 부아(府衙)에서 조그만 술자리를 베풀었는데, 진랑이 와서 뵈었다. 그는 용모가 지극히 아름답고 행동이 단아하였다.
송공은 풍류객으로서 풍류장에서 늙은 사람이다. 한 번 그를 보자 범상치 않은 여지임을 알고 좌우를 돌아다보면서 말하기를,

"이름이 결코 헛되이 얻어진 것이 아니로구나!"

하고, 기꺼이 관대하였다.

송공의 첩도 역시 관서(關西)의 명기였다. 문틈으로 그를 엿보다가 말하기를,
"과연 절색(絶色)이로군! 나의 일이 낭패로다."

하고, 드디어 문을 박차고 크게 외치면서 머리를 풀고 발을 벗은 채 뛰쳐나온
것이 여러 번이었다. 여러 종들이 붙들고 말렸으나 만류할 수가 없었으므로 송공
은 놀라 일어나고 자리에 있던 손들도 모두 물러갔다.

그 후 송공은 그 어머니를 위하여 수연(壽宴)을 베풀었다. 이때 서울에 있는
노래 잘하고, 춤 잘 추는 기생을 모두 불러 모았으며 이웃 고을의 수령과 고관들이
모두 자리에 앉았으며, 붉게 분칠한 여인이 자리에 가득하고 비단옷 입은 사람들
이 떨기를 이루었다.

이때 진랑은 얼굴에 화장도 하지 않고 담담한 차림으로 자리에 나오는데, 천연
한 태도가 국색(國色)으로서 광채(光彩)가 사람을 움직였다. 밤이 다하도록 계속
되는 잔치 자리에서 모든 손들이 칭찬하지 않는 이가 없었다. 그러나 송공은 한
번도 그런 기색을 보이지 않았으니, 이것은 대개 발 안에서 엿보고 전일과 같은
변이 있을까 염려했던 때문이었다.

술이 취하자 비로소 시비(侍婢)로 하여금 파라(叵羅 : 술잔)에 술을 가득 부어서
진랑에게 권하고, 가까이 다가와서 노래를 부르게 했다. 진랑이 용모를 다듬고
노래를 부르는데 맑고 고운 노래 소리가 여운이 남아 끊어지지 않고, 위로 하늘에
사무쳤으며, 고저청탁이 절도에 맞아 일반 창기에 비할 바가 아니었다. 송공이
무릎을 치면서 감탄하여 말하기를,

"천재로구나!"

했다. 악공 엄수(嚴守)는 나이가 70세인데 가야금이 온 나라에서 명수요, 또
음률에 정통하였다. 처음 진랑을 보더니 감탄하기를,

"선녀로다!"

했다. 노래 소리를 듣고는 자기도 모르게 놀라 일어나며 말했다.

"이것은 동부(洞府 : 신선이 사는 곳)의 여운(餘韻)이로다. 세상에 어찌 이런
소리가 있단 말인가!"

이때 중국 사신이 본부(本府)에 들어오자, 원근에 있는 사녀(士女)들과 구경하
는 자가 모두 모여들어 길 옆에 숲처럼 서 있었다. 사신 일행 중 한 사람이 진랑을
바라보다가 말에 채찍을 급히 하여 달려와서 한동안 주시하다가 갔는데, 그는 객
관(客官)에 이르러 우리나라 통사(通事)에게 말했다

"그대의 나라에 천하절색(絕色)이 있구나."⁴

③ 이사종

황진이와 이사종의 이야기는 『어우야담』에 나온다. 황진이와 당대의 풍류 남아이면서 명창이었던 이사종은 진이와 가장 오래 함께 살았다고 전한다.

선전관 이사종은 노래를 잘 하였다. 일찍 더불어 놀고자 하더니 천수원 천변에 안장을 내려 놓고 갓을 벗어 배에 얹고 누워 수삼곡을 높이 불렀다. 진이가 지내다 이상하여 말을 원에 매어두고 귀를 기울여 듣고 '이 가조(歌調)는 심히 다르니 반드시 심상한 촌가이곡(村歌理曲)이 아니다. 내 들으니 서울에 이사종이라는 당대 절창이 있다 하니 반드시 이 사람이리라' 하고 사람을 시켜 가 물으니 과연 사종이라. 자리를 옮겨 접대하고 자기 집으로 데리고 와 수일을 묵게 하고 서로 언약하되 옮겨 함께 삼년을 지내매 사종도 진이의 일가를 먹이기를 진이가 사종을 먹임과 같이 하여 삼년을 마치자 진이는 '약속한 기한을 이미 마쳤습니다.' 하고 작별하고서 떠나갔다.⁵

④ 양곡 소세양(陽谷 蘇世讓)

양곡 소세양은 젊었을 때에 마음이 꿋꿋하다고 자랑하며 항상 말하기를 "여자에게 미혹당하는 사람은 남자가 아니다."라고 했다. 송도 기생 황진이는 재주며 얼굴이 세상에 가장 뛰어났다는 소문을 듣고 친구들에게 약속하기를, "내가 이 기생과 30일 동안을 같이 있다가 곧장 떠나와 끊고는 다시 털끝만치도 생각하지 않을 것이니 만약 이 기한을 어기고 단 하루라도 더 머무르면 자네들은 나를 사람이 아니라고 하라."하고, 송도에 가서 황진을 보니 과연 멋진 기생이었다. 당장 한데 어울려 한 달을 머물며 지내고, 그 이튿날 떠나려고 개성 남문루에 올라 이별잔치를 벌였는데 진이는 이별하기를 섭섭히 생각하는 기색이 전혀 없고 다만 요청하는 말이 "지금 대감과 작별하는데 어찌 한마디 말이

4 이덕형(李德泂1566~1645) : 〈송도기이(松都記異)〉 - 『대동야승(大東野乘)』 제71권.
5 유몽인(柳夢寅1559~1623), 『어우야담(於于野談)』

없이 헤어질 수 있습니까? 변변치 않은 시나 한 수 올리려 합니다." 하면서 즉시 율시 1수를 써 올렸다.

봉별소판서세양(奉別蘇判書世讓)

오동잎은 가을밤에 달 아래 떨어지고
들국화는 제철 만나 서리 속에 누렇구나
누대는 높이 솟아 하늘과 한 자 사이
사람은 취했으니 천 잔 술을 마셨구나
유수 곡조는 거문고 소리와 어울려 차가운데
피리의 구성진 소리에 매화는 향기롭네
내일 아침 서로 떠나 이별을 고한 뒤에는
그리운 정 샘솟아 푸른 물결처럼 끝이 없겠네[6]

소공은 한참 읊조려보고 탄식하기를 "옛다. 나는 사람이 아니로다."하고 그대로 눌러 앉았다.[7]

⑤ 벽계수(碧溪水)

종실에 벽계수라는 이가 있어 진이를 한번 보고자 원하였으나 진이 스스로 도도하여 풍류명사가 아니고 보면 친할 수가 없었다. 벽계수가 이를 이달(李達)에게 상의하므로 이달은 가로되 "그대가 진이를 한번 보려 하면 능히 내 말을 좇을 수 있겠는가" 벽계수는 그리하겠다고 하였다. 이달은 "그대가 소동(小童)에게 거문고를 들리고 그 뒤를 따라 조그마한 나귀를 타고 진의 집을 찾아 누(樓)에 올라 술을 사다 마시고 거문고 한 곡조를 타고 보면 진이가 와서 그대 곁에 앉을 것이라. 그대는 본 척 말고 일어나 나귀를 타면 진이가 또 그 뒤를 따라 올 것이라. 취적교를 지내어 돌아보지 않으면 일을 이루겠고 그렇지 않으

---

6 月下梧桐盡 霜中野菊黃(설중야국황) 樓高天 一尺 人醉酒千觴 流水和琴冷 梅花入笛香 明朝相別 後 情與碧波長
7 임방(任埅1640~1724), 『수촌만록(水村漫錄)』 제52권,

면 반드시 이루지 못하리라.”하였다. 벽계수는 과연 그 말을 듣고 조그마한 나귀를 타고 일어나 나귀를 타고 갔었다. 진이는 과연 뒤를 좇아오다가 취적교를 당하여 소동에게 물어 그가 벽계수인 줄을 알고 늘어진 노래를 지어 늘어지게 부르되 “청산리 벽계수야 수이 감을 자랑마라. 일도창해하면 다시 오기 어려우니 명월이 만공산하니 쉬어 간들 어떠리” 하였다. 벽계수는 이 노래를 듣고 가질 못하고 돌아보다가 정신을 잃어 드디어 말에서 떨어졌다. 진이는 웃으며 이는 명사(名士)가 아니고 풍류랑(風流郎)이라 하고 바로 돌아섰다. 벽계수는 부끄럽고 한하기를 마지않았다고 한다.[8]

⑥ 이생

황진이가 말년에 금강산 유랑을 하고 싶어 하여 동행을 청해서 함께 금강산을 돌아다녔다고 한다. 금강산에 갈 때 이생이 먹을 것을 짊어지고 갔는데 여행 도중 다 떨어져서 곳곳의 절을 돌아다니며 황진이가 몸을 팔아 음식을 얻었다고 한다. 여행이 끝나고 헤어졌다고 한다.

> 진이가 금강산이 천하명산이라는 말을 듣고 한번 찾아가 놀려 하였으나 더불어 갈 만한 이가 없더니 마침 이생이라는 어떤 재상의 아들이 있었다. 그가 호방하여 방외에 놀기만 하였다. 진이가 이생을 만나보고 조용히 이르되, “내 들으니 중국인은 원생고려국일견금강산(願生高麗國一見金剛山)이라 하였는데, 하물며 내 나라 사람으로 본국에서 나고 자라 선산을 지척에 두고 그 진면목을 보지 하겠는가. 이제 우연히 그대를 만났으니 함께 산놀이를 하는 것이 정히 좋다. 산꾼의 소박한 차림으로 마음대로 유승을 찾고 돌아옴이 또한 즐겁지 않을까”하고 이생에게 노비도 따르지 못하게 하고 포의초립으로 친히 먹을 곡식을 짊어지게 하고 진이는 스스로 송라원정(松蘿圓頂, 삼각 원뿔 모양의 모자)을 쓰고 갈삼을 입고 포군을 띠고 짚신을 신고 죽장을 끌고 이생을 따라 금강산으로 들어가 이리저리 다니며 여러 절에서 걸식도 하고 중에게 양식도 얻었다. 그러나 산림 속으로 깊이 들어가서는 혹은 기갈에 빠지고 곤란하고 초췌한 때도 있어 그전 얼굴이 아니기도 하였

---

8 서유영(徐有英, 1801~1873), 『금계필담(錦溪筆談)』.

다. 한 곳에 이르니 선비 십여 인이 모여 시내 위 송림 속에서 주식을 먹고 놀고 있었다. 진이가 찾아가니 한 선비가 나서며 너의 사장도 술을 마실 줄 아느냐 하고 술을 권한다. 진이는 사양도 않고 잔을 잡고 노래를 불렀다. 그 소리가 청월하여 수풀과 골짜기가 다 떨렸다. 여러 선비는 퍽 의아하게 여기고 안주를 주었다. 진이는 내 또한 하인이 있어 배가 주렸으니 남은 술을 주라 청하고 이생을 불러 주육을 주었다. 그럴 때 그 두 집에서는 그들이 어디를 간 지 모르고 찾을 길도 없더니 반년만에 옷이 해지고 얼굴이 검어 돌아왔다. 동리 사람들이 보고 크게 놀라지 않는 이가 없었다.[9]

⑦ 서화담

가정(嘉靖 : 명나라 세종의 연호) 초(初 : 조선조 중종 때) 송도 명기에 진이라는 이가 있으니 걸걸하고 호협한 사람이었다. 화담처사 서경덕이 상경하여 벼슬을 않고 학문에 정진한다는 말을 듣고 시험을 하고자하여 조대를 묶어 문자(文字)를 끼고 찾아가 절하고 묻되 "남반혁 여반사(男盤革, 女盤絲)라 하기에 저도 학문에 뜻을 두고 실끈을 띠고 왔나이다"하였다. 선생은 경계를 하고 가르쳤다. 진이가 밤을 타 선생의 몸에 접근하려 하여 마치 마등이 아난존자에게 하는 것처럼 했다. 이같이 하기를 여러 날 했으나 화담은 종시 마음이 흔들리지 않았다.[10]

진랑이 일찍이 화담에게 가서 아뢰기를,
"송도(松都)에 삼절(三絕)이 있습니다." 하니 선생이,
"무엇인가?" 하자,
"박연폭포와 선생과 소첩(少妾)입니다." 하매, 선생께서 웃으셨다. 이것이 비록 농담이기는 하나 또한 그럴 듯한 말이었다.[11]

서화담이 그에게 글을 배우러 오는 황진이를 그리워하며 읊었다는 시조가 다음

---

9 유몽인(柳夢寅, 1559~1623), 『어우야담(於于野談)』.
10 유몽인(柳夢寅, 1559~1623), 『어우야담(於于野談)』.
11 허균(許筠, 1569~1618), 〈성옹지소록(惺翁識小錄)〉-『성소부부고』 제24권 설부3.

과 같이 전한다.

ᄆ음이 어린 後ㅣ니 ᄒ는 일이 다 어리다
萬重雲에 어느ㅣ 님 오리마는
지는 닙 부는 ᄇ람에 힝여 긘가 ᄒ노라

⑧ 지족선사

지족선사는 송도 근교 깊은 산속 암자에서 30년이라는 긴 세월을 수도를
해 온 스님이었다. 송도 사람들은 그를 모두 생불(生佛)이라 존경하였다. 황진
이가 하필이면 그 부질없는 장난에 지족선사를 택한 것도 그 때문이었다. 하얗
게 소복을 하고 찾아가 슬픈 표정으로 자기는 청상(靑孀)인데 스님의 제자가
되겠노라고 애원했다. 그러나 깊은 산중에서 주야로 독경삼매(讀經三昧)로 새
소리 물소리 속에 속세와 절연하고 살아온 이 스님은 난데없는 미녀의 출현에
자기 눈을 의심하였다. 대낮 여우의 장난인가 싶어 스스로 자신의 수양 부족을
의아해하면서 마귀 쫓는 주문만 열심히 외웠다. 그러나 두 번 세 번 전술을
바꿔 나중에는 비를 맞아 착 달라붙은 옷으로 홍시(紅柿)같은 살결을 드러내면
서 유혹해 오는 이 요염한 교태 앞에서는 마침내 그도 손을 들고 말았다. 30년
면벽의 수업도 하루아침의 공염불이 되고 말았고 五慾을 끊고 열반 세계에
귀의하려던 지족선사의 육체의 야차(夜叉)로 화해 버린 것이다. 그러나 진이는
미꾸라지같이 살짝 빠져나왔다. 애초의 목적이 성공한 셈이다. 그 뒤 지족선사
는 법복도 염주도 다 동댕이치고 황진이를 찾아 헤매었다. 이로부터 송도 거리
에는 반광인, 반걸인이 되어 거리를 방황하는 지족선사를 볼 수가 있었고 마침
내 그의 생사조차 아는 사람이 없게 되었다는 것이다.[12]

---

12 김용숙, 「애환속의 여성 황진이」, 『인물한국사』 3(이조), 인물한국사 편집회 편, 박우사, 1965,
256~257쪽.

4) 인물평가

황진이에 대한 인식을 피력한 글들을 참고하면 다음과 같다.

『식소록』: 진이는 성격이 척당하여 남자와 같다.
　　　　　　 – 어느 주관이 베푼 관청의 잔치에 참석한 진이는 떨어진 옷과
　　　　　　 때문은 얼굴로 상석에 앉아 천연스럽게 이를 잡고 있어 좌중을
　　　　　　 놀라게 하였다.
『어우야담』: 여자 중 영걸이요, 사내처럼 호협하였다.
『조야휘언』: 성질이 괄괄한 남자와 같다.

이러한 글을 참고할 때 황진이는 외향적 천성과 강한 자존심의 소유자였음을 짐작할 수 있다. 그녀는 남성 중심의 사회 흐름을 못마땅해 하고 허세를 비웃으며 도전하기도 했다. 6년 동거에 경제적 부담을 반씩 나누어 맡은 점, 자신 스스로를 송도삼절이라 일컬은 점 등을 통해 알 수 있다. 또한 대담한 성 개방 의식을 지녔음을 짐작할 수 있다. 그녀의 성 의식은 적극적이고 능동적인 모습으로 나타났다. 이사종과의 계약결혼과 지족선사를 유혹한 것 등을 통해 알 수 있다.

5) 죽음

황진이의 죽음에 대한 기록은 출생기록과 마찬가지로 설화적이다. 전하는 기록은 다음과 같다.

진이 임종할 때 그 가인(家人)더러 부탁하되 "내가 천하남자를 위하여 능히 자애(自愛)케 못하고 이에 이르렀으니, 내가 죽으면 관(棺)도 말고 시체를 고동문 밖 사수 어름에 내버려 우의 호리로 내 고기를 먹게 하여 천한 여자가 진(眞)으로써 경계를 삼게 하라"하였다. 가인이 그 말대로 하였더니 어떤 남자가 거두어 묻었다.[13]
진이가 병들어 죽을 때 가인더러 이르되 "내 생시에 성품이 분화(芬華)함을

13　김택영(金澤榮, 1850~1927), 『황진전』.

좋아하였으니 죽은 뒤 나를 산에 묻지 말고 큰길가에 꼭 묻어 달라"하였다.

위의 자료에서 알 수 있듯이 황진이는 죽음에 직면해서 자신의 죽음에 대해 슬퍼하기보다 오히려 담담히 받아들였음을 짐작할 수 있다. 그러나 그런 모습의 이면에는 자신이 살아온 삶의 행적에 대한 회한이 나타나 있기도 하다. 위에 제시한 기록들은 서로 다른 양태이지만, 비일상적인 주문이라는 것에 공통점이 있다. 삶 자체도 개성적인 면모를 보여주었듯이 죽음에 맞서서도 보통사람과는 다른 모습을 보여주고 있다.

훗날, 백호 임제가 황진이의 무덤에 제사를 지냈다가 조정 중신들의 비난을 받았다는 이야기는 유명한 실화이다.

> 이제 송도 대로변에 진이총(眞伊塚)이 있는 바 임자순(林悌, 字子順, 號白湖)이 평안도사를 하여 가다가 글을 지어 진이 무덤에 제(祭)를 지내고 그 때문에 조평(朝評)을 받았다고 한다.[14]

임사문제(林斯文悌)는 호걸스런 선비이다. 일찍이 평안도 평사가 되어 송도를 지나가다 닭 한 마리와 술 한 병을 가지고 글을 지어 진이의 묘에 제사 지냈다. 그 글이 방탕하여 지금까지 전송되어 온다. 제는 일찍이 문재(文才)가 있고 협기가 있으며 남을 깔보는 성질이 있으므로, 마침내 예법을 아는 선비들에게 미움을 받아 벼슬이 겨우 정랑에 이르고 뜻을 이루지 못한 채 일찍 죽었으니, 어찌 운명이 아니랴? 애석한 일이다.

임제가 역시 "내가 이같이 좁은 조선에 태어난 것이 한이로다."라고 탄식했다고 하는데, 임제가 황진이의 묘에 읊었다는 시조는 다음과 같이 전한다.

> 靑草 우거진 골에 자는다 누엇는다
> 紅顔을 어듸 두고 白骨만 무첫는이
> 盞자바 勸ᄒ리 업스니 그를 슬허 ᄒ노라

---

14 유몽인(柳夢寅, 1559~1623), 『이우야담(於于野談)』.

2. 시대적 배경

　조선 시대 기생은 8천 중의 하나로 천민계급이다. 하지만 상대하는 사람들은 양반문화층에 익숙한 자들이었다. 따라서 비록 천기였지만 그들의 재능은 양반층을 능가하는 경우도 있었다. 그만큼 기녀는 여러 방면에 능통하여야 했다. 시, 산문, 노래, 가야금, 거문고, 그림, 춤 등이 기녀들이 배워야 했던 과목이었다.

　16세기는 유학의 이념이 정착하였고, 도학정치가 뿌리 깊이 내려진 때였다. 이러한 이념적 성향은 상층 유학자뿐만 아니라 조선조 모든 구성원에게 파급되어 있었다. 즉, 일반 서민이나 천민들도 유교의 이면에 충실하며 살아야 했다. 그러나 사실 유학의 이념은 지배층이 피지배층을 지배하기 위한 이념적 도구 역할을 하였다. 따라서 이에 희생되는 백성과 천민들은 삶의 비애가 이만저만이 아니었다. 황진이와 같은 신분의 기녀들은 고급문화에 종사하였지만 그들의 신분은 천하기 짝이 없었으니 정신적, 육체적 고통은 매우 심하였다.

　황진이는 이러한 시대 구조 속에서 천민으로의 신분적 자유를 원하면서도 그러한 삶 자체를 즐기고 살았다. 삶의 즐김은 곧 유학 이념에 젖은 사대부들을 풍자하고, 그들의 이율배반적인 행동을 비판하는 것이 목적이었다.

　그런가하면 여성으로서 본능적으로 가질 수밖에 없는 애정에 대하여도 남성 우월, 남성 주동의 애정관을 부정하고 황진이 자신이 스스로 사랑을 주도하거나 그 속에서 자유를 누렸다. 물론 님을 두고 그리워하는 간절한 마음도 섬세하게 표현되어 있다. 그러나 전체적으로 볼 때, 황진이는 16세기 유교의 시대에 진정한 유교의 실현을 구가하도록 사대부층을 겨냥한 삶을 살았다 할 수 있다. 물론 이러한 삶이 황진이가 진정 바란 세계는 아니었지만 양반 사대부들과 어울리는 과정에서만큼은 진정한 유학자가 될 것을 촉구한 셈이다. 그리고 자신은 이념과 신분의 구속이 없는 평등하고 자유로운 세계를 꿈꾸었던 것이다.

3. 황진이의 작품 세계

한국 여류 시조 작품은 현재 65수 정도가 전해지고 있다. 이중에서 시조 작가는 30여 명에 불과하며 그들의 대부분이 기녀이다. 이러한 현상은 조선 사대부 여인이 한시나 가사를 선호하고 시조는 외면한 데에 기인한다고 할 수 있다. 그녀의 시조 작품은 구두전승에 의해『청구영언』,『해동가요』,『가곡 원류』등의 가곡집에 기록되어 있다. 이중에서 황진이의 문학 작품으로 시조 6수와 한시 7수가 전해 온다.

그녀의 작품을 시조와 한시로 나누고, 다시 주제별로 탐색해보기로 한다.

1) 시조 작품

(1) 자연과 인간(불변과 변화)

> 靑山은 내 뜻이오, 綠水는 임의 情이
> 綠水 흘러간들 靑山이야 변할손가
> 녹수도 청산을 못니져 우러 예어 가는고[15]

황진이의 작품 중에는 청산과 녹수가 자주 등장한다. 특이한 점은 자신을 정적(靜的)인 의미인 청산에 비유하고 임의 마음을 동적(動的)인 의미의 흐르는 물에 비유하였다는 점이다. 이는 주로 산을 남성의 높은 뜻에 비유하고, 여성 의 마음을 물에 비유하던 풍조에서 벗어나 오히려 반대로 비유를 하고 있다. 즉, 이 시에서 산은 자아의 의지이며 불변하는 정적 존재이고, 물은 임의 정인 동시에 변화하는 동적 존재인 것이다. 그녀는 녹수를 임의 정에 빗대어 그 마음의 변화에 대해 노래했으며, 이는 그녀의 신분이 기생이고, 임은 기방을 찾는 양반이라는 점을 볼 때, 신분 차이에 의해 지속된 만남이 남성에게 달려있

---

15 『대동풍아』 128. 푸른 산은 나의 뜻이요, 푸른 물은 임의 정인데 물이 흘러간다 하여도 산이야 변하겠는가? 흐르는 물도 푸른 산을 못잊어 울며 흘러가는구나.

다는 점을 생각하면 이해할 수 있다.

이 시조는 6년 간 동거했던 이사종과 헤어진 후 지어졌다는 설과, 말년에
남성 편력을 끝내고 인생의 허무함을 느끼며 쓴 시라는 두 가지 설이 있다.

> 山은 녜ㅅ 山이로되 물은 녜ㅅ 물 안이로다
> 晝夜에 흘은이 녜ㅅ 물리 이실손가
> 人傑도 물과 갓도다 가고 아니 오노매라[16]

위 시조 역시 움직이는 물과 움직이지 않는 산을 대조적으로 엮어 불변의
자연과 달리, 인간은 찰나의 삶을 사는 유한한 존재임을 애상조로 노래하였다.
즉, 인간을 물에 비유하여 떠난 사람들에 대한 아쉬움을 노래했는데 여느 여류
시조가 갖는 연약함과 애절함을 초월하여 고고한 위인을 존경하는 찬양시로도
볼 수 있다. 그래서 이 작품은 서경덕의 죽음을 애도하여 지은 것이라고도 한다.

> 靑山裏 碧溪水야 수이감을 자랑 마라
> 一到滄海하면 다시 오기 어려우니
> 明月이 滿空山하니 수여간들 엇더리[17]

위 시조는 종친 벽계수를 유혹하기 위해 만든 시조로 알려져 있다. 하지만
여기서 푸른 물인 벽계수는 인간 벽계수를 빗대고 있고, 밝은 달은 자신의 기
명(妓名)인 명월을 중의적(重義的)으로 사용했다. 이러한 표현 외에도 청산과
벽계는 아름다운 자연의 대조를 이루면서 시간의 유한성까지 내포하고 있다.
즉, 인간의 삶을 자연의 이치에 맞추어 유한함을 보인 것이다. 한편의 풍경화

---

16 『교주 해동가요』 135 산은 옛날 그대로의 산이지만 물은 옛날 그대로의 물이 아니로다. 밤낮으
　로 흘러가고 있으니 옛날 물이 남아 있을쏘냐? 사람도 물과 같아서 한번 가면 다시 돌아오지
　않는다.
17 『청구영언』 푸른 산 속을 흐르는 골짜기 물이여, 빨리 흐른다고 자랑하지마라. 한번 넓은 바다에
　도달하면 다시 돌아오기 어려우니, 명월이 빈산에 가득히 비치고 있으니 잠시 쉬어가면 어떻겠
　느냐.

를 연상케 하는 이러한 시조 작품은 사대부의 자연관-도학 중심의 자연-과는 확연히 다른 점을 보인다.

(2) 기다림

> 내 언제 無信하여 님을 언제 소겼관디
> 月沈三更에 온 뜻이 전혀 업네
> 秋風에 지는 잎 소리야 낸들 어이하리오[18]

기녀시조 중에는 임에 대한 그리움, 혹은 이별에 따른 아픔을 노래한 작품이 많다. 이는 기녀의 직업적 성격에도 기인하지만 여성으로서의 풍부한 감수성과, 그것을 표현할 수 있는 시적 감각과 능력을 두루 갖추었기 때문이다. 특히 일회적 성격 유희를 즐기는 남성에 비하여 애정의 마음을 깊고 오래도록 간직하는 기녀의 입장에서 '실연'의 정서를 표출하는 경향이 많다. 황진이의 경우도 예외는 아니다. 위 시에서는 어떤 오해로 떠난 임이 돌아오지 않는 것에 대한 그리움이 잘 드러나 있다. 그러면서도 여인으로서의 진솔한 감정의 표현이나 적극적 애정의 자세를 견지하기 보다는 담담한 자세를 취함으로써 의타적 애정관을 피하고 있다. 황진이의 자존심이 여실히 드러나는 대목이다.

> 冬至달 기나긴 밤을 한 허리를 버혀 내어
> 春風 니불 아래 서리서리 너헛다가
> 어론님 오신 날 밤이여든 구뷔구뷔 펴리라[19]

이 시조는 황진이 작품 중에서도 수작에 해당한다. 이 시의 우수한 점은 시간의 자유로운 재단(裁斷)에 있다. 임이 없는 동짓달 긴 밤은 견디기 어려운

---

18 『청구영언』 내 언제 믿음없이 님을 언제 속였다고 밤 깊은 시간에 나에게 올 뜻이 전혀 없네 가을바람에 지는 잎이야 낸들 어찌하리오.
19 『청구영언』 동짓달 기나긴 밤의 한가운데를 베어내어 봄바람 같은 이불 속에 서리서리 뭉쳐 넣어 두었다가 징든 임이 오신 날 밤이면 굽이굽이 펼쳐 내리라.

밤이다. 이런 시간을 마치 옷을 자르듯 잘라내어 저장하겠다는 내용이다. 그 저장된 곳은 바로 임이 오실 봄밤이다. 그런데 그 행복한 봄밤은 불행히도 밤의 시간이 짧기 때문에 금방 지나가 버린다. 이 때 저장해 둔 시간을 끝없이 펼쳐내겠다는 발상이다. '서리서리'나 '구뷔구뷔'와 같은 우리말을 대조적으로 세련되게 구사한 점도 높이 평가된다.

> 어져 내일이야 그릴 줄을 모르다냐
> 이시라 하더면 가랴마는 제 구태여
> 보내고 그리는 정은 나도 몰라 하노라[20]

위 시 역시 앞의 시에서처럼 우리말을 자유로이 구사한 장점이 있다. 표현된 어휘를 보아도 그 흔한 한자(漢字) 하나 없다. 초장 첫 구부터 감탄구로 시작하는 것이 예사롭지 않을 뿐만 아니라, 중장과 종장을 잇는 듯한 '제 구태여'의 표현은 압권이다.

이 시조에서도 황진이의 자존심의 문제가 부각된다. 스스로의 의지대로 임을 보내놓고는 다시 자신의 의지와는 관계없이 임을 그리워하는 마음을 대조적으로 엮었다. 여성의 심리 상태를 적절하게 묘사한 작품이라 하겠다.

2) 한시 작품

영반월(詠半月)
누가 곤륜산의 옥을 잘라내
마름질하여 직녀의 빗을 만들어 주었나
견우와 헤어진 뒤
시름하며 푸른 허공에 던져 두었네[21]

---

20 『청구영언』 아! 내가 저지른 일이여! 그리워할 줄 왜 몰랐던가. 있으라고 말렸더라면 제가 구태어 갔으랴만 보내고 그리워하는 심정은 나도 모르겠구나.
21 〈詠半月〉 誰斷崑山玉 裁成織女梳 牽牛離別後 愁擲壁空虛.

황진이의 작품에 등장하는 달은 그의 기명과 관련되어 해석할 여지가 많다. 이 한시에서의 반달은 온달에 비하여 그 빛이 반감된 대상이다. 또한 곤륜산 옥으로 만든 귀한 빗이 허공에 버려져 있다고 함으로써 허공에 걸린 반달과 빗을 동일시하고 있다. 반달과 빗의 외형의 모습이 유사함에서 시적 착상을 얻었겠지만 작품은 여기서 머물지 않고 반달과 버려진 빗의 내면의 공통점, 즉 '상실감'에 초점을 둔다. 결국 작가는 임과 헤어진 후 기쁨과 행복을 잃게 된 시적 자아를 임을 위하여 머리를 손질하던 빗의 버려짐으로 연관시키고 있다.

이 시에서는 앞의 〈동짓달〉에서 보인 시간의 자유로운 재단에 비유될 정도의 공간의 재단을 활용하고 있다. 곤륜산의 옥으로 빗을 만드는 것이나 허공에 빗을 걸어 놓았다는 표현은 공간의 자유로운 이동을 의미한다.

한편 여자의 마음으로, 떠나려는 임을 보내기 싫어하며 헤어짐에 대한 아쉬움이 진솔하게 드러난 작품도 있다.

별김경원(別金慶元)
삼세의 굳은 인연 좋은 짝이니
이 중에서 생사는 두 마음만 알리로다
양주의 꽃다운 언약 내 아니 저버렸는데
도리어 그대가 두목(杜牧)처럼 한량이라 두려울 뿐[22]

이 작품에서는 잘생긴 남자에게 마음이 끌린 여인의 마음이 잘 드러나 있다. 그래서 작품 전편에는 '안타까움과 그리움이' 베어 있다. 황진이의 마음을 졸이게 한 사람은 멋쟁이 김경원이었다. 천하의 황진이도 사랑하는 임이 마치 중국의 '두목지'처럼 잘 생겨 다른 여인이 탐낼까 두려워한 모양이다.

---

[22] 〈別金慶元〉 三世金緣成燕尾 此中生死兩心知 楊州芳約吾無負恐子還如杜牧之.

상사몽(相思夢)

그리는 이 심정은 꿈에서나 만날 뿐

내가 임을 찾아갈 때 임은 날 찾아왔네

바라거니 언제일까 다른 날 밤 꿈에는

한 시에 같이 떠나 오가는 길에서 만나지기를[23]

꿈속에서도 엇갈리는 운명을 피하고자 같은 시간대의 꿈에서 만날 것을 소망하는 작품이다. 임과 시적 화자가 함께 그리워하는 사이가 되기를 간절히 바라는 마음이 투영되어 있다. 꿈속에서라도 자주 뵙고자 하는 심정은 여러 시조에서도 볼 수 있다.

소백주(小柏舟)

저 강 복판에 떠 있는 조그만 잣나무배

몇 해나 푸른 물가에 한가히 매었던가

뒷사람이 뉘 먼저 건넜냐고 묻는다면

문무를 모두 갖춘 부귀한 이라 하리[24]

작은 잣나무 배는 시적 화자 자신으로서 아무도 타는 이가 없어 제 역할을 하지 못하고 있음을 말한다. 그러면서 '어떤 이가 타기를 바라는가' 라는 자문자답을 통하여 '문무를 모두 갖춘 부귀한 이'라 답하여 속세의 이상형을 설정하였다. 원하든 원치 않든 많은 남성을 상대해야 했던 기녀로서의 삶의 비극성을 반어적으로 드러내었다 하겠다.

만월대회고(滿月臺懷古)

옛 절은 도랑 곁에 고요하고

저녁노을 키 큰 나무 사람을 시름지게 하네

연기와 노을 쓸쓸해라 스님의 남은 꿈에

---

23 〈相思夢〉 相思相見只憑夢 儂訪歡時歡訪儂 願使遙遙他夜夢 一時同作路中逢.

24 〈小柏舟〉 汎彼中流小柏舟 幾年閒繫碧波頭 後人若問誰先渡 文武兼全萬戸侯.

세월은 아득해라 부서진 탑 머리에
누런 봉은 깃을 접고 참새들만 나는데
진달래꽃 진 곳에 소와 양이 풀을 뜯네
송악산 번화롭던 그 날을 생각하니
어찌 알았으리. 이제 봄조차 가을일 것을[25]

만월대는 사라져간 오백년 고려 왕조의 상징이자 무상감의 대명사로 조선조에 들어서 시의 소재로 많이 사용되었다. 이 작품에서도 만월대의 상징성을 통하여 자신의 인생에 대한 감회를 노래하였다. 누런 봉이 깃을 접고 진달래꽃이 떨어지는 것은 고려의 왕조가 패망하고 지조 있는 선비들이 사라짐을 말한다면, 참새들만 날고 소와 양이 풀을 뜯는 것은 소인배가 횡행하고 이권에 다툼질하는 현실을 의미한다. '봄조차 가을'인 세월은 인생무상을 표현하기에 제격이다. 회고의 작품은 〈송도〉로 이어진다.

송도(松都)
눈발 속에는 지난 조정의 모습이
차가운 종에선 옛 나라의 소리가
남쪽 누각에 시름하며 홀로 섰나니
남은 성터에 저녁 연기 피어오르다[26]

이 작품은 만월대에 버금가는 회고의 정한을 노래하고자 했다. 그러나 작품 전편에 흐르는 이미지는 복고적이며 전형적이다. 그래서 황진이만의 특유한 색채가 드러나지 않는다. 일종의 사대부 계층의 취향에 맞추어 노래해본 것이라 하겠다.

---

25 〈滿月臺懷古〉古寺蕭然傍御溝 夕陽喬木使人愁 煙霞冷落殘僧夢 歲月崢嶸破塔頭 黃鳳羽歸飛鳥雀 杜鵑花發牧羊牛 神松憶得繁華日 豈意如今春似秋.

26 〈松都〉雪中前朝色 寒鐘故國聲 南樓愁獨立 殘廓暮烟香.

박연폭포(朴淵瀑布)

한 줄기 긴 하늘이 바위골에 뿜어나와

폭포수 백 길 물소리 우렁차다

나는 샘물 거꾸로 쏟아져 은하수 같고

성난 폭포 가로 드리워 흰 무지개 뚜렷하네

어지러운 물벼락 골짜기에 가득하고

구슬 절구에 부서진 옥 창공에 맑았으니

노니는 이여 여산이 좋다고 말하지 마라

천마가 해동에선 으뜸가는 곳[27]

이 시는 아름답고 힘차며 깨끗하여 거칠 것 없는 기상으로 자부심을 드높게 드러낸 황진이의 인간적 자랑이 드러나 있다. 힘차고 역동적인 성격을 가지고 있어, 폭포가 지니는 하강의 심상조차 샘물의 솟구치는 이미지로 대체되고 흰 빛이 가지는 정적이고 수동적 이미지는 강하고 힘차며 역동적인 이미지로 바뀐다. 황진이는 해동에서 으뜸가는 천마산을 알아야 한다는 말로 중국의 여산보다 송도의 천마산을 높이 평가하고 있다. 하늘은 어지러운 물벼락과 부서진 옥으로, 천마산은 골짜기와 구슬 찧는 절구로 변용 되면서 박연폭포와 천마산의 이미지를 반복적으로 확대, 심화시킨다. 한 폭의 산수화를 보는 듯한 이미지를 가지고 있다.

4. 문학사적 의의

황진이는 기녀의 신분이었기에 조선시대의 부녀자들이 지켜야 할 삼종지덕이나 칠거지악 등의 유교윤리에서 벗어날 수 있었고, 자유롭게 시, 서, 화, 가무 등을 체득할 수 있었다. 이러한 신분과 환경 속에서 체득된 황진이의 문학은

---

27 〈朴淵瀑布〉一派長川噴壑礱 龍湫白刃水叢叢 飛泉倒瀉疑銀漢 怒瀑橫垂宛白虹 雹亂霆馳彌洞府 珠舂玉碎徹晴空 遊人莫道廬山勝 須識天磨冠海東.

자유로운 인간 정신을 표현한 것이다. 하지만 이 속에서도 여성이 지니는 슬픔과 한을 발견할 수 있다. 특히 황진이의 한시를 보면, 기녀 시의 인식이 그대로 나타나 있어 양반 사대부들이 체면상 하지 못한 남녀의 연애감정을 세련되고 재치 있게 드러냈다는 점에 그치는 듯하다. 이러한 한계는 남성의 대상물로서의 기녀라는 신분적 한계 때문으로 보인다.

하지만 황진이의 시조에서는 뛰어난 문학성과 세련된 언어의 구사로 기녀 시조의 표현을 한 단계 높였다고 볼 수 있다. 그녀는 일상어를 시의 흐름에 맞는 시어로 승화시켜 사용하는 시어 선택 능력이 뛰어났으며 탁월한 은유와 참신한 이미지 구사도 훌륭하다. 또한 황진이의 일생과 관련지어 볼 때 그녀가 가진 기녀라는 신분적 한계를 역으로 이용하기도 했다. 이것은 그녀의 의식에서 발현된 것으로 그녀의 자신감과 대담한 성 의식 등이 시조에도 나타나고 있음을 알 수 있다.

그런가하면 기녀의 신분으로 늘 마주하는 양반계층의 남성 사이에서 겪고 느꼈을 자기세계에 대한 성찰은 자기 부정과 세계와의 단절을 초래하였을 수도 있는데, 이러한 시적 대응 중의 하나가 독백조의 시적 형상화로 나타났다고 볼 수 있다.[28] 또한 황진이의 감정조절 능력, 특히 자기 자신이 감당해야 하는 감정의 조절은 감정치유의 좋은 본보기로 활용될 수 있다.

다재다능한 명기였던 황진이는 시조를 통하여 뛰어난 문학적 재능을 유감없이 발휘하였다. 주로 사랑에 관한 내용을 담은 그의 작품들은 사대부 시조에서는 생각할 수 없었던 생각을 표현함으로써 관습화되어가던 시조에 활력을 불어 넣었다고 평가된다. 현전하는 작품은 5, 6수에 지나지 않으나 기발한 이미지와 알맞은 형식과 세련된 언어구사를 남김없이 표현하고 있다는 점에서 높이 평가된다. 따라서 황진이의 시조에 이르러서야 기녀시조가 본격화되었다고 볼 수도 있다.

---

28 김은미, 「황진이 시조에서 독백의 문제」, 『국학연구』 27, 한국국학진흥원, 2015 참조.

송강 **정철**

(1536~1593)

천하의 풍류남아, 혹은 야심가

내 장차 늙어가니 어느 때나 물러가나
재주야 있건 없건 무슨 상관 있으리
헐뜯거나 기리거나 미음대로 하라지
편안하고 위태로움은 운명에 부쳤노라
냇물 흐르는 계곡 속에 천지가 널찍하고
만 줄기 대숲 가운데 일월이 한가하리니
어부와 목동과 서로 얘기하면서
복건 쓰고 지팡이 짚고 오락가락하리라

— 〈객중술회(客中述懷)〉 —

작가로서의 정철

송강(松江) 정철(鄭澈)은 호남가단[1]을 대표하는 시인이자, 서인 당파의 당수로서 임진왜란 직전의 조선 정치를 이끌었던 정치가이기도 하다. 그래서 우리가 주목하는 작가 송강은 필연적으로 정치적 배경을 이해해야만 알 수 있는 인물이다.

송강 정철만큼 삶의 굴곡이 심했던 위인도 찾아보기 힘들 것이다. 어린 시절 궁궐을 출입할 정도의 여유 있는 환경에서 졸지에 죄인의 집안으로 낙인찍혀 아버지의 유배지를 따라다니며 사춘기를 보낸 정철은 다양한 삶의 체험과 더불어 출세의 욕망을 키웠다. 누구보다 유학자적 자세로 충(忠)을 다한 그의 삶과 사상은 고스란히 작품으로 남게 되었다.

정치적 입장이 다른 두 집단에 의해 극명하게 다른 인물평을 받았던 정철, 그는 호탕하면서도 욕심이 많고, 정계에의 진출 못지않게 자연을 즐겼던 시인이었다. 일찍이 김만중은 조선의 3대 가사 작품을 들라면 송강의 〈사미인곡〉, 〈속미인곡〉, 〈관동별곡〉을 들겠다고 하였다. 그만큼 우리말을 빼어나게 구사하며 시에 대한 천부적 능력을 지녔던 그는 우리 문학을 한 단계 상승시킨 작가로 오래 기억될 것이다.

---

1 호남가단은 면앙정 송순에서 비롯하여 면앙정가 제작에 참여한 다수의 인물들이 어울려 시를 짓고 노래한 집단이다.

1. 생애와 연보

정철은 돈녕부판관을 지낸 정유침의 아들이다. 그의 큰 누이는 인종의 귀인(貴人)이었으며, 둘째 누이는 월산대군의 손자이며 계성군(성종의 셋째아들)의 양자인 계림군 유의 부인이었다. 그래서 그는 어릴 때부터 궁중을 자주 출입하며 명종(경원대군)과 가까운 벗으로 지낼 수 있었다.

그러나 그가 10세 되던 해인 1545년 을사사화가 일어나, 계림군이 역모의 주모자로 몰려 처형되고 아버지는 함경도, 맏형은 광양으로 유배를 당하였다. 그가 12세 되던 해에 다시 을사사화의 여파로 그의 맏형이 장형(杖刑)을 받은 후 유배 도중에 죽었고, 송강도 아버지를 따라 관북, 정평, 연일 등에서 유배생활을 해야 했다.

1551년 아버지가 귀양살이에서 풀려나자 조부의 산소가 있던 전라도 담양의 창평 당지산 자락으로 이주하여 그곳에서 10년을 보냈다. 이 기간 동안 그는 임억령에게 시를 배우고, 김인후, 송순, 기대승 등 당대 최고의 학자들에게 학문을 익혔으며 이이, 성혼, 송익필 같은 또래의 유생들과도 친교를 맺었다. 율곡 이이는 그와 동갑이었으며, 서로 교유하였다.

17세에 성산 지방의 부호였던 유강항의 딸과 결혼하여 4남 2녀를 낳았다. 또 26세에 진사시에 일등으로 합격했고, 이듬해 별시문과에 장원으로 급제하였다. 그가 별시문과에 장원으로 급제하자 어린 시절 함께 놀았던 명종이 그를 왕궁으로 불러들여 성대한 축하연을 베풀어주기도 했다.

그의 첫 벼슬은 사헌부 지평이었는데, 그가 이때 처음으로 다룬 일은 국왕의 사촌동생이 저지른 살인 사건이었다. 명종은 정철을 따로 불러 그에 대한 관대한 처분을 부탁하였지만 그는 왕의 부탁을 거절하고 그를 사형에 처해버렸다. 이 때문에 화가 난 명종은 그를 지방으로 좌천시켰다.

정철의 생애는 선조의 등극에 의하여 새로운 전기를 맞게 되었다. 선조는 즉위 초년에 오로지 학문에 정진하여 매일 경연에 나가 경사(經史)를 토론하였고, 밤늦도록 독서에 열중하여 제자백가서를 읽지 않은 것이 없었다. 훈구세력을 물리치고 사림 우대 정책을 펴서 명유(名儒) 이황과 이이 등을 극진한 예우

로 대하여 누대(累代)의 사화로 인하여 침체되어 있던 정국에 활기를 불어넣고
자 힘을 다하였다. 선조는 여러 신하들 가운데서도 특히 정철과 이이를 편애하
다시피 신임하였다. 이황이 '고간신(苦諫臣)의 풍모(風貌)'를 지녔다고 평가했
다는 정철은, 탁월한 학문적 경지와 정치적 식견을 구비하고 있던 이이와 더불
어 선조 초년의 정국에 있어 가장 핵심적인 인물이 되었다.

　그는 선조 원년(1568, 송강 33세), 선조가 친정(親政)에 임하여 단행한 첫 번째
인사에서 사림정치 구조의 중핵에 해당하는 핵심 요직인 이조전랑(吏曹銓郎)에
임명되어 사람들의 등용에 많은 영향력을 행사하였고, 계속 요직에 머물면서
정치적으로 성장을 거듭하였다. 이러한 과정에서 그는 선배나 후배들과 부딪
치며 서서히 경쟁의 소용돌이 속에 휘말리게 되었다.

　사림 세력은 구체제의 잔재 척결을 둘러싸고 내부에서 입장의 차이를 드러
냈는데 전배(前輩)로 지칭되는 경력자 세력이 온건한 입장을 보이는 반면, 후배
사류들은 보다 강경한 입장에서 개혁을 주장하며 전배들을 비판하는 상황에까
지 이르게 되었다. 이와 같은 정치적 입장 및 시국관의 차이에서 비롯된 대립
은 결국 후배 사류들을 중심으로 한 동인세력과, 전배를 중심으로 한 서인세력
의 분열을 초래했다. 후배들과의 대립은 동서분당(東西分黨)으로 발전하여 서
인의 강경파 핵심이었던 그는 늘 동인들의 탄핵 대상이 되어 정치적 소용돌이
속에서 한시도 자유로울 때가 없었다.

　특히 그가 49세인 1584년에는 율곡 이이의 죽음과 더불어 결정적으로 수세
에 몰려 끊임없이 논핵을 받다가, 이듬해 8월 창평으로 물러나게 되었다. 그
후로는 아예 벼슬길조차 막혀 정여립의 모반사건으로 촉발된 기축옥사(己丑獄
事)를 다스리며 정치적으로 재기하게 되는 54세 때까지, 4여 년의 기간을 정치
적 소외 속에서 우울하게 보내었다. 1589년 그는 기축옥사를 통하여 동인세력
을 축출하고 서인집권을 실현했지만 기축옥사는 두고두고 '사화(士禍)' 논쟁을
불러일으켰다. 을사사화로 인하여 누구보다 뼈저린 고통을 겪었던 그는 사화
의 종식을 염원하면서 사림정치의 실현에 매진하였던 것인데, 결과적으로는
그 자신이 도리어 사화의 주모자로 지목 받는 지경에까지 이르게 된 것이다.

　1592년 임진왜란을 당한 국란의 시기에 그는 국방과 외교의 일선에서 활약

하다가, 동인들의 견제를 받고 조정에서 물러나와 강화도의 임시 숙소에서 58세의 나이로 눈을 감는다. 이렇듯 정철의 생애는 끊임없는 극적 반전(反轉)의 연속이었고 환희와 비탄의 양극을 오가는 심적 긴장 상태의 지속이었다.[2] 송강의 사후 담양 창평의 송강서원(松江書院)과 경남 영일의 오천서원(烏川書院) 별사(別祠)에 제향(祭享)되었다.

그의 연보를 정리하면 다음과 같다.

1536년(출생)	중종 31년. 서울 장의동에서 영일 정씨 정유침(鄭惟沈)의 4남 3녀 중 막내로 출생하다.
유년(10살 이전)	궁중을 자유롭게 출입하면서, 왕자들과 어울려 친교를 쌓다.
1545년(10세)	인종 1년. 을사사화(乙巳士禍)가 일어나 가문이 모두 피해를 입다. 아버지를 따라 남북의 유배지를 전전하다.
1551년(16세)	명종 6년. 전라도 창평의 성산(星山) 자락에 정착하다. 성산생활 10여 년 동안 김윤제, 김인후, 기대승, 임억령 등에게 배우고, 결혼하고(17세), 이이(21세), 성혼 등과 교도(交道)를 트다.
1561년(26세)	명종 16년. 진사시(進士試) 일등을 하다.
1562년(27세)	명종 17년. 문과(文科) 장원하다.
1563년(28세)	명종 18년. 가사 〈성산별곡〉을 지은 것으로 추정된다.
1568년(33세)	선조 1년. 이조전랑에 임명되어 관리 추천권을 행사하다. 이후 이이, 성혼 등과 보조를 맞추어 사림정치의 확립을 위해 노력하다.
1570년(35세)	선조 3년. 부친상을 당하다. 고양 신원(新院)에서 시묘살이를 하며 지내다.
1573년(38세)	선조 6년. 모친상을 당하다. 고양 신원에서 시묘살이를 하다.
1575년(40세)	선조 8년. 복(服)을 벗고 홍문관 직제학(直提學) 등을 역임하다. 동서분당(東西 分黨)이 시작되다. 담양 창평으로 낙향하다. (첫 번째 낙향)
1579년(44세)	선조 12년. 43세에 벼슬에 나아가지만 당쟁으로 인해 정치 현

2 김서희, 「민족어의 연금술사」, 『한국 고전문학 작가론』, 소명, 1998, 233~236쪽.

	실에 깊은 환멸을 느끼고 창평으로 낙향하다.(두 번째 낙향)
1580년(45세)	선조 13년. 강원도 관찰사를 제수받고 부임하다. 금강산, 관동 팔경 등을 돌아보고 가사 〈관동별곡〉을 짓다. 백성 교화의 목적으로 연시조 〈훈민가〉를 짓다.
1581년(46세)	선조 14년. 서울로 돌아와 성균관 대사성 등을 역임하다. 당쟁이 격화되어 시비에 휘말리자 벼슬을 버리고 전라도 창평으로 낙향하다.(세 번째 낙향). 12월에 특명으로 전라도 관찰사를 제수받다.
1583년(48세)	선조 16년. 예조판서, 형조판서 등을 역임하다. 동인들의 논척을 입었으나 선조의 절대적 신임 속에 승진을 거듭하다.
1584년(49세)	선조 17년. 정치적 동반자였던 이이가 죽음을 맞다. 동인들의 집요한 탄핵 속에서도 선조의 신임 속에 대사헌으로 총마를 하사받다.
1585년(50세)	선조 18년. 양사(兩司)의 논척을 입어 고양에 물러나 있다가 결국 창평으로 낙향하다.(네 번째 낙향). 만 4년간 창평에 소외되어 있으면서 가사 〈사미인곡〉, 〈속미인곡〉을 짓고 수많은 연군시와 연군시조를 짓고 자연시가도 남기다.
1589년(54세)	선조 22년. 호남의 선배이자 서인의 원로였던 박순(朴淳)이 죽음을 맞다. 장자(鄭起溟)상을 당하여 고양 신원에 머물다가 정여립의 모반사건을 듣고 대궐에 달려 들어가 선조를 뵈다. 우의정을 제수받고 위관(委官)이 되어 기축옥사를 다스리다.
1591년(56세)	선조 24년. 세자책봉을 주청했다가 선조의 뜻을 거슬러 파직되고, 이어서 탄핵을 입고 마침내 강계에 유배되다.
1592년(57세)	선조 25년. 임진왜란이 일어나자 석방되어 평양의 행재소(行在所)에서 선조를 뵈다. 양호체찰사(兩湖體察使)가 되어 남으로 내려가 강화도, 충청도에 머물며 겨울을 나다.
1593년(58세)	선조 26년. 권율 등과의 불화로, 체찰사에서 해임되고 돌아와 복명하다. 사은사(謝恩使)로 명나라에 갔다 돌아오다. 논척을 받고 물러나 강화 송정촌 거처에서 세상을 뜨다.(12월 18일).

2. 작품 세계

정철이 살다간 시대는 16세기였다. 이 시기는 조선의 유학이 토착화되고 모든 정치 경제 사회 문화가 유교의 이념 하에 통제되고 경영되던 시대였다. 그만큼 조선시대를 통틀어 유학이 가장 이념적 위용을 떨치던 시기였다.

이런 상황에서 정철은 누구보다 더 철저히 군신의 도리와 신민의 관계를 이행하고 또한 친자로서 마땅히 행해야 할 효도를 극진히 완수하였다. 그런가 하면 술과 음악, 시를 좋아하여 도가적 세계에 기울기도 하였던 바, 이는 출세한 유학의 정치가로서, 그리고 패배한 당쟁의 영수로서 출처를 반복하는 가운데 발생한 보편적 현상이라 할 수 있다.

이제 정철의 이와 같은 정신이 깃든 작품을 통하여 그의 내면세계를 살펴보기로 한다.

1) 연군(戀君)의 정

정철의 연군시가는 대개 정치적 소외상태에서 배출되었다. 특히 정철이 충성을 다한 선조대왕과의 친소관계에 따라 그의 출처가 결정되었던 바, 연군의 시가를 특히 많이 남기게 되었다. 그리고 무엇보다 그러한 작품들이 질적으로 우수할 뿐만 아니라, 후대 연군지류의 선구적 사례가 되었다는 점에서 높이 평가할 수 있다.

〈사미인곡〉과 〈속미인곡〉, 그리고 한시 가운데서 명편(名篇)으로 꼽히는 〈밤에 두견이 울음을 듣다〉 등이 그 대표적인 경우다.

사미인곡(思美人曲)

이 몸 삼기실 제 님을 조차 삼기시니 한생 연분이며 하늘 모를 일이런가. 나 하나 졈어 잇고 님하나 날 괴시니 이 마음 이 사랑 견졸 데 노여 업다. 평생에 원하요대 한데 녜자 하얏더니 늙거야 므사 일로 외오 두고 그리난고. 하루도 열두 때 한 달도 셜흔 날 져근덧 생각 마라 이 시름 닛쟈 하니 마음의 매쳐이셔 골수(骨髓)의 께텨시니 편작(扁鵲)이 열히오나 이병을 엇디하리. 어와 내 병이야 이 님의

타시로다. 출하리 싀여디여 범나븨 되오리라. 곳나모 가지마다 간 딕 죡죡 안니다
가, 향므든 늘애로 님의 오시 올므리라. 님이야 날인 줄 모르셔도 내 님 조추려
ᄒ노라.

〈사미인곡〉의 한 대목이다. 자신을 임과 이별한 여인에 비유하여, 임금을
그리는 정을 애절하게 노래하고 있다. 작품에 배어 있는 어조로부터 행동·심
성에 이르기까지, 섬세한 여성적 분위기가 물씬 풍긴다. 임을 향한 그리운 정
은 더욱 끓어올라 차라리 죽어서 범나비가 되어 꽃나무 가지마다 앉았다가
그 향기를 임의 옷에 옮기겠다는 애절한 정서가 섬세하고도 강렬하게 표현되
었다.

그런가 하면, 임을 이별한 두 여인의 대화 형식으로 전개되는 〈속미인곡〉은
임의 소식을 애타게 기다리며 그리워하는 심경을 자신의 소박한 생활상과 함
께 잘 드러낸 작품이다. 그래서 〈사미인곡〉에 비해 훨씬 간절하면서도 애절한
느낌을 준다.

속미인곡(續美人曲)
모첨(茅簷) 찬 자리의 밤듕만 도라오니 반벽청등(半壁靑燈)은 눌 위하야 발갓
는고. 오르며 나리며 헤뜨며 바자니니 져근덧 역진(力盡)하야 풋잠을 잠간 드니
정성이 지극하야 꿈의 님을 보니 옥가튼 얼굴이 반이나마 늘거셰라. 마음의 머근
말슴 슬카장 삷쟈하니 눈물이 바라나니 말슴인들 어이하며 정을 못다하야 목이조
차 메여하니 오뎐된 계성(溪聲)의 잠은 엇디 깨돗던고.

임을 만나볼 수 있는 기회가 오직 꿈속에서만 허락되는 현실에서 그의 임금
에 대한 그리움은 애틋할 수밖에 없다.
이렇듯 〈사미인곡〉과 〈속미인곡〉은 여성 화자를 작품의 표면에 등장시켜,
형상화하고자 하는 바 '연군'의 정을 섬세하고도 애절한 이미지와 정감으로
노래하고 있다. 그래서 훨씬 더 간곡한 느낌을 준다. 이러한 점 역시 송강의
독특한 문학적 감수성과 개성을 실감할 수 있는 예라고 할 수 있다.
그러고 보면, 송강의 시가 문학, 그 가운데서도 특히 우리말 문학의 최고봉

으로 일컬어져 온 가사 작품들은 다양한 성격의 화자가 등장한다는 점에 매력의 한 요인이 있다. 화자가 다양하다는 사실은 곧 서술·표현 방식이 다양하다는 것을 의미하는 것이기에, 내면의 정서를 형상화함에 있어서 그만큼 다채롭고도 풍부한 어조를 동원할 수 있기 때문이다.

군신의 정을 보다 더 직접적으로 드러낸 작품으로는 〈관동별곡(關東別曲)〉이 있다.

관동별곡(關東別曲)

昭쇼陽양江강 ᄂ린 믈이 어드러로 든단 말고. 孤고臣신 去거國국에 白빅髮발도 하도 할샤. 東동洲쥐밤 계오 새와 北븍寬관亭뎡의 올나ᄒ니 三삼角각山산 第뎨一일峰봉이 ᄒ마면 뵈리로다. 太태白빅山산 그림재를 東동海ᄒ로 다마 가니 ᄎ하리 漢한江강의 木목覓멱의 다히고져.

1580년 선조 13년, 송강의 나이 45세 되던 해, 그는 강원도 관찰사직을 제수받고 금강산과 설악산, 경포대를 유람한다. 여정의 곳곳에서 그는 임금에 대한 사모와 충정의 정서를 표출하였다. 특히 "소양강 ᄂ린 믈이 어드러로 든단 말고 고신거국에 백발도 하도 할샤"의 대목에서는 한강의 상류에 해당하는 소양강 물의 흐름이 결국 한양에 당도하듯이, 자신이 임금을 생각하는 충정 또한 궁궐에 닿기를 바라는 마음이 간절하다. 그리고 젊어서부터 정파에 관련하여 나라 일에 다사다난한 자신의 신세를 생각하면서 어느새 머리가 백발이 되어 버린 가운데 변함없는 우국충정을 드러내었다.

연군 시가들 중에서도 〈밤에 두견이 울음을 듣다〉는 그의 수많은 연군 시편들 가운데서도 널리 알려진 작품이다.

밤에 두견이 울음을 듣다(夜坐聞鵑)

액원의 남쪽이라 수목은 울창한데
꿈 혼은 멀리 멀리 옥당으로 올라가네
두견새 울음소리 산 대나무를 쪼개는 듯
외로운 신하 백발이 이 밤에 길어지네[3]

앞의 두 구절은 꿈속의 체험을 묘사한 것이요, 뒤의 두 구절은 깨어난 순간의 상태를 서술한 것이다. 산 대나무를 말하고 있는 것으로 보아 창평의 송강정 쯤에서 겪은 일이라 할 수 있겠고, 외로운 신하라 한 것이나 백발이 길어진다 한 것으로 보아 임금을 그리워하고 정치현실을 근심하는 상태임을 알 수 있다.

2) 애민(愛民)과 효제(孝悌)의 정

정철은 위정자로서 백성을 교화하고 다스리는 일에도 관심을 많이 가졌다. 그의 마음을 가장 잘 드러내는 대표적인 작품으로 〈훈민가〉를 들 수 있다. 선조 13년(1580) 1월에 송강은 강원도 관찰사를 제수 받고 다시 벼슬길에 나아갔다. 〈훈민가〉는 이 무렵에 지었다. 이 작품은 중국 송나라 때 진고령(陳古靈)이 백성이 마땅히 지켜야 할 도리를 조목별로 쓴 〈선거권유문(仙居勸誘文)〉인 13조목에 군신(君臣)·장유(長幼)·붕우(朋友)의 3조목을 추가하여 각각 한 수씩 읊은 것이다. 유교의 윤리를 주제로 한 교훈가이며, 연시조의 형태를 취했으나 각 수는 완전히 독립된 작품이다.

그는 관찰사 임무를 수행하면서 도내의 여러 폐단들을 시정, 개혁하고, 영월 땅에 표석도 없이 버려진 단종의 묘를 수축하여 제사를 드리게 하며, 선정을 베풀어 강원도 내의 민풍을 크게 진작시켰다.

송강은 또한 부모에 대한 효를 극진히 하였는데, 특히 시묘살이를 정성껏 하여 주위의 칭찬이 자자하였다 한다. 이러한 그의 삶의 철학이 〈훈민가〉에 간접적으로 들어 있다.

훈민가
아버님 날 나흐시고 어마님 날 기르시니
두분 곳 아니시면 이 몸이 사라실까
하늘같은 가 업슨 은덕을 어데 다혀 갑사오리

---

3 〈夜坐聞鵑〉 披垣南畔樹蒼蒼 魂夢沼沼上玉堂 杜宇一聲山竹裂 孤臣白髮此時長.

님금과 백성과 사이 하늘과 땅이로다
내의 셜운 일을 다 아로려 하시거든
우린들 살 진 미나리 홈자 엇디 머그리

형아 아이야 네 살할 만져 보와
뉘손데 타 나관데 양재조차 같아산다
한 젖 먹고 길러 나이셔 닷 마음을 먹디 마라

어버이 사라진 제 셤길일란 다 하여라
디나간 후면 애닯다 엇디 하리
평생에 곳텨 못할 일이 잇뿐인가 하노라

한 몸 둘헤 나누어 부부를 삼기실샤
이신 제 함께 늙고 주그면 한데 간다
어디셔 망녕의 것이 눈 흘긔려 하난고

간나희 가는 길흘 사나희 에도다시
사나희 녜는 길을 계집이 취도다시
제 남진 제 계집 하니어든 일홈 뭇디 마오려

네 아들 효경 읽더니 어도록 배왔나니
내 아들 소학은 모르면 마칠로다
어네 제 이 두 글 배화 어딜거든 보려뇨

마을 사람들아 올흔 일 하쟈스라
사람이 되여 나셔 올치 옷 못하면
마소를 갓곳갈 씌워 밥 먹이나 다르랴

팔목 쥐시거든 두 손으로 바티리라
나갈 데 계시거든 막대 들고 좇으리라
향음주(鄕飮酒) 다 파한 후에 뫼셔 가려 하노라

남으로 삼긴 듕의 벗갓티 유신(有信)하랴
내의 왼 일을 다 닐오려 하노매라
이 몸이 벗님 곳 아니면 사람되미 쉬울가

어여 뎌 족하야 밥 업시 엇디할고
어와 뎌 아자바 옷 업시 엇디할고
머흔 일 다 닐러사라 돌보고져 하노라

네 집 상 사달흔 어도록 찰호산다
네 딸 서방은 언제나 마치나산다
내게도 업다커니와 돌보고져 하노라

오늘도 다 새거나 호미메고 가쟈스라
내 논 다 메여든 네 논 졈 메어 주마
올 길헤 뽕 따다가 누에 먹켜 보쟈스라

비록 못 니버도 남의 옷을 앗디 마라
비록 못 먹어도 남의 밥을 비디 마라
한적 곳 때 시른 후면 고텨 씻기 어려우리

쌍육(雙六) 장기(將碁) 하지 마라 송사(訟事) 글월 하지 마라
집 배야 무슴 하며 남의 원수 될 줄 엇지
나라히 법을 세오샤 죄 잇난 줄 모로난다

이고 진 뎌 늘그니 짐 프러 나를 주오
나는 졈엇거니 돌히라 무거울까
늘거도 셜웨라커든 짐을 조차 지실까

〈훈민가〉는 단순한 명령이나 포고로 백성들을 다스리기보다는 백성 스스로
가 깨달아서 행동하게 하려고 노래를 지어서 널리 불리게 한 것이다. 따라서
하나의 목적 문학으로서 창의성이나 문학적인 운치는 적지만 평이한 말 속에

은연중 인정의 기미를 건드리어 감동을 일으키고 있다. 송강의 다른 노래도 그렇지만 특히 이 〈훈민가〉는 윤리나 도덕에 관한 것으로서 굳어지기 쉬운 내용임에도 불구하고 순수한 우리말로 쉽게 풀이하여 백성들의 이해와 접근이 용이하도록 되어있다. 뿐만 아니라, 끝맺는 말을 청유형이나 명령형으로 하여 백성들을 설득하는 힘이 강한 것도 특징이라 할 수 있겠다.

3) 자연의 흥취

조선시대 유학자에게 있어 자연은 도를 수행하는 교과서와 같은 존재였다. 자연은 그 이치 그대로 법도에 어그러짐이 없어 성현의 도(道)와 같았기 때문이다. 천문의 이치대로 사는 것이 인문이라 생각한 유학자들은 자연을 가깝게 함으로써 수양의 길을 삼았다. 이것이 곧 "물아일체(物我一體)"이다. "강호가도(江湖歌道)", "계산풍류(溪山風流)"로 규정되듯이, 조선시대 사림은 산수 자연을 가까이 하면서 도의를 닦고 심성을 기르며 학문생활을 하고 문학행위를 하였다. 정철 역시 16세기 사림의 보편적 정서에 준하여 호남가단을 형성할 정도로 자연을 노래하며 자연의 이치를 닮으려 하였다.

특히 정철은 16세기경 담양군 창평에 정착한 이래 호남사림의 일원으로 성장하게 되는데, 15세를 전후해서는 김윤제의 환벽당(環碧堂)에서 그러한 풍류를 접하게 되었고, 25세 이후로는 임억령을 중심으로 서하당(棲霞堂)과 식영정(息影亭)에서 본격적으로 시 창작을 하면서 계산풍류를 익혔다. 여기서 특기할 만한 사실이 〈성산별곡〉의 제작인데, 이는 16세기 중반 성산 일대에서 이루어진 계산풍류의 집대성인 동시에 다수의 작가가 참여하여 지은 공동작이다. 정철은 이 역할의 중심에 있었으며, 송강 자신의 국문시가 창작에도 큰 동기가 되었다. 아래는 〈성산별곡(星山別曲)〉의 시작 부분이다.

> 어떤 지날 손이 성산의 머물면서 서하당 식영정 주인아 내 말 듣소 인생 세간의 좋은 일 하건마는 어찌 한 강산을 가디록 나이 여겨 적막 산중에 들고 아니 나시는고

이 작품은 임억령의 문집인 『석천집(石川集)』의 기록 그대로, 정철이 벼슬길에 나아간 이듬해인 28세 때에 임억령의 〈식영정기(息影亭記)〉와 함께 지어졌다고 보는 것이 가장 타당하다. 〈성산별곡〉의 표현대로 '엇던 디날 손'으로 표상될 수 있는 자는 정철 자신이고 '서하당 식영정 주인'은 임억령이라도 좋고 김성원(임억령의 사위)이라도 좋다.

정철의 풍류 자연은 선조 18년(1585) 이후 양사의 논척을 받아 퇴향하여 정치적으로 시련을 겪던 때 다수의 작품으로 형상화되었다.

> 남극노인성이 식영정의 비최여셔
> 창해유전(滄海柔田)이 슬카장 뒤눕다록
> 가디록 새비찰내여 그믈뉘랄 모란다

남극노인성이 성산에 영원토록 비치어 자연 속에서 무궁무진하게 지내고 싶다는 소망이 보인다.

> 믈아래 그림재 디니 다리우해 듕이 간다
> 뎌 듕아 게잇거라 너가난대 무러보쟈
> 막대로 흰구롬 가라치고 도라 아니보고 가노매라

산중의 풍경을 노래한 작품으로 다리 위로 외로이 지나가는 중의 그림자가 계곡의 물에 비치고 '어디 가느냐'고 물으니 대답은 않고 막대로 흰구름을 가리키면서 묵묵히 가기만 하는 고요한 산중의 풍경이 완연히 나타나 있다. 간결한 언어 속에서 격조 높은 리듬감을 나타낸 것이 송강 고유의 재질이라고 하겠다.

> 새원 원쥐되여 시비(柴扉)랄 고텨닷고
> 유수청산을 벗사마 더뎠노라
> 아해야 벽제(碧蹄)예 손이라커든 날나가다 하고려

하지만 위 시처럼, 세상의 모든 명리를 버리고 유수와 청산을 벗 삼고자 하는 심정을 노래하면서도 시류에 대한 배척과 자신의 고립의식이 잠재해 있어 완전한 자연합일이 이루어지지 않는다. 이것이 정철로 하여금 욕망의 정치인으로 인식되는 이유이다.

4) 교우지정

송강의 교우관계는 서인의 영수답게, 그리고 술과 시를 좋아한 풍류남아답게 매우 광범하다. 아래의 작품은 교우와 술을 노래하는 대표적인 작품이다. 두 작품은 술을 매우 좋아한 송강이 성혼과 고경명의 집에 술 먹으러 가는 장면을 노래한 것으로, 흥겹고 진솔한 작가의 일면을 잘 드러내었다.

> 재너머 성권농 집의 술닉닷 말 어제듯고
> 누은쇼 발로 박차 언치노하 지즐타고
> 아해야 네 권농겨시냐 정좌수 왓다 하여라
>
> 남산뫼 어다메만 고학사 초당지어
> 곳두고 달두고 바회두고 믈둔난이
> 술조차 둔난양하야 날을오라 하거니

특히 한시에는 교우지정을 노래한 것이 많은데 다정(多情), 다한(多恨)한 심경을 진술하게 잘 드러내었다.

> **퇴계선생과 이별하며(別退陶先生)**
> 뒤쫓아 광릉 땅에 다다르니
> 신선을 실은 배는 이미 아득하구나
> 가을 바람에 강물은 가득 사념 뿐인데
> 석양에 홀로 정자로 오른다[4]

---

4 〈別退陶先生〉 追到廣陵上 仙舟已杳冥 秋風滿江思 斜時獨登亭.

평소 흠모하던 퇴계 선생의 남귀일(南歸日)에 전송하러 나왔다가 늦어 보지를 못하고 멀어져 가는 배를 보면서 좀 더 일찍 나오지 못했음을 후회하면서 상념을 안고 홀로 정자에 올라 추념의 정을 새긴다.

> **스님을 만나 율곡에게 부치다(逢僧寄栗谷)**
> 갈산의 해바라기를 꺽어다가
> 스님편에 서해로 부칩니다
> 서해로 가는 길이 지리해도
> 색깔은 능히 고치지 않으리라[5]

멀리 해주 땅에 숨어 사는 지기(知己) 율곡에게 안부를 전하는 시이다. 해바라기를 선물로 보냄으로써 벗에게로 향하는 자신의 마음을 암시함과 동시에 정성이 가득하다.

5) 취흥과 풍류

송강 정철은 술을 좋아했기 때문에 술에 관한 많은 시문을 남겼고, 술에 얽힌 일화도 많다. 취흥(醉興)을 노래하고 있거나 술자리에서 지어진 것들이 많다는 점 이외에도 술 자체를 대상화하여 말을 건네거나 이렇게 술에 탐닉하는 자기 자신을 관조적 시선으로 대상화하고 있는 작품들이 있다. 그의 술에 대한 애정과 집착, 지나친 음주에 대한 자중과 고심, 술이 어우러진 풍류와 사유의 세계는 실로 남다른 바가 있다. 특히 도도한 취흥과 함께 전개되는 송강의 작품들은 그의 타고난 기질과 개성, 나아가 파란만장한 삶을 축소해 놓은 듯한 느낌을 준다.

먼저 술과의 대화를 노래한 작품을 보자. 술을 끊고자 한 송강의 결심과, 결국 끊지 못하고 다시 마시는 송강의 인간적 모습이 잘 나타나 있다.

---

5 〈逢僧寄栗谷〉 折取葛山葵 逢僧寄西海 西海路漫漫 能無顏色改.

므사일 일우리라 십년지이 너랄조차
내한일 업시셔 외다마다 하나니
이제야 절교편(絶交篇)지어 전송호대 엇더리

일이나 일우려 하면 처엄의 사괴실가
보면 반기실새 나도조차 나니더니
진실로 외다웃 하시면 마라신달 엇더리

내말 고디드러 너업사면 못살려니
머흔일 구잔일 널로하야 다 닛거든
이제야 남괴려 하고 넷벗 말고 엇더리

　정철이 술을 마시는 이유는 그가 스스로 밝힌 바와 같이, 불평, 우흥, 대객, 인권 때문이다.

　　내가 술을 즐기는 이유는 네 가지가 있는데, 첫째는 불평(不平) 때문이고, 둘째는 흥겨움 때문이며, 셋째는 손님을 대접하기 위함이고, 넷째는 남이 권하는 것을 거절하기 어렵기 때문이다. 그러나 불평은 다스려 보내는 것이 옳고 흥겨움은 읊조림으로 얻는 것이 옳고 손님을 대접하는 것은 정성과 믿음으로 하는 것이 옳으며 남이 권하는 것이 아무리 가혹하더라도 나의 의지가 이미 수립되어 남의 말에 흔들리지 않는 것이 옳다.[6]

　그런데 송강의 시를 보면 대개 불평과 우흥(寓興)에 의하여 음주하는 경향이 절대적임을 알 수 있다. 이는 그의 삶이 출처(出處)를 반복한 것이었음을 상기할 때 쉽게 짐작할 수 있다.

이단주(已斷酒)
그대에게 묻노니, 왜 술을 끊었는가

---

6 〈戒酒文〉, 『松江集』, 原集, 권2.

술 가운데 오묘함이 있다지만 나는 모르겠네
병진년에서 신사년에 이르도록
조석으로 술잔을 들었건만
이제껏 마음속에 성(城)을 깨뜨리지 못했으니
술 가운데 있다는 그 오묘함을 나는 모르겠네[7]

미단주(未斷酒)

그대에게 묻노니 어찌하여 술을 못 끊나
초국의 가을 하늘 서릿달이 괴로워라
노주에 물이 빠지고 기러기 그림자 외로운데
천리의 진성은 상포와 막혔고나
가인을 그려도 보지 못하니
비바람 이는 천 숲에 홀로 문 닫았네[8]

이 노래들은 술을 지은 노래로서 남달리 술을 좋아하는 송강의 개성이 잘
나타나 있으며, 특히 술과 서로 문답하는 문답체의 노래에는 해학성이 엿보
인다.

그러나 술이 어우러진 송강의 풍류는 이처럼 현실초탈의 경지를 넘나들며
활달·호방하게 펼쳐지는 것만은 아니다. 그와 술과의 인연이 그렇듯이, 때로
는 처절하기조차 한 경우가 적지 않기 때문이다. 술 노래의 대명사라 할 수
있는 〈장진주사(將進酒辭)〉야말로 이를 대변하는 예라 할 수 있다.

장진주사(將進酒辭)

한 잔 먹새 근여 또 한 잔 먹새 근여
곳 것거 산(算)노코 무진무진 먹새 근여
이몸 주근 후면

---

7 〈已斷酒〉問君何以已斷酒 酒中有妙吾不知 自丙辰年至辛巳 朝朝暮暮金屈巵 至今未下心中城 酒
中有妙吾不知.

8 〈未斷酒〉問君何以未斷酒 楚國秋天霜月苦 蘆洲水落鴈影孤 千里秦城隔湘浦 佳人相憶不相見 風
雨丁林獨閉戶.

지게 우희 거적 더퍼 주리혀 매여 가나
뉴소보댱(流蘇寶帳)의 만인이 우러네나
어욱새 속새 덥가나모 백양수페 가기곳 가면
누론 해 흰달 가난 비 굴근눈 쇼쇼리바람 불제 뉘한잔 먹쟈할고
하믈며 무덤우에 잔납이 파람 불제야 뉘우찬달 엇디리

이 시는 죽음을 매개로 하여 인생의 허무와 비애를 술로 풀어 달래고자 한
노래다. 유한한 삶의 비애를 술을 통하여 향유함으로써 인생의 의미를 찾고자
한 작품인데, 유한한 인생을 즐길 줄 아는 담담한 흥취가 있는가 하면, 삶을
반추하면서 느끼는 처연한 정서가 만인의 심금을 울리기도 한다. 한마디로 술
과 노래와 풍류가 한데 어우러져 깊은 사유의 세계를 열어 놓았다는 데 이
작품의 매력이 있다. 또한 후대 각종 〈장진주사〉의 선례가 되기도 하였다. 이와
유사한 정서를 담고 있는 시조가 있다.

일뎡 백 년 산들 긔 아니 초초(草草)한가
초초한 부생(浮生)애 므사 일 하랴 하야
내 자바 권하는 잔을 덜 먹으려 하는다

일종의 권주가에 해당하는 이 작품 역시 유한한 삶에 연연해하지 말고 술을
마시며 그 모든 걱정과 근심을 잊고자 하였다.

송강은 취흥에 이르면 도가적 신선의 여유를 발휘하기도 하였는데, 〈관동별
곡〉에서 확인할 수 있듯이 동해의 물을 북두성 국자로 다 퍼 마시겠다고 할
정도의 배짱과 여유를 지녔다.

6) 도가적 선계의 삶

유교의 자연친화 사상은 도교의 성격과 같고도 다르다. 보통 도가 사상은
신선사상(神仙思想), 무위자연(無爲自然), 은둔(隱遁)사상, 자연애호 성향 등으로
표현된다. 송강에게 있어 도가는 유학의 세계를 넘어 더 여유롭고 자유로운

삶을 추구하려는 가운데 형성되었다.

성산별곡(星山別曲)
망혜(芒鞋)랄 배야 신고 죽장(竹杖)을 훗더디니 도화(桃花) 嬌 시내 길히 방초주(芳草洲)예 니여셰라. 닷 봇근 명경중(明鏡中) 절로 그린 석병풍(石屛風) 그림애 버들 사마 서하로 함께 가니 도원(桃源)은 어드매오 무릉(武陵)이 여긔로다

위에 쓰인 '천산백옥경', '도원', '무릉'과 〈사미인곡〉의 '광한전' 등은 모두 도교에서 사용되는 용어들이다. 송강은 나름대로 도교에 대하여 상당한 식견을 가지고 있고, 자신의 삶을 신선의 경지에 비유하기도 하였다.

관동별곡(關東別曲)
숑근(松根)을 볘여 누어 픗잠을 얼픗 드니 꿈애 한 사람이 날다려 닐온 말이, 그대를 내 모라랴, 샹계(上界)예 진선(眞仙)이라. 황뎡경(黃庭經) 일자(一字)를 엇디 그릇 닐거 두고 인간(人間)의 내려와서 우리를 딸오난다.

송강은 자신을 인간계로 추방당한 상계의 진선으로 묘사하였다. 이는 신선의 경지를 동경하는 가운데 자신의 삶이 그러한 경지에 이르고 있음을 과시하며 만족감을 누리고자 한 의지의 발로라 하겠다. 기타 〈금강산잡영(金剛山雜詠)〉과 같은 한시에서도 그의 도가적 풍모를 살필 수 있다.[9]

3. 문학사적 의의

정철의 국문학사상의 의의와 위치는 한마디로 말하기 어려울 정도로 높고 넓다. 그는 한문학이 중심이었던 문학적 풍토에서 국문학이 존립할 수 있는

---

9 〈金剛山雜詠〉 穴網峯前寺 寒流對石門 秋風一聲笛 吹破萬山雲
　혈밍봉 앞의 절 찬 깅물 돌문을 대하여 흐르고 가을 바람에 피리 한 소리 일만산 구름을 깨뜨린다.

가능성과 가치를 발견하고 실제 그것을 실현하였다.

또한 그는 호남가단을 형성하며 국문시를 짓고 노래하는 데 힘썼다. 이는 국문문학으로도 충분히 유학의 깊은 이념을 드러낼 수 있으며, 취흥의 도구로, 혹은 교민의 도구로 활용할 수 있음을 보여준 것이다. 또한 그의 작품은 후대에 본보기가 되면서 많은 아류작을 창작하게 하였다. 그리하여 국문문학의 지평을 넓히는 데 일조하였다.

송강의 국문시가는 우리말의 아름다움을 최대한 잘 활용하였고, 대화체나 여성 화법의 동원, 풍부한 향토 어휘, 시정의 육담, 기방의 풍류어의 구사 등을 통하여 풍부하고도 진한 언어세계를 형성하였다. 그래서 그의 작품은 표현의 참신성, 언어미의 감칠맛 등에서 한국어 표현의 극치를 이루고 있다는 평을 받고 있다. 그러면서도 작가 자신의 내면세계를 올곧게 표현하는 데도 성공하여 그의 작가정신을 파악하는 데도 손색이 없다.

송강집 목판

노계 박인로
(1561~1642)

새로운 문학의 방향을 이끌다

이 몸에 갖옷이 어떠한지 알건만
메추라기처럼 꿰매고 기운 누더기 옷 뿐이로다
비록 그러하나 헤어진 옷 근심하랴
다만 길이 취하기를 바랄 뿐이로다
장부가 어찌 옷과 음식을 꾀하리오
가진 대로 살아갈 뿐이로다

– 〈안분음(安分吟)〉 중에서 –

작가로서의 박인로

　노계(蘆溪) 박인로(朴仁老)는 임진왜란이라는 전대미문의 전란에 직접 참여하고, 전란 이후에는 급변하는 현실에 맞서 곤궁한 생활 속에서도 사대부로서의 삶을 살고자 한 작가이다. 무인으로서 전란에 참여하며 전쟁의 실상을 경험하는 한편 경제적 궁핍과 곤궁한 생활 속에서도 끊임없이 유학적 이념을 실천하고자 했던 그의 의지는 현실과 이념 사이의 갈등과 번민을 낳았다. 그가 겪은 갈등과 번민은 문학적 자양분이 되어 그의 작품을 다채롭게 하였다.

　박인로는 11여 편의 가사 작품을 비롯하여, 시조 70여 편, 한시 100여 편 등 다양한 문학 양식을 활용하여 그의 사상과 정서를 표현하였다.[1] 이 중 〈태평사〉, 〈사제곡〉, 〈누항사〉, 〈상사곡〉, 〈권주가〉 등의 가사 작품은 다른 이들의 요청으로 창작된 것으로서, 그가 지닌 문학적 자질을 높이 평가하여 작품 창작을 요청할 만큼 당대에도 작가로서의 역량을 높이 평가받고 있었다.

　박인로가 살았던 16세기 후반부터 17세기 전반까지의 시기는 역사적 격동기로서 기존의 질서가 변화하는, 소위 중세에서 근대로의 이행기에 접어든 시기이다. 박인로는 임란 이전 사대부 계층의 문학적 풍조를 유지하면서도, 이행기로서의 변모를 보여주는 작가로서 시가문학사에서 중요한 의미를 갖는다.

1　노계 박인로의 가사 작품은 〈태평사〉, 〈선상탄〉, 〈사제곡〉, 〈누항사〉, 〈소유정가〉, 〈독락당〉, 〈입암별곡〉, 〈영남가〉, 〈노계가〉 등 9편으로 알려져 있다가, 2004년에 노계의 가집 『영양역증(永陽歷贈)』이 발굴되면서 여기에 수록된 〈상사곡〉, 〈권주가〉 두 편이 추가되어 현재 11편으로 파악되고 있다.

1. 생애와 연보

노계 박인로의 자는 덕옹(德翁), 호는 노계(蘆溪) 또는 무하옹(無何翁)이라
하며, 본관은 밀양(密陽)이다. 1561년에 영천군 북안면 도천리에서 승의부위(承
義副尉) 석(碩)의 아들로 태어났다. 그의 집안을 살펴보면, 고조 박영손(朴英孫,
1422~1486) 대까지는 대사헌 등을 역임하며 문신의 전통을 이어왔으나 그 이후
로는 지방 사족으로만 머무르며 중앙 관직에 진출하지 못하고 소외되어 있었다.

박인로의 어린 시절에 대해서는 기록이 드물어 분명하게 알기 어렵다. 〈행
장〉에 어렸을 때부터 스스로 글자를 익히고 영민하였다고 간략하게 언급되어
있으며, 13세 때에는 〈대승음(戴勝吟)〉 시를 지어 주변 사람들을 놀라게 하였다
는 기록이 남아 있다.[2]

> **대승음(戴勝吟)**
> 자주 낮잠을 깨우는 뻐꾸기 소리
> 어찌하여 야인의 마음을 재촉하는가
> 저 서울의 화려한 집들 처마에서 울어
> 밭갈이 권하는 새 있음을 알게 하여라[3]

불과 13세의 나이에 농촌의 현실과 권력에 대한 비판을 담은 〈대승음〉을
지은 것으로 보아 그의 문학적 재능을 짐작할 수 있다.

그가 32세(1592) 되던 해에 임진왜란이 일어나자 그는 의분을 느껴 붓을
던지고 의병장 정세아(鄭世雅)의 휘하에서 의병으로 활약한다. 38세(1598) 되
던 해에는 강좌절도사(江左節度使) 성윤문(成允文)이 노계의 명성을 듣고 불러
그의 휘하에서 많은 공을 세웠으며, 그 해 성윤문의 명에 따라 〈태평사〉를 지

---

2 박인로의 생애와 연보는 『노계집(蘆溪集)』의 〈행장(行狀)〉을 참고할 수 있다. 이 책에서 인용하
  는 〈행장〉의 내용과 한시 작품의 번역은 『국역 노계집』에 따른다. 김문기 역주, 『국역 노계집』,
  역락, 1999.
3 〈戴勝吟〉 午睡頻驚戴勝吟 如何便促野人心 啼彼洛陽華屋角 令人知有勸耕禽.

어 사졸들을 위로한다. 39세(1599) 되던 해에 무과에 급제하여 수문장(守門將)과 선전관(宣傳官)을 제수 받고 임기를 마친 뒤, 조라포 만호(助羅浦 萬戶)로 승직한다. 조라포 만호로 있던 당시에는 진심으로 사졸을 대하고 청렴하게 임무를 수행하여 병사들이 비를 세워 그 덕을 칭송하였다. 45세(1605) 때에는 부산진에서 수군을 통솔하는 임무를 수행한다. 이때 왜군에 대한 울분과 적개심을 담은 〈선상탄〉을 짓는다. 부산에서의 관직생활을 마지막으로 박인로는 무관으로서의 생활을 끝내고 고향인 영천으로 돌아온다.[4]

무인으로서의 생활을 청산하고 귀향 후, 박인로는 성리학 공부에 매진하며 당대 이름난 유학자들에게 가르침을 청하고 교유한다. 한음(漢陰) 이덕형(李德馨), 한강(寒岡) 정구(鄭逑), 여헌(旅軒) 장현광(張顯光), 지산(芝山) 조호익(曺好益) 등은 당시 박인로와 교유한 대표적인 학자들이다. 특히 한음 이덕형과는 각별한 관계를 유지하였다. 당시에 이미 이덕형은 최고의 문신 반열에 오른 인물이었으므로 박인로와 현실적인 처지가 많이 달랐지만, 두 사람은 가까이에서 교감하며 교유한 것으로 보인다. 박인로는 이덕형이 보내온 홍시에 감동하여 시조 〈조홍시가(早紅柿歌)〉를 짓고, 51세(1611) 때에는 용진에 칩거하던 이덕형을 찾아가 그를 대신하여 〈사제곡(莎堤曲)〉을 지었으며, 시골 생활의 곤궁한 형편에 대해 묻는 이덕형에 〈누항사(陋巷詞)〉를 지어 답하기도 한다.

박인로에게 있어 당대 거유(巨儒)들과의 교유는 학문에 대한 배움인 동시에, 창작활동의 동인으로 작용하기도 하였다. 57세(1617) 때에는 한강 정구와 동래 온천에 갔다가 돌아오는 길에 대구 금호강변에 있는 소유정에 들러 〈소유정가(小有亭歌)〉를 짓는다. 59세(1619) 때에는 경주 옥산서원의 독락당을 찾아가 회재 이언적의 학문과 덕을 기리며 〈독락당(獨樂堂)〉을 창작한다. 69세(1629) 때

---

4 〈행장〉에는 관직에서 물러났다는 기록만 남아 있으나, 『광해군일기』에 따르면 파직되었다는 기록이 남아 있다.
備邊司啓曰: 伏見兩南巡撫御史崔晛書啓各條……慶山縣令權益中, 助羅浦萬戶朴仁老, 前法聖浦萬戶金俊龍, 前臨淄僉使李貞信, 俱不修治軍器, 難免罪罰, 而金俊龍已罷, 李貞信已遞, 此則令該司推考後處置 權益中, 朴仁老, 以啓辭內辭緣, 竝爲罷職爲當 『광해군일기』 광해군 4년(1612) 11월 13일 壬子條.-김성은, 「노계 박인로 가사의 공간 연구」, 경북대 박사학위논문, 2014, 19쪽.

에는 장현광을 따라 입암에 노닐면서 시조 〈입암(立巖)〉 29수를 짓고, 가사 〈입암별곡(立巖別曲)〉을 짓기도 하였다. 특히 장현광은 박인로에 대해 "무하옹은 늙고 또 병들었으나 발분하여 먹는 것도 잊어버렸고 뜻을 대인의 도에 두었으니 동방을 떨칠 일찍이 없었던 호걸이다"라고 칭찬하기도 하였다.

안찰사(按察使) 상국(相國) 이명(李溟)이 천거하여, 노계가 70세(1635) 되던 해에는 덕망 있는 노인에 대한 예우로서 용양위부호군(龍讓衛副護軍)으로 임명된다. 이로써 직접 현직에 나가지는 않지만 노계의 자손들은 음직(蔭職)의 혜택을 받을 수 있게 된다.

75세(1635)가 되던 해에는 영남 안찰사(按察使) 이근원(李謹元)의 덕치를 칭송하는 〈영남가(嶺南歌)〉를 짓고, 76세(1636)가 되던 해에는 노계에 묻혀 살며 〈노계가(蘆溪歌)〉를 지었다. 이후 82세(1642)가 되던 해에 영면하였다.

〈행장〉에는 박인로에 대해 다음과 같이 적고 있다.

아! 세상에는 어찌 이 같은 사람이 다시 있겠는가? 공(公) 전에도 공(公)과 같은 씩씩한 무부가 없었고 공(公) 후에도 공(公)과 같이 독서 수행한 선비가 없었다. 대저 사람은 글하는 집에서 자라, 보고 듣는 것이 모두 자(子)와 사(史)라도 오히려 양심을 저버리고 오직 벼슬하는 것만을 좇는데 황차 공은 무인으로서 가르치지 않아도 알고 배우지 않아도 글을 알아서 마침내 공은 경전에 심취하고 본원에 뜻을 두어 단지 충효청백(忠孝淸白)에 그치지 않았다.

박인로는 영락한 사대부 집안에서 태어나 임진왜란이 발발했을 때에는 무인으로서 분연히 맞서 싸우고 전후에는 학문을 통한 자기수양에 힘쓰며 유학자로서의 삶을 살고자 하였다. 벼슬과 권세만을 좇지 않고, 현실에 맞서 무인과 문인의 삶을 병행하여 살았던 박인로는 실천적 지식인으로서 높이 평가할 만하다.

지금까지 살핀 노계 박인로의 생애를 연보로 정리하면 다음과 같다.

1561년(출생)　　6월 21일, 경북 영천군 북안면 도천리에서 승의부위 석의 3남 중 장남으로 태어나다.

1574년(13세)	어려서부터 총명하고 재능이 뛰어나 13살의 어린 나이에 한시 〈대승음(戴勝吟)〉을 짓다.
1592년(32세)	임진왜란이 발발하자 의병장 정세아의 휘하에서 의병으로 활약하다.
1598년(38세)	경상도 좌병사 성윤문의 막하에 있으며 부산에 주둔해 있던 왜적을 물리치는 데 공을 세우다. 성윤문의 명을 받고 〈태평사〉를 짓다.
1599년(39세)	무과에 급제하다. 수문장, 선전관 등의 벼슬을 거쳐 조라포 만호가 되다.
1601년(41세)	9월 초에 한음 이덕형이 노계에게 홍시를 보내오다. 이에 느낀바 있어 〈조홍시가〉 4수를 짓다.
1605년(45세)	부산을 방어하기 위해 통주사(統舟師)의 임무를 부여받은 후 〈선상탄〉을 짓다. 부산에서의 관직 생활을 끝으로 고향인 영천으로 귀향하다.
1611년(51세)	한음 이덕형이 은퇴 후 사제(용진강 동쪽 5리쯤 떨어진 장소)에 머물자, 노계가 이곳으로 찾아가 함께 회포를 풀며 한음을 대신하여 〈사제곡〉을 짓다.
1617년(57세)	한강 정구와 동래온천에 다녀오는 길에 대구 금호강변에 위치한 소유정에 들러 〈소유정가〉를 짓다.
1619년(59세)	회재 이언적의 자취를 찾아 독락당에 들렀다가 가사 〈독락당〉을 짓다.
1629년(69세)	입암에 우거하고 있던 여헌 장현광을 종유하며 장현광을 대신하여 〈입암〉 시조를 지었다.
1630년(70세)	안찰사 이명의 천거로 '용양위부호군'을 제수 받다. 이로써 노계의 아들은 벼슬을 받을 수 있게 되다.
1635년(75세)	영남 안찰사 이근원의 선정을 칭송하기 위해 〈영남가〉를 짓다.
1636년(76세)	노계에 묻혀 살며 그 감회를 담아 〈노계가〉를 짓다.
1642년(82세)	12월 6일 82세의 나이로 세상을 떠나다.
1707년	영천시 북안면 도천리에 도계사(道溪祠, 훗날 도계서원)를 세우고 노계의 덕행과 학문을 흠모하여 제를 지내다.

2. 시대적 배경

　박인로가 살았던 시기는 사회적·정치적 혼란이 지속되던 시기였다. 먼저 정치적인 배경을 살펴보면, 조선조 13대왕 명종(재위 1545~1567)은 12세의 어린 나이로 왕위에 올랐지만 어머니인 문정왕후와 외숙인 윤원형(尹元衡)이 권력을 쥐고 있었다. 윤원형은 문종 즉위년에 을사사화를 일으켜 반대파인 윤임(尹任) 일파를 제거하고 이언적(李彦迪)을 포함하여 이십 여 명을 유배하였다. 당시 5, 6년의 기간 동안 갖가지 죄목으로 죽거나 유배된 명사가 거의 백 명에 이르렀다.

　한편 중앙의 정치가 혼란을 거듭할 때, 황해도 일대에서는 임꺽정(임거정, 林巨正)이 민란을 일으키고, 밖으로는 국경 일대를 중심으로 여진과 일본의 침입이 더욱 심해져서 명종 14년에는 왜구 60여 척이 영암, 장흥, 강진, 진도 등을 휩쓴 을묘왜변이 발생하기도 하였다.

　이후 명종의 뒤를 이은 선조 역시 16세의 어린 나이로 즉위했다. 선조는 이황, 이이와 같이 학술과 덕행으로 이름 높은 명사들을 요직에 발탁함으로써 성리학파가 정치적 승리를 얻을 수 있는 토대를 마련하였다. 그러나 연산군 4년에서부터 명종 즉위년에 걸친 4차례의 사화는 선조대에 이르러서 동서분당의 당쟁으로 격화되었다. 이러한 당쟁의 폐해는 임진왜란 7년 동안 왜적에게 국토가 유린되고 국운이 더욱 피폐해진 상황에서도 그치지 않고 계속되어 국력은 더욱 약화되었다.

　전란 중에 세자로 책봉되어 1608년 즉위한 광해군은 민심을 수습하고 전란의 상흔을 극복하고자 했지만 왕위 계승을 둘러싼 갈등이 이어지고 거듭된 혼란기를 거쳐 반정으로 인조가 등극하였다. 인조가 등극한 이후에도 반정 후의 논공행상에 불만을 품은 이괄의 반란과 1627년 정묘호란, 1636년의 병자호란을 겪는 등 국내외적으로 몹시 혼란한 시대가 계속되었다.

　이와 같이 박인로의 시대는 안으로는 사화에 뒤이은 격렬한 당쟁으로 국론이 분열되었고, 밖으로는 임진왜란과 병자호란의 양대 전란을 겪어 백성들이 도탄에 빠졌던 시기였다. 특히 7년간이나 지속되었던 임진왜란은 궁벽한 시골의 선비인 박인로까지도 의병으로 전쟁에 참여하지 않으면 안될 만큼 긴박한 상황이었다.

또한 오랜 전란으로 인해 농촌은 황폐해지고 국가 재정은 궁핍해졌으며, 국가 경제는 심각한 타격을 입고 있었다. 임진왜란 당시의 참상에 대해 이수광은 다음과 같은 언급하였다.

> 가까이 선왕조 계사(癸巳)·갑오(甲午)년간(1593~1594)에 새로이 왜구의 침구(侵寇)를 겪어서, 무명 한 필 값이 쌀 두 되였고, 말 한 필의 값이 쌀 서너 말에 지나지 않았다. 굶주린 백성들은 대낮에 사람을 무찔러 죽였고, 심지어는 부자·부부가 서로 잡아먹는 지경이었다. 또 전염병이 겹쳐 길에는 죽은 자들이 서로 베고 누웠고, 수구문 밖에는 시체가 산처럼 쌓여 성보다 몇 길이나 높았다.[5]

한편, 조선시대에 들어와 본격적으로 발달한 성리학은 이때에 이르면 이론적 탐구가 정밀화되면서 사상적 전성기를 맞이하게 된다. 전란으로 인해 문란해진 사회질서를 안정시키기 위해 성리학적 관념과 실천의 규범들이 제시되었다. 전란 이후 귀향하여 유학의 세계에 심취하여 성리학적 이념을 따르고자 했던 박인로에게 있어서 성리학적 질서와 윤리의식은 그의 문학 세계의 바탕을 이루는 토대로 작용하게 되었다.

이렇듯 박인로 문학의 저변에는 조선 전기에서 후기로 넘어가는 전환기적 변화와 정치·사회적 분위기, 유교적 도덕관이 지배하던 당대의 사상적 토양 등이 자리 잡고 있었으므로 이러한 요소들이 그의 문학에 크게 영향을 끼쳤을 것으로 짐작된다.

---

5 李睟光, 『芝峰類說』 卷1, 災異部, 〈饑荒〉
　　頃在先王朝癸巳甲午年間 新經倭寇 木棉一匹直米二升 一馬價不過三四斗 飢民白晝屠剪 至父子夫婦相殺食 重以疫癘 道路死者相枕 水口門外積屍如山 高於城數丈.

3. 작품 세계

박인로는 11편의 가사 작품을 비롯하여, 시조 70여 편, 한시 100여 편 등을 남겼다. 의병, 무관으로 임진왜란에 직접 참여하여 전란의 참상을 기록하기도 하고, 귀향 이후에는 궁핍한 삶과 유교적 당위 사이에서 고민하며 그 갈등과 번민을 작품으로 표출하기도 하였다. 그리고 성리학적 이념을 실천하는 삶을 지향하며 당대의 이름난 학자들과 교유하고, 그 과정을 작품으로 남기기도 하였다. 그 결과 전란의 체험, 현실과 이념 사이의 간격과 괴리는 현실에 대한 냉철한 비판의식으로 드러나기도 하고, 이상적인 세계를 그려내는 방식으로 표출되기도 하였다.

가사와 시조, 한시를 대상으로 박인로의 작품 세계의 특징을 살펴보자.

1) 전란의 체험과 우국

태평사(太平詞)

나라히 편소(偏小)ᄒ야 해동(海東)애 ᄇ려셔도 기자(箕子) 유풍(遺風)이 고금 (古今) 업시 순후(淳厚)ᄒ야 이백년래(二百年來)예 예의(禮義)을 숭상(崇尙)ᄒ니 의관문물(衣冠文物)이 한당송(漢唐宋)이 되야쩌니 도이백만(島夷百萬)이 일조(一朝)애 충돌(衝突)ᄒ야 억조경혼(億兆驚魂)이 칼 빗츨 조차 나니 평원(平原)에 사 힌 쎄ᄂ 뫼두곤 노파 잇고 웅도거읍(雄都巨邑)은 시호굴(豺狐窟)이 되얏거늘

〈태평사〉에서는 건국 이래로 예의를 숭상하며 평안하게 살다가 어느 날 왜의 침략으로 나라의 운명이 위기에 처하고, 수많은 인명이 죽어간 처참한 상황을 서술하고 있다. 들판에는 살상된 주검의 뼈가 산보다도 높게 쌓여 있고, 온 나라는 여우와 승냥이의 소굴이 되어 폐허가 되었다. 당시 전란의 피해가 막심하였음을 생생하게 표현하였다.

선상탄(船上歎)

우국단심(憂國丹心)이야 어ᄂ 각(刻)애 이즐넌고 강개(慷慨)계운 장기(壯氣)ᄂ

노당익장(老當益壯)ᄒ다마ᄂᆞᆫ 됴고마ᄂᆞᆫ 이 몸이 병중(病中)에 드러시니 설분신원(雪憤伸冤)이 어려올 둣 ᄒᆞ건마ᄂᆞᆫ 그러나 사제갈(死諸葛)도 생중달(生仲達)을 멀리 좃고 발업슨 손빈(孫臏)도 방연(龐涓)을 잡아거든 ᄒᆞ믈며 이 몸은 수족(手足)이 ᄀᆞᄌᆞ 잇고 명맥(命脈)이 이어시니 서절구투(鼠竊狗偸)을 저그나 저흘소냐 비선(飛船)에 들려드러 선봉(先鋒)을 거치면 구십월(九十月) 상풍(霜楓)에 낙엽(落葉)가치 헤치리라 칠종칠금(七縱七擒)을 우린들 못 ᄒᆞᆯ 것가 준피도이(蠢彼島夷)들아 수이 걸항(乞降)ᄒᆞ야ᄉᆞ라

〈선상탄〉에서는 죽은 상태에서도 사마의를 물리친 제갈량의 사례와 방연의 모략으로 발이 잘렸지만 그 몸으로도 계략을 써 방연을 격파한 손빈의 사례를 원용하여 박인로 자신도 늙고 병든 몸이지만 왜적을 물리칠 수 있다는 의지를 드러내고 있다.

정공 연길에게 주다(贈鄭公延吉)
초야에서 강개한 마음 항상 품었으니
시국을 걱정하는 마음 변함이 없어라
병도 많은 인간 세상 머리 벌써 희어지니
가련타 일편단심 부질없이 늙어가네[6]

위의 한시에서도 시국을 걱정하는 박인로의 마음이 잘 드러난다. 〈선상탄〉과 마찬가지로 비분강개의 마음을 품고 있지만, 부질 없이 늙어가는 자신의 신세를 한탄하고 있다.

2) 전란 후의 궁핍한 현실과 이념의 추구

누항사(陋巷詞)
궁경가색(躬耕稼穡)이 ᄂᆡ 분(分)인 줄 알리로다 신야(莘野)경수(耕叟)와 농상(壟上) 경옹(耕翁)을 천(賤)나 ᄒᆞ리 업것마ᄂᆞᆫ 아므려 갈고젼들 어ᄂᆡ 쇼로 갈로손고

---

6 〈贈鄭公延吉〉 草野常懷慷慨心 傷時憂國百年心 多病人間頭已白 可憐虛老一丹心.

한기태심(旱旣太甚)ᄒ야 시절(時節)이 다 느즌 졔 서주(西疇) 놉흔 논애 잠깐 긴
녈비예 도상(道上) 무원수(無源水)을 반만깐 ᄃᆡ혀 두고 쇼 ᄒᆞᆫ 젹 듀마ᄒ고 엄섬이
ᄒᆞᄂᆞᆫ 말삼 친졀(親切)호라 너건 집의 달업슨 황혼(黃昏)의 허위허위 다라가셔 구
디 다든 문(門) 맛긔 어득히 혼자 서셔 큰 기춤 아함이를 양구(良久)토록 ᄒᆞ온
후(後)에 어화 긔 뉘신고 염치(廉恥)업산 ᄂᆡ옵노라 초경(初更)도 거읜ᄃᆡ 긔 엇지
와 겨신고 연년(年年)에 이러ᄒᆞ기 구차(苟且)ᄒᆞᆫ 줄 알건만ᄂᆞᆫ 쇼업슨 궁가(窮家)에
혜염 만하 왓삽노라 … (중략) … 빈이무원(貧而無怨)을 어렵다 ᄒᆞ건마ᄂᆞᆫ ᄂᆡ 생애
(生涯) 이러호ᄃᆡ 설온 ᄯᅳᆺ은 업노왜라 태평천하(太平天下)애 충효(忠孝)를 일을
삼아 화형제(和兄弟)신붕우(信朋友) 외다 ᄒᆞ리 뉘 이시라 그 밧긔 남은 일이야
삼긴ᄃᆡ로 살렷노라

한음 이덕형이 산촌 생활의 곤궁한 형편을 묻자 자신의 회포를 풀어서 지었
다는 〈누항사〉는 궁핍한 생활을 핍진하게 서술하여 조선 후기 가사의 변모를
보여주는 작품으로 평가받는다. 특히 양반의 신분으로 직접 소를 빌리러 다니
는 장면은 임란 이후 경제적 어려움에 처한 사대부의 삶과 현실의 모습을 단적
으로 보여주는 장면으로 평가받고 있다.

〈누항사〉에 서술된 궁핍한 생활이 누구의 처지를 반영한 것인지에 대해서
는 여러 의견으로 나누어진다. 박인로가 겪은 경험을 기반으로 서술하였다는
의견이 지배적이지만, 자신의 경험이 아니라 당시 향촌 사족이 겪은 생활의
궁핍함을 포착하고 이를 대변하여 창작하였다는 견해가 제기되기도 하였다.
두 견해는 〈행장〉 등에 남아 있는 박인로 생애에 대한 단편적 기록에 의지해
그가 처한 경제적 상황을 해석하는 과정에서 상반된 결과로 나타났다. 한편으
로 〈누항사〉는 경제적 궁핍보다는 정치적 소외를 형상화한 것이라는 견해가
제시되기도 하였다.

〈누항사〉가 그려낸 경제적 궁핍의 문제는 그 자체로 가사 문학의 제재가
되었다는 점에서 시가문학사에서 갖는 의미가 크다. 전란 직후의 황폐한 현실
과 굶주림을 벗어날 수 없는 일상, 경제적 궁핍 등의 문제를 다룬 것은 이전
시기 작품과 구별되는 특징이 분명하다.

박인로는 〈누항사〉에서 그려지는 현실적 장벽에도 불구하고 유학자로서의

이념적 확신을 버리지 않는다. 그의 삶을 지탱해 주는 힘은 바로 유교적 이념에 대한 확신과 실천의지였다. 유교적 이념에 충실한 채 의연하게 살아가겠다는 그의 의지에 대해 상황에 대한 체념으로서 도피의 성격을 지닌다는 견해가 제시되기도 하였다. 그러나 이는 도피라기보다 현실적 충격을 완화하기 위하여 자신의 이념적 근거를 찾아가는 인식의 전환으로 이해해야 할 것이다.

> **안분음(安分吟)**
> 도천 시냇가 무하옹은
> 부서진 집 두어 칸 뿐이로다
> 백발이 듬성듬성 두 귀밑을 덮으니
> 다만 스스로 슬피 탄식할 뿐이로다
> 수염 긴 늙은 종은 달아나 오지 않고
> 맨다리 계집종 오직 하나 뿐이로다
> 처량한 빈 집은 사람 없어 고요하고
> 어린 제비만 쌍으로 날 뿐이로다[7]

박인로가 창작한 한시 〈안분음〉 또한 궁핍한 현실의 문제를 서술한 작품이다. 〈안분음〉에 등장하는 무하옹은 박인로 자신을 가리킨다. 늙은 하인은 달아나 돌아오지 않고, 무하옹은 쇠락한 두어 칸 집에서 맨다리를 드러낸 채 헐벗은 계집종 하나와 살고 있다. 궁핍한 생활에 대한 묘사가 〈누항사〉와 유사하게 표현되어 있는 것을 확인할 수 있다.

3) 유교적 이념의 표출

> **조홍시가(早紅柿歌)**
> 반중(盤中) 조홍(早紅)감이 고아도 보이ᄂ다
> 유자(柚子) 안이라도 품엄 즉도 ᄒ다마는

---

7 〈安分吟〉道川川上無何翁 破屋數間而已矣 白髮蕭蕭被兩鬢 但自悲歎而已矣 一奴長髮走不還 一婢赤脚而已矣 凄凉虛室寂無人 乳鷰雙飛而已矣.

품어 가 반기리 업슬식 글노 셜워ᄒᆞᄂᆡ이다

왕상(王祥)의 이어(鯉魚)잡고 맹종(孟宗)의 죽순(竹筍) 꺽거
검던 멀리 희도록 노래자(老萊子)의 오슬 입고
일생(一生)에 양지성효(養志誠孝)를 증자(曾子)ᄀᆞ치 하리이다

〈조홍시가〉는 박인로의 나이 41세 되던 1601년, 9월 초에 이덕형이 감을 보내오자 느낀 바가 있어 지은 노래이다. 어머니를 위해 귤을 숨긴 육적, 고기를 먹고 싶어 했던 계모를 위해 엄동설한에 물에 뛰어든 왕상, 겨울철 대밭에서 죽순을 얻어낸 맹종, 70세의 나이에 알록달록한 옷을 입고 노래를 부른 노래자를 가져와 지극한 효심을 표현하고 있다. 박인로는 〈조홍시가〉 4수와, 〈오륜가〉 25수 등 시조 작품을 통해 유교적 덕목의 실천을 직접적으로 제안한다.

오륜가(五倫歌)
성은(聖恩)이 망극(罔極)흔 줄 사름들아 아ᄂᆞᆫ다
성은(聖恩) 곳 안니면 만민(萬民)이 살로소냐
이 몸은 망극(罔極)흔 성은(聖恩)을 갑고 말려 ᄒᆞ노라

천지간(天地間) 만물중(萬物中)에 사름이 최귀(最貴)ᄒᆞ니
최귀(最貴)흔 바ᄂᆞᆫ 오륜(五倫)이 아니온가
사름이 오륜(五倫)을 모ᄅᆞ면 불원금수(不遠禽獸) ᄒᆞ리라

일반적으로 오륜시조는 가족과 가문, 향촌사회의 구성원을 대상으로 '교화'라는 분명한 의도와 목적을 가지고 창작된다. 박인로의 경우, 특정한 대상을 상정하지 않고 있어 특징적이라고 할 수 있다. 그가 〈오륜가〉를 창작한 경위에 대해서는 〈행장〉을 통해 짐작할 수 있다.

일찍이 말하기를 "시는 뜻을 말한 것이고 노래는 말을 길게 하는 것인데 사람의 착한 마음을 감발하게 하는 데는 노래가 으뜸이니 이남(二南 : 시경의 주남과 소남) 또한 노래이다."하고 드디어 군신 부자 부부 형제 붕우의 다섯 조목 백여

편의 시를 짓고 시경을 모방하여 이름을 '정풍(正風)'이라 하였는데 세상에서는 모두 귀중하게 여겨 외웠고 왕왕 관현에 올리기도 하였다. 시 또한 확 트이고 막힌 데가 없어 조금도 비루한 데가 없었다.

박인로의 〈오륜가〉는 '교화'의 의도보다 성리학적 이념을 실천하는 과정에서 자신이 체득한 내용을 담은 것이라고 평가받고 있다.

4) 자연의 미 추구와 교훈의 발견

> **봄날에 회포를 읊다(春日詠懷)**
> 바위 위에 낚싯대를 잡고 긴 날을 소일하고
> 꽃 앞에 홀로 잔질하며 깊은 봄에 취하도다
> 태평 세상에 뭇사람이 버려두고 찾는 이 없으니
> 스스로 호산에 늙은 주인이라 이르노라[8]

> **보이는 대로 읊다(卽事)**
> 바람에 흩날리는 갈꽃 삼동의 눈이요
> 서리에 물든 단풍잎 이월의 꽃이로다
> 기이한 이 경관 조물주 솜씨를 훔친 듯
> 모르겠네 어인 눈이고 어인 꽃인지[9]

첫 번째 작품에서는 봄의 자연과 동화되어 물아일체의 경지에 이른 박인로의 모습을 확인할 수 있다. 두 번째 작품에서는 바람에 눈처럼 흩날리는 갈꽃과 꽃처럼 붉게 피어난 단풍의 모습이 한 폭의 그림처럼 서정적으로 표현되어 있다.

박인로는 시조 〈입암〉을 비롯하여, 시조와 한시를 넘나들며 자연의 아름다움을 서술하였다. 특히 한시는 시조에 비해 더욱 서정적 표현을 사용하여, 자

---

8 〈春日詠懷〉巖上持竿消永日 花前獨酌醉深春 明時衆棄無相訪 自謂湖山老主人.
9 〈卽事〉蘆花風動三冬雪 楓葉霜深二月花 好是奇觀偸造化 不知何雪又何花.

신의 감정을 드러내고 있다고 평가받는다.

조월탄(釣月灘)

낙대를 빗기 쥐고 조월탄(釣月灘) ㅂ라 ㄴ려
불근 역귀 헤혀 늬고 돌알이 안ㅈ시니
아모려 동강흥미(桐江興味)ㄴ들 불을 주리 이시랴

화리대(畵裏臺)

강상산(江上山) ㄴ린 굿히 솔아릭 너분 돌해
취람단하(翠嵐丹霞)ㅣ 첩첩(疊疊)이 둘러시니
어즈버 운모병풍(雲霧屛風)을 ㄛ 그린 듯ㅎ여라

〈입암〉은 입암에 우거하던 여헌 장현광을 종유하며 그를 대신하여 지은 노래라고 기록되어 있다. 척박한 땅이었던 입암에 장현광이 우거하면서 이곳은 강학과 수양의 공간이 되었다. 박인로는 장현광을 좇아 입암에 머물며 자연과의 물아일체의 경지를 지향하였다.

사우정(四友亭)

천백 가지 꽃 중에 오직 매화만
아름답고 산뜻하게 서리 속에 피었네
그윽한 향기가 유인의 뜻을 아는 듯
바람 없는 달 아래 절로 술잔에 들어오네[10]

못가에 두어 그루 소나무를 심었더니
울창하게 서리 이겨 푸른 하늘에 비껴있네
때때로 빈 집에 맑은 소리를 불어 보내니
나약한 사나이 길이 백이의 풍모를 대하네[11]

---

10 〈四友亭〉 千百花中獨也梅 瓊琚蕭灑冒霜開 暗香似識幽人意 月下無風自入盃.
11 〈四友亭〉 池邊植立數株松 鬱鬱凌霜倚碧空 時送虛堂淸韻入 懦夫長對伯夷風.

〈사우정〉 8수 중 매화와 소나무를 소재로 한 작품이다. 흔히 사우를 '매(梅)·란(蘭)·국(菊)·죽(竹)'으로 칭하지만, 박인로는 이 중 '란'을 제외하고 '송(松)'으로서 사우를 삼아 칭송하고 있다. 이외에도 부용과 백일홍을 소재로 삼아 11수의 한시에서 꽃과 나무를 노래하고 있다. 한편 박인로에게 꽃과 나무는 단순히 심미적 대상이 아니라, 교훈을 주는 대상으로 그려지고 있다.

> 사우정(四友亭)
> 무슨 일로 이 늙은이 꽃과 풀을 사랑할까
> 인심과 물성이 다 같은 천진일세
> 늙어서야 인륜 외에 또 벗 얻으니
> 나에게만 이 세상에 육륜이 있네[12]

박인로가 꽃과 나무를 통해 도달하고자 한 세계는 위의 한시에서 잘 드러난다. 그는 풀과 나무를 통해 결국 인간세상과 자연의 이치를 깨닫고자 한 것이다. 그에 따르면, '꽃과 나무를 좋아하는 일'이 오륜에 더해 '육륜'이 되어 유교적 이념을 실천하는 길이다. 이렇듯 박인로는 자연을 통해 세상의 섭리를 깨닫고 자연과 합일하는 경지에 이르고자 하였다.

4. 문학사적 의의

두 차례에 걸친 전란과 사회적 격변기를 겪으며 17세기 이후의 사대부 문학은 전환점을 맞이하게 된다. 박인로는 전란 이후 변화한 사대부의 삶과 현실의 문제를 본격적으로 다룬 작가로서 중요한 의미를 갖는다.

특히 가사 작품 〈누항사〉에서 보여준 문학적 성취는 이전까지 사대부 시가 문학과는 뚜렷한 차이가 있다. 이전까지의 시가 문학이 자연에 대한 관조의

---

12 〈四友亭〉底事斯翁愛花卉 人心物性自天眞 老來得友彛倫外 獨也人間有六倫.

시선을 통해 성리학적 관념의 세계를 그려내는 데 주력하였다면, 박인로는 경제적 궁핍에서 촉발된 현실의 문제와 성리학적 이념 사이의 갈등과 번민을 일상의 경험을 통해 절실하게 드러내었다.

　그가 전란, 현실과 생활, 이념과 교훈, 자연 등의 제재를 다채롭고 복합적으로 다루며 가사와 시조, 한시 등의 시가 문학을 창작할 수 있었던 것은 그의 삶의 궤적과 무관하지 않다. 그는 가난한 사대부 집안에서 태어나 의병과 무관으로 임진왜란에 참전하여 국난 극복에 전력을 다 하고, 귀향해서는 직접 농사를 지을 만큼 궁핍하게 살면서도 성리학적 이념을 실천하고자 하였다.

　박인로는 성리학적 가르침 속에서 현실의 문제를 해결하고자 했고, 그것이 불가능하다면 현실을 바라보는 시각의 틀이 전환되어야 한다고 생각했다. 당위와 현실 사이의 괴리, 그 갈등과 번민의 과정이 계속되면서 그의 문학은 어느 누구보다도 다채로운 주제와 양상으로 표출될 수 있었다.

도계서원

난설헌 허초희

(1563~1589)

규방에서 신선의 세계로 날아오르다

금분에 저녁 이슬 각시방에 서리니
미인의 열 손가락 예쁘고도 매끈해
대절구에 짓찧어 장다리잎으로 말아
귀고리 울리며 등잔 앞에서 동여맸네
새벽에 일어나 발을 걷다가 보아하니
반가와라 붉은 별이 거울에 비치누나
풀잎을 뜯을 때는 호랑나비 날아온 듯
가야금 탈 때는 복사꽃잎 떨어진 듯
토닥토닥 분바르고 큰머리 만지자니
소상반죽 피눈물의 자국인 듯 고와라
이따금 붓을 쥐고 초생달 그리다보면
붉은 빗방울이 눈썹에 스치는가 싶네

— 〈염지봉선화가(染指鳳仙花歌)〉 —

작가로서의 허초희

————

　난설헌(蘭雪軒) 허초희(許楚姬)는 우리나라 최초로 문집이 간행된 여성시인이다. 남성 중심의 조선 사회에서 여성이 한시를 짓고 문장을 쓰는 행위는 그 자체로 드문 일이었고, 그들을 바라보는 사회적 시선 또한 부정적이었다. 난설헌 이전에도 몇몇의 여성이 한시를 짓긴 했지만, 전해지는 작품의 수가 매우 적다. 난설헌은 27살의 나이로 요절할 때까지 1,000여 편의 시를 지었다고 전해지지만, 그녀의 유언에 따라 대부분의 작품은 불에 타 없어졌다. 그의 동생 허균은 친정에 있던 유고와 자신이 기억하는 작품 210편을 편집하여 『난설헌집』을 간행하였다. 『난설헌집』은 최초의 여성 시문집이라는 점만으로도 한국 문학사에서 매우 중요하고도 값진 의의를 지닌다.

　허난설헌은 작시 활동을 통해 좁은 규방에 갇힌 현실을 벗어나 자유롭게 자신을 표출하고자 하였다. 그는 남성 본위의 사회에서 겪는 여성의 고독감과 소외감을 직접적으로 토로하기도 하고, 상상의 세계에서나마 현실의 한계에서 벗어나 능동적이고 주체적인 삶을 그려내기도 하였다.

　허난설헌 작품에 담긴 삶에 대한 사유와 고뇌, 섬세한 정서와 뛰어난 표현력을 통해 우리는 그의 작가정신을 확인할 수 있다. 그의 문학을 통해 한국 여성문학의 정체성을 확인해 보자.

1. 생애와 연보

허난설헌은 1563년, 초당(草堂) 허엽(許曄)의 삼남 삼녀 중 셋째 딸로 태어났다. 그녀의 큰오빠인 허성과 두 언니는 허엽의 전처인 한씨(韓氏)에게서 태어났으며, 허봉과 허균, 난설헌은 후처인 김씨(金氏)에게서 태어났다. 그런데 김씨의 소생인 삼남매가 문학적인 감수성을 타고났으면서도 세상과 어울리지 못하고 부딪치다가 모두 일찍 죽었다.

난설헌의 이름은 초희(楚姬)이고, 자(字)는 경번(景樊)이다. 난설헌은 그녀의 호이다. 여자로서 이름과 자와 호를 모두 가진 것은 당시로서는 매우 드문 일이다. '경번'이라는 자는 중국 초나라의 번희(樊姬)를 사모하여 지은 것이다.

난설헌은 아버지와 오빠들의 영향을 많이 받았는데, 특히 아버지의 영향을 받아 도교를 가까이 할 수 있었다. 부친인 허엽은 퇴계뿐만 아니라 화담 서경덕에게서도 글을 배웠는데, 서경덕은 당시 도학자로 유명하였다. 이런 까닭으로 난설헌은 자연스럽게 도교에 심취할 수 있었다. 도교는 후일 난설헌이 세계로부터의 탈출을 꾀하는 하나의 수단이자 은신의 장소가 되었다. 난설헌은 특히 『태평광기(太平廣記)』를 즐겨 읽었으며, 그녀가 여덟살 되던 해에 지었다는 〈광한전백옥루상량문(廣寒殿白玉樓上樑文)〉은 그녀의 도교적 경향을 가늠하게 한다.

허난설헌은 14, 15세쯤에 시집을 간 것으로 추정된다. 남편 김성립(金誠立)의 집안은 5대에 걸쳐 계속 문과에 급제한 문벌이었지만 남편은 난설헌이 죽던 해에 겨우 문과에 급제하여 정9품 홍문관 정자로 족보에 기록될 정도의 평범한 인물이었던 것으로 추정된다.

난설헌은 말년에 후원에다 별당을 지어놓고 화관을 쓰고 선녀처럼 살면서 늘 신선세계를 꿈꾸며 지냈다고 한다. 그러다가 어느 날 꿈속에서 신선세계에 올라갔다가 자기가 죽을 꿈을 꾸었다.

난설헌이 일찍이 월성(月星)이 운(韻)을 부르며 시를 지으라 하므로 "아리따운 연꽃 스물 일곱 송이 분홍 꽃 떨어지고 서릿발은 싸늘해라"라는 시를 지었다. 꿈에서 깨어난 뒤에도 그 경치가 하나하나 상상되므로 〈몽유기(夢遊記)〉를 지었다. 그 뒤에 그녀의 나이 27세에 아무런 병도 없었는데, 어느 날 갑자기 몸을 씻고 옷을 갈아입고서 집안 사람들에게 "금년이 바로 3·9의 수(3X9=27로 27세를 뜻함)에 해당되니, 오늘 연꽃이 서리를 맞아 붉게 되었다." 하고는 유연히 눈을 감았다. 이러한 기록들을 보면, 난설헌은 문학적 상상력만이 뛰어났던 것이 아니라, 신선술도 닦아 초인적인 계시력을 지녔던 것 같다. 그의 무덤은 그보다 일찍 죽은 두 아이의 무덤과 함께 경기도 광주군 초월면 지월리 경수마을에 있으며, 그의 남편은 그와 다른 방향에 후처와 함께 묻혀 있다.[1]

그녀의 가계와 삶을 조금 더 자세히 들여다보기로 한다. 허난설헌이 태어난 양천 허씨 집안은 고려 때부터 대대로 번성했던 문벌이었다. 그의 아버지 허엽은 서경덕·이황과 같은 석학들에게서 배웠다. 학당파의 앞장을 섰던 시인 노수신이라든가, 양사언과 가깝게 사귀었다. 그는 성균관 대사성·사간원 대사간 등을 거쳐서 경상도 관찰사를 지냈다. 동·서의 당파 싸움이 일어나기 시작했을 때에 동인의 영수가 되었다. 허엽은 문장과 유학으로도 뛰어났지만 그 인격과 행실 또한 여러 사람이 우러러 받들 정도였다. 그의 첫째 부인은 한씨이고 둘째 부인은 김씨였다. 허난설헌의 어머니 강릉 김씨는 예조판서 김광철의 딸이었다. 임진왜란 직전 일본통신사의 서장관으로 일본에 다녀온 성(筬)이 이복 오빠며, 봉(篈)과 균(均)이 동복형제이다.

허난설헌은 명종 18년(1563)에 외가인 강릉 김참판댁에서 태어났다. 어릴 때부터 재주가 비상하고 인물이 출중하였다. 허난설헌의 오라버니 허봉은 이달과 절친한 글벗이었다. 이달은 허난설헌과 허균에게 시를 가르쳐 주었다. 어려서부터 도가 서적을 읽으며 자란 난설헌은 하늘에 신선세계가 있음을 믿었다. 그래서 신선세계의 광한전에 백옥루(白玉樓)를 짓는다면, 자기가 상량문(上樑文 : 상량할 때에 축복하는 글)을 지어야겠다고 생각하였다. 그녀가 8세에 지은 〈광한전백옥루상량문〉[2]은 그녀를 일약 신동으로 이름나게 하였다. 오라버

---

1 허미자, 「허난설헌」, 『한국문학작가론2』, 황패강 외, 집문당, 2000, 317~318쪽.
2 광한전은 백옥경에 있다는 옥황상제의 궁전이다. 달 속의 상상의 궁전이다. 그녀의 작품 〈광한전백옥루상량문〉 내용은 다음과 같다.
   (광한전) 주인의 이름은 신선 명부에 올랐고 벼슬은 신선의 반열에 있어서 태청궁에서 용을

니인 허봉과 동생인 허균과 비교할 때 문학적 역량이 뒤지지 않음을 알 수 있다. 그녀는 시를 지식으로서가 아니라, 감성으로 받아들여 자신의 시 세계를 재창조하였다. 이 때문에 김만중도 『서포만필』에서 그녀를 일컬어 "혜성(慧性)이 명민하고 시문(詩文)에 능숙하였다"고 찬양하였다.

허난설헌은 남편 김성립과는 사이가 좋지 않았던 것으로 알려져 있다. 더욱이 고부간에 극심한 불화로 시어머니 송씨 부인과도 사이가 좋지 못했다. 그도 그럴 것이 전통 유교사회에서 여성들의 학문은 부도(婦道)에 어긋난다고 하여 배척하였는데, 평범한 며느리가 되기에는 너무나 비범했던 난설헌은 전통적인 관습의 굴레에 얽매여 불행할 수밖에 없었던 것이다. 더구나 그녀의 불행은 여기서 그치지 않고 자식운도 없었다. 애지중지하던 남매를 차례로 잃고는 〈곡자(哭子)〉란 시를 남겼다. 부부간의 금슬도 원만하지 못해 『지봉유설』의 〈규수시〉조에, 평생 부부 사이에 의가 좋지 못해서 원망하는 작품이 많다고 전하고 있다. 안팎으로 괴로운 나날을 보내면서, 그녀는 자신이 살고 있는 조선이라는 사회에 대하여, 그리고 남편이라는 존재에 대하여 회의했다.

첫째, 이 넓은 세상천지에서 하필이면 왜 좁은 조선에서 태어났나?

타고 아침에 봉래산을 떠나 저녁에 방장산에 묵으며 학을 타고 삼신산을 향할 적에 왼편에는 신선 부구(생황을 잘 불었던 신선인데, 천태산의 도사)를 잡고 오른편에는 신선 홍애(악박(樂拍)으로 이름난 신선)를 거느렸다. 천년 동안 현포에서 살다가 한번 꿈에 인간의 티끌 세상에 내려와 황정경을 잘못 읽어 무앙궁으로 귀양을 내려와 적승노파가 인연을 맺어 주어 다함이 있는 집에 들어온 것을 뉘우쳤다. (중략) 서왕모를 북해에서 맞아들이니 얼룩진 기린이 꽃을 밟고 노자를 함곡관에서 영접하니 푸른 소가 풀밭에 누워 있었다. 구슬의 난간은 비단 무늬의 장막을 펼치고 보배로운 처마에는 노을빛의 휘장이 나직하였다. 꿀을 바치는 왕벌은 옥을 달이는 집에 어지러이 날고 과일을 머금은 안제는 구슬을 바치는 부엌에 나며 든다. (중략) 이에 신선들의 노래를 바치게 하니 〈청평조(淸平調)〉를 지어 올린 이백은 취해서 고래 등에 탄 지 오래이고, 백옥루에서 시를 짓던 이하(李賀)는 사신(蛇神)이 너무 많아서 탈이다. 새로운 대궐에 명(銘)을 새김은 산현경의 문장 솜씨이고 상계에 구슬을 아로새길 채진인은 이미 세상을 떠났다. 스스로 삼생의 진세에 태어남을 부끄러워하고 잘못되어 구황의 서슬이 푸른 소환장에 올랐다. 강랑이 재주가 다해서 꿈에 오색 찬란한 꽃이 시들었고, 양객이 시를 재촉하니 바리에 삼성의 메아리가 사무쳤다. 천천히 붉은 붓대를 잡고 웃으며 붉은 종이를 펼치니 강물이 내달리고 샘물이 용솟음치듯 하니 왕안석의 이불을 덮을 필요도 없다. 구절이 아름답고 글월이 억세니 마땅히 이백의 낮에 부끄러움이 못된다.

둘째, 조선에서도 하필이면 왜 여자로 태어났나?

셋째, 수많은 남자 가운데 하필이면 왜 김성립의 아내가 되었나?

그녀는 어느 날 초당에 가득하던 책들 속에서 향불을 피우고 고요하게 이 세상을 떠났다. 아무런 병도 없었는데, 어느 날 갑자기 몸을 깨끗하게 씻고서 새 옷으로 갈아입은 뒤에, 집 안 사람들에게 다음과 같이 말하였다.

> 올해가 바로 내 나이 3.9의 수(3×9=27)에 해당된다. 마침 오늘 연꽃이 서리를 맞아 붉게 되었으니, 내가 죽을 날이다. 내가 지었던 시들은 모두 불태워 없애, 나처럼 시를 짓다 불행해지는 여인이 다시는 나타나지 않게 하라.

자신이 읽던 책과 손수 지은 시를 불태워 없앴지만 다행하게도 그의 동생 허균이 타고남은 시를 간직했다. 조선에서 버림받은 시들은 명나라 사신 주지번(朱之蕃)에 의해 명나라에서 먼저 『난설헌집』(1606)으로 출간되었다. 『난설헌집』에서 허균은 다음과 같은 발문(跋文)을 적고 있다.

> (전략) 평생을 저술로 살아 저작이 아주 많았다. 유언에 따라서 다비(茶毗)에 붙였다. 전하는 작품이 매우 적은데 모두가 동생 균이 베껴서 적어놓은 것으로부터 나왔다. 그것이 오래 되었고, 더구나 망실(忘失)되거나 화재를 입을까 걱정이 되어 이에 나무에 새겨서 널리 전하는 바이다.

그녀의 연보를 정리하면 다음과 같다.

1563년(출생)　강릉 초당 생가에서 초당 허엽의 3남 3녀 중 셋째 딸로 태어나다.
1570년(8세)　〈광한전백옥루상량문〉을 짓다.
1577년(15세)　서당 김성립에게 시집간 것으로 보인다.
1585년(23세)　자신의 죽음을 예언하는 시 〈몽유광상산시〉를 짓다.
1589년(27세)　3월 19일 짧은 나이로 한 많은 세상을 떠나다. 유해는 경기도 광주군 초월면 지월리 경수산에 묻히다. 그의 무덤 앞에는 앞서 죽은 아들과 딸의 애기무덤이 있다.

1590년	11월 남동생 허균이 친정에 흩어져 있던 난설헌의 시를 모으고, 자신이 암기하고 있던 것을 모아 『난설헌집』 초고를 만들고, 유성룡에게 서문을 받다.
1592년	난설헌의 남편 김성립이 임진왜란에 참가하여 전쟁 중에 싸우다가 죽다. 그는 두 번째 부인 홍씨와 함께 선산에 묻히다.
1598년	이 해 봄 정유재란 때 명나라에서 원정 나온 오명제(吳明濟)에게 허균이 난설헌의 시 200여 편을 보여주다. 이 시가 『조선시선』, 『열조시집(列朝詩集)』 등에 실리다. 중국 허경난이라는 소녀가 난설헌의 시에 감동하여 각 편마다 차운하여 시를 짓고 『허부인 난설헌집부경난집(許夫人許蘭雪軒集附景蘭集)』을 간행하다.
1606년	허균은 이 해 3월 27일 중국사신 주지번(朱之蕃), 양유년 등에게 난설헌의 시를 모아서 전해주어 『난설헌집』은 사후 18년 뒤에 중국에서 간행되다.
1608년	4월, 허균이 『난설헌집』을 목판본으로 출판하다.
1711년	일본에서 분다이야 지로베이(文臺屋次郎兵衛)에 의하여 『난설헌집』이 간행되다.

2. 시대적 배경

허난설헌이 살았던 시기는 임진왜란(1592, 선조 25년 발발)이 일어나기 직전의 조선 중기로 당시 조선의 정세는 연산군 이후 명종에 이르는 4대 사화(四大士禍)와 훈구(勳舊)·사림(士林)세력 간의 정쟁으로 인해 혼란스러웠다. 선조 즉위 이후 사림세력의 득세로 인하여 격화된 붕당정치 등으로 정치의 정상적인 운영을 수행하기 어려웠다.

그러나 시문학은 발전하여 선조 대에 이르면 문화의 꽃은 만발하였다. 시에 있어서 정사룡·노수신·황정욱의 이른바 '관각삼걸(館閣三傑)'을 필두로, 삼당시인(三唐詩人)의 최경창·백광훈·이달이 이를 이었다. 문(文)에서는 한문사대가라 하는 이정구·신흠·장유·이식 등이 활동하였다. 성리학에는 서경덕·이황·이이 등이 활동했던 시기로, 문운(文運)이 활발하였다.

작은오빠 허봉은 난설헌과는 13살 차이였는데, 그들의 우애가 대단했음은 허난설헌의 〈송하곡적갑산〉, 〈기하곡〉과 같은 작품에서 역력히 드러난다. 그의 문장은 '간중온아(簡重溫雅)'하고 시는 '준일호창(俊逸豪暢)'하여 혜성 같은 재기를 지닌 천재여서 허난설헌에게 적지 않은 영향을 끼쳤다. 동생 허균은 유성룡에게서 문장을 배웠고, 시는 이달에게 배웠다. 그의 학문은 제자백가와 불교와 도교 및 서학에까지 미쳐 박학했다 할만하다. 허균의 다음 글을 보면 가문의 쟁쟁함이 어느 정도인가를 알 수 있다.

우리 집안의 선대부(先大父)는 문장·학문·절행이 사림에 추중(推重)되었으니, 첫째형은 경훈이 전하며, 또한 문장이 간중(簡重)하다. 둘째형은 박학하여 문장이 매우 높으니, 예나 지금이나 비견할만한 자가 드물다. 매씨(妹氏)의 시는 더욱 청장준려(淸壯峻麗)하여 개원·대력 사이에는 중국 땅에 전파되어 높이 빼어났으니, 신사들이 서로 천거하면서 모두 그녀의 시를 감상했다. 재종형(再從兄)인 적은 고문과 시를 잘하며 특히나 힘찬 부(賦)는 더욱 걸출이니, 국조 이래로 무리를 이룰만한 자가 드물다. 불초한 나 또한 가업에서 떨어지지 아니하니 외람되게도 예(藝)를 얘기하는 선비들에 오르내렸으며, 중국인 또한 자못 나를 일컬었다. 부자 네 명이 모두 제고를 관장했으며 선대부(先大父)와 망형(亡兄)은 사가를 하였다. 호당(湖堂)의 삼곤제(三昆弟)가 다 사필(史筆)을 잡았으며, 둘째형과 불초한 몸이 모두 장원을 하였다. 또한 나는 세번 원접사종사관이 되었다. 당시에 문헌지가(文獻之家)는 반드시 우리 집안을 최고라고들 하였다.

이처럼 허난설헌의 가문은 명문으로 부족함이 없었다. 뿐만 아니라 그녀의 형제들은 모두 문장시법(文章詩法)에도 일가를 이루고 있어, 남달리 풍부한 문학의 천부적 재능을 타고난 그녀로서는 더할 나위 없는 좋은 환경이었다. 허난설헌의 문학적 연원은 이처럼 결코 우연히 나온 것이 아님을 알 수 있다.

허난설헌의 시 중에는 중국 이태백의 시 〈장간행(長干行)〉[3]을 본 따 새롭게

---

3 〈장간행〉은 중국 장간리라는 마을에 사는 청춘 남녀의 정한을 다룬 민요체 시가이다. 이백의 시를 번역하여 인용하면 다음과 같다.
재머리 간신히 이마 덮을 때 / 문앞에서 꽃을 따고 놀았더랬다 / 임께신 죽마를 타고 와서는

창작한 작품이 있다.

장간행(長干行)
우리 집은 장간리에 오래 살아서
장간리 길을 오가곤 했죠
꽃가지를 꺾어들고 낭군님께 묻기도 했죠
내가 더 예쁜가 이 꽃이 더 예쁜가

어젯밤에 남풍이 일어나니
배의 깃발이 파수를 가리키네
북에서 오는 뱃사람 만났으니
알기에 낭군께선 양주에 계시다고요[4]

이백의 〈장간행〉과 난설헌의 〈장간행〉은 모두 어린 아내의 독백조의 형식을 이용하고 있다. 난설헌의 시 중에는 표절 시비에 걸린 작품도 많다. 그러나 이는 조선시대 여성의 금기라 할 수 있는 시창작을 피하기 위하여 전고(典故)를 인용하는 방법을 썼다[5]고 본다.

소녀의 순수한 감정을 표현하기도 한 난설헌은 오빠 허봉의 중매로 결혼하였다. 그녀가 출가하기 전 이와 같은 소녀의 수줍은 마음을 표현한 작품이 또 있다.

/ 침상을 둘러싸고 청매를 갖고 놀았다 / 장간리에 함께 살면서 / 어린 우리는 시기하지 않았다 / 열 네 살에 그대에게 시집을 가니 / 낯이 부끄러 웃음지지 못했네 / 고개 숙이어 지그시 담만 바라보고 / 천 번 불러도 한 번 돌아다 못봤네 / 열 다섯에 비로소 낯을 펴고서 / 한평생 함께 살다 재가 되자고 / 언제나 굳은 맹세 신의로 지켜 / 일찍이 망부대에 올라 / 열 여섯에 그대 멀리 떠나 / 구당 염예퇴 험한 곳으로 갔다 / 5월 물줄기 세차서 대지 못하고 / 잰나비는 하늘 위서 애처로운 곳 / 그대 떠날 때 문전의 발자국마다 / 푸른 이끼만 돋아나고 / 추풍이라 낙엽은 벌써 지고 / 8월이라 호랑나비 오기는 해도 / 쌍쌍이 서윈 풀에 날고 있어 / 내 마음 이로써 슬피 느끼며 / 외로이 앉아 홍안이 늙는구나 / 조만간 삼파에 다다르거든 / 우선 편지를 보내 주시오 / 마중 길 멀다 않으리니 / 곧바로 장풍사에 나가 맞으리

4 〈長干行〉家居長干里 來往長干道 折花問阿朗 何如妾貌好 // 昨夜南風興 船旗指巴水 逢著北來人 知君在楊洲

5 김명희, 『허부인 난설헌, 시 새로 읽기』, 이회, 2002. 345쪽.

채련곡(採蓮曲)

해맑은 가을 호수 옥처럼 새파란데
연꽃 우거진 속에다 목란배를 매었네
물 건너 님을 만나 연꽃 따서 던지고는
행여나 누가 봤을까 한나절 부끄러웠네[6]

〈채련곡〉에서의 수줍은 듯, 그러나 감추지 않은 사랑의 고백은 풋풋한 청춘의 내음이 날 정도다. 그러나 이 시는 음탕한 시라 하여 난설헌 원집에 실리지 않았다. 이 〈채련곡〉의 연원은 멀리 중국 한 대의 민요 〈강남채련가(江南採蓮歌)〉[7]에서부터 이백의 〈채련곡〉,[8] 고죽 최경창의 〈채련곡−차정지상운〉,[9] 이달의 〈채련곡 차대동루선〉[10] 등이 있다.[11] 보통 〈채련곡〉은 남녀상열지사로 통한다. 그러나 허초희의 〈채련곡〉은 여성의 섬세한 마음을 낭만적으로 표현한 작품으로 평가된다.

그러나 전술했듯이 평탄치 않은 시집에서의 생활, 원만하지 않은 부부관계, 신선세계를 동경하는 그녀의 교육적 배경은 그녀를 지속적으로 선계의 세계로 유도하였다. 항상 화관을 쓰고 향안(香案)과 마주 앉아 음풍(吟風)하며 시사(詩詞)를 짓다가 홀연히 27세의 젊은 나이에 세상을 떠났던 것이다.

허균은 『학산초담(鶴山樵談)』에서 허초희를 술회하면서 다음과 같이 서술

---

6 이수광, 『지봉유설』〈採蓮曲〉秋淨長湖碧玉流 荷花深處繫蘭舟 逢郎隔水投蓮子 或被人知半日羞.
7 〈강남채련가(江南採蓮歌)〉연꽃일랑 강남에 따리 연잎이 어찌 우거졌느뇨 연잎 사이 물고기 노니 연잎 동에 물고기 놀고 연잎 서에 물고기 놀고 연잎 남에 물고기 놀고 연잎 북에 물고기 놀고.
8 약야계(若耶谿) 변두리에서 연다는 처녀 얼굴에 웃음띠고 연꽃 너머로 속삭인다. 해는 새로 단장한 얼굴 비쳐 물에 어리고 바람은 향기로운 소매를 공중으로 드날린다. 기슭 위에는 누구의 집 술꾼이란가 삼삼오오 수양버들 사이로 어른거린다. 자류(紫騮)말은 낙화 속을 달려가고 이를 보고 머뭇머뭇 애를 태운다.
9 길고 긴 강언덕에 버들 푸르고 배에서 〈채련곡〉을 다투어 부르네. 붉은 꽃 다 지고 가을 바람 스산한데 날 저문 물가에 흰 물결 절로 이누나.
10 연잎은 어슷어슷 연밥도 많다. 연꽃 사이에서 아가씨들 노래를 한다. 횡당 어귀에서 만나자는 약속에 애써 배 저으며 물결 거슬러 올라간다.
11 김병희, 앞의 책, 2002, 338~34쪽 참조.

하였다.

누님의 시와 문장은 모두 하늘이 내어서 이룬 것들이다 〈유선사〉를 짓기 좋아했
는데 시어가 모두 맑고도 깨끗해서 사람의 솜씨가 아니라고 이를 만하다. 문장이
또한 기이하게 뛰어났으니 그 가운데서도 사륙문이 가장 아름다웠으며 〈백옥루상
량문〉이 세상에 전한다.
나의 작은 형님이 일찍이 말씀하셨다. 경번의 글재주는 배워서 얻을 수 있는
힘이 아니다. 대체로 이태백과 이하가 남겨둔 글이라고 할 만하다. 오호라! 살아
있을 때에는 부부의 사이가 좋지 않더니 죽어서도 제사를 받들어 모실 아들 하나
도 없이 되었구나. 아름다운 구슬이 깨어졌으니 그 슬픔이 어찌 끝나리?[12]

또 허균은 『성옹식소록(惺翁識小錄)』에서 매부 김성립에 대하여 누님보다는
높이 평가하지 않은 듯하다.

세상에 문리는 모자라도 능히 글을 짓는 자가 있다. 나의 매부 김성립에게 경전,
역사를 읽도록 하면 제대로 혀도 놀리지 못한다. 그러나 과문은 아주 요점을 맞추
어 논, 책이 여러 번 높은 등수에 들었다.[13]

그가 이렇게 지적한 것을 보면 난설헌의 삼한(三恨) 중에 하나가 남편에 대
해서 만족스럽지 못했던 것도 이해가 된다.
또 임상원의 『교거쇄편(郊居瑣編)』에 따르면 난설헌은 시집가기 전에 동생
허균의 과거공부를 위해 시를 지도하기도 하였다. 이는 형제 간의 우애가 돈독
했으며, 또한 난설헌의 창작력이 형제 중에서 뛰어났음을 짐작케 한다.

---

12 許筠, 『鶴山樵談』姉氏時文俱出天成 喜作遊仙詩 詩語皆淸冷 非煙火食之人可到也 文出崛奇 四
六最佳 白玉樓上樑文傳固于世 仲氏嘗曰 景樊之才不可學而能也 大都太白長吉之遺音也 嗚呼 生
而不合於琴瑟 死則不免於絶祀 毀璧之慟曷有極.
13 許筠, 『惺翁識小錄』世有文理不足 而能製文者 余姊壻金誠立氏 令讀經史 則不能措舌 而科文極
中肯綮 論策屢入高等.

3. 작품 세계

1) 내면세계의 표출과 자아성찰

허난설헌의 작품 속에는 물과 꽃의 세계가 많이 등장한다. 그리고 이들은
특정 색상 시어(色相詩語)와 함께, 허난설헌 자신의 존재나 자기애(自己愛)로 연결
된다. 일종의 내면세계를 통찰하는 가운데 발생하는 자기 우월의식이나, 대상을
감정이입하여 동일시하는 작시 장치의 일종이라 하겠다.

> **감우(感遇)**
> 쭉쭉 자라난 창가의 난초
> 줄기와 잎새가 그리도 향기로왔건만
> 가을바람 한바탕 흔들고 가니
> 가을 찬서리에 서글프게도 떨어지네
> 빼어난 맵시 시들긴 해도
> 맑은 향기 끝끝내 가시진 않으리라
> 너를 보고 내 마음 서글퍼져
> 눈물이 소매를 적시네[14]

이 시에서 난설헌은 그의 이름처럼 난을 자기의 분신으로 생각하고 그의
삶과 대응시키면서 꽃다운 젊음의 정한을 난초에 비유했다.[15] 시들어버리는 것
이야 난초뿐만 아니라 여성으로서의 자신도 포함됨을 슬퍼하며 지은 시이다.

> **손가락에 봉선화를 물들이고(染指鳳仙花歌)**
> 금분에 저녁 이슬 각시방에 서리니
> 미인의 열 손가락 예쁘고도 매끈해
> 대절구에 짓찧어 장다리잎으로 말아

---

14 〈感遇〉盈盈窓下蘭 枝葉何芬芳 西風一被拂 零落悲秋霜 秀色縱凋悴 清香終不死 感物傷我心 涕淚
沾衣袂.
15 이혜순, 징하영, 『한국고진여성문학의 세계』, 이화여대출판부, 1998, 25쪽.

귀고리 울리며 등잔 앞에서 동여맸네
새벽에 일어나 발을 걷다가 보아하니
반가와라 붉은 별이 거울에 비치누나
풀잎을 뜯을 때는 호랑나비 날아온 듯
가야금 탈 때는 복사꽃잎 떨어진 듯
토닥토닥 분바르고 큰머리 만지자니
소상반죽 피눈물의 자국인 듯 고와라
이따금 붓을 쥐고 초생달 그리다보면
붉은 빗방울이 눈썹에 스치는가 싶네[16]

위의 작품은 봉선화 물들이는 작가의 모습이 사실적으로 잘 드러나 있다. 물들인 손톱을 들여다보며 기뻐하는 모습과 어여쁜 자기의 외모에 만족해하는 모습은 순박한 소녀의 모습이기도 하고, 자기애의 모습이기도 하다. 특히 붉게 물든 손톱을 붉은 별, 붉은 나비, 복사꽃 등으로 비유하여 화려한 색채미를 마음껏 드러내었다.

2) 규원의 정서

허난설헌에게 있어서 규방(내방)은 감옥과 같은 곳이며, 편히 쉬거나 부부가 함께 할 수 있는 공간의 개념과는 거리가 멀었다. 남편의 애정을 표현할 경우도 있었지만 그 시간은 그리 오래가지 않아 그야말로 규방의 원망으로 바뀌었다. 먼저 님에 대한 애정이 질투나 의심으로 표현되는 경우를 보자.

견흥(遣興)
아름다운 비단 한 필 곱게 지녀왔어요
먼지를 털어내면 맑은 윤이 났었죠
한 쌍의 봉황새 마주보게 수 놓으니

---

16 〈染指鳳仙花歌〉 金盆夕露凝紅房 佳人十指纖纖長 竹碾搗出捲菘葉 燈前勤護雙鳴璫 粧樓曉起簾初捲 喜看火星抛鏡面 拾草疑飛紅蛺蝶 彈箏驚落桃花片 徐勻粉頰整羅鬟 湘竹臨江淚血班 時把彩毫描却月 只疑紅雨過春山.

반짝이는 무늬가 그 얼마나 아름답던지
여러 해 장롱 속에 간직해 두었지만
오늘 아침 님 가시는 길에 드리옵니다
님의 옷 만드신다면 아깝지 않지만
다른 여인의 치마감으론 주지 마셔요[17]

곱게 다듬은 황금으로
반달 모양 만든 노리개는
시집올 때 시부모님이 주신 거라서
붉음 비단 치마에 차고 다녔죠
오늘 길 떠나시는 님에게 드리오니
먼 길에 다니시며 정표로 보아주세요
길 가에 버리셔도 아깝지는 않지만
새로운 연인에게만은 달아주지 마세요[18]

　　비단이나 노리개는 시적 자아가 귀하게 여기는 물건이다. 이 귀한 물건을
길 떠나는 임에게 정표로 주는 여인의 사랑을 엿볼 수 있다. 그러면서 그 비단
이나 노리개가 다른 여인에게 넘어갈까 걱정하는 모습은 여인들의 보편적 정
서라 하겠다. 허난설헌에게도 이러한 정서가 있었지만 돌아오지 않는 임에 대
한 그리움이나 원망은 갈수록 더 깊어만 간다.

규원(閨怨)
비단띠 비단치마 위에 눈물 자국이 겹쳐있으니
해마다 봄풀을 보며 님 오시길 그렸기 때문일세
거문고를 옆에 끼고서 강남곡을 뜯어내니
배꽃은 비에 지고 한낮에도 문은 닫혔네

....

17 〈遣興〉我有一端綺 拂拭光凌亂 對織雙鳳凰 文章何燦爛 幾年篋中藏 今朝持贈郎 不惜作君袴 莫
作他人裳.

18 〈遣興〉精金凝寶氣 鏤作半月光 嫁時舅姑贈 繫在紅羅裳 今日贈君行 願君爲雜佩 不惜棄道上 莫結
新人帶.

가을 깊은 다락엔 달이 떠오르고 구슬 병풍은 빈데
서리 내린 갈대밭에는 저녁 기러기가 내려 앉네
마음 기울려 거문고를 타도 님은 오시지 않고
들판 연못 위엔 연꽃만 하염없이 떨어지네[19]

강사에서 글 읽는 님에게 부치다(寄夫江舍讀書)
제비는 처마를 스쳐 쌍쌍이 비껴 날고
지는 꽃은 우수수 비단 옷에 부딪네
침방에서 내다뵈는 것마다 봄시름을 돋우는데
강남에 풀 푸른데 님은 돌아오지 않네[20]

위의 작품에서 제비와 꽃은 각각 만남의 즐거움을 지니고 봄날을 즐기는데, 정작 시적 자아는 고독을 느낀다. 그 원인은 돌아오지 않는 님 때문이다. 그래서 이수광은 『지봉유설』에서 이 시를 〈규원〉이라 제목 지었다.

한편, 조선 영조 중엽부터 성행한 규방가사의 시초작은 허난설헌의 〈규원가〉라고 할 수 있다. 유교 사회에서 남존여비나 여필종부의 유교이념으로 인하여 수많은 조선의 여인들은 질곡의 삶을 살아야 했다. 그들은 한스러운 생활과 고독을 가사문학이라는 양식으로 표현하였는데, 규방가사(내방가사)의 효시로 〈규원가(閨怨歌)〉를 들 수 있다. 〈규원가〉는 허난설헌의 슬픔이 선명하게 드러나 있는 작품이다.

규원가
엇그제 저멋더니 ᄒ마 어이 다 늘거니. 少年行樂(소년행락) 생각ᄒ니 일러도 속절업다. 늘거야 서른 말ᄉᆞᆷ ᄒ자니 목이 멘다. 父生母育(부생모육) 辛苦(신고)ᄒ야 이 내 몸 길러 낼 제, 公候配匹(공후배필)은 못 바라도 君子好逑(군자호구) 願(원)ᄒ더니, 三生(삼생)의 怨業(원업)이오 月下(월하)의 緣分(연분)으로 長安遊俠

---

19 〈閨怨〉錦帶羅裙積淚痕 一年芳草恨王孫 瑤箏彈盡江南曲 雨打梨花晝掩門 月樓秋盡玉屏空 霜打蘆洲下暮鴻 瑤瑟一彈人不見 藕花零落野塘中.

20 〈寄夫江舍讀書〉燕掠斜簷兩兩飛 落花搖亂撲羅衣 洞房極目傷春意 草綠江南人未歸.

(장안유협) 輕薄子(경박자)를 꿈근치 만나 잇서, 當時(당시)의 用心(용심)호기 살 어름 디듸는 듯, 三五(삼오) 二八(이팔) 겨오 지나 天然麗質(천연여질) 절로 이니, 이 얼골 이 態度(태도)로 百年期約(백년기약)호얏더니, 年光(연광)이 훌훌호고 造物(조물)이 多猜(다시)호야, 봄바람 가을 믈이 뵈오리 북 지나듯. 雪鬢花顔(설빈화안) 어딕 두고 面目可憎(면목가증)되거고나. 내 얼골 내 보거니 어느 임이 날 괼소냐. 스스로 慚愧(참괴)호니 누구를 怨望(원망)호리.

三三五五(삼삼오오) 冶遊園(야유원)의 새 사람이 나단 말가. 곳 피고 날 저믈 제 定處(정처) 업시 나가 잇어, 白馬(백마) 金鞭(금편)으로 어딕어딕 머무는고. 遠近(원근)을 모르거니 消息(소식)이야 더욱 알랴. 因緣(인연)을 긋쳐신들 싱각이야 업슬소냐. 얼골을 못 보거든 그립기나 마르려믄. 열두 째 김도 길샤 설흔 날 支離(지리)호다. 玉窓(옥창)에 심근 梅花(매화) 몃 번이나 픠여 진고. 겨울 밤 차고 찬 제 자최눈 섯거 치고, 여름날 길고 길 제 구즌 비는 무스 일고. 三春花柳(삼춘화류) 好時節(호시절)에 景物(경물)이 시름업다. 가을 둘 방에 들고 蟋蟀(실솔)이 床(상)에 울 제, 긴 한숨 디는 눈물 속절업시 혬만 만타. 아마도 모진 목숨 죽기도 어려울사.

도로혀 풀쳐 혜니 이리 호여 어이 호리. 靑燈(청등)을 돌라 노코 綠綺琴(녹기금) 빗기 안아, 碧蓮花(벽련화) 한 곡조를 시름 조쳐 섯거 타니, 瀟湘夜雨(소상야우)의 댓소리 섯도는 듯, 華表(화표) 千年(천년)의 別鶴(별학)이 우니는 듯, 玉手(옥수)의 타는 手段(수단) 넷 소래 잇다마는, 芙蓉帳(부용장) 寂寞(적막)호니 뉘 귀에 들리소니. 肝腸(간장)이 九曲(구곡) 되야 구비구비 쓴쳐서라.

출하리 잠을 드러 꿈의나 보려 호니, 바람의 디는 닙과 풀 속에 우는 즘생, 무스 일 원수로서 잠조차 째오는다. 天上(천상)의 牽牛織女(견우직녀) 銀河水(은하수) 막혀서도, 七月 七夕(칠월 칠석) 一年一度(일년일도) 失期(실기)치 아니거든, 우리 님 가신 후는 무슨 弱水(약수) 가렷관듸, 오거나 가거나 消息(소식)조차 쓰쳣는고. 欄干(난간)의 비겨 셔서 님 가신 딕 바라보니, 草露(초로)는 맷쳐 잇고 暮雲(모운)이 디나갈 제, 竹林(죽림) 푸른 고딕 새 소리 더욱 셜다. 세상의 서룬 사람 수업다 호려니와, 薄命(박명)혼 紅顔(홍안)이야 날 가트니 쪼 이실가. 아마도 이 님의 지위로 살동말동 호여라.

전통적 유교 사회에서 남존여비(男尊女卑)나 여필종부(女必從夫)의 사상으로 말미암아 겪게 되는 여성의 한스러운 생활과 고독을 표현하고 있다. 덧없는 과거를 회상하면서 이제는 늙어 보잘 것 없이 된 자신을 그렸고, 임을 원망하면서 춘·하·추·동에 한숨과 눈물로 세월을 보내는 애달픈 심정을 나타내고 있다.

또한 허초희는 두 아이를 모두 잃었다. 규원의 한이 이보다 더한 것이 어디에 있을까. 그녀의 유명한 작품 〈곡자〉를 보자.

곡자(哭子)
지난해는 사랑하는 딸을 여의고
올해에는 하나 남은 아들까지 잃었네
슬프디 슬픈 광릉의 땅이여
두 무덤 나란히 마주보고 서 있구나
사시나무 가지에는 쓸쓸히 바람불고
솔숲에선 도깨비불 반짝이는데
지전을 날리며 너의 혼을 부르고
너의 무덤 위에다 술잔을 붓노라
너희들 남매의 가여운 혼이야
생전처럼 밤마다 정답게 놀고 있으리라
비록 뱃속에는 아이가 있다 하지만
어찌 제대로 자라날 수 있으랴
하염없이 슬픈 노래를 부르면서
피눈물 울음을 속으로 삼키리라[21]

어머니에게 자식은 생명과 같은 존재이다. 그런 생명을 둘이나 잃고 자녀의 쌍무덤 앞에서 통곡하는 여인의 모습이 간절하게 드러난 작품이다. 더욱이 뱃속의 아이까지도 잃게 된 아픔을 맛본 허초희로서는 이승에서의 삶의 기쁨을 완전히 상실했다고 할 수 있다. 그래서 더욱 내면의 세계로 침잠하게 된 것이며, 규원의 정한을 드러내게 되었다 하겠다.

---

21 〈哭子〉去年喪愛女 今年喪愛子 哀哀廣陵土 墳相對起 蕭蕭白楊風 鬼火明松楸 紙錢招汝魄 玄酒奠汝丘 應知弟兄魂 夜夜相追遊 縱有腹中孩 安可冀長成 浪吟黃臺詞 血泣悲吞聲.

3) 사회적 관심으로의 확대

조선시대 사대부 집안의 여인이 사회문제를 논한다는 것은 금기시된 일이다. 하지만 난설헌의 경우는 이러한 일이 더러 있었는데, 그녀의 3한(恨)론이 그 대표적인 예이다. 이외에 한시로 이러한 성격을 표출한 예를 들어본다.

> **빈녀음(貧女吟)**
> 얼굴 맵시야 어찌 남에게 떨어지리오
> 바느질 길쌈 솜씨 모두 좋은데
> 가난한 집안에서 자라난 탓에
> 중매할미 모두 나를 몰라준다오
>
> 밤 늦도록 쉬지 않고 베를 짜노라니
> 베틀 소리는 삐걱삐걱 차갑게 울리네
> 베틀에는 베가 한 필 짜여졌지만
> 뉘 집 아씨 시집갈 때 혼수하려나
>
> 손에다 가위 잡고 옷감 잘라내려면
> 밤도 추워 열 손가락 곱아온다네
> 남들 위해 시집갈 옷 짜고 있지만
> 해마다 나는 홀로 잠을 잔다오[22]

가난한 집안의 여인은 얼굴이 이쁘고 베짜는 솜씨가 뛰어나도 정작 시집을 갈 수가 없다. 다만, 그녀가 짜는 베필은 다른 여인이 시집갈 때 입을 뿐이다. 마치 최치원의 작품 〈강남녀〉를 보는 듯하다. 사회적 문제를 표현한 작품이라 해석된다.

---

22 〈貧女吟〉豈是乏容色 工鍼復工織 少小長寒門 良媒不相識 / 不帶寒饑色 盡日當窓織 惟有父母憐
四隣何曾識 / 夜久織未休 憂憂鳴寒機 機中一匹練 終作阿誰衣 / 手把金剪刀 夜寒十指直 爲人作
嫁衣 年年還獨宿.

감우 (感遇)

양반댁의 세도가 불길처럼 드세던 날

드높은 다락에선 노래소리 울렸지만

가난한 백성들은 헐벗고 굶주려

주린 배를 안고서 오두막에서 쓰러졌다네

그러다 하루 아침 집안이 기울면

도리어 가난한 백성들을 부러워하리니

흥하고 망하는 거야 바뀌고 또 바뀌어

하늘의 이치를 벗어나기는 어려워라[23]

위의 시에서는 가난한 백성들에 대한 관심이 드러나 있다. 세도가의 노래가 높은 곳의 이면에는 가난한 오두막과 그 속에서 굶주리고 있는 백성들의 삶이 있음을 직설적으로 토로하고 있다. 이것은 하늘의 이치를 거스르는 것임을 주지시키면서 위정자들의 반성을 촉구한 시라고 할 수 있다.

4) 선계(仙界)에 대한 동경과 지향

난설헌의 시에는 꿈을 소재로, 혹은 매개로 하는 시가 많다. 그리고 그것들은 대개 선계(仙界)나 불안한 현실세계로부터의 도피적 성향을 띤다.

보허사 (步虛詞)

난새를 타고 밤에 봉래산 내려오니

한가로이 기린 수레 타고 요초를 밟네

바닷바람 벽도화를 불어 꺾는데

옥소반에 안기의 대추가 가득 담겼네[24]

〈보허사〉는 도사(道士)들이 허공을 거닐며 경을 읽는 노래로 악부체이다.

---

23 〈感遇〉東家勢炎火 高樓歌管起 北隣貧無衣 枵腹蓬門裏 一朝高樓傾 反羨北隣子 盛衰各遞代 難可逃天理.

24 〈步虛詞〉乘鸞夜下蓬萊島 閒輾麟車踏瑤草 海風吹折碧桃花 玉盤滿摘安期棗.

위 시에서 사용된 표현 중 '난새를 탄다', '기린을 탄다' 등은 난설헌이 신선 노릇을 하는 표현이다. 그러나 이를 현실의 불안의식에서 도피하려는 의식의 표현으로 볼 수도 있다. 물론 그 도피의 세계는 난새, 봉래산, 기린, 옥소반 등과 같은 소재로 보아 선계임이 분명하다.

> **몽유광상산시(夢遊廣桑山時)**
> 푸른 바닷물이 구슬 바다에 스며들고
> 푸른 난새는 채색 난새에 기대었구나
> 부용꽃 스물일곱 송이가 붉게 떨어지니
> 달빛 서리 위에서 차갑기만 해라[25]

〈몽유광상산시〉에서는 꿈속에서 자신의 죽음을 예견하고 있다. 시어 중 "부용꽃 스물일곱 송이가 붉게 떨어지니"는 바로 자신의 죽음을 뜻한다. 광상산은 신선이 사는 곳이다.

> **감우(感遇)**
> 꿈속에 봉래산에 올라가서
> 맨발로 갈피 용을 탔다네
> 파란 옥지팡이 짚은 신선이
> 부용봉서 나를 맞이했다네
> 아래로 동해를 내려다 보니
> 담담하기 한 잔의 물과 같네
> 꽃 아래서 봉황이 피리를 부니
> 달빛은 황금잔에 비치네[26]

〈감우〉에서는 신선세계에 올라가는 꿈을 꾸고 있다. 그녀 자신을 마치 선녀

---

25 〈夢遊廣桑山時〉 碧海浸瑤海 靑鸞倚彩鸞 芙蓉三九朶 紅墮月霜寒.

26 〈感遇〉 夜夢登蓬萊夜 足躡葛陂龍足 仙人綠玉杖仙 邀我芙蓉峰邀 下視東海水下 澹然若一杯澹 花下鳳吹笙花 月照黃金罍月.

로 묘사하는 듯하다. 꿈은 현실을 탈출할 수 있는 방법이자, 난설헌의 입장에서는 곧 선계였다. 현실에서 이룰 수 없는 욕구의 실현을 위해 난설헌은 봉래산을 오른다. 한나라 도인이었던 비장방(費長房)이 갈피의 용(葛陂龍)을 타고 봉래산에 올랐을 때 파란 옥지팡이(綠玉杖)를 짚은 선인이 부용봉에서 정답게 맞아주었던 것처럼 그녀 자신도 도인의 경지에 올랐음을 밝히고 있다. 봉래산에 올라서서 동해(조선)를 내려다보니 자신에게 가혹했던 그 땅도 아름답고 평화로워 보이기만 한다. 이상의 세계를 통해 갈등과 한으로 점철된 현실의 삶을 극복하고 해소하기 위한 자아의식이 잘 드러난다.

망선요(望仙謠)
구슬꽃은 하늘거리고 파랑새는 나는데
서왕모는 수레타고 봉황섬으로 가네
흰 봉황 수레에 오색 깃발 휘날리고
붉은 난간에 기대어서 구슬풀을 뜯네
푸른 무지개 치마는 바람에 날리고
구슬 고리와 노리개는 소리를 내며 부딪치는데
흰 옷 입은 선녀들 쌍쌍이 거문고를 뜯고
구슬나무 위에는 봄 구름이 향그러워라
동틀 무렵에서야 부용각 잔치는 끝나고
푸른 바다의 청동은 흰 학을 탄다네
보랏빛 퉁소 노래소리에 무지개가 날리면
이슬 젖은 은하수에는 새벽별이 떨어지네[27]

〈망선요〉에서는 가보지 않은 신선의 세계를 상상의 힘으로 사실적으로 그려내었다. 그녀가 얼마나 신선세계를 동경했는지를 알 수 있는 시이다.

---

27 〈望仙謠〉瓊花風軟飛靑鳥 王母麟車向蓬島 蘭旌藥被白鳳駕 笑倚紅蘭拾瑤草 天風吹擘翠霓裳 玉環瓊佩聲丁當 素娥兩兩鼓瑤瑟 三花珠樹春雲香 平明宴罷芙蓉閣 碧海靑童乘白鶴 紫簫吹徹彩霞飛 露濕銀河曉星落.

4. 문학사적 의의

　여성의 순종이 미덕이 되던 봉건 사회에서 난설헌은 선각자적인 집안의 가풍과 남다른 재주로 문학적 재능을 키워나갔다. 그러나 남성 중심의 사회에서 난설헌의 문학적 역량은 사회적으로 발휘될 기회조차 얻을 수 없었고, 그녀는 규방에 머무를 수밖에 없었다.

　그러나 난설헌은 세계와 단절된 좁은 규방에 머무르면서도, 뛰어난 문학적 상상력과 세련된 표현으로 시공을 초월한 다양한 주제로 작품을 창작하며 현실의 한계를 벗어나 자신의 문학적 정체성을 형성해 나갔다. 그녀는 규방에서의 소외와 고독을 다룬 규원(閨怨)을 솔직하게 토로하기도 하고, 사회로 눈을 돌려 당대 현실의 문제를 비판적으로 응시하기도 하였다. 또한 상상의 세계로 그려낸 신선의 세계를 통해 현실적 고뇌와 갈등을 벗어나고자 노력하기도 하였다.

　허난설헌은 한국여성문학을 대표하는 작가이다. 여성이 자신을 드러내는 글을 쓰는 것이 금기시되던 봉건 체제 하에서 섬세하고 다채로운 표현으로 현실과 상상의 세계를 넘나들며 뚜렷한 작가정신을 보여준다는 점에서 높이 평가할 수 있다.

고산 윤선도

(1587~1671)

치열한 현실에 꼿꼿이 맞선
강호가도의 계승자

뫼흔 길고 길고 믈은 멀고 멀고
어버이 그린 뜯은 만코 만코 하고 하고
어듸셔 외기러기는 울고 울고 가느니

－〈견회요(遣懷謠)〉 중 －

작가로서의 윤선도

　　고산(孤山) 윤선도(尹善道, 1587~1671)는 조선중기 양반사대부의 시조 창작
과 향유 양상을 잘 보여주는 대표적 인물이다. 그가 남긴 작품은 강호가도라는
당대 사대부의 이념적 지향을 훌륭히 드러내고 있으면서도 순수 서정의 탁월
한 미학적 성취를 잘 보여준다.

　　〈오우가〉 6수는 자연 대상물을 통해 이념적 이상을 추구하는 강호가도를
잘 나타내면서도, 우리말의 아름다움과 자연의 본성을 닮고자 하는 서정적 정
취를 잘 드러내었다. 〈어부사시사〉 40수 또한 어부가 창작의 전통을 이으면서
자연에서 느끼는 서정적 감흥을 풍성히 담고 있다. 이외에도 〈만흥〉 6수, 〈산중
속신곡〉 2장 등의 작품도 자연에서의 여유와 흥취를 잘 표현하였다.

　　윤선도는 시조 작가로 널리 알려져 있지만, 많은 한시 작품과 한문으로 된
글을 남긴 문학가이기도 하다. 특히 그의 한시는 파란만장했던 그의 인생과
정치적 굴곡 속에서 치열하게 대결했던 그의 삶을 그대로 담고 있어 주목할
만하다. 아울러 유배 생활의 고독과 삶에 대한 성찰도 확인할 수 있어 그의
문학을 총체적으로 이해하는 데에 중요한 자료가 된다.

　　이처럼 윤선도의 작가로서의 면모는 그가 남긴 국문시가의 흥취와 여유를
통해 확인할 수 있으며, 한시 작품의 치열한 삶에 대한 성찰을 엮어 살핌으로
써 더욱 잘 이해할 수 있다. 이러한 모습은 임병양란과 붕당정치의 심화 속에
서 그가 직면해야 했던 현실과 이에 대한 그의 응전, 그리고 그가 겪었던 유난
했던 삶의 아이러니와 밀접히 관련되어 있어 그 의미는 더욱 크다.

1. 생애와 연보

윤선도[1]는 1587년(선조 20년) 서울 연화방(蓮花坊, 지금의 종로)에서 태어났다. 자(字)는 약이(約而), 호는 고산(孤山) 혹은 해옹(海翁)이다. 해남윤씨 가문 윤유심(尹唯深)의 아들로 태어났으나 숙부 윤유기(尹唯幾)에게 입양되어 장손으로 가문을 이었다.

해남윤씨 가문은 고산의 5대조인 윤효정(尹孝貞)이 초계정씨 가문과 혼인하여[2] 막대한 부를 축적함으로써 지역을 대표하는 가문으로 성장하였다. 윤효정은 점필재(佔畢齋) 김종직(金宗直)의 문하생이었던 금남(錦南) 최부(崔溥)로부터 가르침을 받았는데, 이것이 계기가 되어 해남윤씨 가문은 호남에서 몇 안 되는 동인(東人) 가문에 속하게 된다. 이후 동인은 남인(南人)과 북인(北人)으로 다시 나뉘는데, 윤선도의 가문은 이후 남인의 길을 택하게 된다.

윤선도는 8세(1694) 때 경사(經史), 의약(醫藥), 복무(卜筮), 음양(陰陽), 지리(地理) 등의 서적을 두루 공부하였다. 17세(1603)에 진사 초시에 합격하였고, 남원윤씨 가문인 윤돈(尹暾, 1551~1612)의 딸과 혼인을 하였다. 26세(1612)에 진사시에 합격하였고, 30세(1616)에 진사의

고산 윤선도 영정

---

1 윤선도의 생애에 대한 논의는 다음의 성과를 참고할 수 있다. 이상원, 「고산(孤山) 윤선도(尹善道)의 생애와 시 세계」, 『국역 고산유고』, 소명, 2004, 23~45쪽. ; 고미숙, 『윤선도 평전』, 한겨레신문사, 2012, 19~258쪽. ; 고영진, 「비판적 지식인으로서의 윤선도의 삶」, 『역사학연구』 68, 호남사학회, 2017, 61~95쪽.
2 윤효정의 부인은 혼인과 동시에 친정으로부터 엄청난 재산을 상속받았다. 이는 윤효정이 막대한 부를 축적하고 해남윤씨 가문이 지역의 대표적인 향족으로 자리매김하는 데에 큰 역할을 한 것으로 보인다. 이에 대해서는 고미숙의 앞의 책(2012) 등을 참조할 수 있다.

신분으로 당시 권력의 핵심부에 있던 예조 판서 이이첨(李爾瞻)과 유희분(柳希奮), 박승종(朴承宗)의 죄를 청하는 상소를 올렸다. 〈병진소(丙辰疏)〉가 그것인데, 이는 그의 첫 정치 데뷔작이자 긴 유배 생활의 시발점이 되었다.

〈병진소〉에는 이이첨을 비롯한 당대 권력층의 비리를 고발하는 내용, 그들에 의해 파행적으로 운영되는 국정에 대한 비판과 과거제의 폐해를 신랄하게 비판하는 내용이 담겨있다. 당시 윤선도는 20대의 정치 초년생이었으나 그의 상소는 엄청난 파란을 일으켰다. 이이첨, 박승종 등은 사직 상소로 그에 맞섰고, 사헌부와 사간원이 연합하여 윤선도를 공격하였다. 그러나 이이첨 등의 전횡에 반발하는 종친들에 의해 윤선도를 옹호하는 움직임도 거세졌다. 이로써 정국의 분열은 거세졌고, 사태는 가열되었다. 〈병진소〉의 파란은 윤선도가 함경도로 귀양 가는 것으로 일단 마무리되었다.

〈병진소〉로 인해 윤선도는 정치에 입문하자마자 바로 정계에서 축출되었다. 그러나 이 일은 윤선도가 살았던 당대의 암울한 정치상과 이에 대한 그의 용기와 응전을 보여주는 단적인 사건이라 할 수 있다.

> 신이 비록 어리석기 그지없으나 그래도 흑백을 구분하지 못할 정도는 아니니 이런 말을 하면 화가 뒤따르리라는 것을 어찌 모르겠습니까. 더욱이 홍무적 등은 이이첨의 죄상을 전혀 지적하여 배척하지 않았는데도 바다 밖으로 귀양을 갔고, 원이곤은 과거가 공정하지 못했다고 했다가 매를 맞고 옥에 갇혔습니다. 신이 말한 것은 모두 전배(前輩)가 진달하지 않았던 것으로 온 나라를 통틀어 한 사람도 감히 말하지 못했던 것이니 더 말해 무엇하겠습니까. 그러니 신이 당할 화가 어느 정도일 것인지는 또한 앉아서 점칠 수가 있습니다.[3]

이후 지속되는 정계의 분열과 대립 속에서도 그는 젊은 날의 혈기를 굽히지 않았으며 정치 사회적으로 중요한 시기마다 자신의 의견을 담은 직언을 상소로 올리는 일을 멈추지 않았다. 〈병진소〉 사건으로 윤선도는 함경도 경원으로

---

3 〈병진소(丙辰疏)〉 『고산유고』 권2.

귀양을 가게 되었고, 이후 기장으로 옮겨 7년 동안의 유배생활을 해야 했다. 유배지에서 그는 〈견회요〉 5수와 〈우후요〉 1수를 지었다.

슬프나 즐거오나 올타 ᄒ나 외다 ᄒ나
내 몸의 힛올 일만 닫고 닫글뿐이언뎡
그밧긔 녀나믄 일이야 분별ᄒᆞᆯ 줄 이시랴

내 일 망녕된 줄을 내라 ᄒ야 모ᄅᆞᆯ손가
이 ᄆᆞ음 어리기도 님 위ᄒᆞᆫ 타시로쇠
아ᄆᆡ 아ᄆᆞ리 닐러도 님이 혜여 보쇼셔[4]

'마음 속의 생각을 풀어내는 노래'라는 뜻을 지닌 견회요(遣懷謠)이다. 슬프거나 즐거우나, 옳다 그르나 하는 다른 사람들의 말에 휘둘리지 말고, 내가 할 일을 하면서 마음을 닦을 뿐이며, 그것이 본인이 나갈 길이라는 것을 밝히고 있다.[5] 다만 자신의 일이 때로는 다른 사람의 눈에 망령된 것으로 보일 수도 있는데, 이는 다 임금을 위하는 마음에서 나온 것이므로 다른 사람이 어떤 말을 해도 임금께서 자신의 마음을 헤아려 줄 것을 당부하고 있다.

이후 그는 인조반정(1623, 인조 1년)으로 겨우 풀려나 고향 해남으로 돌아가게 되었다. 그리고 42세(1627)가 되어서야 별시초시에 장원급제하고, 장유(張維)의 천거로 봉림대군과 인평대군의 사부가 되었다. 44세(1630)에 공조 정랑이 되었고, 47세(1633)에 예조 정랑, 시강원 문학, 사헌부 지평 등을 지내는 등 한동안 정계에서 활동하였다. 그러나 반대파의 공격과 시기는 터무니없는 소문과 모함으로 이어졌다. 49세(1635)에 성산 현감으로 있으면서 올린 양전(量田)의 폐단을 지적하는 상소로 인해 윤선도는 모함을 받고 파직되기에 이른다.

그가 50세(1636) 되던 해 12월 병자호란이 일어났다. 그는 배를 타고 강화도

---

4 〈견회요〉, 고산유고 가사편.
5 김용찬, 『윤선도 시조집』, 지식을 만드는 지식, 2016, 229쪽 참조.

로 갔으나 이미 강화도가 함락되었으며 인조가 항복하고 서울로 환도했다는 소식을 듣게 된다. 이 소식을 들은 그는 뱃머리를 돌려 바로 제주도로 가기로 결정한다. 속세를 버리기로 한 결정이었다. 제주도로 향하던 중 우연히 아름다운 한 섬을 만나게 되는데, 여기가 바로 보길도였다. 그는 보길도에 거처를 정하고 부용동에 낙서재, 동천석실, 세연정 등을 짓고 은둔생활을 시작한다.

그러나 은둔생활은 그리 길지 않았다. 52세(1638)에 '불분문(不奔問)의 죄'를 이유로 체포되어 영덕으로 유배되었다. '불분문의 죄'란 병자호란 때에 강화도까지 와서도 임금을 알현하지 않고 떠난 것을 문책하는 것이었다. 이 사건은 윤선도에게 정치에 대한 강한 염증과 억울함을 느끼게 하였을 것이다. 설상가상으로 윤선도는 이때 차남 부부와 천출 서자 미(尾)를 잃는 불행을 당하게 되었다.

정치적 환란과 인생의 불운은 그로 하여금 삶을 다시금 고민해 보는 계기가 되었고, 그동안의 삶과는 전혀 다른 삶을 모색하는 전환점이 되었다. 54세(1640)에서 59세(1645)까지 금쇄동에서 지내면서 〈山中新曲〉18章, 〈山中續新曲〉2章, 〈古琴詠〉 1章을 짓는다. 60세(1646)부터 보길도 부용동에서 지내면서 65세(1651)에 〈漁父四時詞〉 4篇을 짓는 등 국문시가의 주옥같은 작품을 남긴다.

이후 66세가 되던 해에 효종은 그의 스승이었던 윤선도를 성균관사예(成均館司藝)에 임명한다. 그리고 예조참의에 이르게 한다. 그러나 그의 출사에 대한 신하들의 견제는 예상보다 컸다. 그럼에도 불구하고 윤선도는 〈기축소(己丑疏)〉, 〈진시무팔조소(陳時務八條疏)〉, 〈시폐사조소(時弊四條疏)〉 등의 상소를 통해 붕당의 폐해를 비판하고 백성을 편안하게 하는 정치를 건의하였다. 올바른 정치에 대한 열망과 치열한 선비 정신을 엿볼 수 있는 부분이다. 이후 논란이 된 〈논례소(論禮疏)〉 또한 이러한 맥락에서 나온 글이다.

〈논례소〉는 효종이 승하한 상황에서 계모인 조대비가 어떤 상복을 입을 것인지를 정하는 문제와 관련한 것이다. 이것이 문제가 된 것은 효종이 장자(長子)가 아니라 차자(次子)라는 데에 원인이 있었다. 효종을 적통으로 인정한다면, 조대비는 삼년복을 입어야 하고, 차자라고 본다면 기년복을 입어야 한다. 윤선도와 허목 등의 남인들은 삼년복을, 송시열을 비롯한 서인들은 기년복을 주장한 것이다. 윤선도는 〈논례소〉를 통해, 송시열 등이 기년복을 주장하는 것은 효종의 적통을 인정하지 않는 것이라고 비판하였다. 그러나 이에 대한 송시열과 서인들의 반박과 비난이 이어졌고, 결국 조대비의 복상은 기년복으로 결정되었다. 윤선도는 처참하게 패배했고, '극변안치(極邊安置 ; 먼 변방에 유배시켜 가시 울타리를 둘러 가둔다)'의 형벌에 처해, 74세(1660, 현종 원년)에 함경도 삼수로 유배를 가게 된다. 다음 시는 그때의 고충과 회한을 잘 표현하고 있다.

우음(偶吟)

귀문관 밖 작은 시냇가
좁디좁게 두 길 울타리 겹으로 둘렀네
팔십 나이에 유배되고 갇혔음은 들은 적이 없다네
삼천리 돌아갈 길은 아득히 기약 없네
오두막은 겨울에 능감(凌鑑) 같은 혹한이요
시루처럼 높은 산도 여름에는 더운 기운 다가오네
다행히 성은(聖恩)으로 실낱같은 목숨을 이어가노니
아침의 배고픔을 잊고 길게 화축을 읊는구나[6]

이후 광양으로 유배지가 옮겨지기도 하면서 조정에서는 그에 대한 옹호의 상소가 이어졌다. 그러나 81세(1667)가 되어서야 비로소 풀려나 그해 8월 보길도 부용동으로 돌아올 수 있었다. 시대의 풍파 속에서 자신의 소신을 밖으로 펼쳐내는 데에 주저하지 않았던 윤선도는 85세(1671)의 나이로 부용동 낙서재(樂書齋)에서 생을 마감하였다. 다음 시 두 편은 그가 부용동으로 돌아와 지나간 삶을 돌아보며 지은 한시이다.

기실(記實)

황원포(黃原浦) 안쪽은 부용동인데

6 〈偶吟〉, 鬼門關外小河湄 窄窄重圍二丈籬 八十囚荒曾未聽 三千歸路杳無期 如凌矮屋冬嚴鑑 似甑高山夏迫炊 幸賴聖恩延縷命 長吟華祝忘朝飢 『고산유고』 권1

오두막 집 삼간이 내 머리를 덮고 있네
보리밥 두 끼니와 옥으로 빚은 듯한 술 있으니
종신토록 이것 외에 다시 무엇을 구하리[7]

동허각(소何閣)
내 어찌 세상을 어길 수 있으랴
세상이 바야흐로 나와 어그러졌네
이름은 중서(中書;관직명)의 지위가 아니지만
거처는 녹야의 규범과 같다오[8]

2. 시대적 배경

윤선도가 살았던 시대는 임병양란이라는 두 차례의 대외적 위기가 있었고, 대내적로는 붕당정치의 폐해가 시작되는 시기였다. 이러한 대내외적 위기와 풍파는 윤선도의 삶과 직결되면서 그의 삶과 문학에 그대로 영향을 끼치고 있었다.

그가 정적들로부터 가장 신랄한 비판을 받은 사건이자 보길도로 가게 된 계기는 바로 병자호란이었다. 병자호란은 1636년(인조 14) 12월부터 다음 해 1월까지 청나라가 조선을 공격한 사건으로, 임금인 인조가 남한산성으로 피신하였으며, 삼전도에서 청 태종에게 항복하는 굴욕을 당한 사건이다. 윤선도는 노비 등을 배에 태워 왕자와 왕족이 피신해 있는 강화로 갔으나 이미 강화도가 함락된 뒤였다. 돌아가는 중에 임금의 항복 소식을 듣고 세상을 등질 각오로 배를 돌리게 된다. 병자호란이 당대 사람들에게 얼마나 심각한 정신적 충격을 준 사건이었는지를 알 수 있다. 이미 조선은 그 이전 임진왜란 등의 전쟁을 겪은 바가 있었다. 그러나 명분과 의리를 중시하던 당대인에게 오랑캐라 여겼

---

7 〈記實〉, 黃源浦裡芙蓉洞 矮屋三間盖我頭 麥飯兩時瓊液酒 終身此外更何求, 『고산유고』 권1.
8 〈소何閣〉, 我豈能違世 世方與我遺 號非中書位 居似綠野規, 『고산유고』 권1.

던 청나라에게 패배했다는 사실과 조선의 왕이 바닥에 머리를 조아리며 항복했다는 사실은 회복할 수 없는 깊은 상처였다. 병자호란은 이후 조선의 대외정책에도 중요한 변화와 갈등의 계기가 된다.

한편 윤선도가 살았던 시대는 유난히 붕당정치의 폐해가 심각한 시기였다. 동인과 서인이 분열하고 동인이 다시 남인과 북인으로 나뉘는 등 정권 다툼이 치열했다.[9] 특히 인조반정 이후 정계는 서인이 권력을 잡고 남인과 치열한 정쟁을 벌이게 되는데, 그 중 하나가 바로 1660년 인조계비인 조대비의 복제문제와 관련한 것이었다. 이것을 기해예송논쟁이라 부른다.

기해예송논쟁은 효종의 승하(1659) 이후 인조의 왕비이자 효종의 어머니 인조대비의 상복을 어떻게 입을 것인가 하는 문제로 시작되었다. 조선시대 중시되었던 예학(禮學)에서는 적장자가 사망했을 때 부모는 삼년복을 입고 차자가 사망했을 때는 기년복을 입는 것이 원칙이었다. 원칙대로라면 자의대비는 효종이 차자였기에 기년복을 하는 것이 마땅했다. 이에 서인에서는 기년복을 주장했다. 그러나 남인들은 효종이 왕통을 이었기 때문에 일반인과 달리 삼년복을 입어야 한다고 주장하였다. 이처럼 주장이 엇갈리자 송시열, 송준길 등을 중심으로 한 서인과 윤휴, 윤선도 등을 중심으로 한 남인들 간의 치열한 쟁투가 진행되었고, 당파 간의 감정이 격화되어 여러 차례의 환란을 초래하였다.

이처럼 윤선도가 살았던 시대는 대내외적으로 매우 힘들고 혼란한 사회였다. 윤선도는 이러한 정치 사회적 격변에서 늘 최전방에 있었다. 30세의 이른 나이에 중앙의 거대 권력인 이이첨 등을 거침없이 비판하였고, 병자호란 때에도 직접 전장으로 뛰어들었으며, 예송논쟁에서도 왕의 정통성을 지키기 위해 전면에 나서 서인과 맞섰다. 그 결과 그는 인생 대부분을 유배와 은거생활로 보낼 수밖에 없었다. 현실은 늘 그의 편이 아니었는지 모른다. 그러나 그는 늘 치열한 논쟁과 쟁투의 예봉을 놓을 수 없었다. 그럼에도 불구하고 우리가 만나는 그의 시와 노래는 그러한 치열함을 오히려 강호가도의 멋으로 드러내

---

9 이상원, 앞의 책, 2004, 23쪽.

고 있다. 윤선도는 가장 어두운 곳에 있으면서도 빛을 보았고, 가장 힘든 가운데에도 삶의 여유를 잃지 않았던 것이다.

3. 시가 창작과 향유 인식

윤선도는 조선시대 양반사대부가 지녔던 문학에 대한 일반적인 관점을 견지하면서 특히 시가 창작과 음악 향유에 대한 자신의 생각을 기록으로 남겼다. 이들 기록을 바탕으로 윤선도의 시가창작과 향유 인식[10]에 대해 살펴보기로 하자.

> 동방(東方)에 예로부터 어부사(漁父詞)가 있었는데, 누가 지었는지 모르지만 옛 시를 모아서 곡조를 이룬 것이다. 이것을 읊조리면 강바람 바다비가 어금니와 뺨 사이에서 생겨나며, 사람으로 하여금 홀연히 세상을 버리고 홀로 서려는 뜻을 갖게 한다. 그래서 농암 선생도 좋아하여 싫증을 느끼지 않았고, 퇴계(이황) 선생도 탄상해 마지 않았다. 그러나 음향이 서로 응하지 않고, 말뜻이 아주 갖추어져 있지 않음은 대저 옛것을 모으는 데에 얽매였기 때문이며 옹졸한 흠을 면하지 못한 까닭이다. 나는 그 뜻을 부연하고 속된 말을 써서 어부사(漁父詞)를 지었는데, 각각 1편으로 하고 그것을 10장으로 하였다.[11]

윤선도의 〈어부사시사〉에 붙어 있는 발문이다. 강호한정의 흥취를 지닌 어부가의 전통을 잇고자 했음을 알 수 있다. 그가 강호가도의 맥을 계승하고 있음을 알 수 있다. 그러나 그는 아무리 훌륭한 작품과 내용일지라도 옛 것을 그대로 모으기만 해서는 안 된다는 점을 강조하였다. 곡조와 가사를 서로 맞추고 말뜻을 살려 우리말 노래로 가다듬어야 좋은 작품이 될 수 있다고 하였다.

---

10 이에 대해서는 원용문, 「윤선도의 문학관과 음악관」, 『시조학논총』 5, 1989, 23~34쪽 참조.
11 東方古有漁父詞 未知何人所爲 而集古詩而成腔者也 諷詠則江風海雨生牙頰間 令人飄飄然有遺世獨立之意 是以 聾巖先生好之不倦 退溪夫子歎賞無已 然音響不相應 語意不甚備 蓋拘於集古 故不免有局促之欠也 余衍其意 用俚語作漁父詞 四時各一篇 篇十章(『孤山遺稿』卷之六 別集)

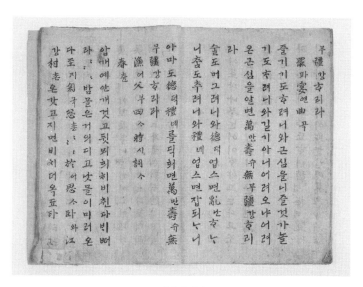

어부사시사

시가 창작의 전통을 계승하되 노래로서의 흥취를 살려야 하는데, 이를 위해 특히 우리말 노래가 지닌 참된 멋을 살려야 함을 강조했다.

낙서재에서 우연히 읊다(樂書齋偶吟)

보이는 것은 청산이고 들리는 것은 거문고소리
이 세상 무슨 일이 내 마음에 다다랐나
가슴에 가득한 호기 알아줄 이 없으니
한 곡조 미친 노래를 혼자서 읊는다[12]

부용동 낙서재에서 청산을 바라보며 거문고 소리를 듣고 있다. 가슴 속 가득 찬 호기를 광적으로 풀어내는 것이 바로 노래임을 말하고 있다. 시가의 향유는 마음에 맺힌 것을 후련히 풀어내는 과정이라고 인식한 것이다. 이러한 인식은 한시 창작과 관련한 다음과 같은 글에서도 나타난다.

---

12 〈樂書齋偶吟〉, 眼在靑山耳在琴 世間何事到吾心 滿腔浩氣無人識 一曲狂歌獨自吟, 『孤山遺稿』卷 之一.

슬프고 괴롭고 꺾이고 찢기어서 무엇도 생각할 수가 없었다. 말을 타고서 운어(韻語)[13]를 부치어 나의 슬픔을 쏟아놓는다.[14]

배에 들어가 바람에 막힌 것이 일찍이 이런 때가 없었다. 느낌이 있어 깊게 반성하며 입으로 절구 한 수를 읊었다.[15]

위의 기록은 시 창작과 관련한 생각이 잘 드러난 부분이다. 그에게 시란 현실의 슬픔과 괴로움을 털어놓고 자신의 느낌을 그대로 드러내는 대상이었다.[16] 평생을 정쟁의 한 가운데서 진퇴를 반복하였던 그에게 막힌 곳을 뚫어주고 맺힌 것을 풀어줄 수 있는 것이 바로 시 창작과 시가 향유였던 것이다. 이는 노래가 지닌 풀이의 기능과 치유의 역할을 강조한 것이다. 그러면서 그가 지향하는 시와 노래의 역할은 단순한 흥취에만 있었던 것은 아니었다. 그는 시와 노래를 통해 시대를 걱정하고 예와 인에 가까이 가고자 했다.

두통을 앓던 중에 무료해서 〈구가〉를 펼쳐 놓고 읽다가 느낌이 있기에 다시 앞의 운을 써서 시를 짓다(屬患頭痛 無聊展讀九歌有感 復用前韻)
그 옛날 거닐며 읊조리던 사람
임금을 근심하고 몸을 돌보지 않았네
시를 지음에 진실로 예를 넘고
뜻을 찾음에 또한 인에 가까웠네
나 천 곡의 노래를 부르려 하는데
누가 구신에게 제시드릴 수 있으리
술 취하여 살기도 점점 어렵거늘
빙그레 웃음일랑 어부에게 맡겨두리[17]

---

13 시가에서, 시행의 처음, 중간, 끝 따위에 같은 운을 규칙적으로 다는 일.
14 痛苦摧裂無以爲懷馬上屬韻語以寫我哀.
15 入船組風未詳有如時有感而發深省口占絕.
16 원용문, 앞의 논문, 1989, 29쪽.
17 〈屬患頭痛 無聊展讀九歌有感 復用前韻〉伊昔行吟子 憂君不計身 爲辭誠越禮 原志亦幾仁 我欲歌 千閡 誰能祀九神 糟醨難稍稍 莞爾任漁人, 『孤山遺稿』 卷之一.

4. 작품 세계

윤선도의 대표적인 작품으로 〈오우가〉와 〈어부사시사〉가 널리 알려져 있다. 그가 남긴 국문시가 작품은 〈산중신곡(산듕신곡, 山中新曲)〉, 산중속신곡(산듕속신곡, 山中續新曲) 이장(二章), 고금영(古今詠), 증반금(贈伴琴), 초연곡(初筵曲) 이장(二章), 파연곡(罷宴曲) 이장(二章), 어부ᄉ시사(漁父四時詞), 몽천요(몽텬요, 夢天謠) 삼장(三章), 견회요(遣懷謠) 오편(五篇), 우후요(雨後謠) 등이다. 이들 작품은 『고산문집』 권6의 〈가사(歌辭)〉편에 실려 있다.

〈오우가〉는 〈산중신곡〉 7편의 시조 작품[18] 중 하나이다. 윤선도의 대표적인 작품이면서 양반사대부들이 추구한 강호가도를 잘 보여주는 작품이다.

오우가(五友歌)

내 버디 멋치나 ᄒ니 水石슈셕과 松竹송듁이라
東동山산의 ᄃᆞᆯ 오르니 긔 더옥 반갑고야
두어라 이 다숫 밧긔 또 더ᄒᆞ야 머엇ᄒᆞ리

구룸 빗치 조타ᄒᆞ나 검기를 ᄌᆞ로 ᄒᆞ다
ᄇᆞ람소ᄅᆡ 묽다 ᄒᆞ나 그칠 적이 하노매라
조코도 그츨 뉘 업기는 믈뿐인가 ᄒᆞ노라

고즌 므스 일로 퓌며셔 쉬이 디고
플은 어이ᄒᆞ야 프르는듯 누르ᄂᆞ니
아마도 변티 아닐순 바회뿐인가 ᄒᆞ노라

더우면 곳 퓌고 치우면 닙 디거늘
솔아 너는 얻디 눈서리를 모ᄅᆞᆫ다
九구泉쳔의 불휘 고든 줄을 글로 ᄒᆞ야 아노라

---

18 만흥(漫興), 됴무요(朝霧謠), 하우요(夏雨謠), 일모요(日暮謠), 야심요(夜深謠), 긔셰탄(饑世歎), 오우가(五友歌) 등이다.

나모도 아닌 거시 플도 아닌 거시

곳기는 뉘 시기며 속은 어이 뷔연는다

더러코 四ᄉ時시예 프르니 그를 됴하ᄒ노라

쟈근 거시 노피 떠셔 萬만物믈을 다 비취니

밤듕의 光광 明명이 너만ᄒ니 또 잇ᄂᆞ냐

보고도 말 아니ᄒ니 내 벋인가 ᄒ노라**19**

〈오우가〉는 1642년(인조 20년) 금쇄동에서 지은 작품이다. 작품의 주요 소재
인 水·石·松·竹·月은 자연 대상물이면서 사대부들이 추구했던 덕목을 상징
하고 있다. 바로 깨끗함, 변하지 않음, 곧음, 정직, 밝음 등이 그것이다. 따라서
이 작품은 자연과 가까이하면서 자연이 지닌 이상적인 도(道)를 추구하고 닮으
려고 했던 윤선도의 지향을 확인할 수 있는 대표적인 작품이다.

〈어부사시사〉는 효종 2년(1651) 보길도 부용동에서 지은 작품이다. 계절별
로 10수씩 총 40수로 된 작품이다. 이현보의 〈어부사〉를 계승하여 강호가도의
맥을 이으면서도 유기적 구성과 우리말의 흥취, 뱃놀이의 현장성을 잘 살려
독자적인 경지를 구축하고 있다.

어부ᄉ시사(漁父四時詞)
물외(物外)예 조흔 일이 어부(漁夫) 싱애(生涯) 아니러냐
ᄇᆡ떠라 ᄇᆡ떠라
어옹(漁翁)을 운디 마라 그림마다 그렷더라
지국총(至匊悤) 지국총(至匊悤) 어ᄉ와(於思臥)
ᄉ시(四時) 흥(興)이 ᄒᆞ가지나 츄강(秋江)이 은듬이라 〈秋 1〉

슈국(水國)의 ᄀᆞ올히 드니 고기마다 슬져 읻다
닫드러라 닫드러라
만경딩파(萬頃澄波)의 슬ᄏᆞ지 용여(容與)ᄒᆞ쟈

----

19 『고산유고(孤山遺稿)』 제6권.

지국총(至匊悤) 지국총(至匊悤) 어스와(於思臥)
인간(人間)을 도라보니 머도록 더옥 됴타 〈秋 2〉

　가을날의 풍요로운 정취를 잘 드러내고 있는 작품이다. 어부의 삶은 곧 자연에서의 삶이다. 속세의 복잡한 삶과 대비되면서 더욱 여유롭게 느껴진다. 한편 어부는 늘 자연과 더불어 하나 된 모습으로 산수화에 그려진다. 자연과 가장 가까운 위치에 있는 사람인 것이다. 윤선도는 복잡한 정치 현실을 벗어던지고 부용동으로 돌아온 자신의 삶을 바로 어부의 삶으로 치환하고 있다.
　한편 이러한 어부의 삶은 철저히 현실의 정치와 분리되어 있다. 자신이 있는 부용동을 수국(水國)이라 하며 독자적 영역으로 표현하고, 그 안에서의 만족과 여유를 강조하고 있다. 속세를 생각하면 할수록 자연으로 돌아 온 자신의 삶이 더욱 만족스럽다는 것을 느낀다.

　　　옷 우희 서리 오딕 치운 줄을 모롤로다
　　　닫 디여라 닫 디여라
　　　됴션(釣船)이 좁다ᄒᆞ나 부셰(浮世)과 얻더ᄒᆞ니
　　　지국총(至匊悤) 지국총(至匊悤) 어스와(於思臥)
　　　닉 일도 이리ᄒᆞ고 모뢰도 이리ᄒᆞ쟈

　서리가 와서 날씨가 찬데도 정작 추운 줄도 모를 정도이다. 자연에서의 만족감이 매우 크다는 것을 알 수 있다. 아무리 좁은 낚싯배라 해도 속세보다 좋으니 이러한 자연의 삶이 지금처럼 지속적으로 이어지기를 바랄 뿐이다. 자연으로 돌아와 비로소 평안해진 자신의 삶을 돌아보고 자연 속에서의 삶이 주는 풍요로움을 만끽하는 흥취를 잘 표현하였다.
　이상 〈오우가〉와 〈어부사시사〉는 자연을 통해 유교적 이상을 달성하고 자연 속에서 삶의 흥취와 여유를 찾으려는 화자의 바람을 잘 표현한 작품이다. 조선시대 강호가도의 진면모를 확인할 수 있다. 아울러 윤선도의 작품은 우리말을 시어로 적극 활용하거나 미적 성취를 이루어낸 작품으로 널리 평가받고 있다. 〈어부사시사〉에 활용되었던 후렴구의 활용은 실제 배를 띄우고 닻을 올리고 내리는 상황과 장면을 의성어와 의태어를 활용해 잘 구현하였다. 그리고 배가 진출하는 소리 및 노를 젓는 소리 등을 통해 뱃놀이의 실재감을 잘 살리고 있다. 다음의 작품도 우리말의 묘미를 생생히 확인할 수 있는 대표적인 사례이다.

견회요(遺懷謠)4
뫼흔 길고 길고 믈은 멀고 멀고
어버이 그린 뜯은 만코 만코 하고 하고
어듸셔 외기러기는 울고 울고 가ᄂ니

변방에서 유배 생활을 하면서 지은 작품이다. 고향과 부모님은 먼 곳에 계시고, 그에 대한 그리움이 너무도 크다는 것을 울고 가는 외기러기에 빗대어 표현하였다. 특히 일상적으로 사용하는 언어를 시어로 사용하면서, 상황과 감정의 깊이를 순수한 우리말의 반복을 통해 자연스럽게 드러내고 있다.

5. 문학사적 의의

윤선도는 〈산중신곡〉, 〈어부사시사〉와 같은 국문시가 창작과 더불어 삶의 여정을 그대로 담은 많은 한시 작품을 창작하였다. 이들 작품이 지닌 문학사적 의의는 다음과 같이 정리될 수 있다.

첫째, 그의 작품은 자연을 대상으로 한 강호미학의 최고봉이라 평가할 수 있다. 양반사대부의 국문시가는 대체로 강호가도(江湖歌道)라는 미학적 특징을 바탕으로 한다. 강호는 그들이 가장 이상적인 세계로 인식하고 본받고자 했던 자연을 의미하며, '도(道)'란 그들이 추구했던 정치적 지향과 이념적 이상을 의미한다. 윤선도의 문학 작품 또한 이러한 강호가도의 맥락을 기반으로 한다. 그런데 그의 작품에 나타난 자연과 도의 성격은 여느 작품보다 훨씬 담백하고 흥이 넘친다. 그래서 그의 작품은 자연과 현실 중 어느 한쪽도 버리거나 포기

할 수 없는 중요한 가치를 지닌다거나 미적 감흥이 더 강하게 드러난다고 평가받기도 한다.[20]

둘째, 그의 국문시가는 우리말의 아름다움을 자연스럽게 살린 작품으로 가치가 있다. 〈어부사시사〉 발문을 통해서도 확인하였듯이 그는 곡조에 맞는 노랫말의 중요성과 우리말의 참다운 가치를 인식하고 있었다. 이에 그의 국문시가는 노래가사로서의 자연스러움과 시적 언어로서의 아름다움을 함께 지녔다고 평가할 수 있다. 이러한 면모는 정철의 국문 시가 창작과 어깨를 나란히 한다는 점에서도 주목할 만하다.

셋째, 그의 한시 작품은 그의 치열한 시대정신과 한 인간으로서의 솔직한 고뇌를 그대로 표현하고 있다. 그가 남긴 국문시가가 그러한 결과로 나온 삶의 달관을 담고 있다면 한시 작품은 그러한 과정에 이르기까지의 치열한 삶의 여정을 엿볼 수 있다는 점에서 의미가 있다. 불합리한 정치현실에 대한 치열한 투쟁, 임금과 백성에 대한 충성과 애착, 그럼에도 세상과 화합할 수 없었던 그의 고뇌, 그리고 가족과 주변인에 대한 사랑이 그의 한시 작품에 고스란히 담겨있다.

넷째, 그는 호남을 대표하는 가문의 일원이자 정치적으로는 영남 남인에 속해 있었다. 풍요로운 경제적 토대를 지니고 있었지만, 현실 정치의 모순과 폐해에 치열히 맞서는 호남 속의 영남, 영남 속의 호남인이라는 점에서 지역을 대표하는 인물이자 지역적 경계를 넘어서는 인물이라 할 수 있다.

이러한 상황 속에서 그는 평생을 정치적 폐해와 불의에 맞서 싸웠다. 그러나 일생의 대부분을 귀양살이와 주류 세력의 배척에 시달려야 했다. 그럼에도 그는 가장 아름다운 서정의 언어로 풍요로운 삶의 경지를 넉넉히 풀어낼 줄 아는 사람이었다. 그가 남긴 문학작품과 아울러 그의 삶 자체를 다시 주목해야 할 이유가 바로 여기에 있다.

---

20 김용찬, 「〈산중신곡〉 연작의 구조와 자연 형상의 의미」, 『한국시가문화연구』 46, 한국시가문화학회, 2020, 7쪽.

옥소 **권섭**
(1671~1759)

천분(天分)에 충실했던 자유로운 예술가

이바 우읍고야 우움도 우우올샤
우읍고 우우우니 우움계워 못홀노다
아마도 히히 호호 ㅎ다가 하하 허허 홀셰라

하하 허허 ㅎ들 내 우움이 졍우움가
하 어쳑업셔셔 늣기다가 그리되게
벗님늬 웃디들 말구려 아귀 픠여디리라

아귀 픠여딘들 우운거슬 어이ㅎ리
우운일 슬큿ㅎ고 웃기조차 말하ㅎᄂ
이 사람 져만 슬커든 우운일을 말구려

아므리 마쟈흔들 우움이 졀노 나늬
내가 이만 홀제 자내늬야 다 니룰가
슬토록 히히 하하 ㅎ다가 박쟝대쇼(拍掌大笑)ㅎ시소

– 〈소의호(笑矣呼) 사장(四章)〉 –

작가로서의 권섭

옥소(玉所) 권섭(權燮)은 6,000여 수가 넘는 한시와 75수의 시조 그리고 2편의 가사 작품을 남긴 조선후기 대표적인 작가이다. 그의 한시에는 당대 역사와 풍습이 다채롭게 담겨 있으며, 시조와 가사 작품에는 진솔한 감정과 해학이 배어 있으며, 그가 아끼던 사람들에 대한 관심과 애착이 들어 있다.

그는 노론 벌열 가문에서 태어났으나 일찍이 정치권력과는 거리를 두었다. 대신 다수의 문학 작품을 창작하고, 그림과 음악의 향유에 심취하였으며, 자연의 진경에 취해 평생을 유람하며 솔직하고 흥미로운 글을 남겼다. 그가 남긴 유산록(遊山錄)은 전대 산수 유람의 전통과 맥을 같이 하지만, 관념적이거나 추상적인 이념에 매여 있지 않았다. 실제 경험하고 느낀 점을 상세하고 담백하게 그려내어 읽는 이에게 마치 여행지에 함께 온 것 같은 실재감을 준다. 아울러 그의 글에는 유쾌한 일상과 웃음이 담겨 있어 그의 재치 있는 여행 작가로서의 면모도 함께 느낄 수 있다.

이러한 그의 문학 활동은 18세기 조선의 문예적 흐름과 맥을 같이한다. 진솔한 정(情)을 중시하는 진시(眞詩) 운동과 진경산수화의 유행이 그것이다. 권섭은 이 시기의 문예적 취향과 흐름을 대표하면서도 그 나름대로의 개성적 면모를 글을 통해 드러내고 표현한 개성적 작가이기도 했다. 그는 당대 유행하던 천기(天機)의 예술관을 옹호하면서, 천분(天分)을 중시하고 천분에 충실한 사람이었다. 그의 문학작품과 기록이 다양하면서도 새롭고, 자유로우면서도 편안하게 느껴지는 이유가 여기에 있을 것이다.

1. 생애와 연보

권섭의 삶은 대체로 14세까지 성장과 수학, 24세까지 정치적 격동과 출처에의 고민, 30대 이후 산수유람 및 예술적 탐색, 40대 이후 정치적 환란 및 경제적어려움, 50대 이후 향촌에의 안착과 문예활동으로 구분하여 정리할 수 있다.[1]

1) 성장과 수학

그의 본관은 안동이고 호는 옥소(玉所), 자는(字) 조원(調元)이다. 노론 명문가 집안의 후예로서, 조부는 권낙(權格), 부친은 권상명(權尙明), 모친은 용인이씨로 좌의정 이세백(李世白)의 따님이시다. 아우는 대사간을 지낸 권형(權瑩)이다. 백부는 학자 권상하(權尙夏), 계부는 이조판서 권상유(權尙遊)이다. 첫째 부인은 이참판 증찬성 이세필(李世弼)의 따님이시고, 둘째 부인은 현령 조경창(趙景昌)의 따님이시다. 일곱 자녀를 낳았으나 슬하에 둘만 남았다.

현종 12년(1671) 한양 삼청동 외가에서 태어나고 자랐다. 할아버지가 하곡(霞谷) 윤계(尹塏, 1622~1692)에게 운명을 물으니, "8번 귀양 갈 것이며, 3번 큰 바다를 건널 것이나, 세상에 나가지 않으면 수명이 팽조(彭祖)[2]와 같을 것이다."라고 하였다.

어린 시절부터 총명하여 7살 때 시구를 지을 줄 알았으며, 10세에 문리가 통했다. 선비를 기르기 위해 한양에 세웠던 사학 중 남학(南學)에 입학하여, 아동들의 글짓기 대회인 동제(童製)에서 매번 상상(上上)과 상중(上中)이 되었다. 11세 때 서학(西學)에 들어가 조흘강(照訖講)[3]에 응시하였는데, 소학(小學)

---

1 권섭의 삶은 그가 쓴 '술회시서(述懷詩敍)', '자술년기(自述年紀)', '자술묘명(自述墓銘), 또 짓다(又作)', '묘표음기'(墓表陰記) '묘표 뒤에 쓰려다가 쓰지 않는다(欲書墓表後而不書).' '일곱가지 한(七恨)' 등의 글을 참고하여 정리한 것이다. 이 자료는 신경숙 외, 『18세기 예술사회사와 옥소 권섭』, 도서출판 다운샘, 2007, 267~304쪽에 실려 있다.
2 요순시대부터 주(周)나라 초기까지 8백여 년을 살았다고 전해진 인물.
3 과거시험에 응하는 유생에 대하여 성균관에서 먼저 그의 호적을 대조한 뒤에 〈소학〉을 외워 바치게 하는 시험.

을 막힘없이 읽고 답안을 써서 주변의 칭찬을 받았다. 12세 때 윤계가 권섭의 시를 칭찬하였고, 정월대보름 사대부와 중인(中人)들의 시회(詩會)에 참석하여 시 짓는 재주를 발휘하였다.

14세에 아버지를 여의고, 이때부터 권상하의 슬하에 머물며 학문에 전념하였다. 16세에 관례를 올리고, 이세필의 사위가 되었다. 18세까지 사마천의 사기(史記), 맹자 등을 배웠으며 밤새워 공부하여 경사(經史)와 백가(百家)를 깨쳤다.

2) 정치적 격동과 출처에 대한 고민

19세부터 과거 공부를 시작하였으나, 송시열이 파직 당했다는 소식을 듣고 공부를 그만두고, 상소에 이름을 올렸다. 24세 때 벼슬에 나가기를 포기하였으며, 26세 때 정시한(丁時翰)이 선현의 일에 무고하고 헐뜯는 것에 대하여 중학의 장의(掌議, 성균관유생들의 자치기구인 재회의 임원)를 그만두고 소두(疏頭, 상소에 맨 먼저 이름을 올린 사람)가 되기도 했다. 이후 여러 번 과거에 응시하여 벼슬에 나갈 기회가 있었으나 나아가지 않았다. 그는 스스로를 '거사의 두 눈은 명예를 취하는 데에 어둡고, 두 다리는 산천을 다닐 수 있게 건강하였다.'라고 했는데, 이후 그의 삶은 그의 말처럼 산수 유람을 주로 하면서 시문을 짓는 일에 주력하였다.

그가 벼슬에 나아가지 않은 것은 당대 정치적 상황과 가문의 위치, 그리고 그 자신의 개인적 성향에 기인한다. 그의 가문은 노론계 벌열 가문으로 숙종대 붕당 정치가 정쟁(政爭)의 양상으로 변질되면서 정계에서 축출되기도 하는 등 위기를 겪었다. 그의 실질적인 부모 역할을 했던 백부 권상하와 백부의 스승이었던 송시열의 정치적 수난을 그는 그대로 목격하였고, 그의 아들마저 신임사화(辛壬士禍, 1721~1722)로 죽게 되는 아픔을 겪었다.

우리 할아버지는 깨끗한 이름과 곧은 절개로 한 때 이름을 떨쳤는데, 내가 만약 출신하여 조정에 서서 볼 만한 절개가 없으면 선조를 크게 욕되게 할 것이다. 만약 한결같이 우리 할아버지가 한 바를 따른다면 이러한 세상에서는 죽음을 면하기 어려운 것이다.[4]

벼슬에 나아간다면 곧은 절개로 선조의 이름을 빛내는 것이 후손의 도리인데, 당시 정치적 상황은 선비로서의 절개를 펼칠 수 있는 상황이 아니었고, 소신대로 행동한다면 죽음을 면하기 어려운 진퇴양난의 상황이었다. 이에 그는 공부를 그만두고 벼슬길에 나가는 것을 포기하였다. 이후 그의 삶은 정치적 소용돌이에 휘말리지 않으면서 자아를 성찰하고 진정한 자아를 찾는 방향으로 나아간다. 바로 산수 유람과 문화 예술에 대한 탐색이다.

3) 산수유람 및 예술적 탐색

권섭은 백부인 권상하와 농암(農巖) 김창협(金昌協), 삼연(三淵) 김창흡(金昌翕) 등에게서 수학하였고, 80여 년을 사는 동안 시서화(詩書畵)에 많은 관심을 두었다. 많은 한시 작품을 남겼고, 75수의 시조 및 2수의 가사를 창작했으며, 겸재 정선을 비롯한 당대 예인들과의 교유, 산수유람, 풍수 등에 관한 방대한 기록을 남겼다.

그가 유람했던 곳은 5세 때의 홍천 범파정(泛波亭)에서부터, 외조부와 장인을 비롯한 친척 및 친구들의 임소(任所, 지방관원이 머물며 근무하던 곳)를 중심으로 전국적인 분포를 보인다. 〈자술년기(自述年紀)〉와 〈유행록〉을 시기별로 정리한 연구를 참고하면, 그의 유람은 23회 이상 진행되었다. 33세부터 그의 탐승 활동이 본격적으로 이루어졌고, 평생을 지속하여 70~80이 넘은 나이에도 산수 유람의 열정은 식지 않았다.[5]

> 나의 고질병은 산수에 대한 애착이 있어 세상 그 어떤 일도 이것과 바꿀 수 없다. 빼어난 경치를 지닌 곳을 만나면 반드시 그곳에서 정자와 누대를 두었으며 머무른 서재나 누각에도 반드시 이름을 짓거나 기를 써 놓았다. 살림살이가 가난하여 사람들이 보기에 사치인 듯해 말이 많았지만 (이에 대해) 조금도 개의치 않았다.[6]

---

4 〈자술년기〉, 신경숙 외, 앞의 책, 2007, 280쪽.

5 홍성욱, 「유행록을 통해 본 권섭의 산수 유람과 심미 의식」, 신경숙 외, 앞의 책, 2007, 72~75쪽 참조.

6 권섭, 산록내편, 『옥소고』, 홍성욱, 앞의 글, 2007, 84쪽 재인용.

권섭에게 산수 유람은 현실에 대한 벽을 넘고 자신의 정신적 자유를 획득할
수 있는 중요한 기회였다.

> 나의 일생 종적이 우리나라를 두루 돌아다녔는데 오직 북관(北關, 함경도) 지역
> 만 가지 못해 꿈속에서도 잊지 못하여 유람하고자 하는 생각이 사라지지 않았다.
> 지금 종제(從弟) 자장(子章)이 그곳의 부사가 되었으나 내가 너무 늙었다고 부르
> 지도 않았다. 내가 스스로 채비를 차려 떠나려 하자 자식들과 친척들이 모두 힘써
> 말렸다. 내가 웃으면서 말하였다. "…… 이목이 총명하고 정신과 기운이 맑고 건강
> 하기가 젊은 날과 같으니 한번 가서 안락한 곳에 있으면서 남은 인생을 보내는
> 것이 어찌 불가한 일인가?" 한결같이 모두 고개를 젓고 손을 휘둘렀다.[7]

그의 산수 유람에 대한 열정을 단적으로 확인할 수 있는 자료이다. 그가
평생 살면서 가보지 못한 곳 중 하나가 바로 북관이었다. 그런데 그의 말년
1757년 그의 종제(從弟)가 함흥부사가 된 것이다. 그러나 이때 그의 나이는 이
미 87세의 고령이었다. 가족과 집안의 반대는 충분히 짐작되는 바이다. 그러나
그는 이러한 반대를 물리치고 약 4개월 동안 북관 지역을 유람하였다. 그가
동갑내기 기녀 가련(可憐)과 만나 서로 교감하면서 시조를 주고 받고, 한역시를
남긴 시기가 바로 이 때이다. 1759년 그가 89세의 나이로 영면했으니, 그는
죽기 직전까지도 멀고 험한 유람을 감행했다고 볼 수 있다. 그의 산수 유람에
대한 애착과 열정은 그 누구도 따를 수 없음을 말해준다.

이러한 그의 산수벽은 꿈으로 연결되어, 꿈에서 본 경치를 손자에게 그림으
로 그리게 하고 이에 대한 글을 남기기도 했다. 〈몽기(夢記)〉가 그것이다. 〈몽
기〉의 '몽화 서(夢畫 序)'에는 '지역에 이름 난 산수 중에서 보고 싶지만 볼 수
없는 곳을 그림으로 그렸고, 발길이나 눈길이 한두 번 이르렀지만 항상 가볼
수 없는 곳을 그렸다. 상상 속에서 가끔 특별한 경관을 만들어 내면 그려 두고
서 누워 노닐며 맑게 감상하는 자료로 삼았다.'라고 기록되어 있다. 아울러 그

---

7 권섭, 〈원유기(遠遊記)〉, 『옥소고』, 홍성욱, 앞의 글, 2007, 75쪽.

는 몽기를 남기게 된 이유를 다음과 같이 말하고 있다.

나는 어려서부터 자연과 더불어 살았으며 자연의 꿈을 자주 꾸어 일생의 꿈과 현실이 다 자연 속에 있었는데도, 무슨 일로 그림까지 그리게 되었을까? 이제는 내가 늙어 두 다리에 힘이 빠지고 몸은 병들어 한 걸음조차 문 밖으로 옮겨 놓을 수가 없게 되었으며, 정신은 쇠잔해지고 꿈도 맑은 때가 매우 드물어 못다 한 인연을 저버리게 되었기 때문이다.[8]

이상과 같은 산수 유람에의 특별한 애착과 멈추지 않은 실행은 그에게 다양한 글과 시, 그림을 창작하도록 하는 계기가 되었다. 삶의 과정이 예술로 이어진 것이라 할 수 있다. 아울러 산수 유람과 관련한 글과 시, 그림은 각각 별개로 존재하지 않고 적당히 어울려 서로의 의미를 보완하는 역할을 한다. 이렇게 볼 때 권섭의 산수 유람의 경험과 다양한 예술 활동은 삶이 예술의 실천이 되고 예술 자체가 삶이 되는 과정이라는 점에서 의미가 있다.

4) 정치적 환란 및 경제적 어려움

권섭은 42세 때 모친상을 당하고 삼년상을 마친 뒤 충청도 청풍 명월동으로 이사하여 향촌생활을 시작했는데, 3년 후 화재를 만나 산촌으로 집을 옮긴다. 47세 되던 해 봄부터 가세가 어려워져 7년 동안 가산을 탕진하여 몸을 의탁할 곳이 없게 되었다. 이에 충청도 은진의 강경 북촌으로 이사하여 농사를 지으며 살아간다.

그 와중에 53세가 되던 1723년에 신임사화(辛壬士禍)가 일어났다. 신임사화는 노론과 소론의 정쟁을 배경으로 한다. 숙종의 뒤를 이은 경종에게 아들이 없고 몸이 허약하자 노론은 경종에게 왕세자 책봉을 주장하였고, 경종의 병을 핑계로 왕세자의 대리청정을 주장했다. 경종은 이를 승인하였지만, 소론은 이

---

8 〈몽화 서(夢畵 序)〉, 문경새재박물관 엮음, 『옥소 권섭의 꿈세계 내 사는 곳이 마치 그림같은데』, 두서출판 다운샘, 2003, 12쪽.

문제를 노론의 경종에 대한 불충으로 몰아 노론을 탄핵하였다. 이후 벌어진 목호룡(睦虎龍)의 고변사건(告變事件)[9]으로 왕세자의 대리청정을 주장한 노론의 4대신인 이이명·김창집·이건명·조태채 등이 차례로 사형을 당했다. 이 과정에서 권섭의 백부 권상하는 관작(官爵)[10]이 추탈되었으며, 계부 권상유와 외숙 이의현 등이 정계에서 물러나게 되었다. 여기에 권섭의 장남인 권진성은 옥새 위조 사건으로 사사되기에 이른다. 사화로 인해 권섭의 가문이 다시 정치적 환란에 휩쓸리게 되고, 그는 장남을 잃게 된 것이다.

> 아! 저 몇몇 사람들이여 그늘질 때와 개일 때 시선이 다르네
> 그 당시 글 짓던 일은 한바탕 꿈에서 깨어난 듯하네
> 눈물 훔치며 돌아오니 구름 낀 산골의 마을집이네
> 동산은 그윽하고 아름다우며 바위 사이 물은 맑네
> 그러나 오래 머물 수 없음을 백성들 풍속이 모질기 때문이네
> 도성으로 돌아가려 하니 보이는 것은 그물과 함정이요
> 호촌으로 돌아가려 하니 큰 길이 넓고 평평하네
> 경호로 가고자 하여 옛 집을 다시 수리하였네
> 집집마다 지저분하고 악취와 비린내 진동하네[11]

이 시는 술회시서(述懷詩序)(1724)에 실린 시이다. 경제적 궁핍과 정치적 환란, 당시 정치에 대한 혐오를 그대로 드러내었다. '도성으로 돌아가려 하니 보이는 것은 그물과 함정이요'라는 부분은 당시 권섭이 처했던 상황과 심정을 단적으로 보여준다.

---

9 경종 대 소론이 노론을 공격하기 위해 모의한 사건으로, 목호룡이 노론의 고위층 자제들이 세 가지 방도로써 경종을 살해하려는 모의를 했다는 것을 고한 사건이다. 고변사건을 조사하는 과정에서 많은 노론 대신들의 이름이 언급되었고, 170여 명의 인물들이 죽거나 귀양을 갔다. 이를 임인옥사(壬寅獄死)라 한다. 앞서 일어난 신축옥사(辛丑獄死)와 합쳐 신임사화(辛壬士禍)라 일컫는다.

10 벼슬의 위계.

11 〈술회시서〉, 신경숙 외, 앞의 책, 2007, 273쪽.

5) 향촌 생활에의 안착과 문예활동

그는 54세가 되던 1724년에 〈술회시서〉와 〈자술연기〉를 지으면서 스스로의 인생 여정을 돌아보는 기회를 가진다. 여기서 그는 어린 시절 자신의 운명을 "여덟 번 귀양 갈 것이며, 세 번 큰 바다를 건널 것이나, 세상에 나가지 않으면 수명이 팽조(彭祖)와 같을 것이다."라고 점친 이의 말을 회고하며 다음과 같이 말한다.

> 운수와 천명은 피할 수 없는 것이다. 먼 곳으로 집을 옮긴 것이 여덟 번이나 되고 큰 바다에 배를 띄운 것이 세 번이니 윤공의 말이 딱 맞다. 또 뜻밖의 재난에 상하고 많은 비방에 희롱을 당했으니 과연 하늘의 뜻은 무엇인가. 점치는 자가 일찍이 아무 일 없이도 비방을 들을 것이라고 했으니, 아! 운수와 천명은 피할 수 없는 것이도다.[12]

지나간 삶에 대한 회환이나 한탄보다는 그것을 운수와 천명으로 이해하고 편안히 받아들이는 달관의 모습을 보인다. 명문 노론 가문에서 태어나 유복한 어린 시절을 보냈으나 정치적 환란과 경제적 어려움으로 그리 편하지 않은 삶을 살았다. 그러나 결코 세상을 원망하거나 세상과 타협하지는 않았다.

> 세상을 살아 온 54년 동안 굶주림과 배부름, 추움과 따뜻함, 슬픔과 기쁨, 궁함과 통함의 형세가 수시로 이른 것에 대해서는 지금 다시 말할 것이 없다. 만약 내가 세상을 혼란스럽게 만드는 사람들에게 뜻을 굽히고 머리를 조아렸다면 어찌 그리 남보다 못하며 스스로 액과 참혹한 독을 취함이 이와 같은 지경에 이르렀겠는가. 누워서 계부의 말씀을 생각하며 후회한들 어찌 미치리오마는 하늘이 정해 준 분수를 내가 어찌하겠는가?[13]

그가 벼슬에 나가도록 그의 계부는 늘 재촉했었다. 그리고 그가 한양을 떠

---

12 〈자술년기〉, 산경숙 외, 앞의 책, 2007, 289쪽.
13 〈자술년기〉, 신경숙 외, 앞의 책, 2007, 290쪽.

나 청풍으로 떠나올 때도 계부는 자신의 말을 듣지 않음을 안타까워했다. 그러나 그가 벼슬에 나가지 않은 것은 정쟁이 두렵거나 개인적인 안위를 도모하기 위한 것이 아니었다. 오히려 현실과 세상을 그 누구보다 정확하게 파악했기 때문이었으며, 그 속에서 자신이 어떻게 처신해야 하는지를 알고 올곧게 그것을 실행했기 때문이다.

54세에 그는 황강으로 돌아와 집을 짓고 생활했으며, 부실 이씨 부인이 살고 있던 문경 화지동 일대에도 생활 근거지를 두었다. 60세 이후 그의 생활은 전국을 유람하고 시문을 짓는 일에 몰두한다. 대부분의 유람록과 시문이 이때에 지어졌다. 영조 35년(1759)에 89세의 나이로 세상을 떠났으며, 단양 장희리 옥소산(玉所山)에 부인과 합장되었다.

그의 연보(年譜)를 정리하면 다음과 같다.[14]

1671년(현종 12년)	서울 삼청동에서 태어나다.
1677년(7세)	윤이건, 우홍성, 채정의 문하에 나가 배우다.
1682년(12세)	호조 판서였던 윤계가 권섭의 시를 칭찬하여 붓 수십 자루를 상으로 내리다. 최정대 등과 사대부 중인 액예(별감)들의 시회(詩會)에 참석하여 시재(詩才)를 발휘하다.
1684년(14세)	부친상을 당하다. 이후부터 백부 권상하의 슬하에서 학문에 전념하다.
1686년(16세)	관례를 올리고 이세필의 딸인 경주 이씨와 결혼하다. 평양감사인 외조부 이세백의 임지인 평양과 관서 일대를 구경하다.
1688년(18세)	이세백의 임지인 남한(지금의 경주)과 장인 이세필의 임지인 삭녕 지역을 탐승하다. 장인에게 맹자를 배우는 등 학문에 전념하다.
1689년(19세)	기사환국(己巳換局)으로 백부의 스승인 송시열과 외증조모 가

---

14 권섭의 연보는 정정수에 의해 앞의 책, 2007, 305~315쪽을 통해 정리된 바가 있다. 이를 바탕으로 하되 앞서 실핀 권섭의 생애를 중심으로 핵심적 내용을 가려 정리하였다.

문인 김수항, 김수흥 등이 유배 사사되자 과거 공부를 중단하고 박세휘와 함께 상소를 올리고 통곡하는 시위를 하다.

1691년(21세) 재산을 정리하고 술사를 불러 산을 사려고 계획하다.

1693년(23세) 제천 문암동에 선산을 정하다. 대암과 의림지 등 제천 일대 승경처를 유람하다.

1694년(24세) 다시 과거 공부를 시작했으나 중도에 포기하고 벼슬길에 나가려는 뜻을 끊다.

1696년(26세) 종실 대원군의 딸 전주이씨를 부실로 맞다.
도봉서원의 색장(色掌, 성균관 유생 조직의 임원)이 되었으며, 성균관의 의론에 참여하다.
서학(四學)에서 정시한(丁時翰)이 선현의 일에 무고한 것을 변론하고 중학(中學)의 장의(掌議)를 그만두고 소두가 되다.
황강으로 돌아와 농장을 마련하다.

1697년(27세) 조경창의 딸을 두 번째 부인으로 맞다.

1701년(30세) 장인 이세필의 임지인 상주를 비롯하여 영남우도를 여행하다
송시열이 거처하던 화양동을 거쳐 속리산 일대를 여행하다.

1702년(32세) 계부의 명으로 예위(禮圍, 생원 진사 시험)에 들어갔으며, 수년 동안 18회의 과거에 응시했으나 그만두다.

1703년(33세) 한성 주위의 산을 두루 올랐고, 계부 권상유의 임지인 수원 일대 산수를 구경하다.
시조 〈병중영분도삼장(病中詠盆桃三章)〉을 짓다.

1704년(34세) 장인 이세필의 임지인 삼척으로 가서 동해 일대와 태백산을 유람하고, 영남좌도·청량산·소백산 등을 유람하다.
가사 〈영삼별곡〉과 산수유기 〈동남추행기(東南追行記)〉를 짓다.

1705년(35세) 계부 권상유의 임지인 전주 감영을 구경하다. 호남우도 일대와 서해 일대, 영월 일대를 두루 구경하다.
시조 〈곽도정종조중근일수사오장(郭都正從祖重卒日壽詞五章)〉을 짓다.

1707년(37세) 시조 〈독자왕유희유오영(獨自往遊戲有五詠)〉을 짓다.

1709년(39세) 영동팔경과 동해 백 리를 구경하고 금강산 등을 유람하다.

1710년(40세) 외삼촌 이의현의 임지인 이천에 가서 고달산과 광복산을 오르

고, 계부 권상유의 임지인 송도에 가서 유적지를 구경하고 여러 산을 오르다.

1712년(40세)	모친상을 당하다. 삼년상을 치르는 동안 『강목(綱目)』, 『송감(宋鑑)』, 『당감(唐鑑)』, 『여사제강(麗史提綱)』, 『시문유취(詩文類聚)』 등을 읽다.
	외숙 이의현의 임지인 영남감영을 찾아 낙동강 일대와 팔공산 등을 두루 돌아보고 통영, 한산도, 촉석루, 영남루 등을 구경하다.
1714년(41세)	모친상을 마치고 충청도 청풍 명월동으로 이사하여 향촌생활을 시작하다.
1715년(45세)	외삼촌의 임소인 해주감영에 가서 연평도와 금사사(金沙寺)를 구경하고 해주 일대 여러 산을 유람하다.
1716년(46세)	문하생들이 서실(書室) 작성당(作成堂)을 짓고 낙성식을 하다.
	호남좌도 및 금산사 등을 유람하다.
1717년(47세)	정유난부터 집이 어려워져 7년 동안 가산을 탕진하다.
	충청도 강경 북촌으로 이사, 농사를 지으면서 생활하다.
1722년(52세)	전라도 고산의 옥포역촌으로 이사하다.
1723년(53세)	신임사화(辛壬士禍)가 일어나 백부 권상하의 관직이 추탈되다.
	계부 권상유와 외숙 이의현 등 삭직되다.
	장남 권진성이 옥새 위조 사건으로 사사되다.
1724년(54세)	황강으로 이주한 후 청풍·황강·제천 일대와 부실 이씨부인이 있는 문경 화지동 일대를 생활 근거지로 삼다.
	〈자술연기(自述年紀)〉, 〈술회시서(述懷詩序)〉를 짓다.
	국문소설 〈설저전〉을 〈번설경전(飜薛卿傳)〉이라는 제목으로 한역하다.
1731년(61세)~1746년(76세)	전국을 두루 유람하고 유람기를 남기다.
1748년(78세)	가사 〈도통가〉, 시조 〈명명가(鳴鳴歌)〉를 짓다.
1752년(82세)	『옥소장계(玉所藏㪿)』를 편찬하여 구곡가계 시가를 정리하고 집대성하다. 〈황강구곡가〉를 짓다.
1757년(87세)	종제의 임소인 함흥지역을 여행하고, 동갑 기녀 가련(可憐)과 수창한 시조를 한역하다.

1759년(89세)   영조 35년, 세상을 떠나다.

2. 시대적 배경

옥소 권섭은 숙종에서 영조대에 이르는 17~18세기를 살았다. 이 시기 조선은 정치적으로 붕당 간의 정쟁이 심각했던 시기였으나, 임병양란 이후 붕괴된 조선의 경제적 토대를 재건하고 사회문화적으로 중흥을 이룬 시기이기도 했다.

이 시기 붕당정치는 왕실의 척족세력과 밀착되어 매우 긴박하게 진행되었다. 기사환국(己巳換局, 1689)[15]으로 서인의 영수인 송시열이 사사(賜死)된 후 남인이 잠시 득세하였으나, 갑술옥사(1694)로 인현왕후가 복위되면서 남인은 몰락하였다. 이후 신임사화(1721) 때에는 노론 세력이 축출되었다가 영조 즉위(1724)를 기회로 노론이 다시 정권을 잡았다. 이러한 과정에서 유능한 인재의 축출과 정치적 혼란이 심화되었다.

권섭은 송시열을 조선 성리학의 도통을 이은 인물로 추앙하는 서인 노론 계열에 위치해 있었다. 그러나 그가 19세 때에 기사환국이 일어났고, 이로 인해 백부 권상하(權尚夏)의 스승인 송시열이 사사되었고, 내외가의 여러 친척들이 정치적 비극을 맞았다. 이러한 상황은 권섭이 관직에 진출하는 것을 포기하도록 하는 직접적 계기가 되기도 했다.

한편 권섭이 살았던 시기는 사회 문화적으로 중요한 전환기에 해당하는 시기였다. 한양을 중심으로 도시가 발달하고 상업이 발달했으며 대외무역이 더욱 활발해졌다. 이 과정에서 부를 축적한 새로운 계층이 형성되었고, 이들에 의한 새로운 문화 예술적 경향이 나타났다. 문학적으로는 천기론(天機論)에 기반한 여항문인들이 새로운 문학의 주체로 등장하여 진솔한 정을 중시하는 문학적

---

15 숙종 15년(1689) 후궁 소의 장씨(昭儀張氏) 소생을 원자로 정하는 문제를 계기로 이에 반대하던 송시열을 비롯한 이이명·김만중·김수흥·김수항 등 서인들이 대거 축출되고 남인이 정권을 장악한 사건이다.

경향을 주도하였고, 미술에서도 겸재 정선(鄭敾) 등에 의한 진경산수화풍이 성행하였다. 권섭은 여항의 예인들과 적극 교류하였다. 당대 문학계를 주도하던 김창협 형제와 교류하면서 당시의 문학적 흐름에 동참하였고, 겸재 정선의 진경산수화 등에도 관심을 가져 몽화(夢畵) 등의 그림에도 관심을 두었다. 그가 도학적 이상을 추구하던 전대의 산수 유람록의 경향에서 벗어나 자연을 있는 그대로 관찰하고 기록하는 방식을 택한 것도 이러한 경향과 무관하지 않다.

3. 문학관

권섭은 천기론의 관점을 바탕으로 작가의 천분(天分)에 따라 시문을 지어야 한다는 관점을 가지고 있었다.[16] 그리고 이와 같은 문학론을 바탕으로 시 창작론을 펼쳤다. 그가 살았던 시기 조선 시단에는 천기론(天機論)이라는 새로운 문학론이 대두되었다. 천기론은 17세기 후반 조선후기의 시단에 나타난 '진시운동(眞詩運動)'과 관련이 있다. 진시운동은 시인의 성정(性情)과 천기(天機)를 강조한 시론인데 권섭도 시 창작에 이러한 관점을 중요하게 여겼다. 그의 문학론은 묘사의 사실성을 중시한다는 점에서 진시운동과 관련이 깊다. 그의 다음과 같은 말은 이러한 관점을 잘 보여준다.

> 시에 이르러서는 스스로 천기가 흘러 움직이는 것이 있어 사람의 힘으로는 미칠 수가 없다.[17]

천기론이 당대 조선 시단에 유행하는 풍조였다며, 권섭은 이를 바탕으로 천분론(天分論)을 강조하였다. 천분론은 사람마다 하늘로부터 받은 분수가 있

---

16 권섭의 문학관에 대해서는 이권희, 「玉所 權燮의 文學觀 研究」, 『어문연구』 66, 어문연구학회, 2010. 179~203쪽의 논의를 참고하여 정리하였다.

17 "至於詩 則自有天機流動者 非人力所可及", 〈조수재진헌에게 보내다(所贈趙秀才鎭憲)〉 『옥소집』 「文·三」.

는데 그 분수에 의하여 시문의 품격과 수준이 결정된다고 보는 관점이다. 그런데 분수에는 고하(高下)가 있기 마련이지만, 고하를 인정하는 일이 곧바로 시문의 차이를 인정하는 것은 아니라는 관점이다. 이러한 관점은 천기론에서 한 단계 발전한 것으로 문학과 창작에 대한 본질적인 인식을 중시한다.

> 대저 각각 그 재능으로 인하여 분수를 채워 스스로 일가를 이루는 것이 좋다. 궁궐과 초가, 빈부가 같지 않으나 형체와 수단은 모두 갖추고 있다. 저가 이보다 조금 낫다고 곧 비웃는다면 비루한 짓이니 자기보다 나은 자가 이미 자기를 비웃는 것을 알지 못하는 것이다. 상고시대에서 한(漢), 당(唐), 송(宋), 명(明)으로 내려오면 내려올수록 또 어찌 같겠느냐.[18]

권섭은 시문을 짓는 자들이 자신의 분수와 능력을 정확히 알고 그에 맞게 지으면 될 것이지, 어울리지 않는 글을 지으려고 애쓸 필요가 없다고 주장한다. 그러므로 자기가 지은 글을 앞세워 다른 사람이 지은 것을 비난하는 일은 있을 수가 없다. 왜냐하면 각자의 천분(天分)대로 글을 지어 자신을 나타냈다면 그것으로 족한 것이기 때문이다.

권섭은 문학 창작 이외에도 그림과 음악 등에도 조예가 깊었다. 국가 행사에 쓰이는 제향악, 군악, 불교의 선악, 기생의 여악, 잡악과 무악 등을 소재로 한 〈육영(六詠)〉과 같은 시조 작품을 남겼을 뿐 아니라, 다양한 음악 인재와 음악 감상의 풍경에 대해 상세히 기록하였다. 이러한 양상은 18세기 전후 음악사의 한 국면을 보여준다는 의의를 지닌다.[19]

한편 그는 그림에도 조예가 깊어 120여 편의 몽기(夢記)를 남겼다. 이 가운데 50여 편은 꿈의 내용을 설명하면서 그림으로 그리고 시를 곁들인 것이다. 시서화를 아우르는 폭넓은 예술세계를 구현한 대표적인 작품이라 볼 수 있다.

---

18 "大抵各因其才而充其分 各自成家可也 殿屋草窩貧富不等 而體段則皆具之矣 彼稍勝於此者則輒笑之陋矣 不目知其又有勝於己者 又己笑己矣 上古之於漢唐宋明其低而低 又其等也"(〈조수재진헌에게 보내다(所贈趙秀才鎭憲)〉)『옥소집』「文·三」.
19 권섭의 음악 경험과 의의에 대해서는 신경숙, 「옥소 권섭의 음악경험과 18세기 음악환경」, 앞의 책, 2007, 129~155쪽 참조.

그림은 교묘하고도 어지럽다. 그러나 뜻을 유연하게 펼치고 생각을 분명히 모아 산과 숲, 언덕과 골짜기나 사람과 동물들을 붓을 놀려 먹을 뿌리면 자연히 그 별다른 의취(意趣)를 이루게 되는 것이니 오묘한 조화에 이르는 것은 펼치는 자의 능력에 있다. 문장도 그렇고 시도 그렇다.

이러한 시각은 권섭의 예술 세계를 풍요롭게 하였다. 시서화(詩書畵)창작을 별개의 것으로 인식하지 않고 하나의 예술로 인식하였던 권섭의 견해는 문학을 넘어 그의 예술 세계를 구성하는 중요한 이론이라고 할 수 있다.

4. 작품 세계

권섭은 송강과 노계, 고산으로 이어지는 사대부 시가의 맥을 이으면서도 시가를 통해 자기를 확인하고 풍속을 묘사하는 새로운 경향을 보여준다. 당대 서울의 도회적 분위기와 다양한 교유를 통해 세계관의 변화와 천기론에 입각한 새로운 경향성을 드러내었다.[20] 대표적인 작품을 통해 그의 작품 세계를 살펴보자.

> **소의호 사장(笑矣乎 四章)**
> 이바 우옵고야 우움도 우우올샤
> 우옵고 우우우니 우움계워 못홀노다
> 아마도 히히 호호 ㅎ다가 하하 허허 홀셰라
>
> 하하 허허 흔들 내 우움이 졍우움가
> 하 어척업서셔 늣기다가 그리되게
> 벗님ᄂᆡ 웃디들 말구려 아귀 띄여디리라

---

20 권성민, 「옥소 권섭의 국문시가 연구」, 서울대 식사학위논문, 1992.

아귀 쩍여딘들 우운거슬 어이ᄒ리
우운일 슬큿ᄒ고 웃기조차 말하ᄂᆞᆫ
이 사람 져만 슬커든 우운일을 말구려

아므리 마쟈흔들 우움이 졀노 나ᄂᆡ
내가 이만 홀제 자내ᄂᆡ야 다 니룰가
슬토록 히히 하하 ᄒ다가 박쟝대쇼(拍掌大笑)ᄒ시소

〈소의호 사장〉은 웃음을 소재로 한 네 수의 연시조이다. '히히', '호호', '하하', '허허'와 같은 웃음소리에 대한 의성어와 '우웁고야', '우우올샤', '우웁고 우우우니', '우움계워'와 같은 우습다는 말의 반복을 통해 독특한 시적 구성을 만들어내었다. 이러한 구성은 세상과 끝내 화합하지 못하면서도 화해를 이루는 방법이 바로 웃음이라는 작가의 자의식을 드러내고 있다.[21]

한편 그는 작가의 경험과 진솔한 표현이 두드러진 작품을 남겼는데, 〈영삼 별곡〉이 대표적인 작품이다.

이 몸이 텬지간(天地間)의 쩍올 ᄃᆡ 젼혀 업서
삼십년(三十年) 광음(光陰)을 흐롱하롱 보내여다
풍졍(風情)이 호탕(浩蕩)ᄒ여 믈외(物外)예 연업(緣業)으로
녹슈(綠水) 청산(靑山)의 분(分)대로 ᄃᆞ니더니
져근덧 병(病)이 드러 님쟝(林庄)을 닷아시니
엇던 뒷졀 즁이 헌ᄉ도 홀셰이고
쥬령이 느지 집고 날ᄃᆞ려 닐온 말이
네 병(病)을 내 모ᄅᆞ랴 슈셕(水石)의 고황(膏肓)이라
츈풍(春風)이 완만(緩晚)ᄒ여 빅화(百花)ᄂᆞᆫ 거의 딘 제
산듕(山中)의 비 ᄀᆞ 개니 텬긔(天氣) 몱을시고

21 권섭 문학에 나타난 웃음의 의미에 대해서는 최규수, 「권섭 시조에 나타난 웃음의 문학적 형상화와 그 의미」, 『한국시가연구』 15, 한국시가학회, 2004, 229~254쪽에서 본격적으로 다루고 있다.

어와 이 사룸아 쳘 업시 누어시랴

쳥녀댱(靑藜杖) 비야 집고 갈 대로 가쟈스라

　　　　　〈중략〉

하늘의 도든 별을 져기면 문질노다

망망대양(茫茫大洋)이 그 알픠 둘러 이셔

대디(大地) 산악(山岳)을 일야(日夜)의 흔드는듯

밋 업슨 큰 굴형의 흔(限) 업시 싸힌 믈이

만고(萬古)의 흔굴가티 영튝(盈縮)이 잇돗던가

텬디간(天地間) 장(壯)흔 경계(境界) 반(半) 남아 믈이로다

아마도 져 긔운(氣運)이 무어스로 삼겻는고

셩인(聖人)을 언제 만나 이 니(理)를 뭇즈오리

바회길 닉은 즁의 대 남녀(籃輿) 느초 메워

써러진 혐(險)흔 빙애(砯崖) 얼는 듯 디내티여

쳥옥산(靑玉山) 한 속으로 첩첩(疊疊)이 도라드니

운모병(雲母屛) 금슈쟝(錦繡帳)이 자우(左右)로 펼쳐셰라

　　　　　〈중략〉

뉴하쥬(流霞酒) ᄀᆞ득 부어 둘빗츨 섯거 마셔

흉금(胸襟)이 황낭(晃朗)ᄒᆞ니 져기면 늘리로다

빅년(百年) 텬디(天地) 우락(憂樂)을 모ᄅᆞ거니

일몽(一夢) 진환(塵寰)의 영욕(榮辱)을 내 아더냐

펴랑이 초(草)메토리 다 쩌러 븐이도록

산님(山林) 호히(湖海) ᄆᆞ음굿 노니면서

이렁셩 져렁셩 구다가 아무리라 ᄒᆞ리라

　작자의 근황, 영월에서 명승 유적지를 돌아보며 느낀 소회, 그리고 영월을 출발하여 산천 계곡을 거치며 보고 겪은 내용과 청옥산(靑玉山)과 무릉계(武陵溪)를 거쳐 삼척·동해 바다 일대의 풍경을 보고 성내로 들어가서 달빛을 즐기는 풍경을 노래하였다. 산수 유람을 즐겨 다녔던 권섭의 일상이 진솔히 나타나 있는 작품으로 놀이의 풍요로움을 잘 표현한 작품이다.

황강구곡가(黃江九曲歌)

하늘이 뫼흘 여러 地界도 붉을시고
千秋 水月이 分(분) 밧긔 묽아셰라
아마도 石潭 巴谷을 다시 볼 듯ᄒᆞ여라

一曲은 어드메오 花巖이 奇異ᄒᆞᆯ샤
仙源의 깊은 믈이 十里의 長湖로다
엇더타 一陣帆風이 갈 ᄃᆡ 아라 가ᄂᆞ니

二曲은 어드메오 花巖도 됴ᄒᆞᆯ시고
千峰이 合沓ᄒᆞᆫᄃᆡ 恨업슨 烟花로다
어ᄃᆡ셔 犬吠 鷄鳴이 골골이 들ᄂᆞ다

三曲은 어드메오 黃江이 여긔로다
洋洋 絃誦이 舊齋를 니어시니
至今의 秋月 亭江이 어제론 듯 ᄒᆞ여라

四曲은 어드메오 일홈도 홀난ᄒᆞᆯ샤
灘聲과 岳色이 一壑을 흔드ᄂᆞᆫᄃᆡ
그 아래 깊히 자ᄂᆞᆫ 龍이 櫂歌聲의 씨거다

五曲은 어드메오 이 어인 權沼ㅣ 런고
일홈이 偶然ᄒᆞᆫ가 化翁이 기ᄃᆞ린가
이 中의 左右村落의 살아 볼가 ᄒᆞ노라

六曲은 어드메오 屛山이 錦繡로다
白雲 明月이 玉京이 여긔로다
뎌 우희 太守 神仙이 네 뉘신 줄 몰내라

七曲은 어드메오 芙蓉壁이 奇絶ᄒᆞᆯ샤
百尺 天梯의 鶴唳를 듯ᄌᆞ올 듯
夕陽의 泛泛孤舟로 오락가락 ᄒᆞᄂᆞ다

八曲은 어드메오 陵江洞이 묽고 깁희
琴書 四十年의 네 어인 손이러니
아마도 一室雙亭의 못내 즐겨 하노라

九曲은 어드메오 一閣이 그 뉘러니
釣臺丹筆이 古今의 風致로다
져기 져 別有洞天이 千萬世가 ᄒ노라

〈황강구곡가〉는 권섭이 82세 때 창작한 구곡체(九曲體) 시조 작품이다. 1곡 대암(對岩), 2곡 화암(花岩), 3곡 황강, 4곡 황공탄(皇恐灘), 5곡 권호(權湖), 6곡 금병(錦屏), 7곡 부용벽(芙蓉壁), 8곡 능강(凌江), 9곡 구담(龜潭)을 노래한 것이다. 권상하가 은거했던 황강구곡을 仙境으로, 그의 삶을 신선적 풍류로 그려내었다.[22]

〈황강구곡가〉는 『옥소장계(玉所藏吟)』에 실렸는데, 권섭은 주자의 〈무이도가〉, 이이의 〈고산구곡가〉와 그에 대한 송시열 등의 한역시를 싣고 자신의 〈황강구곡가〉를 수록하였다. 이러한 체제는 무이구곡 → 고산구곡 → 화양구곡 → 황강구곡으로 맥이 이어진다는 것을 강조한 것이다.[23] 작품에서도 그러한 의식을 엿볼 수 있다. 제1곡의 '석담(石潭)'은 이이의 〈고산구곡가〉와 관련이 있어 이이의 작품을 전범으로 삼고 있음을 알 수 있고, 제3곡의 '구제(舊齋)'는 권상하가 후학을 양성하던 한수재(寒水齋)를 의미하고, 제5곡의 권소(權沼) 또한 권씨 가문과 소의 이름이 일치함을 드러내며 황강과 권상하와의 관계를 강조하였다.[24] 이렇게 볼 때 〈황강구곡가〉는 구곡가의 전승을 통해 기호학파의 도맥(道脈)을 재확인하고 백부인 권상하를 추숭하고자 하는 의도를 가지고 창작한 것이라 볼 수 있다.

---

22 장정수, 「〈황강구곡가〉의 창작 배경 및 구성 방식」, 『시조학논총』 21, 한국시조학회, 2004, 241~269쪽.

23 박이정, 「18세기 예술사 및 사상사의 흐름과 권섭의 〈황강구곡가(黃江九曲歌)」, 『관악어문연구』 27, 서울대 국어국문학과, 2002, 290쪽.

24 박이정, 위의논문, 2002, 290~201쪽 참조.

권섭은 국문시가를 직접 창작하기도 하였지만 실제 가창한 시조를 한역한 한시 작품도 남기고 있다. 그 결과는 한시의 형태로 되어 있으나 이를 통해 그의 시조 향유 양상을 확인할 수 있다. 〈번노파가곡십오장(翻老婆歌曲十五章)〉을 비롯한 22수의 시조 한역 작품이 그것이다.[25]

〈번노파가곡십오장〉 15수는 권섭이 87세 때 함흥지방을 유람했을 때 만난 동년배 기녀 가련(可憐)이 부른 가곡을 한역한 것이다. 가련은 일찍이 사대부들로부터 미모와 기예로 널리 인정을 받았던 기녀였다. 기녀와 사대부의 애정을 노래한 작품은 많으나, 이 작품에서는 노년의 교유와 애정을 다루고 있어 특별하다. 〈번노파가곡십오장〉에는 첫 만남, 함께 보낸 시간, 권섭을 흠모하는 마음, 이별의 슬픔, 이별 후의 그리움이 담겨 있다.[26]

> 거문고 줄 이미 끊어졌는데 그대 만나 다시 이었네
> 산아아 수양양하니 어찌 봉황곡과 섞어 탈 수 있겠는가
> 진실로 천고에 둘도 없는 벗이니 떠날 수가 없도다[27]

> 붓을 드니 비바람에 놀란 듯하고 시를 이루니 귀신이 우는듯하네
> 늙은이의 풍골은 표연한 신선이라
> 천지간에 두 늙은이 서로 어울려 늙지 마자 하네[28]

> 선옹의 글은 글자마다 주옥인데 가곡으로 답하니
> 높고 낮음 좋고 나쁨 모과와 패옥 같네
> 여랑의 학식 없음이 또한 우연은 아니리[29]

---

25 권섭의 문집인 『옥소고』 문경본 잡저(雜著)에 한역시 22수가 수록되어 있다. 가련의 시조를 한역한 작품이 19수이고 자신의 시조를 번역한 것이 3수이다. 이들 작품에 대해서는 장정수의 「옥소 권섭의 시조 한역시 〈翻老婆歌曲十五章〉 및 관련 작품에 대하여」, 앞의 책, 2007, 101~126쪽을 참조할 수 있다.
26 장정수, 앞의 글, 2007, 109쪽.
27 琴絃已斷看君更續之 山峨峨水洋洋豈雜彈於鳳凰曲 誠千古無對之知己不可離去.
28 筆落如驚風雨詩成鬼神如泣 白水風骨卽飄然神仙 同老乾坤欲相與而同不老.
29 仙翁書字字珠玉歌曲以酬之 高下好不好木瓜瓊琚似. 女娘學識無此亦非偶然.

슬프다 옛 가곡이여 명공거경을 몇이나 보았던가
팔십칠 세에 적강신선을 또 보았네
앉아서 이내 신세 생각하니 흐르는 눈물 금할 길이 없도다[30]

이와 같은 가련의 노래에 권섭도 가련을 그리워하는 노래를 지어 답하였다. 〈답기함파(答寄咸婆)〉 2수 중 한 수를 보면 다음과 같다.

옥소옹이 아니면 어여쁜 여인을 그 누가 알겠는가
기이하도다 이 명절이 90세 동갑이라네
한바탕 꿈이로다 북관 천리 오고 간 일이[31]

이상과 같은 그의 한시 번역은 다른 작가들의 시조 한시화와는 구분되는 '자기 번역'이라는 점에서도 의미가 있다. '자기 번역'은 자신의 작품인 만큼 마음대로 수정하고 보완할 수 있으며, 언어를 어느 정도 파격적으로 사용할 수 있다는 데 차별적 의미가 있다. 국문 시가와 한시를 함께 다루어 문학의 순수성을 추구했다는 점도 주목할 만하다.[32]

한편, 권섭은 〈六詠〉이라는 연시조를 통해서 궁중음악과 민중음악의 연희 양상을 담아내었다. 황창무(黃昌舞)[33]를 소재로 한 작품과 솟대놀이, 사찰 연희를 살폈는데 연희의 동작에 집중하기보다는 자신의 심정이나 연희자의 마음을 표출하는 데에 주력하였다.[34] 이들 작품은 그의 예술적 취향은 물론 당대의 예술적 연행을 보여주는 작품이라는 의미가 있다.

....

30 悲乎哉昔年歌曲名公巨卿幾多見 八十有七年謫降仙翁又見之 身世坐思之涕淚不禁.
31 除非玉所翁玉顔紅씑知不知 奇哉此名節九十歲同花甲 一夢兮 北關千里來去哉.
32 이권희, 「기녀와 한문학:옥소 권섭의 가련의 경우」, 『동방한문학』 64, 동방한문학회, 2016, 121~143쪽 참조.
33 칼춤, 신라 때 일곱 살에 백제에 들어가 칼춤으로 이름을 날렸다는 황창랑과 관련한 명칭이다.
34 이권희, 「玉所 權燮의 演戲詩 考察」, 『어문연구』 73, 어문연구학회, 2012, 235~259쪽 참조.

5. 문학사적 의의

권섭의 문집인 『옥소고』에는 그의 문학, 예술, 유행록, 그림 등 다방면에 걸친 기록이 남아 있다. 이 가운데에 그가 남긴 문학작품과 시가 향유 양상, 유람록을 중심으로 그의 문학사적 의의를 정리해 보기로 한다.

권섭의 한시와 국문 시가 등의 문학작품은 18세기 새로운 문학적 경향인 천기론에 입각한 진시 창작의 양상을 담고 있다. 성리학적 이념을 관념적으로 표현하는 전대의 문학창작 방식에서 탈피하여 자신의 삶 곳곳에서 느끼는 솔직한 감정과 사실적 대상을 시적 소재로 삼음으로써 문학이 삶과 더욱 일치되는 경지를 이루어내었다.

국문시가 창작과 향유에 있어 그는 특히 연시조를 다수 창작하였다. 아울러 순수한 일상어를 자유롭게 구사하여 양반 사대부 시조의 새로운 경지를 보여 주었다. 앞서 살핀 〈소의호 사장〉에서 보았던 것처럼, 웃음소리를 그대로 시어에 활용하거나 '아귀 쎅여디리라'는 등의 파격적인 언어 사용을 통해 더욱 깊은 의미를 담아 낸 경우가 그것이다. 아울러 노년기에 만난 기녀 가련과 주고받은 주옥같은 시조와 한역시는 국문시가 창작과 향유의 또 다른 양상을 보여 준다는 점에서도 문학사적 의의는 크다.

아울러 그가 남긴 〈해산록(海山錄)〉 등은 18세기 산수유기의 새로운 기록 방식을 보여 준 작품으로 평가된다. 일명 필기잡록화 방식인데, 여행에서 보고 들었던 견문을 자유자재로 기록하는 방식이다.[35] 간결하고 담백한 문장 속에 다양한 풍경과 일화, 그리고 인물에 대한 흥미로운 이야기가 다채롭게 담겨 있다. 이러한 방식은 18세기 후반 이후에 이덕무(李德懋)와 이옥(李玉) 등에 의해 계승되었다.

---

35 정우봉, 「조선후기 遊記의 글쓰기 및 향유 방식의 변화」, 『한국학문학연구』 49, 한국한문학회, 2012, 101~136쪽 참조.

낭파 김천택
(1685~1758 추정)

노래 가사집을 엮어내다

무릇 文章이나 詩律은 세상에 간행되어 있어서 영구히 전한다. 천년이 지나도 오히려 민멸(泯滅)되지 않는다. 그런데 永言은 마치 화초의 빛나는 모습이 바람에 나부끼고, 새나 짐승의 좋은 소리가 귀를 스치는 것처럼 한때 口頭에서 諷詠되다가 자연히 심회(沈晦)되고, 후대에는 인몰(湮沒)되지 않을 수 없으니, 어찌 개석(慨惜)하게 여길 일이 아니겠는가! 고려에서 國朝에 이르기까지 명공석사(名公碩士), 여정규수(閭井閨秀), 無名氏의 작품을 하나하나 수집하고 잘못된 것을 바로잡고, 잘 써서 책 한 권을 엮어 『靑丘永言』이라고 이름 짓는다.

－〈『靑丘永言』序〉－

작가로서의 김천택

김천택은 중인 출신의 가객이다. 오늘날로 치면 전문가수인 셈이다. 그가
이룩한 최대의 업적은 가집 『청구영언(靑丘永言)』의 편찬이다. 이 책은 김천택
생존 당시를 기준으로 과거에 불린 가곡창 노랫말[1]을 모두 정리한 것이다. 이
작업은 시조문학을 우리 문학의 중심에 두게 한 중요한 업적으로 평가된다.
이 책의 영향으로 이후 김수장의 『해동가요』, 박효관·안민영의 『가곡원류』 등

『청구영언』 序

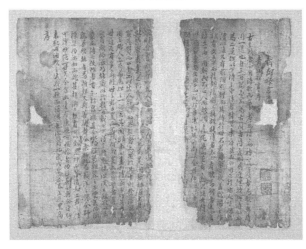

---

1 김천택이 생존한 당시의 시조는 가곡창으로 불리어졌다. 이후 18세기 중엽 이세춘에 의하여
  시조창이 새롭게 등장하기 이전까지의 시조는 가곡창 노랫말을 뜻한다. 이후 시조라 하면 가곡
  창 노랫말과 시조창 노랫말로 사용된 가사를 총칭하는 용어로 사용되었다. 가곡은 시조시를
  5장 형식으로 부르는 고급음악, 즉 정악(正樂)이다. 가곡창을 부르기 쉽게 개조한 것이 3장 형식
  의 시조창이다.

이 편찬되었다.

김천택은 당시 아무도 관심을 가지지 않았던 노랫말에 주목하면서 한문학과 대등한 가치로서의 노래문학을 갈무리하였다. 또한 그는 가곡창 노랫말, 즉 시조를 직접 짓기도 하였다. 그의 시조 작품 속에는 중인 출신으로서의 신분적 한계와 신분 상승에의 욕구, 그리고 그 방법 등이 비교적 소상히 드러나 있다. 작품이 작가의 사상과 정서를 반영한다는 논리가 성립되는 순간이다.

또한 김천택이『청구영언』을 편찬한 동기를 수록한 글을 통하여 그의 문학관을 살필 수 있는데, 그의 문학관은 근대문학으로 나아가는 진일보한 사상임에 틀림없다. 그의 노래에 대한 사랑과 실천 정신은 작가로서의 김천택, 가객으로서의 김천택을 살피는 데 중요한 포인트가 되며, 현대 대중가요의 현상과 비교하는 데도 유익한 점을 시사한다.

1. 생애와 시대적 배경

김천택(金天澤)의 자(字)는 백함(伯涵), 호(號)는 남파(南坡)이다. 젊은 시절에는 포교(捕校)생활을 한 것으로 알려져 있다. 따라서 그의 신분은 중인 출신에 해당한다. 신분적 한계로 인하여 그의 가계(家系)와 생몰 연대에 대해서 정확히 알 수 없다. 다만 여러 정황으로 미루어 숙종 11년(1685)경에 출생하여 영조 34년(1758)경 작고한 것으로 짐작된다.[2] 생존 당시 원래 시조창을 잘하여서 이름을 날렸고 시도 창작하였으며 한문학에도 소양이 깊은 인물로 평가받았다.

『청구영언』[3] 서(序)에서 정내교(鄭來僑)는 '노래를 잘 불러 온 나라에 이름을

---

2 박씨본『해동가요』에 수록된〈花史者〉〈해동가요록〉 발문을 참고하여 내린 결론이다. 김민자,「김천택 작품 세계 연구」, 한국교원대 석사학위논문, 1998, 13쪽 참조. 김용찬,「김천택의 삶과 작품세계」,『어문논집』39, 안암어문학회, 1999 참조.

3『청구영언(舊, 珍本靑丘永言)』의 편찬 시기는 책의 서문에 적힌 간기 戊申에 따라 1728년으로 추정한다. 최근『청구영언』에 나타난 표기법 및 어휘의 특징으로 살필 때 편찬시기가 18세기 후반 이후의 문헌일 것으로 추정하기도 한다. 박재민, 어휘로 살펴본 국립한글박물관『청구영언』의 필사 시기,『時調學論叢』50, 한국시조학회, 2019.

떨치며, 성률(聲律)에 정통했을 뿐만 아니라, 아울러 문예도 익혔다'[4]라고 하였으며 『청구영언』 후발(後跋)에는 마악노초(磨嶽老樵)라는 사대부가 '사람됨이 정명(精明)하고 유식하며, 詩 삼백 편을 이해하고 욀 줄 하니 다만 歌者라고만 할 사람은 아니다'[5]라고 평하였다.

　김천택이 생존한 당시는 임·병 양란 후 성리학에 근간을 둔 조선조의 지배 질서가 흔들리면서 실학이 새롭게 등장하고 평민들의 자아 각성이 이루어진 때이다. 이러한 시대적 조류는 시가문학에도 반영되어 중인·서리들이 무리를 이루어 가단(歌壇)을 형성하기에 이르렀다. 또한 조선 후기에는 김천택을 필두로 가집을 편찬하는 일이 빈번해졌다.[6] 이제 역사는 사대부 계층 중심의 문학에서 중인, 평민을 포괄하는 광범위한 예술문화가 형성되기 시작한 것이다. 그러나 조선조는 여전히 신분이 사회를 지배하는 계급문화가 팽배해있었기 때문에 평민이나 중인 중에는 양반문화를 지향하는 경향이 여전하였다.

　그래서 조선 후기는 전기보다도 더 다양한 목소리로 다양한 내용을 표출하는 시대가 되었다. 다양한 문화가 성행하였고, 동일한 개인이라 하더라도 이중적 내면세계를 지니고 있기도 하였다. 시조문학으로 치자면 상층문화 중심의 유교 이념을 노래하는 것과, 자연 속에서 유유자적하는 삶을 그리는 작품, 그리고 평민의 의식을 대변하는 것, 실생활을 사실적으로 노출하는 것, 인간의 본능적 정서를 여과 없이 드러내는 작품 등이 동시에 등장하였던 것이다. 사정이 이러하여, 예술 장르도 다양하게 분화되기에 이르렀다. 이전에도 존재했지만 조선조 후기에 폭발적으로 그 수요가 늘어난 사설시조 등은 그 좋은 사례이다.

　특히 사설시조는 산문 정신의 활성화에 힘입어 서민들의 진솔한 표현을 담아내는 문학 형식으로 널리 이용되었다. 조선조 후기 사설시조의 특징으로는 객관적인 사실성의 도입, 가사와 민요 형식의 혼합, 대화체 형식 등을 들 수

---

4 以善歌鳴一國 精於聲律 而兼功文藝.

5 爲人精明有識 解能誦詩三百 蓋非徒歌者也.

6 김천택의 『청구영언』, 김수장의 『해동가요』, 박효관·안민영의 『가곡원류』가 편찬되었고, 그 밖에도 『고금가곡』, 『근화악부』, 『병와가곡집』, 『화원악보』, 『동가선』, 『남훈태평가』 등이 있다. 이 중에서 『남훈태평가』는 시조창을 위한 가집이고 나머지는 가곡창을 위한 것이다.

있다. 또한 내용상으로는 구체적인 이야기와 비유가 대담하게 도입되고 강렬한 애정을 노래하는 것이 특징이다. 김천택의 『청구영언』에는 〈만횡청류(蔓橫清類)〉라 하여 사설시조 작품을 따로 정리하였다.

한편, 18세기를 전후로 전문 가객이 출현하였다. 가객이란 가곡(歌曲)·가사(歌詞)·시조 등을 잘 짓거나 가창을 잘 하는 사람을 가리키는 말인데 가인(歌人)이라고도 한다. 조선 영조 무렵을 기준으로 할 때, 그 전 시대에는 단순히 한시문(漢詩文)의 작가들을 가리켰으나, 그 이후에는 우리말로 된 노래를 지어 부른 창곡가(唱曲家)를 가리켰다. 따라서 우리가 가객이라고 지칭하는 사람은 '조선 후기부터 민간에 등장하기 시작하여 노래를 직업으로 삼았던 사람(남자)'으로 규정할 수 있다.

김수장의 『해동가요』에는 효종부터 영조까지의 이름 높은 가객의 이름이 열거되어 있다. 이 가운데는 승지 벼슬을 한 허정(許珽), 지사(知事)를 지낸 장현(張炫) 등도 포함되어 있다. 그러나 대부분의 가객은 그 신분이 양반과 상민의 중간인 중인(中人)이었다. 이들은 가단을 형성하여 활동하였는데, 가단은 일종의 동호회에 해당한다. 대표적인 가단으로는 김천택을 중심으로 김수장 등이 참여한 '경정산 가단'이 있고, 김수장이 만년에 조직한 '노가재 가단' 등이 대표적이다. 이러한 가단은 함께 모여 강호풍류를 노래하거나 가곡창법을 연구하기도 하였다. 박효관과 안민영을 중심으로 한 '승평계 가단'에 이르게 되면 가곡창법을 너무 어렵게 하여 결국 가곡창이 특정인의 전유물이 되는 폐단을 낳았다. 가곡창은 대중화되는데 실패하여 사양길로 접어들었으며, 반면에 시조창이 그 자리를 대신하여 대중화되었고, 20세기 초에는 국민문학으로까지 자리하게 되었다.

2. 문학관

김천택의 문학관은 그 연원이 『시경』에 닿아 있다. 『시경』의 본래적 기원이 민풍(民風)의 노래였기 때문이다. 상류층의 한시만이 진정한 문학이자 도학을 완성시키는 수단이라 여겨온 유학의 이념에서 한 발 비켜서면 진실된 氣와 정서로 표출되는 '노래'도 가치가 있다는 생각에 이르게 된다. 이러한 생각을 한 사람은 이황이나 김만중, 윤선도, 홍대용, 홍만종 등이 있지만 이를 실천에 옮겨 노래를 갈무리하고 책을 엮은 이는 김천택이다.

그의 이러한 『시경』 정신은 급기야 사설시조에 해당하는 '만횡청류'까지 수집하여 따로 싣게 되었다. 아래의 글을 통해 김천택의 시조에 대한 문학관을 살필 수 있다.

> 무릇 文章이나 詩律은 세상에 간행되어 있어서 영구히 전한다. 천년이 지나도 오히려 민멸(泯滅)되지 않는다. 그런데 永言은 마치 화초의 빛나는 모습이 바람에 나부끼고, 새나 짐승의 좋은 소리가 귀를 스치는 것처럼 한때 口頭에서 諷詠되다가 자연히 심회(沈晦)되고, 후대에는 인몰(湮沒)되지 않을 수 없으니, 어찌 개석(慨惜)하게 여길 일이 아니겠는가! 고려에서 國朝에 이르기까지 명공석사(名公碩士), 여정규수(閭井閨秀), 無名氏의 작품을 하나하나 수집하고 잘못된 것을 바로잡고, 잘 써서 책 한 권을 엮어 〈靑丘永言〉이라고 이름 짓는다.[7]

『청구영언』을 편찬한 가장 중요한 의도는 시조도 한문학처럼 기록되어 전해지고 보존될 수 있도록 하기 위함이었다. '永言(영언)'이란 말은 〈書經(서경)〉의 "시언지 가영언(詩言志 歌永言)"에서 따온 말로, 시(詩)와 노래(歌)가 서로 다른 성질을 지니면서도 그 값어치에 있어서는 높고 낮은 차별이 없이 대등하다는 뜻을 나타낸 것이다. 마찬가지로 김천택의 뜻 또한 양반 사대부들의 한시만 소중한 것이 아니라 일반 백성들의 노래 역시 그에 못지않다는 것에 있었다. 무엇보다 주목해야 해야 할 것은 명공석사(名公碩士)와 위항천류(委巷賤流)가 『청구영언』에서는 같은 자리를 차지하고 있다는 사실이다. 엄격한 신분의 구분이 이루어져 있던 사회에서는 상상하기 어려운 일이 시조에서는 이미 이

---

7 夫文章時律 刊行于世 傳之永久 歷千載而猶有所泯者 至若永言 有似花草榮華之飄風 鳥獸好音之過耳也 一時諷詠於口頭 自然沈晦未免湮沒于後 不慨惜哉 自麗季至國朝以來 名公碩士及閭井閨秀無名氏之作 蒐輯 正訛善寫 釐爲一卷 名之曰 靑丘永言. 〈靑丘永言』序〉

루어지고 있었다. 시조에서는 신분 차별이 문제되지 않는다는 생각을 김천택
이 하였다.

『청구영언』 서(序)에는 또 다음과 같은 글을 인용하고 있다.

옛날 음강씨(陰康氏) 시절에 백성이 다리가 부어오르는 병에 걸려 있었는데,
노래와 춤을 배우게 하니 병이 나았다. 노래와 춤은 이렇게 해서 시작되었다. 옛날
에 진청(秦青)과 한아(韓娥)가 노래를 잘 부르는 사람들이었다. 진청의 노래는
숲의 나무를 흔들어 소리를 내게 했고, 구름을 멈추게 하기도 하고 가게 하기도
했다. 한아의 노래는 들보를 감싸고 사흘 동안이나 이어지는 여음(餘音)을 남겼다.
노(魯)나라 사람 흥(興)은 소리를 내니 들보 위의 먼지가 모두 흔들렸다.[8]

이 글의 내용은 노래가 가진 주술적 힘을 주목한다. 노래는 신비한 힘이
있어 천지귀신도 감동시킬 수 있다는 생각이 중심 의도이다. 그리고 이러한
주술성은 노래 발생의 주원인이라고 김천택은 믿고 있었던 것이다. 마치 신라
시대 향가의 주술성을 언급한 듯한 대목이다.

아래의 글은 홍만종의 『순오지』에서 따온 것이다. 큰 뜻은 중국의 한시가
존중되듯이, 우리의 말로 불리는 노래도 존중되어야 한다는 것이다. 중국을
사대하는 인식에서 벗어나 자국의 문화, 자국의 예술세계의 독자성과 자존성
을 내세운 뜻이 깊다.

우리 동방인(東方人)이 지은 가곡(歌曲)은 방언(方言)을 전적으로 사용하고, 이
따금씩 한문의 문자를 삽입한다. 모두 언서(諺書)로 씌여져 세상에 전한다. 대체로
방언을 사용하는 것은 나라의 풍속이므로 그렇게 되지 않을 수 없는 것이다. 우리
가곡은 중국의 악보(樂譜)와 나란히 견줄 수 있는 것이 아니라고 하지만, 볼만하고
들을 만한 것이 있다. 중국에서는 노래라고 하는 것은 옛날 악부 및 새소리를

---

8 昔陰康氏之時 民得重腿之疾 學歌舞以解之 歌舞之出 自此始焉 古之秦青韓娥 善歌者 秦青者 振
林木響 遏行雲 韓娥餘音 繞梁欟三日不絕 魯人 興 聲發盡動梁上塵, 『靑丘永言』序.

관현에 올린 것들이다. 우리나라에서는 우리 땅의 음에서 나온 것을 한어문(漢文語)에 맞춘다. 이 점은 중국과 다르다고들 하지만, 그 정경(情境)이 다 담기어 있고, 궁상(宮商)이 조화되어 있어서 듣는 사람으로 하여금 영탄(詠歎)하면서 마음이 움직이게 하고, 손발을 맞추어 춤추게 하는 점은 마찬가지다.[9]

아마도 김천택이 자신의 글을 서문에 넣지 않고 다른 위인의 글을 인용한 것은 그가 중인 신분이었기 때문에 책 편찬의 의도와 신뢰성을 높이기 위한 것으로 보인다.

또한 김천택은 시간이 지나면 소멸한다는 노래의 한계점을 잘 알고 있었다. 이는 기록문학으로서의 시조시가 아닌, 구비예술물로서의 시조, 즉 가곡창의 노랫말이기 때문이다.

노랫말을 수집하고 정리하는 일은 참으로 고된 일이다. 이런 일의 목적은 항간에 떠도는 여러 가지의 노랫말 중에서 뜻을 정확하게 드러낼 수 있도록 기록하고 작가를 고증하여 밝히는 데 일차적 목적이 있다. 작가 중에는 사대부로부터 무명씨, 부녀자, 기녀의 작품도 있었기 때문에 이들의 신분에 관계없이 노랫말을 수록하였다는 것은 그 자체로 신분적 사회에 대한 해방의식을 지니고 있었음을 뜻한다. 즉, 김천택은 노래를 통하여 탈신분의 이데올로기를 꾀하였던 것으로 보인다.

3. 작품 세계

『청구영언』 편찬의 동기는 노랫말을 기록하고 보존하는 일과, 신분에 관계없이 노래를 수집하는 일, 그리고 수집된 노랫말의 내용이나 작가를 고증하는

---

9 我東人所作歌曲 專用方言 間雜文字 率以諺書 傳行於世 蓋方言之用 在其國俗不得不然也 其歌曲 雖不能與中國樂譜此並 亦有可觀而可聽者 中國之所謂歌 卽古樂府 기新聲 被之管絃者 俱是也 我國則發之藩音 協以文語 此雖與中國異 而若其情境咸載 宮商諧和 使人詠嘆요沃 手舞足蹈 則其 歸一也.

일 등이었다.

우리는 『청구영언』과 『해동가요』에 수록된 김천택의 70여 편의 작품[10]을 통하여 그의 문학관이나 인생관을 살필 수 있다. 특히 여항육인(閭巷六人)[11]의 한 사람이었던 김천택은 당시 여항인들, 특히 중인층이 겪었던 계층적 갈등과 신분적 제약에 따른 번민을 많이 토로하였다. 이제 그의 작품을 감상하면서 그의 사상이나 정서를 확인해보기로 한다.

이태극은 김천택의 시조를 유유자적, 승지유람, 귀거래, 무상취락 등 22개 항목으로 나누고, 이를 더욱 크게 묶으면 강호산수(23수), 무상취락(11수), 도덕심(14수), 금서생활(3수), 안빈생활(5수), 체념탄세(13수), 무협심(3수) 등 7개 항목으로 요약 정리된다고 하였다.[12] 그리고 조규익은 이러한 항목들에서 "김천택은 당대에 보편적이고 도식적이던 양반의식을 지니고 있었다는 점"[13]을 확인하였다. 그러나 이 같은 내용 분류에 의해서는 김천택의 시조와 전대의 양반 시조의 편차를 밝힐 수 없으며, 나아가 양반 이념과 미의식에 의해 형성·발전시켜 온 시조 양식을 수용하여 평민의 시가문학으로 전환시키는 과정에 대한 동태적인 파악이 불가능하다는 단점이 있다.[14]

김천택의 작품을 개괄해보면 결론적으로 네 가지 정도의 유형으로 구분된다. 첫째가 유가사상을 수용해 양반 계층과의 사상적, 정신적 동일성을 획득하려는 유형, 둘째는 유교 이념에 관념적으로 동화된 상태에서 스스로 그런 이념의 실천자라는 착각을 보이는 작품들, 셋째는 사회적 제도 아래에서 중인 이하의 사람들이 경험하는 바의 좌절이나 절망감이다. 넷째는 상층인과 중인층의 혼재적, 이중적 삶과 사상의 표출 유형이다. 이러한 이중성은 그의 작품에서

---

10 김천택의 작품으로 현재 확인 가능한 것이 72수가 된다. 그 가운데 27수는 자신이 편찬한 『靑丘永言』에서 자신의 노래로 밝혀 놓은 것이 되고, 나머지는 모두 김수장이 편찬한 『해동가요』에 김천택의 작품으로 밝혀 놓았다.

11 여항육인(閭巷六人)에는 장현(張鉉), 주의식(朱義植), 김삼현(金三賢), 김성기(金聖器), 김유기(金裕器), 그리고 김천택 자신이다.

12 李泰極, 「남파시조의 내용고」, 『국어국문학』 49·50, 국어국문학회, 1970.

13 조규익, 「김천택론」, 『한국문학작가론』, 현대문학, 1991.

14 박진태, 「南坡時調의 時調史的 位相」, 『선청어문』, 16·17, 서울대 국어교육과, 1988, 535쪽.

한자어구가 많이 사용된다는 점에서도 확연히 드러난다.

특히 세 번째 유형에서 자신의 절망적인 처지를 김천택은 대체로 네 가지 방향에서 노래 부르고 있다. 첫째 술을 통한 망각지향의 노래, 둘째 취흥지향의 노래, 셋째 사회적 제도의 한계에 부딪친 처지를 정직하게 아파하는 노래, 넷째 운명으로 받아들이려는 노래 등이다. 이런 유형의 작품은 중세기적 신분질서의 모순에 의해 희생된 자신의 모습을 작품에 투영했다는 것을 의미한다. 따라서 김천택의 소외의식과 패배주의는 개인의 기질적인 차원을 넘어서서 사회적이고 시대적인 차원에서 이해해야 할 것이다.

1) 양반 계층과의 사상적, 정신적 동일성을 획득하려는 유형

김천택이 노래하고 있는 이념의 세계는 성리학적 통치이념을 벗어나지 않는다. 충, 효, 열, 의, 덕업 등을 노래하는 것이 사대부 양반 계층의 보편적 이념이자 문학 활동이었음을 감안할 때, 김천택도 이에서 예외가 될 수 없다. 이는 김천택이 중인신분이면서 상층을 지향하는 강렬한 신분상승 의지의 표현에 다름 아니다.

> 尼山에 降彩ᄒᆞ샤 大聖人을 내오시니
> 繼往聖 開來學에 德業도 노프실샤
> 아마도 群聖中 集大成은 부자신가 ᄒᆞ노라

> 風塵에 얽믹이여 썰치고 못갈지라도
> 江湖 一夢을 ᄭᅮ언지 오릭더니
> 聖恩을 다갑흔 後ᄂᆞᆫ 浩然長壽ᄒᆞ리라

> 父兮生我 ᄒᆞ시고 母兮鞠我 ᄒᆞ시니
> 父母의 恩德은 景天罔極이옵샌이
> 眞實로 白骨이 靡粉인들 此生에 어이 갑ᄉᆞ오리

> 知足이면 不辱이요 知止면 不殆라ᄒᆞ니
> 功成 名遂ᄒᆞ면 만은 거시 긔 올ᄒᆞ니

어즈버 宦海諸君子는 모다 操心ᄒ시소

　김천택의 작품 중에는 이러한 의식을 반영한 작품이 많다. 위에서 예를 든 작품도 그 주제를 보면 공자의 덕업 찬양, 충(성은에의 보답), 효도, 지족(知足 : 분수를 알고 만족함) 등이다. 이와 같은 주제는 조선시대를 관류하면서 보편적으로 존재한 지배적 이념이다. 중인신분이 아니라 해도 유교 이념이 국시였던 점을 감안한다면 자연스럽게 노래할 수 있는 성질의 주제들이다. 따라서 이러한 작품을 두고 신분상승의 강렬한 욕구의 반영이라는 해석은 지나칠 수 있다. 하지만 김천택이 모색한 세계는 분명 상층문화였기에 이러한 해석이 가능해진다. 특히 '知足이면 不辱이요'로 시작되는 작품의 경우, "공을 이루고 이름을 떨쳤으면 거기서 이제 그만 두는 것이 옳다"처럼 유교 이념에 관념적으로 동화된 상태에서 스스로 그런 이념의 실천자라는 착각에 사로잡혔다고 볼 수도 있다. 아니면 달관의 경지를 노래했거나 지극히 보편적인 유교 이념을 노래했을 가능성도 있다. 이제 작품을 좀 더 살핌으로써 이러한 성격의 작품이 지향하는 세계를 탐색해보자.

2) 신분적 좌절과 소외를 노래한 작품

書劍을 못일우고 쓸씌 업쓴 몸이 되야
五十春光을 힝옴 업씨 지닉연져
두어라 언의곳 靑山이야 날 씰 줄이 잇시랴

　인간세상으로부터 소외된 자가 갈 수 있는 곳은 자연뿐이다. 그래서 부귀공명을 다 떨치고 자연 속에서 살겠다는 의지를 표방하게 된다. 그러다 결국에는 자연예찬의 경우로도 작품이 표출된다. 아래의 작품이 그러하다.

흰구름 푸른닉는 골골이 잠겼는듸
秋風에 물든 丹楓 봄곳도곳 조홰라
天公이 날을 위ᄒ야 뫼빗츨 쑴여닉도다

작품은 때로 비유를 동원하기도 한다. 아래의 작품은 천리마와 장작이나 실어나르는 보잘것없는 쇠양마를 대조시켜 자질과 재능에 따라 사회적 신분과 지위가 결정되지 못하는 신분제 사회의 모순과 부조리를 개탄하고 있다. 소외와 좌절의 부정적, 반항적 표출인 셈이다. 그리고 이러한 경우는 풍자성이 강하여 대사회적 문제의식을 드러내는 데 효과적이다.

섭시른 千里馬를 알아 볼 이 뉘 잇시리
十年 礪上에 속절업시 다 늙쩌다
어듸서 살진 쇠양馬는 외용지용 흐는이

그 능력이나 자질에서 너무나 보잘 것 없는 쇠양마들이 잘 먹고 살이 쪄서 커다란 소리로 외용지용 울면서 활개를 치고 있는데, 뛰어난 재능과 큰 가능성을 지닌 천리마는 십년 동안이나 말뚝에 매여 "속절없이 다 늙어"가지고 잔등 위에 쓸 데 없는 땔감나무(섶)이나 얹어 나르고 있으니 너무나 억울하다는 노래다. 보잘 것 없는 세상 사람들이 호사하고, 능력 있는 자신에게는 그 능력을 발휘할 만한 기회조차 부여되지 않는 모순된 현실, 상반되는 양자의 대응을 통하여 부각시키고 있다.

長劍을 쌰혀들고 다시 안자 헤아리니
胸中에 머근 뜻이 邯鄲步 ㅣ 되야괴야
두어라 이 쏘한 命이여니 닐러 모슴ᄒ리오

위 작품은 무인으로 입신양명하려던 야망이 좌절당하고, 숙명론적 체념에 빠지고 있는 모습을 그리고 있다. 양반의 반열(班列)에 낄 수도 없고, 중인적 실무기술에도 숙달되지 못한 참담한 처지를 보여주고 있다. 즉 "長劍을 쌰혀들고" 다시 도로 앉아 생각하는 후퇴적 행동으로 이어짐으로써, 무력한 패배주의에 빠져 있음을 볼 수 있다.

3) 삶의 질곡으로부터의 탈출을 노래한 작품

사회적으로 소외되고 좌절될 때, 보통 작가는 술을 찾기 마련이다. 그것이 현실적으로 이루어지든 그렇지 않든 간에 술을 대상으로 노래한다는 것은 문학세계에서의 관념적 창작 현상이다.

> 씌면 다시 먹고 醉흐여 누어시니
> 世上榮辱이 엇던튼동 나 몰 닉라
> 平生을 醉裡乾坤에 씰 날 업시 먹으리라
>
> 浮生이 쑴이여늘 功名이 아랑곳가
> 賢愚貴賤도 죽은 後ㅣ면 다 흔가지
> 암아도 살아 흔 盞 술이 즐거운가 흐노라
>
> 이 盞 잡으시고 이닉 말 곳쳐 드러
> 一樽酒 긋쳐 갈씌 니을 일만 分別흐싀
> 이밧긔 是非憂樂을 나는 몰라 흐노라

술은 인간 세상의 온갖 고뇌를 일시적으로 해소하는 데 효과적이다. 그리하여 얽매인 모든 것으로부터 벗어남으로써 노래하고 흥을 취할 수 있다. 그러나 술은 일시적 구원자의 역할만 한다. 깨어나면 다시 원래의 번뇌가 있고, 삶은 바뀐 것이 없다. 그리하여 다시 술을 마시고 노래하는 행위가 반복된다. 그러다보면 그렇게 생활하는 것이 일종의 관습이 되고 유흥이 되며, 그러한 삶에서 인생의 의미를 애써 찾으려 한다. 김천택의 경우가 그러하다.

4) 신분의 혼재적, 이중적 삶과 사상의 표출 유형

강호 자연에 묻혀 세상의 시끄러운 일들을 잊고 사는 삶을 노래한 작품들에서는 마음의 위로와 정신의 평화를 얻어 전체적인 만족감을 느낄 수 있다. 그러면서도 강호자연을 노래한 시조 작품에는 상당히 이질적인 태도가 엇갈려 나타나고 있다. "어떤 것에는 사대부의 관념적 태도가 완연한가 하면, 다른

쪽에서는 서민들의 몸에 밴 순수와 소박이 수식 없이 드러나 있고, 그 양쪽의 태도가 용해되어 어느 하나로 판별할 수 없는 중립적 자연 생활의 찬미가 있다"[15]고 하는 것이 바로 그것이다. 아래의 작품을 감상해보자.

> 엊그제 덜린 술을 질동희예 가득 붓고
> 설데친 무남을 淸匊醬 씻쳐닌이
> 世上에 肉食者들이 잇맛슬 어이 알리오
>
> 人心은 惟危(유위)ᄒ고 道心은 惟微(유미)ᄒ야
> 漢唐宋 千百年來 鷄犬ᄉᆞ치 더져두고
> 至今히 ᄎᆞ즐이 업쓴이 그를 슬허 ᄒ노라

익은 술을 솔독에 가득 부어 대충 무친 채소 안주를 청국장에 찍어 먹는 맛을 아는 이가 별로 없을 것이라는 앞의 작품이나, 인심과 도심은 세월 따라 다 사라지고 지금은 찾을 수 없음을 슬퍼한다는 뒤의 작품에서 서민적 삶의 정서와 사대부적 삶의 의식이 동시에 드러나고 있음을 확인할 수 있다.

이처럼 김천택의 시조 중에는 소외감, 좌절감, 패배감을 표출한 작품들이 적지 않다. 이것은 김천택이 중세적인 신분질서의 모순에 의해 희생되었음을 의미하며, 따라서 김천택의 소외의식과 패배주의는 개인적 기질의 차원을 넘어 사회적, 시대적인 차원에서 이해해야 한다.

김천택이 신분사회의 질곡상태에서 벗어나기 위해서 선택한 것이 술과 음률과 그리고 자연이었다. 영욕(榮辱)과 현우귀천(賢愚貴賤)을 초월할 수 있는 힘을 술에서 부여받고 있다는 것은 실상 앞서 말한 좌절감이나 패배적 정서의 연장선에서 살펴야 할 것이다. 이러한 취락의 세계는 신분적 제약이 엄격한 현실세계 속에서는 세상의 영욕에 관한 갈등이나 좌절을 절대로 해결할 수 없다는 절망적인 인식에서 비롯된 것이다. 이는 소위 사대부들과 같이 취락이 하나의 풍류나 멋으로 느껴지는 세계와는 다른 것이다. 김천택에게 있어 취락

---

15 김수업, 「김천택에 대하여」, 『배달말』 18, 배달말학회, 1993, 148쪽.

의 동기는 현실 사회에 대한 좌절과 절망에 있기 때문이다. 술이라는 소재가 작중 화자의 한이나 좌절감을 풀어내고 씻겨주는 역할을 하는 하나의 상징이라고 볼 수 있다는 점에서 주목할 가치가 있다.

> 花檻(화함)에 月上ᄒ고 竹窓에 밤 든 적의
> 冷冷(냉냉) 七絃琴(칠현금)을 靜聽(정청)에 빗기 탄이
> 庭畔(정반)에 섯는 鶴이 듯고 우즑우즑 ᄒ들아
>
> 梅窓에 月上ᄒ고 符逕(부경)에 風淸ᄒ제
> 素琴을 빗기안고 두세 曲調 홋ᄐ다가
> 醉하고 花塢(화오)에 져이셔 夢義皇(몽희황)을 ᄒ놋다

'화함에 월상ᄒ고'는 거문고 타니 학이 감흥을 일으켜 춤을 춘다 하여 김천택의 음악적인 경지가 달인적(達人的)인 수준에 도달해 있음을 은연중에 과시하고 있다. '매창에 월상ᄒ고'는 매화와 달, 대나무와 청풍이 조응하는 가운데 가야금을 연주함으로써 복희씨의 백성이 된 듯한 태평을 얻는다는 뜻을 담고 있다. 이 같은 계열의 작품은 신분사회의 질곡 상태에서 정치사회적인 좌절과 소외를 딛고서 창악가와 시조작가를 이룸으로써 예술 속에서 자기 구원을 성취하려는 경향이 드러나 있다.

김천택 시조에는 김천택이 양반의 여기론(餘技論)을 극복하고 직업적인 작가로 입신하는 과정의 정신적인 궤적이 투영되어 있다. 그리하여 김천택의 시조는 양반문화와 양반사회에 동화하려는 의식성향이 보이기도 하고, 그 욕망의 달성이 완강한 신분제 사회에서 거부당하자, 소외감과 좌절감과 패배주의에 잠기기도 하고 마침내는 술에 위로를 얻고 예술의 세계로 빠져들기도 하였다.

4. 문학사적 의의

김천택은 조선조 후기 실학사상의 발흥과 더불어 상업의 성행으로 인하여

사회구조가 전반적으로 변해가는 중심에서 전문가객으로 활동하다 간 사람이다. 그의 '노래'에 대한 확고한 신념은 한시 중심의 도학적 문예풍조를 바꾸는데 크게 기여하였다. 즉, 인간의 본질적 정서와 사상의 표출이 한자를 빌어 표현하는 데는 일정한 한계가 있으며, 우리말로 적고 노래하는 노래문화도 한 문학에 버금가는 가치가 있음을 드러내는 데 일생을 바쳤다. 단지 노래를 잘하는 중인신분의 가객이 아닌, 노래를 일반대중화 시키고 그 가치를 제고하는데 공헌한 작가이다.

김천택이 가객이자 시조시인으로 살다간 그 뒤안길에서 우리가 갈무리해야 할 최대의 업적은 우리나라 최고(最古)의 시조집이자 국내 3대 가곡집 중의 하나인 『청구영언』을 편찬하였다는 사실이다. 『청구영언』은 영조 3년까지 이르는 가곡을 곡류별로 분류하여 시조를 비롯한 국문시가의 발전 전형과 음악사를 연구하는데 매우 가치 있는 자료로 평가되고 있다. 또한 우리의 노래가 중국의 한시와 비교하여 뒤질 것 없는 가치를 가지고 있으므로 우리의 시가를 수집·편찬하여 우리의 문학유산으로 전하게 한 그의 업적은 후대의 많은 가집 편찬에 기대한 영향을 끼쳤다.

또한 여항문학이라는 장르를 개척할 정도로 중인 신분의 가객들과 유사 부류의 작가들의 독특한 시세계를 마련한 것도 그의 업적으로 꼽는다. 그리고 도학적, 관념적 틀에서 벗어나 일상생활의 제재와 사실적 묘사, 풍부한 해학적 시각으로 시조의 정리발전에 많은 공헌을 남겼다. 특히 『청구영언』 책 부록으로 실린 〈만횡청류〉는 당시 서울 중심으로 살았던 사람들의 삶의 현장을 보여준다는 의미에서 최근 다시 한 번 주목을 끌고 있다.

다만, 18세기의 다기한 서울 중심의 여가문화 변화 양상을 고려하면서 작가가 보여준 다양한 주제의 시적 형상화가 곧바로 시적 화자로 연결하는, 즉 작품의 시적 화자의 목소리가 바로 작가의 목소리로 치환하는 데에 주저하는 시대적 배경을 고려해야 한다는 주장도 제기되고 있다. 이런 점에서 김천택의 시 작품 해석은 더 많은 연구가 필요해 보인다.

김우락
(1854~1933)

만주 망명의 삶을 가사로 기록하다

독박(督迫)이 심한 중에 가련할사 향국이여
삼천리 좋은 강산을 그 입에 넣는단 말인가
오졸(烏拙)한 여자라도 분울지심(憤鬱之心)이 생겨나는데
하물며 애국지사 비통한 마음은 어떠하겠는가
산림과 제택(第宅)을 버려두고 월국의 뜻이 깊이 드니
철석같이 굳은 마음 누가 말릴 것인가

– 〈해도교거사〉 중에서 –

작가로서의 김우락

일제의 침탈로 국권이 강탈되자 1910년 이후 만주 망명을 통한 독립투쟁이 본격화되었다. 독립투쟁을 위해 만주로 망명한 이들이 만주 망명의 과정과 삶을 가사로 기록한 일군의 작품을 일컬어 만주망명가사라고 한다. 만주망명가사는 만주 망명의 동기와 만주까지의 이주 노정, 만주에서의 생활, 독립에 대한 의지와 환고향의 염원을 확인할 수 있다는 점에서 중요한 문학적·역사적 의의와 가치를 갖는다.[1] 또한 근대 이후에도 가사 문학이 활발하게 창작되고 소통·향유되는 과정을 확인함으로써 고전문학의 지속과 변모 과정을 확인할 수 있는 자료로서도 중요한 가치를 갖는다.

김우락(金宇洛)은 만주망명가사를 대표하는 작가이다. 독립운동 지도자인 남편 석주(石洲) 이상룡(李相龍, 1858~1932)과 함께 일가를 이끌고 만주로 망명하여 고난을 감내하면서도 독립운동의 기반을 구축하는 데 일조하고, 그 과정과 소회를 담아 가사를 지었다. 지금까지 발굴된 그녀의 가사 작품은 〈해도교거사〉, 〈정화가〉, 〈조손별서〉, 〈간운ᄉᆞ〉 등 네 편이다. 직접 짓지는 않았지만, 〈조손별서〉에 대한 화답인 〈답사친가〉와 〈정화가〉에 대한 화답인 〈정화답가〉 두 편 또한 김우락과 유관한 작품이라고 할 수 있다.

김우락의 가사 작품에는 만주 망명 생활의 고난과 애환, 독립에 대한 강렬

---

1 만주망명가사 자료 수집과 연구는 고순희의 연구에 힘입은 바 크다. 만주망명가사의 범주와 이에 속하는 작품들에 대한 개략적 이해는 그의 연구 성과에 따른다. -고순희, 『만주망명과 가사문학 연구』, 박문사, 2014.

한 의지가 담겨 있어, 국권 침탈과 탄압에 맞선 여성들의 대사회적 인식과 의지를 확인할 수 있다. 또한 현실에 대한 핍진한 서술과 구체적이고 섬세한 표현을 통해 작가로서의 뛰어난 역량과 문학적 성취를 확인할 수 있다.

1. 생애와 연보[2]

김우락은 1854년 안동시 임하면 천전리(내앞마을)에서 아버지 우파(愚坡) 김진린(金鎭麟, 1825~1895)과 어머니 함양 박씨 박주의(1824~1877)의 4남 3녀 중 넷째로 태어났다. 본관은 의성으로, 내앞마을의 입향조인 청계(靑溪) 김진(金璡)의 둘째 아들 귀봉(龜峰) 김수일(金守一)의 후손이다. 김우락의 조부 김헌수(金憲壽, 1803~1869)는 내앞마을을 대표하는 대학자로서 위정척사운동과 의병항쟁에 앞장섰다. 김우락의 아버지 김진린은 1886년 금부도사로 임명되었으며 그런 까닭으로 마을에서는 이 집을 '도사댁'이라고 부른다. 김우락의 집안은 사람 천석, 글 천석, 살림 천석을 합하여 '삼천석댁'으로 불릴 정도로 경제적·학문적 역량을 두루 갖추고 있었다.

김우락의 형제자매관계를 살펴보면, 김대락(金大洛, 1845~1914), 김효락(金孝洛, 1849~1904), 김소락(金紹洛, 1851~1929), 김우락, 김정락(金呈洛, 1857~1881), 김순락(金順洛, 1860~1937), 김락(金洛, 1862~1929)이다. 이중 큰오빠 백하(白下) 김대락은 함께 만주로 망명한 대표적인 독립운동가이며, 막내 여동생인 김락은 3·1운동에 참여하였다가 고문으로 실명하였다.

김우락은 19세 무렵 이상룡과 혼인하였으며, 슬하에 1남 1녀를 두었다. 이상

---

2 김우락의 생애에 대한 기록은 따로 남아 있지 않아, 이상룡과 김대락 관련 자료 및 당시의 독립운동 관련 기록들에 기댈 수밖에 없다. 김우락의 생애와 연보는 다음의 연구서 및 회고록을 종합하여 구성한 것이다. 강윤정, 『만주로 간 경북 여성들』, 한국국학진흥원, 2018. ; 김희곤, 「석주 이상룡의 독립운동과 사상」, 『내일을 여는 역사』 69, 내일을여는역사재단, 2017. ; 전설련, 『『백하일기』의 서술방식과 그 문학적 성격』, 경북대 석사학위논문, 2016. ; 허은 구술·변창애 기록, 『아직도 내 귀엔 서간도 바람소리가-독립투사 이상룡 선생 손부 허은 회고록』, 민족문제연구소, 2010.

룡은 1858년 1월 임청각(臨淸閣)에서 태어났다. 본관은 고성(固城)이며, 자는 만초(萬初), 호는 석주(石洲), 어릴 때의 이름은 상희(象羲)였다. 만주로 망명하여 상룡으로 고쳤고, 계원(啓元, 啓源)이라고도 썼다. 그의 집안 고성 이씨 문중은 15세기 후반 안동에 뿌리를 내렸고, 18대조 이명(李洺)이 안동읍 동쪽 낙동강 기슭에 임청각을 지었다. 그 뒤로 이 문중은 안동지역을 대표하는 명가로 자리를 잡았다. 퇴계 학맥을 계승하면서, 여러 명가들과 혼인으로 끈끈한 유대관계를 맺었고, 상당한 경제력을 갖춘 집안이었다. 이상룡은 바로 이곳 임청각에서도 주손으로 태어났으며, 김우락은 임청각 종부로서 살았다.

을미의병(1895~1896) 당시 이상룡은 일찍 세상을 떠난 부친을 대신하여 조부상을 치르고 있어 직접 의병으로 활동하지는 못하였다. 을미의병이 실패로 끝난 뒤, 그는 경남 거창군 가조면 가야산 일대에 거금을 들여 의병기지 건설을 준비하고 있다가 1905년 일본군의 기습으로 실패하고 말았다.

이후 이상룡은 1908년 말 대한협회 안동지회를 조직하고, 취지문을 통해 국가는 공산(公産)이고, 국가의 주인은 민(民)임을 천명하였다. 유학자로서 이는 혁명적인 주장이라고 할 수 있으며, 그가 혁신유림으로 분류되고 평가받는 이유이기도 하다. 그러나 결국 나라가 무너지는 국치를 맞게 되자 그는 독립군 양성을 위해 만주로의 망명을 선택하게 된다.

1910년 8월 나라가 망하자 연이어 만주 망명이 추진되고, 1911년 설이 지나자마자 이상룡과 김우락은 문중을 이끌고 만주 망명길에 오르게 된다. 1911년 설을 맞아 2월 2일(음 1.4) 고향사람들을 초청해 잔치를 열고, 2월 3일 새벽 일찍 사당에 나가 조상에게 하직인사를 올리고 이상룡이 홀로 집을 나서 망명길에 올랐다. 홀로 집을 나선 것은 망명 사실이 드러날까 우려했기 때문이며, 실제로 그가 떠난 뒤 남은 가족들은 경찰의 감시를 받고 아들 이준형이 경찰서에 끌려가 고초를 겪기도 했다. 이상룡의 뒤를 이어 김우락이 일가와 함께 망명길에 올랐다. 당시 아들 내외와 딸의 가족, 11세, 5세의 어린 손주들까지 함께 강추위를 뚫고 추풍령을 넘어 신의주로 향하며 고달픈 만주행을 이어나갔다. 망명길에서의 고난에 대해서는 〈해도교거사〉에 상세하게 기록되어 있다. 당시 김우락은 57세의 적지 않은 나이라, 일경의 감시를 피하며 이동하는 길이 쉽지는 않았다. 일가가 모두 만주 망명길을 떠났지만, 손녀인 류실은 함께 떠나지 못해 그 슬픔이 이후 가사 〈조손별서〉에 고스란히 담긴다.

같은 시기에 김우락의 친정인 내앞마을에서도 망명이 진행된다. 이상룡과 함께 안동의 독립운동을 이끌던 큰오빠 김대락 일가를 위시하여, 조카들까지 모두 망명길에 오른다. 당시 내앞마을에서 출발한 망명인원은 150명이 훌쩍 넘었다.

1911년 2월 24일 김우락과 그 일가가 신의주에 도착하여 남편 이상룡과 해후한 후, 25일 압록강을 건넜다. 압록강을 건너 처음으로 도착한 곳은 회인현 황도천(지금의 요녕성 환인현 항도촌)이었으며, 한인 심택진의 집에 잠시 머무르면서 먼저 도착한 친정의 김대락 일행과도 합류하였다. 5월에는 길림성 유하현 삼원포에 도착하였다.

유하현에 도착한 한인들은 경학사(耕學社)와 신흥강습소를 설치하였다. 경학사는 한인들의 자치 조직이며, 신흥강습소는 훗날 신흥무관학교로 발전하는 군사교육기관이다. 이상룡은 경학사의 사장으로 임명되었다. 아들 이준형은 이상룡의 손발이 되어 경학사 설립에 참여하였고, 경학사가 재정적 어려움을 겪고 있을 때에는 자금 마련을 위해 여러 차례 만주와 국내를 오갔다. 그들은 독립운동 자금 마련을 위해 고국의 토지와 종가, 선산의 소나무까지 처분해야 할 만큼 열악한 실정이었다. 만주에 처음 도입한 쌀농사는 첫해부터 흉작이었고, 풍토병과 추위로 부녀자들이 병들고 죽는 일이 계속되었다. 이처럼 독립운동 기지를 만드는 과정은 고난의 연속이었다.

이상룡이 독립군기지 건설에 매진할 동안, 김우락은 며느리 이중숙(李中淑, 1875~1944)과 함께 생계를 책임지고 자녀들을 민족의 동량으로 키워내는 역할을 담당했다. 1세대 이주한인으로서 이후 국내에서 망명해 온 한인들이 정착하도록 돕는 역할도 그들의 몫이었다.

조직원들이 워낙 많기 때문에 그들을 먹여 살리는 일만 해도 큰돈이 들었다. 또 해 먹이는 일 그자체도 큰 역사(役事)였다. 작은 국가 하나 경영하는 것이나 다름없었다.(후략)

항상 손님이 많았는데, 땟거리는 부족했다. 점심 준비하느라 어떤 때는 중국인에게서 밀을 사다가 국수를 만들곤 하였다. (중략) 무리를 했던지 부뚜막에서 죽솥으로 쓰러지는 걸 시고모부가 지나가다 보시고는 얼른 부축하여 떠메고 방에다 눕혔다. 다음 날도 못 일어났다. 그때가 열일곱 살, 그러니까 1923년이었다.

김우락의 손부인 허은(1907~1997)은 회고록에서 위와 같이 적고 있다. 당시 그녀들의 역할과 고난을 짐작할 수 있다.

김우락은 1911년 한가위를 맞아 만주까지의 망명 여정과 정착의 과정, 그 과정에서 겪은 고난의 기억을 담아 〈해도교거사〉를 짓는다. 1912년 경에는 종질과 종손의 부탁으로 통화현에 며칠 머물며 친정 식구들을 만나고, 그 감회를 담아 〈정화가〉를 짓는다. 1913년 경에는 망명길에 함께 오지 못한 손녀 류실[3]에 대한 그리움을 담아 〈조손별서〉를 짓는다. 류실에게 이 가사가 전달되고, 류실은 1914년 〈답사친가〉를 지어 화답한다. 1914년 무렵 김우락은 형제자매에 대한 그리움을 담아 〈간운사〉를 짓는다. 그리고 1914년에는 김우락의 큰오빠인 백하 김대락이 생을 마감한다. 지금까지 학계에 보고된 만주망명가사 작품 중 김우락이 지은 것으로 밝혀진 4편의 가사 작품은 모두 1911년에서 14년 사이에 창작된 것이다.

1925년에는 대한민국 임시정부가 국무령이 수반이 되는 내각책임제로 헌법을 고치고, 안창호의 추천으로 이상룡이 초대 국무령에 취임한다. 그러나 임시정부의 내각 구성이 실패하게 되고, 그는 자신의 본거지인 만주로 돌아와 서간도 독립운동계의 정신적 지도자로서 자리를 지킨다. 이상룡은 1932년 5월 12일 길림성 서란현에서 서거한다.

1932년 남편 이상룡이 순국하자, 김우락은 일가와 함께 귀국길에 오른다. 일제의 감시를 피해 밤에만 이동하면서 돌아와야 했고, 당시 습종에 걸린 김우락은 손자에게 업혀 귀국길에 올랐다. 78세의 나이로 김우락은 21년 만에 고국 땅으로 돌아왔으나, 광복은커녕 남편의 주검마저 이국땅에 묻어두고 귀국해야

---

3 풍산류씨가로 출가하였기에 '류실'이라 부른다.

만 했다. 1933년 고국으로 돌아온 지 1년 만에 김우락은 고달팠던 생을 마감한
다. 김우락의 아들 이준형은 1942년 9월 일제 치하에서 "하루를 더 사는 것은
하루의 치욕을 더할 뿐"이라며 유서를 쓰고 자결한다. 지금까지 살핀 김우락의
생애를 연보로 정리하면 다음과 같다.

1854년(출생)	안동시 임하면 천전리(내앞마을)에서 김진린과 박주의 사이의 4남 3녀 중 넷째로 태어나다.
1873년(19세)	19세 무렵 안동의 명문가인 고성 이씨 임청각의 주손인 석주 이상룡과 혼인하다.
1875년(21세)	아들 이준형을 출산하다.
1892년(38세)	아들 이준형이 며느리 이중숙과 혼인하다. 이중숙은 퇴계 이황의 후손인 목재 이만유의 셋째 딸이다. 이준형과 이중숙은 3녀 1남을 두었으며, 풍산류씨가 류시준에게 출가한 맏딸 류실은 〈답사친가〉의 작자이다.
1911년(57세)	남편 이상룡과 함께 일가를 이끌고 만주 망명길에 오르다. 망명길의 여정과 소회를 담아 〈해도교거사〉를 짓다.
1912년(58세)	친정 식구들과 잠시 만난 후 그 감흥과 소회를 담아 〈정화가〉를 짓다.
1913년(59세)	고국에 두고 온 손녀 류실을 그리워하는 마음을 담아 〈조손별서〉를 짓다. 1914년 류실은 〈조손별서〉에 화답하는 〈답사친가〉를 짓다.
1914년(60세)	형제자매를 그리워하는 〈간운수〉를 짓다. 큰오빠인 백하 김대락이 서거하다.
1932년(78세)	남편 석주 이상룡이 서거하다. 남편 서거 후, 일가를 이끌고 고국으로 돌아오다.
1933년(79세)	고국으로 돌아온 지 1년 만에 김우락이 서거하다. 1942년 아들 이준형이 일제 치하에서 살 수 없다는 유서를 쓰고 자결하다.
2019년	독립운동 공로가 인정되어 김우락에 건국훈장 애족장이 추서되다.

2. 시대적 배경

19세기 후반 외세의 침략에 대한 저항은 의병항쟁으로 나타났다. 특히 1895
년 말에서 1896년에 걸쳐 전국 각지에서 일어난 을미의병은 명성왕후 시해사
건과 단발령이 그 원인이었다.

김우락이 살고 있던 안동 지역에서도 의병항쟁이 시작되었고, 경북 봉화
출신의 권세연(權世淵, 1836~1899)이 1896년 1월 의병장으로 추대되었다. 권세
연은 김우락의 남편인 석주 이상룡의 외숙이다. 안동 인근 지역을 포함하여
봉화와 영천(영주), 순흥, 풍기 등에서도 의병부대가 구성되어 연합 의병 부대
가 형성되었다. 1896년 3월 권세연의 뒤를 이어 김도화가 의병장으로 추대되
었고 연합 세력을 형성한 이들은 3월 28일 상주 함창 태봉 지역에 주둔하고
있던 일본군 병참부대를 공격하였다. 7개의 의병부대가 연합하여 7천여 명에
달하는 의병이 공격을 시작했지만, 군사 훈련을 받지 못한 의병은 전술과 무기
의 격차를 극복하지 못하고 여러 차례의 교전 끝에 결국 실패하고 말았다.

상주 태봉 지역에서의 패배 이후 일본군은 그 승세를 타고 인근의 의병 진
압에 나섰다. 일본군이 안동 지역 의병을 공격하는 과정에서 안동 민가 1,000
여 호를 불태우고, 의병의 집결지로 여겨졌던 퇴계 이황의 종택 등도 방화하였
다. 이후 일본군과 의병부대 사이의 소규모 전투가 계속되고, 의병 측의 인적
·물적 피해가 이어졌다. 8월 고종이 의병의 해산을 명령하는 「칙영남의진(勅嶺
南義陳)」 칙령을 내림으로써 사실상 의병 활동은 끝을 맺게 되었다.

의병항쟁의 쓰라린 패배 이후 준비가 부족하여 성공하지 못했다고 생각한
석주 이상룡과 백하 김대락은 다시 부대를 조직하며 의병항쟁을 준비하고 있
었다. 이상룡은 1906년 1월에 1만 5천금이나 되는 거액을 투자하여 경남 거창
군 가조면 가야산 지역에 의병기지를 건설하고 있었다. 그러나 일본군의 기습
공격을 받고 계획은 실패하고 말았다. 그에 더해 평민 의병장 신돌석(1878~
1908)까지 살해되는 사건이 발생했다.

이런 일들을 겪으며 이상룡의 항일 노선은 변화를 겪게 되는데, 청년들을
모아 새로운 지식과 사조를 가르치는 계몽운동의 시작이 바로 그것이다. 그러

나 이상룡에게 있어 계몽운동과 무력항쟁은 별개의 것이 아니라, 젊은이들을 조직하여 신지식을 습득하게 하면서도 이를 기반으로 기초조직을 결성하여 무력항쟁으로 연결시키고자 한 것이다.

그러나 많은 노력에도 불구하고 외교권을 빼앗긴 1905년의 을사늑약과 1910년의 한일합방을 거치면서 대한제국은 결국 국치를 맞게 되었다. 나라가 무너지자 의병투쟁을 준비하던 이들은 본격적으로 만주망명길에 오르며 독립운동을 이어가게 된다.

이십칠일도강(二十七日渡江)

칼끝보다도 날카로운 저 삭풍이
내 살을 인정 없이 도려내네
살 도려지는 건 참을 수 있지만
애 끊어지니 어찌 슬프지 않으랴
기름진 옥토로 이루어진 삼천리
거기에서 살아가는 인구 이천만
즐거운 낙토 우리 부모의 나라를
지금은 그 누가 차지해버렸는가
나의 밭과 집을 벌써 빼앗아갔고
거기에다 다시 내 처자마저 넘보나니
차라리 이 머리 베어지게 할지언정
이 무릎 꿇어 종이 되지 않으리라
집을 나선지 채 한 달이 못 되어서
벌써 압록강 도강하여 건너버렸네
누구를 위해서 발길 머뭇머뭇하랴
돌아보지 않고 호연히 나는 가리라[4]

---

4 〈二十七日渡江〉朔風利於劒 凜凜削我肌 肌削猶堪忍 腸割寧不悲 沃土三千里 生齒二十兆 樂哉父母國 而今誰據了 旣奪我田宅 復謀我妻孥 此頭寧可斫 此膝不可奴 出門未一月 已過鴨江水 爲誰欲遲留 浩然我去矣 번역은 『국역 석주유고(상)』에 따른다. 안동독립운동기념관 편, 『국역 석주유고』, 경인문화사, 2008.

이상룡은 1911년 2월에 조국을 뒤로 하고 만주로 길을 떠난다. 위의 한시에서는 당시의 비통한 심정이 잘 드러난다. 일제가 작성한 자료에 따르면, 당시 만주로 떠난 규모는 2천 5백여 명에 달했다고 한다. 만주로 떠난 이들은 서간도 유하현 삼원포 대고산 자락에 터를 잡는다. 이곳은 신민회 일행이 서간도를 답사하면서 무관학교 설립 터로 이미 점찍어 둔 곳이었다. 고구려의 옛 땅이라는 역사적 의미뿐만 아니라 이곳은 대도시와 멀리 떨어져 있어 일제의 감시를 피하기에도 용이했다. 또 뜰이 넓어 농사를 짓고 군사훈련을 하기에 적합하였으며, 대고산이 있어 피신하기에도 적합한 곳이었다.

서간도로 이주한 이들은 거의 도착과 동시에 경학사(耕學社)와 신흥강습소를 설치하였다. 이들은 한인들의 자치기관으로서의 성격을 지닌 경학사를 조직하고, 생계를 위해 농사지을 방안을 마련하고 학교를 설립하여 교육을 시키고, 군사교육을 시켜 애국청년을 양성할 것을 결의하였다. 이상룡은 경학사의 사장으로 임명되었다. 경학사가 청년들의 군사교육을 위해 설립한 신흥강습소는 신흥무관학교로 발전하게 된다. 신흥무관학교 졸업생들은 무장투쟁에 나서 봉오동과 청산리 대첩의 주역이 되었다.[5]

서간도로 이주할 당시 그들은 온 가족이 함께 망명길에 올랐다. 가족공동체를 중시하는 유학의 이념이 반영된 것이기도 하고, 식민지 땅에서 가족 구성원이 핍박받는 것을 볼 수 없다는 결의의 결과이기도 하다.

당시 가족 구성원이었던 여성들 또한 조국광복의 대의에 깊이 공감하고 지지하며 독립을 향한 새로운 도전에 동행하였다. 망명지에서 여성들은 삶과 죽음이 교차하는 독립운동의 현장에서 가족의 생계를 책임지고 주변의 독립운동가를 보필하며, 어린 자녀들을 민족의 동량으로 키워내는 역할을 담당했다. 국내에서 망명해 온 한인들이 정착하도록 돕는 것 또한 그들이 해야 할 몫이었다.

---

5 안동지역의 의병항쟁 및 서간도 이주에 대해서는 이정철의 저서를 참고한다. 이정철, 『협동학교』, 민속원, 2019.

3. 작품 세계

만주망명가사에 대한 발굴과 고증, 관련 연구가 국문학계와 역사학계를 중심으로 최근에 활발하게 진행되고 있다. 개인과 가족 공동체, 문중 단위로 창작·전승되던 작품이 발굴되면서, 지금까지 10편의 작품이 소개되고 작가와 창작시기, 작품의 특징 등에 대한 분석이 이루어졌다.[6] 이와 더불어 만주로 망명한 가족을 고국에서 그리워하는 마음을 담은 가사가 6편 전해진다.[7]

분류	번호	작품명	창작시기	작가
만주망명가사	1	해도교거사	1911	김우락
	2	위모사	1912	이호성
	3	정화가	1912	김우락
	4	정화답가	1912	영양 남씨
	5	분통가	1913	김대락
	6	조손별서	1913	김우락
	7	간운ᄉ	1914	김우락
	8	원별가라	1916	평해 황씨 며느리
	9	신ᄉᆡ타령	1923	윤희순
	10	눈물뿌린이별가	1940	김우모
만주망명인을 둔 고국인의 가사	1	송교행	1912	〈위모사〉 작가 이호성의 어머니
	2	감회가	1913	전의 이씨
	3	답사친가	1914	김우락의 손녀 (류실)
	4	별한가	1915	전의 이씨
	5	단심곡	1922	미상
	6	사친가	1936	미상

....

6 김우락의 손부인 허은 여사가 쓴 회고록에 〈회상〉이라는 가사 작품이 기록되어 있다. 이 작품은 만주 망명 당시에 창작한 것이 아니라, 60여 년이 지난 후 작가가 당시를 회고하며 쓴 작품이므로 함께 살피지는 않는다.
7 만주망명가사의 유형 분류아 자가에 대한 고증은 고순희(2004)의 저서를 참고한다.

해도교거사

김우락은 이 중 4편의 가사 작품, 〈해도교거사〉, 〈정화가〉, 〈조손별서〉, 〈간 운수〉를 창작하였다. 〈해도교거사〉는 결혼하여 임청각에 살던 시절, 안동에서 출발하여 압록강을 건너 만주에 도착하기까지의 여정과 정착 과정 등의 내용 으로 구성되어 있다. 1911년에 창작된 작품으로, 현재까지 발견된 만주망명가 사 중 가장 이른 시기에 창작된 작품으로 판단된다. 〈정화가〉는 김우락이 만주 유하현에 살던 당시에, 큰오빠인 김대락이 거주하던 통화현에 방문하여 며칠 머물면서 친정 식구들을 만난 감회를 기록한 작품이다. 〈조손별서〉는 함께 망 명길에 오르지 못하고 고국에 남은 맏손녀 류실에게 서찰을 대신하여 쓴 가사 작품으로, 금지옥엽으로 키운 손녀에 대한 그리움의 정을 서술하였다. 〈간운 수〉는 고국에 있는 여형제들을 그리워하며 지은 작품이다. 단란했던 어린 시절 에 대한 회상과 망명으로 인한 기약 없는 이별과 그리움을 서술하였다.

1) 만주까지의 여정과 망명지에서의 고난

해도교거사
〈1〉
써늑기로 돈정ᄒ니 각이흔 동긔질아
단취ᄒᆞ믈 원희더니 긔약업산 영결일셔

사묘의 통곡ᄒ고 산천의 눈물ᄲ려 영결노 쩌나셔니
푸른 솔이 거머지고 바른 남기 구버지닉
일가의 슬푼 곡셩 먼 산을 너머오닉
일쇠이 참담하여 히든 바회 거머지닉
촌ᄂ여졀 이닉심회 지향이 어딕메냐
구담쥬졈 다ᄂ르니 손셔의 화월지용 계와셔 기다리닉
망졍이 의ᄂᄒ여 누슈는 여우ᄒ고 간쟝은 ᄶᆞᆽ쳐지닉
토묵 갓흔 쳐가 향염 긔특한 즁 걸이여라
뉴실의 어린 간쟝 셜워ᄂ ᄒ난 모양
심목의 역ᄂᄒ여 촌ᄂ간쟝 다 녹는다
봉딕를 다ᄂ르니 강실의 슬푼 눈물
졍ᄂ치 못ᄒ난 걸 쩌치고 도라셔니
슬푸다 닉 ᄆᆞ음이 엇지 이리 모지던고
슬푸다 이 심회를 뉘라셔 아즌 말고
츄풍녕 넘어갈 적 슈족 갓흔 우리 하인
영결노 들일 젹의 조히 가셔 잘 ᄉᆞ라ᄂ
져의는 일심이릭 통곡ᄒ고 도라셔닉
심신이 아득ᄒ여 길 간우기 어려워라

〈2〉
압희 잇는 수간 토옥 공집이 잇단 말가
즘시나 견딕렷고 게를 나가
몃날 만의 청인의게 쫏겨나니
졀닉졔틱 바린 죄로 이슈잇는 일이로다
북슌셔 십니지러 지명은 둘넝거우
슈간 초옥 잇다 ᄒ니 어린 ᄌᆞ손 업고 안고
ᄌᆞ란 ᄌᆞ손 압셔우고 셜즁의 길이 업셔
간신이 ᄎᆞᄌᆞ가니 두옥계실 슈삼간이
우리 소혈 되단 말가

〈1〉에서는 망명을 앞둔 심경과 여정이 잘 드러난다. 독립투쟁을 위해 만주 망명을 결심하였지만 고국에 남는 가족들과의 기약 없는 이별 앞에 발걸음은 무겁기만 하다. 김우락을 포함하여 일행들은 참담한 심정으로 통곡하며 집을 나서 구담(안동 풍천), 봉대(상주 봉대), 추풍령을 지나 서울로 향하고 있다. 구담과 봉대에서는 손녀와 손서, 시집간 딸의 배웅을 받으며 슬퍼하고, 추풍령에서 하인들과 이별하며 그 슬픔을 표현하고 있다.

간신히 도착한 망명지에서의 생활 또한 제목에서 보여주듯 임시로 머물러 살아가는 '교거(僑居)'의 삶이기에 〈2〉에서 알 수 있듯 머물 곳을 찾는 과정부터 고달프기만 하다.

2) 독립에 대한 의지

해도교거사

〈1〉
어와 이닉몸이 청춘소년 어졔러니
육십지년 늣거워라 이몸이 다시졀머
영웅열ᄉ 모드신듸 독입국권 쉬우리니
아므리 여ᄌᆞᆯ도 잇듸한번 쾌셜코져
빅슈노인 우리 쥬군 만셰ᄒ 만ᄒ셰야
명만천하 ᄒ옵시고 만인지상 되옵시며
복국공신 되옵시며 천만셰 무궁토록
만고영웅 될지어다 여롱여호 자질들아
나틱지심 먹지 말고 허다 사업 다 ᄒ여셔
라의ᄂᆞᆫ 공신 되고 부모의게 영효ᄒ라
용호 갓흔 사회 손셔 영화복녹 쟝원ᄒ라

〈2〉
어와 우리 여ᄌ 이젼으로 보게 되면
심규의 드러이셔 숙힝을 기리 싹가
광명천지 너른 셰샹 지형을 모ᄅ다가
불힝흔 풍진셰계 삼쳘이 동셔남북
가림 업시 구경ᄒ고 고상도 잇거니와

호강을 상반ᄒ여 남은 흔이 이슬소냐
남손은 늘그나마 우리ᄂᆫ 늘지 말고
빅셰히로 ᄒ다가셔 호시긔가 닥치거든
귀국ᄒ식 귀국ᄒ식

김우락은 국권강탈에 대한 비통하고 참담한 심정을 드러내며, 독립투쟁에 물리적 힘을 보태기에 늙어버린 자신의 신세를 한탄하고 있다. 그러나 여자라도 이때 한번 자신의 신념을 쾌설하겠다는 포부를 드러내면서, 독립투쟁에 함께 나설 것을 권유한다.

그리고 〈2〉에서는 규중에 기거하던 여자이지만 광복 대업에 힘을 보태다가, 광복의 좋은 날을 맞이하게 되면 함께 망명지를 떠나 귀국할 것을 다짐하고 있다. 여성이기에 '숙행(淑行)'의 이름으로 강요되고 규정되었던 관습을 뛰어넘어 국권 회복의 대의에 적극적으로 참여하고 실천하자는 서술은 김우락의 독립에 대한 의지를 확인시켜주는 대목이다.

정화가

〈1〉
어와 마느리들 이 ᄂᆡ 말삼 드라시오
어와 이 ᄂᆡ 몸이 가죽히 츌가ᄒ여
뉵십이 다 ᄎᆞ도록 ᄌᆞ로 만나 즐기더니
국ᄉᆞ가 망창ᄒ여 오빅년 부모국을
헌신 갓치 바리고셔

〈2〉
씐는 죳ᄎᆞ 국화시라 금슈단풍 싀린 즁의
낙엽이 분ᄂ하니 긱회를 도아셔라
낙엽만 보랏더냐 푸른 닙도 슈이 보졔
조변셕화 이 셰월의 우리 조국 차즐 날이
얼마 ᄒ여 도라오랴 망국만 보랏더냐
복국도 슈이 보졔 심즁의 혀아리며

어와 이 늬 몸이 남ᄌ로 나셧던들
만권시셔 쟝츅ᄒ여 셰계각국 일홈 날여
만고녕웅 되올 거슬 오졸한 여ᄌ로셔
그즁의 식ᄌ 업셔 고ᄉ를 불통ᄒ니
나ᄅᆡ 업손 봉황이오 ᄉ람 즁의 슉믹일쇠
무광셰월 헛부도다

　　〈정화가〉는 망명지에서 오랜만에 만난 친정의 며느리들을 향한 김우락의
다짐이자 조언이다. 망명지에서의 삶이 고단함의 연속이겠지만 최대한 긍정적
으로 살아보자는 어른이자 같은 여성으로서의 독려가 서술되어 있다.

3) 가족에 대한 그리움

조손별서

〈1〉
네어미 은덕으로 금옥갓흔 너의몸을
갑오년에 탄생ᄒ니 작인이 기이할분
자손즁에 처음이라 남녀경즁 잇다해도
우리난 너에슉질 차등업시 길너늬니
기ᄃᆡ도 남다르고 장즁에 보옥으로
가늬에 기화로다

〈2〉
월옥도망 ᄒ듯ᄒ니 너을다시 못본거시
철천지한 될듯ᄒ다 구담주점 다다르니
난봉갓흔 우리손서 몽즁갓치 만나보고
누수로 써날적에 토목금슈 안이어든
자애지정 업긴난야

　　갑오년(1894) 임청각에서는 금옥같은 아이가 출생한다. 첫손주가 태어나자,
조모 김우락은 남녀경중을 따지지 않고 그저 집안의 보옥으로 여기며 애지중

지하며 키워낸다. 이 아이가 바로 〈답사친가〉의 작가인 류실(1894~1927)이다.[8] 〈조손별서〉의 서두인 〈1〉에는 첫손주가 태어났던 당시의 기쁨과 그에 대한 조모의 사랑이 표현되어 있다.

만주망명이 결정된 뒤, 대규모의 인원이 일경의 눈을 피해 떠나야 하는 조심스러운 상황 탓에 김우락은 어쩔 수 없이 류실을 만나고 오지 못하고 그 사실이 못내 가슴 속 한으로 남는다. 작가가 구담에 도착했을 때, 손서인 류시준이 일행을 배웅하기 위해 달려온다. 비록 손녀는 보지 못했지만, 손서라도 보고 떠나게 되니 작가는 꿈을 꾸듯 반가운 마음을 감추지 못한다. 천운이 돌아와 자유 권리를 되찾게 되는 광복의 날이 되면 헤어진 혈육을 다시 볼 수 있을 것이라고 다짐해보지만, 손녀를 보지 못하는 지금의 마음은 그저 아리고 오장육부가 다 녹는 듯 슬프기만 하다.[9]

손녀에 대한 그리운 마음은 작가의 아들이자 류실의 아버지인 이준형이 안동으로 일시 귀국할 때, 손녀의 만주 이주 의사를 알아보라는 부탁으로 이어진다.

조손별서
홍망이 달인일을 권극키 어려우니
너아비 회귀할적 이사을 쩌보와서
갓치오라 당부ᄒ고 은연즁 미든거시
낱막심사 갈밧업고

만주로의 망명은 집안의 홍망이 달린 일이기에 가족이라고 하여 쉽게 권유할 수 있는 일이 아니었다. 그러나 손녀와 함께 살고 싶은 마음에 그 아비에게 일러 어렵사리 이사 의사를 떠보게 하고 같이 돌아올 것을 당부하고 또 함께 돌아올 것이라고 믿지만, 결국 성사되지 못해 작가는 낙망하고 만다.

---

8 하회 류씨 가문의 류시준(柳時俊, 1895~1947)에게 시집을 가서 '류실이'라고 부른다. 남편 류시준은 만주로 망명하지 않고 국내에서 독립운동을 했다.
9 일평싱 잇난마암 天運이 돌이시면 / 혈마혈마 슈이보지 알히고 막힌마암 / 오장육부 다녹으니 白日이 밤쥬갓고

조손별서

네어미 자이지정 눈물노 셰월이요

야야마다 너을만나 반기고 늣기든말

초목금슈 안이어든 자이지정 업긴난야

침즁한 네아비난 의면에 범연ㅎ나

깁흔사졍 업긴난야 사사에 걸여ㅎ니

엇지안이 그려할노 철업신 어린것들

보고졉다 노릭하야 심화를 옥모화용

양안에 삼삼ㅎ고 옥음낭셩은 이변에 징징ㅎ여

실셩으로 그립구나 우리마암 이러ㅎ니

너맘엇지 알건는야 닉나을 싱각ㅎ니

일일이 쇠희지니 다시보기 미들손야

딸과 헤어진 어머니는 밤마다 눈물로 세월을 보내고 겉으로 드러내지 않는 아버지 또한 그리움의 감정은 다르지 않다. 철없는 어린 동생들만이 보고 싶은 마음을 겉으로 드러낼 뿐이다. 작가는 이렇게 류실에 대한 가족들의 그리운 마음을 전달하면서, 한편으로는 가족의 마음에 빗대어 류실의 마음을 짐작해 보면서 그녀를 걱정하기도 한다.[10] 또한 고령의 자신이 생전에 손녀를 다시 보지 못할까봐 더욱 안타까워하는 마음을 드러낸다.

간운ㅅ

원이한 우리남미 싱ㅅ간의 잇지마라

일싱일ㅅ 은일인의 샹ㅅ어든

닌들엇지 면ㅎ깃나 천당의 도라가셔

부모슬하 다시모혀 손잡고 눈물샏려

첩첩소회 다한후의 요지연 견여즁의

우리도 함기모혀 희소담락 ㅎ오리다

비사고어 고만두고 히망부쳐 말ㅎ리라

---

10 이본에 따라 "우리미옴 이리하니 너는이미 디하리라"라는 구절이 나타닌다.

천긔이슈 알깃드냐 나도나도 귀국ᄒ여
고거을 다시 ᄎᄌ 잇ᄉ재쳔상 회셜ᄒ고
열친정화 ᄒ리로다 지금와셔 이 셰월의
와신상담 뉘ᄒ던고

〈간운ᄉ〉는 망명생활이 길어지면서 고국으로 돌아가지 못하는 절망적 심정을 담은 가사 작품이다. 〈조손별서〉와 마찬가지로 고국에 있는 형제자매들에게 보내는 편지 형식을 취하고 있다. 살아서 다시 만나기 힘들다고 판단한 작가는 천당에 돌아가서 부모 슬하에 형제자매들이 다시 모여 손을 잡고 재회하기를 기대하고 있다. 동생들을 다시 보기 어렵다고 판단한 작가의 절망이 느껴진다. 그러나 작가는 절망감 속에서 다시 희망을 찾아 광복 후 재회의 믿음을 지키고 있다.

4. 문학사적 의의

국권침탈 후 만주로 망명하여 독립투쟁의 기틀을 닦은 독립운동가 중에는 유학자들이 많았다. 그들은 전 재산을 팔아 독립자금을 마련해 만주로 떠났으며, 가족·문중 단위로 이루어진 망명길에는 부인과, 딸, 며느리, 어린 손주도 동행했다. 삶과 죽임이 교차하는 망명지에서 생계를 책임지고 독립투쟁을 지원하는 것은 독립운동의 중요한 일부였고 그 역할은 여성들의 몫이었다.

한편 고국에서부터 가사를 창작하고 향유했던 이들은 망명지에서의 고달픈 삶과 소회, 희망을 담아 가사를 지었다. 김우락의 가사 작품은 바로 이러한 배경에서 만들어졌다.

김우락은 구체적이고 핍진한 표현을 통해 망명생활의 고달픔을 서술하였다. 한편으로는 독립투쟁의 대의를 위해 가족 간의 헤어짐도 감내하겠다는 희생과 의지를 표출하기도 하고, 여성들의 연대를 강조하기도 하였다.

김우락 작품은 내면에 대한 성찰에서 나아가 주변과 바깥, 사회, 민족의 문제를 비판적으로 성찰한 여성의 목소리를 확인할 수 있다는 점에서 매우 중요한 가치를 갖는다.

【 최치원 : 경계인으로서의 삶과 문학 】

강정화,「최치원 관련 지리산 한시에 대한 고찰」,『南冥學硏究』69, 남명학연구소, 2021.

김건곤,「신라수이전의 작자와 창작배경」,『정신문화연구』34, 한국정신문화연구원, 1988.

김근호,「고운(孤雲) 최치원(崔致遠) 평가에 나타나는 통시대적 인식」,『공자학』39, 한국공자학회, 2019.

김인종 외,『고운 최치원』, 민음사, 1989.

김중렬,「최치원문학연구」, 고려대 박사학위논문, 1983.

김혜숙,「최치원의 시문 연구」, 서울대 석사학위논문, 1981.

변종현,「최치원 한시의 미학적 특징과 화개동(花開洞)시 연구」,『가라문화』29, 경남대학교 가라문화연구소, 2019.

서수생,「동국문종 최치원의 문학」,『어문학』1, 한국어문학회, 1956.

성낙희,『최치원의 시정신 연구』, 관동출판사, 1986.

_____,「최치원 시의 두 가지 성격에 대하여」,『중국인문과학연구』3, 중국인문과학연구회, 1998.

손문호,「최치원의 정치사상」,『사회과학연구(2)』, 서원대 사회과학연구소, 1989.

송항룡,「최치원 사상 연구」,『한국철학사상연구 1』, 1982.

양기선,『고운최치원연구』, 한불문화출판, 1995.

이구의,『최고운의 삶과 문학』, 국학자료원, 1995.

이기백,『신라정치사회사연구』, 일조각, 1971.

이병혁,『한국한문학의연구』, 국학자료원, 2003.

이우성,「남북국시대와 최치원」,『창작과 비평』10(4), 창작과비평사, 1975.

임형택,「나말여초의 전기문학」,『한국문학사의 시각』, 창작과비평사, 1984.

조인성,「최치원의 역사서술」,『역사학보』94·95, 역사학회, 1982.

최근영,「고운 최치원의 사상 연구」,『한국사상』19, 1982.

최삼룡,「최치원의 인물설화와 최고운전」,『고전문학연구』3, 한국고전문학연구회, 1986.

최영성,『최치원의 사상연구』, 아세아문화사, 1990.

_____,『최치원전집』, 아세아문화사, 1998.

_____,『최치원의 철학사상』, 아세아문화사, 2001.

_____,「최치원 말년의 역사적 발자취」,『퇴계학논총』33, 퇴계학 부산연구원, 2019.

최치원 지음, 이상현 지음,『고운집』, 한국고전번역원, 2009.

한석수,「최치원 설화의 연구」,『청주교육대학 논문집』22, 청주교육대학교, 1985.

황의렬,「최치원의 〈진감선사비명〉 소고」,『경상대 논문집』31, 경상대학교, 1992.

【 정지상 : 이상 세계, 강남을 꿈꾸다 】

민족문학사연구소, 『한국고전문학작가론』, 소명, 1998.

김승찬, 「정지상론」, 『국어국문학』 20, 부산대, 1983.

김승찬 외, 『한국문학사상론』, 세종출판사, 1996.

김은희, 「정지상 시의 장소성에 대한 일고찰 -서경을 중심으로」, 『비교어문연구』 36, 비교어문학회, 2014.

두창구, 「정지상의 생애」, 『어문연구』 15(2), 일조각, 1987.

_____, 「정지상의 한시고」, 『관대 논문집』 15, 1987.

민병수, 「고려시대의 한시 연구」, 서울대 대학원, 1984.

박병완, 「정지상론-송인의 작품분석을 중심으로-」, 『어문연구』 15(1), 일조각, 1987.

박성규, 「정지상론」, 『한국한문학연구』 3·4, 한국한문학연구회, 1979.

박수천, 「정지상 한시 문학성에 관한 연구-요구의 분석을 중심으로-」, 『한국한시연구』 2, 1994.

_____, 「정지상론」, 『한국한시작가연구 1』, 한국한시학회, 태학사, 1995.

변종현, 『고려조한시연구』, 태학사, 1994.

_____, 「정지상 한시의 풍격 연구」, 『인문논총』 8, 경남대, 1996.

윤경수, 「정지상의 시인의식과 시경지 연구」, 『부산외대논문집』 11, 1995.

이규호, 「한시 차운고」, 『한국고전산문연구』, 동화문화사, 1981.

이종묵, 「고려시대 사찰제영시의 작법과 문예미」, 『한국한시연구』 2, 1994.

이종문, 「정지상의 시세계」, 『한문학연구』 6, 계명대, 1990.

조동일, 『한국문학사상사시론』, 지식산업사, 1978.

_____, 『한국문학통사 1』, 지식산업사, 1994.(4판)

최미영, 「南湖 鄭知常의 詩文學 硏究」, 중앙대 교육대학원 석사논문, 2011.

한국한시학회, 『한국한시작가연구 1』, 태학사, 1995.

황패강 외 공편, 『한국문학작가론 1』, 집문당, 2000.

【 일연 : 민족의 잠재력을 갈무리하다 】

고운기, 『일연과 삼국유사의 시대』, 월인출판사, 2001.

권오경, 「신라 향가의 공감 유형과 의미」, 『국학연구논총』 19, 택민국학연구원, 2017.

김상현, 「삼국유사에 나타난 일연의 불교사관」, 『한국사연구』 20, 1978.

김선기, 「삼국유사 향가기술문의 시화적 조명」, 『일연과 삼국유사』, 일연학연구원편, 2007.

김태영, 「삼국유사에 보이는 일연의 역사인식에 대하여」, 『한국의 역사인식』, 창작과비평사, 1976.

_____, 「일연의 생애와 사상」, 『삼국유사의 문예적 연구』, 새문사, 1982.

명계환, 「보각국사(普覺國師) 일연(一然)의 사상(思想)일고(一考)」, 『淨土學研究』 32, 2019.

민족문학사연구소, 『한국고전문학작가론』, 소명, 1998.

박상영, 「鄕歌와 讚詩, 그 간극 속에 담긴 일연의 세계 인식」, 『한국말글학』 34, 한국말글학회, 2017.

박지선,『동양고전의 이해』, 시인사, 1999.

박진태 외 5인,『삼국유사의 종합적 연구』, 박이정, 2002.

신동흔,「설화와 불심으로 민족사를 되살린 큰 작가-보각국존 일연」,『한국고전문학작가론』, 민족
　　문학사연구소 고전문학분과편, 소명, 1998.

안계현,『한국불교사상사연구』, 동국대출판부, 1983.

＿＿＿,「일연」,『한국의 사상가 12인』, 현암사, 1975.

인권환 외,『한국문학작가론』, 형설출판사, 1977.

조동일,『한국문학사상사시론』, 지식산업사, 1978.

주보돈,「삼국유사를 통해본 일연의 역사 인식」,『영남학』63, 2017.

채상식,「보각국존 일연에 대한 연구」,『한국사연구』26, 1979.

표정옥,『삼국유사와 대화적 상상력』, 세종출판사, 2013.

한예원,「삼국유사 소재 찬시를 통해본 일연의 문학에 관한 연구」,『한국시가문화연구』13, 한국고
　　시가문학회, 2004.

황패강 외 공편,『한국문학작가론1』, 집문당, 2000.

【 이색 : 구 역사와 새 시대 사이의 방랑객 】

14세기 고려사회성격연구반,『14세기 고려의 정치와 사회』, 민음사, 1994.

김재욱,「牧隱 李穡의 詠物詩 硏究」, 고려대학교 대학원 박사학위논문, 2009.

도현철,「목은 이색의 정치 사상 연구」,『한국사상사학』3, 1990.

민족문학사연구소『한국고전문학작가론』, 소명출판, 1998.

민족문화추진위원회,『국역 목은집』, 2002.

박희,「牧隱 李穡의 詩文學硏究」, 세종대학교 박사논문, 1993.

서경보,「이색론」,『한국의 한문학』4, 민음사, 1991.

송재소,『한시 미학과 역사적 진실』, 창작과비평사, 2001.

신은경,『風流』, 도서출판 보고사, 1999.

어강석,「목은 이색의 節義실천과 후대의 평가」,『圃隱學硏究』16, 2014.

여운필,『이색의 시문학연구』, 태학사, 1995.

여운필·서범준·최재담 역주,『목은시고』, 월인, 2002.

이기동,『李穡, 한국성리학의 원천』, 성균관대학교 출판부, 2005.

이영복,「목은 이색 선생의 생애와 사상연구」, 목은사상연구회, 1992.

이병혁 역주,『한국고전문학전집19 ― 목은집』, 고려대학교민족문화연구소, 1995.

이수환,「목은 한시연구」, 고려대 교육대학원, 1976.

이종복,「목은 한시전」, 이회문화사, 1999.

劉明鍾,「稼亭, 牧隱父子의 三敎融合과 그 思想史的意義」, 韓中牧隱李穡硏究」, 牧隱硏究會, 예문서
　　원, 2000.

전경원,「고려시대 한시의 여성 형상에 대한 연구」, 건국대학교 대학원, 1997.

전형대 외,『한국고전시학사』, 기린원, 1989

정재철, 「목은의 불교성향 한시의 사상적 특질」, 단국대학교, 1997.

＿＿＿, 『이색 시의 사상적 조명』, 집문당, 2002.

정종대, 「이색의 시와 중용의식」, 『선청어문』 24, 1996.

조동일, 『한국문학통사 ― 2권』, 지식산업사, 1994.

하현강 외, 『고려·조선초기의 학자 9인』, 신구문화사, 1974.

한국역사연구회, 『고려시대 사람들은 어떻게 살았을까』, 청년사, 1997.

허재후·김종서·최시학 역, 『고려사』, 사회과학원 고전연구실, 1964.

조병수, 「牧隱李穡 天人無間思想의 美學的 硏究」, 성균관대학교 박사학위논문, 2017.

최일범, 「목은 이색의 유불교섭사상에 관한 연구」, 『동양철학연구』 48, 동양철학연구회, 2006.

【 이현보 : 지족(知足)의 혜안을 갖춘 충만한 풍류가 】

권두한, 「영남지역 가단의 성립과 그 계승」, 『국문학연구』 12, 국문학회, 2004.

김유경, 「농암 이현보의 국문시가와 우리말로 노래하기의 전통」, 『열상고전연구』 38, 열상고전연구회, 2013.

나정순, 「조선 전기 강호 시조의 전개 국면 -‘조월경운’과 ‘치군택민’의 개념을 중심으로」, 『시조학논총』 29, 한국시조학회, 2008.

류해춘, 「16세기 〈어부가〉와 〈오륜가〉, 그 표현의도와 수사학」, 『시조학논총』 34, 한국시조학회, 2011.

성호경, 「농암 이현보의 삶과 시가」, 『진단학보』 93, 진단학회, 2002.

안동문화연구소, 『농암 이현보의 문학과 사상』, 안동대 안동문화연구소, 1992.

양희찬, 「李賢輔 〈漁父歌〉에 담긴 두 現實에 대한 認識構造」, 『시조학논총』 19, 한국시조학회, 2003.

조동일, 『한국문학통사』 2, 제3판 지식산업사, 1994.

조윤제, 『조선시가사강』, 동광당 서점, 1937.

최재남, 「소학적 세계관의 시적 진술방식」, 『사림의 향촌생활과 시가문학』, 국학자료원, 1999.

【 황진이 : 세상을 사랑으로 털어내다 】

강전섭, 「황진이론」, 『한국문학작가론』, 현대문학, 1991.

김은미, 「황진이 시조에서 독백의 문제」, 『국학연구』 27, 한국국학진흥원, 2015.

문미희, 「황진이의 삶, 사랑(愛) 그리고 교육」, 『한국교육학연구』 17(1), 안암교육학회, 2011.

박을수, 『사랑 그 그리움의 샘』, 아세아문화사, 1995.

성현경, 「기녀시조와 사대부시조」, 『조선전기의 언어와 문학』, 형설출판사, 1982.

원용문, 『한국시조작가론』, 국학자료원, 1999.

이정탁, 『한국문학연구』, 형설출판사, 1986.

이화형, 「황진이의 예능과 인격의 융합」, 『時調學論叢』 50, 한국시조학회, 2019.

장만식, 「황진이의 작품 속에 내재된 트라우마와 욕망 탐색 - '청산, 물, 시간, 님' 이미지를 중심으로」, 『열상고전연구』 45, 열상고전연구회, 2015.

정영문, 「황진이의 시세계」, 『동방학』 5, 한서대학교동양고전연구소, 1999.

정홍교·박종원, 『조선문학개관』 1, 진달래, 1988.

조동일, 『한국문학통사』 2, 중세후기문학, 지식산업사, 1994.

조두현, 『한국여류한시선』, 태학당, 1994.

최동원, 「고시조의 여류작가고」, 『한국문학논총』 3, 1980.

최동호, 「황진이 시의 양면성과 현대적 변용」, 『어문론집』 18, 안암어문학회, 1977.

한국언어문화연구원, 『한국대표고전시가』 2, 빛샘, 1999.

허미자, 『한국여성문학연구』, 태학사, 1996.

황패강 외, 『한국문학작가론』 2-조선시대의 작가1, 집문당, 2000.

【 정철 : 천하의 풍류남아, 혹은 야심가 】

권용주, 『송강 정철의 시문학 연구』, 세종대 박사학위논문, 1994.

김갑기, 『송강 정철 연구』, 이우출판사, 1985.

_____, 『송강 정철의 시문학』, 이화문화출판사, 1997.

김사엽, 『송강가사』, 문호사, 1959.

김상조, 「송강 정철 연구 - 삶의 의식 변화를 중심으로」, 고려대 석사학위논문, 1981.

김석회, 「정철문학연구」, 서울대 석사학위논문, 1981.

김신중, 『(남도 고시가 산책) 은둔의 노래 실존의 미학』, 다지리, 2001.

김하명, 『정철·박인로·윤선도 작품집』, 태학사, 1994.

민족문학사연구소 고전문학분과, 『한국 고전문학 작가론』, 소명출판, 1999.

박영주, 『정철 평전』, 랜덤하우스코리아, 1999.

박성의, 『송강, 노계, 고산의 시가문학』, 현암사, 1972.

박영민, 「정철 시조의 담화 특성과 전승 의식」, 서울대 박사학위논문, 2020.

신경림 외, 『송강문학연구』, 국학자료원, 1993.

신경림·이은봉·조규익 편저, 『송강 문학 연구』, 국학자료원, 1993.

신호열, 정운한 역주, 『송강집』, 삼안출판사, 1974.

이병주 편, 『송강, 고산 문학론』, 이우출판사, 1979.

장덕순, 『한국 고전문학의 이해』, 박이정, 1995.

정익섭, 『호남가단연구』, 민문고, 1989.

조세형, 「송강가사의 대화전개방식 연구」, 서울대 석사학위논문, 1990.

최규수, 『송강 정철 시가의 수용사적 탐색』, 월인, 2002.

최태호, 『송강문학논고』, 역락, 2000.

_____, 「정송강 문학 연구」, 인하대 박사학위논문, 1987.

황패강 외, 『한국문학작가론 I』, 형설출판사, 1999.

_____, 『한국문학작가론 2』, 집문당, 2000.

허경진, 『송강 정철 시선』, 평민사, 2020.

【 박인로 : 전환기 사대부 문학의 변모 】

구수영, 「노계 박인로의 시가연구」, 동국대 박사학위논문, 1986.
김문기 역주, 『국역 노계집』, 역락, 1999.
김성은, 「노계 박인로 가사의 공간 연구」, 경북대 박사학위논문, 2014.
김용철, 「박인로 강호가사 연구」, 고려대 박사학위논문, 2001.
박연호, 「누항사에 나타난 '가난'과 '우활'의 의미」, 『한민족어문학』 64, 한민족어문학회, 2013.
박영주, 「사대부 가사의 전환점에 위치한 노계 박인로」, 『오늘의 가사문학』 17, 고요아침, 2018.
박현숙, 「박인로의 누항사 연구」, 『국어국문학』 157, 국어국문학회, 2011.
손대현, 「노계 박인로의 경제적 기반과 문학적 형상화」, 『한국시가연구』 29, 한국시가학회, 2010.
이종문, 「노계 박인로의 사회적 위상에 대한 재검토」, 『어문논집』 82, 민족어문학회, 2018.
최상은, 「노계시가의 창작기반과 문학적 지향」, 『한국시가연구』 11, 한국시가학회, 2002.
최현재, 『조선 중기 재지사족의 현실인식과 시가문학』, 선인, 2006.
하윤섭, 「조선조 '오륜' 담론의 계보학적 탐색과 오륜시가의 역사적 전개 양상」, 고려대 박사학위논문, 2011.
한창훈, 「박인로·정훈 시가의 현실인식과 지향」, 고려대 석사학위논문, 1993.
황충기, 「노계 박인로론」, 『어문연구』 38, 한국어문교육학회, 1983.
_____, 『노계 박인로 연구』, 국학자료원, 1994.

【 허초희 : 규방에서 신선의 세계로 날아오르다 】

경기도, 『그대의 맑은향기 사라지지 않으리』, 경기도여성정책국여성정책과, 2001.
김명희, 『허난설헌의 문학』, 집문당, 1987.
_____, 『허부인 난설헌, 시 새로 읽기』, 이회, 2002.
_____, 「허난설헌 시문학 연구」, 동국대 박사학위논문, 1987.
김석하, 「허초희의 〈遊仙詞〉에 나타난 仙 형상」, 『국문학논집』 5·6, 단국대, 1972.
김성남, 『허난설헌시연구』, 소명, 2002.
김영수, 「허난설헌 연구」, 단국대 석사학위논문, 1979.
문경현, 『허난설헌전집』, 보련각, 1972.
손미영, 『한국 여류 시인 연구』, 한국문화사, 1998.
손앵화, 「허난설헌 유선사에 나타난 불우의식 연구-시어통계와 분석을 기반으로」, 『국어문학』 57, 국어문학회, 2014.
송유미, 『허난설헌은 길을 잃었다』, 전망, 1993.
이숙희, 『許蘭雪軒詩論』, 새문社, 1987.
_____, 「허난설헌의 시 연구」, 고려대 박사학위논문, 1987.

이종찬, 『조선시대 한시작가론』, 이화문화사, 1996.

이혜순, 「규원가, 봉선화가의 작자고」, 『한국시가문학연구』, 신구문화사, 1983.

이혜순·정하영, 『한국고전여성문학의 세계』, 이화여대 출판부, 1998.

장정룡, 『허난설헌 평전』, 새문사, 2007.

중정건치, 『(일본인이 본) 허난설헌 한시의 세계』, 국학자료원, 2003.

허경진, 『허난설헌 시집(개정·증보판)』, 평민사, 2020.

허난설헌, 『오지 않는 님을 기다리며』, 東泉社, 1985.

＿＿＿＿, 『韓國名著大全集 : 歷代 女流 漢詩文選』, 대양서적, 1982.

허미자, 『許蘭雪軒 研究』, 성신여자대학교 출판부, 1984.

＿＿＿, 『허난설헌』, 성신여자대학교 출판부, 2007.

황패강 외, 『한국문학작가론 2』, 집문당, 2000.

【 윤선도 : 치열한 현실에 꼿꼿이 맞선 강호가도의 계승자 】

고미숙, 『윤선도 평전』, 한겨레신문사, 2012.

고영진, 「비판적 지식인으로서의 윤선도의 삶」, 『역사학연구』 68, 호남사학회, 2017.

김용찬, 「〈산중신곡〉 연작의 구조와 자연 형상의 의미」, 『한국시가문화연구』 46, 한국시가문화학회, 2020.

＿＿＿, 『윤선도 시조집』, 지식을 만드는 지식, 2016.

원용문, 「윤선도의 문학관과 음악관」, 『시조학논총』 5, 한국시조학회, 1989.

윤선도 지음·이형대 외 옮김, 『국역 고산유고』, 소명, 2004.

＿＿＿＿＿＿·이상현 옮김, 『국역 고산유고』, 한국고전번역원, 2015.

이상원, 「고산(孤山) 윤선도(尹善道)의 생애와 시 세계」, 『국역 고산유고』, 소명, 2004.

【 권섭 : 천분(天分)을 지킨 자유로운 예술가 】

권성민, 「옥소 권섭의 국문시가 연구」, 서울대 석사학위논문, 1992.

문경새재박물관, 『옥소 권섭의 遊行錄 삼천에 구백리 머나먼 여행길』, 민속원, 2008.

박길남, 「권섭 시조의 주제의식고」, 『한남어문학』 21, 한남대학교 한남어문학회, 1996.

박요순, 「권섭의 가사연구」, 『국어국문학』 85, 국어국문학회, 1981.

박이정, 「18세기 예술사 및 사상사의 흐름과 권섭(權燮)의 황강구곡가(黃江九曲歌)」, 『관악어문연구』 27, 서울대학교 국어국문학과, 2002.

신경숙 외, 『18세기 예술·사회사와 옥소 권섭』, 도서출판 다운샘, 2007.

이권희, 「玉所 權燮의 文學觀 硏究」, 『어문연구』 66, 어문연구학회, 2010.

＿＿＿, 「기녀와 한문학 :옥소 권섭의 가련의 경우」, 『동방한문학』 64, 동방한문학회, 2016.

＿＿＿, 「玉所 權燮의 演戲詩 考察」, 『어문연구』 73, 어문연구학회, 2012.

이창식, 「권섭의 가사 「영삼별곡」과 「도통가」 연구」, 『인문사회과학연구』 4, 세명대 인문사회과학연구소, 1996.

장정수, 「「영삼별곡」연구」, 『어문논집』 32, 고려대학교 국어국문학연구회, 1994.

_____, 「〈황강구곡가〉의 창작 배경 및 구성 방식」, 『시조학논총』 21, 한국시조학회, 2004.

정우봉, 「조선후기 遊記의 글쓰기 및 향유 방식의 변화」, 『한국학문학연구』 49, 한국한문학회, 2012.

전재강, 「권섭 시조에 나타난 山水의 다층적 성격」, 『시조학논총』 31, 한국시조학회, 2009.7.

최규수, 「권섭 시조에 나타난 웃음의 문학적 형상화와 그 의미」, 『한국시가연구』 15, 한국시가학회, 2004.

_____, 「표제의식의 측면에서 본 권섭 연시조의 특징적 양상과 18세기적 의미」, 『고전문학연구』 28, 한국고전문학회, 2005.

【김천택 : 노래 가사집을 엮어내다 】

강혜정, 「김천택의 교유와 청구영언의 편찬과정 검토」, 『한국고시가문화연구』 26, 한국고시가문학회, 2010.

권두환, 「조선후기 시조가단 연구」, 서울대 박사학위논문, 1985.

김수업, 「김천택에 대하여」, 『배달말』 18, 경상대 국어국문학과 배달말학회, 1993.

김용찬, 「김천택의 삶과 작품세계」, 『어문논집』 39, 안암어문학회, 1999.

박노준, 「김천택의 시조와 閭巷人的 삶의 갈등」, 『연민학지』 1, 연민학회, 1993.

박재민, 「어휘로 살펴본 국립한글박물관 『청구영언』의 필사 시기」, 『時調學論叢』 50, 한국시조학회, 2019.

박진태, 「남파와 노가재의 시조사적 위상 관계」, 『인문과학연구』, 대구대, 1989.

신윤경, 「김천택 편 『청구영언』의 만횡청류에 담긴 삶의 장면과 의미」, 『韓國詩歌研究』 43, 한국시가학회, 2017.

윤지아, 「南波 金天澤 시조에 나타난 自然의 시적 의미 再考」, 『개신어문연구』 41, 개신어문학회, 2016.

윤해옥, 「경정산가단연구」, 『국어국문학』 77, 국어국문학회, 1978.

이상원, 「만횡청류의 운명 - 『청구영언』 수록 전과 후」, 『韓國詩歌研究』 43, 한국시가학회, 2017.

조태흠, 「南坡 時調에 나타난 '自然'의 의미」, 『인문론총』 39, 부산대, 1991.

진동혁, 「남파와 노가재와의 관계 고찰」, 『국어국문학』 81, 국어국문학회, 1979.

조동일, 「김천택」, 『한국문학사상사시론』, 지식산업사, 1978.

【김우락 : 만주 망명의 삶을 가사로 기록하다 】

강윤정, 『만주로 간 경북 여성들』, 한국국학진흥원, 2018.

고순희, 「만주망명 가사 〈간운사〉 연구」, 『고전문학연구』 37, 한국고전문학회, 2010.

_____, 「만주망명가사와 디아스포라」, 『한국시가연구』 30, 한국시가학회, 2011.

고순희, 「〈조손별서〉와 〈답사친가〉의 고증적 연구」, 『한국시가문화연구』 31, 한국시가문화학회, 2013.

＿＿＿, 『만주망명과 가사문학 자료』, 박문사, 2014.

＿＿＿, 『만주망명과 가사문학 연구』, 박문사, 2014.

김동연, 「만주로 망명가는 딸을 향한 어머니의 눈물 어린 편지-안동권씨의 송교행」, 『안동학』 19, 한국국학진흥원, 2020.

김윤희, 「만주 망명 가사 〈해도교거사〉와 〈분통가〉에 대한 비교 고찰」, 『한국고전연구』 49, 한국고전연구학회, 2020.

＿＿＿, 「안동 사람들의 망명 애환을 담은 가사-김우락의 해도교거사, 정화가, 간운사」, 『안동학』 19, 한국국학진흥원, 2020.

김희곤, 「석주 이상룡의 독립운동과 사상」, 『내일을 여는 역사』 69, 내일을 여는 역사재단, 2017.

류명옥, 「평범한 여성의 일상이 역사로 기억되는 원별가라」, 『안동학』 19, 한국국학진흥원, 2020.

박지애, 「가사에 새겨진 망명의 삶과 가족에 대한 그리움 - 〈조손별서〉와 〈답사친가〉」, 『안동학』 19, 한국국학진흥원, 2020.

성호경·서해란, 「만주 망명 여성가사 〈히도교거ᄉ〉·〈정화가〉와 〈정화답가〉」, 『한국시가연구』 46, 한국시가학회, 2019.

손대현, 「분통가에 나타난 백하 김대락의 삶과 미완의 꿈」, 『안동학』 19, 한국국학진흥원, 2020.

신송, 「일제강점기 만주망명가사 연구」, 전남대 석사학위논문, 2015.

안동독립운동기념관 편, 『국역 석주유고』, 경인문화사, 2008.

이정철, 『협동학교』, 민속원, 2019.

전설련, 「『백하일기』의 서술방식과 그 문학적 성격」, 경북대 석사학위논문, 2016.

정연정·천명희, 「고성 이씨 소장 『해도교거사』의 국어학적 가치」, 『어문론총』 68, 한국문학언어학회, 2016.

최은숙, 「김우모와 〈눈물 뿌린 이별가〉」, 『안동학』 19, 한국국학진흥원, 2020.

최형우, 「근대 조선을 바라보는 이호성의 시선과 〈위모사〉에 담긴 여성 의식」, 『안동학』 19, 한국국학진흥원, 2020.

허은, 『아직도 내 귀엔 서간도 바람소리가』, 민족문제연구소, 2010.

사진 제공

▸ 고운 최치원 _ 경계인(境界人)으로서의 삶과 문학
   고운 최치원 영정 ©국립진주박물관(개인위탁소장)
   농산정 풍경 ©필자소장

▸ 남호 정지상 _ 이상 세계, 강남을 꿈꾸다
   월영대를 노래한 정지상의 시비 ©창원시립마산박물관

▸ 농암 이현보 _ 지족(知足)의 혜안을 갖춘 충만한 풍류가
   농암 이현보 영정 ©한국국학진흥원(개인위탁소장)
   농암종택 ©필자소장

▸ 황진이 _ 세상을 사랑으로 털어내다
   『청구영언』 동짓달 ©국립한글박물관

▸ 송강 정철 _ 천하의 풍류남아, 혹은 야심가
   송강집 목판 ©한국가사문학관

▸ 노계 박인로 _ 새로운 문학의 방향을 이끌다
   도계서원 ©사진작가 박무원

▸ 고산 윤선도 _ 치열한 현실에 꼿꼿이 맞선 강호가도의 계승자
   고산 윤선도 영정 ©녹우당문화재단
   어부사시사 ©녹우당문화재단

▸ 남파 김천택 _ 노래 가사집을 엮어내다
   청구영언 서문 ©국립한글박물관

▸ 김우락 _ 만주 망명의 삶을 가사로 기록하다
   해도교거사 ©(사)유교문화보존회 이사장 소장

저자소개

권오경

부산외국어대학교 한국어문화학부 교수로 재직하고 있다. 고전문학과 구비문학, 한국 문화교육과 관련한 강의를 하고 있다. 대표저서로는 『고전시가작품교육론』, 『고악보(古 樂譜) 소재 시가문학연구』, 『외국인을 위한 한국고전작가론』, 『한국민요현장과 경계넘 기』, 『외국인을 위한 한국전통문화』 등이 있다.

최은숙

경북대학교 국어국문학과 부교수로 재직하고 있으며, 고전시가와 구비문학을 강의하고 있다. 한국가사문학의 전승과 작품 연구, 근대전환기 노래문학에 대한 담론 연구를 주로 하고 있다. 대표적인 연구로 「지서직자명록 수록 가사작품의 담론 특성과 의미」, 「〈몽유 가〉의 작가 및 기록 방식과 몽유의 역할」, 「일제강점기 아리랑 탐구의 한 방향 – 민중적 관심을 중심으로」, 『민요담론과 노래문화』 등이 있다.

박지애

창원대학교 국어국문학과 부교수로 재직하고 있으며, 고전시가와 구비문학 등을 강의 하고 있다. 여성민요의 지역문학적 특징, 20세기 이후 고전시가의 지속과 변모 과정에 대해 관심을 갖고 연구를 하고 있다. 대표적인 연구로 『근대 대중매체와 잡가』, 「한국전 쟁을 소재로 한 내방가사의 특징과 의미」, 「문화지형도의 변화에 따른 여성민요의 전승 과 소통」 등이 있다.

작가로 읽는 고전시가

2021년 8월 30일 초판 1쇄 펴냄

지은이 권오경·최은숙·박지애
펴낸이 김흥국
펴낸곳 보고사

책임편집 이소희
표지디자인 손정자

등록 1990년 12월 13일 제6-0429호
주소 경기도 파주시 회동길 337-15 보고사
전화 031-955-9797(대표), 02-922-5120~1(편집), 02-922-2246(영업)
팩스 02-922-6990
메일 kanapub3@naver.com / bogosabooks@naver.com
http://www.bogosabooks.co.kr

ISBN 979-11-6587-215-1   93810
ⓒ 권오경·최은숙·박지애, 2021

정가 17,000원